BIXUE ZHAOXIA

碧血朝霞

陈光来 著

 中国文史出版社

目 录
CONTENTS

第一章 古艾婚约

1902 年初春的一天，南康府建昌县衙里，正在审理一桩奇特的官司。知县张绥黄打量着大堂上站着的两个人，不由心里发怵。

一位是和尚，身穿青褐色长袍，脖子上戴着一串佛珠，淡定自如，句句在理。另一位是洋人，蓝眼睛，高鼻梁，穿着一件宽大黑色的传教士服，胸前挂着银制小十字架，操着一口勉强能听懂的汉语，侃侃而谈。

说这官司奇特，并不是指案情，而是指这两位打官司人的身份。和尚与洋传教士对簿公堂，恐怕是建昌县有史以来的第一件。两个人你一言我一语，很快就把并不复杂的案情说得一清二楚，但让知县张绥黄左右为难。

原来，事情是这样的。

这位和尚叫昌桂法师，是艾城西门外大果寺的方丈。前不久，昌桂法师收了一位小徒弟，取名觉源。觉源手脚灵活，人也聪慧，法师便让他做了自己的侍者。

觉源今年十二岁，家境贫寒，兄弟七个，为了混口饭吃，父母让他出家当和尚。他心里虽然不乐意，但也没办法。

那位传教士是艾城天主教堂里的一位法国神父，名叫亨利。天主教堂刚建好不久，信教的人并不多，平日里比较冷清。有一天，亨利在教堂门口徘徊，遇到一位中年妇女突然晕倒，略懂医术的亨利立即把那妇人抬进教堂，给她喝了一碗红糖水。不一会儿，妇人就好了。她千恩万谢，亨利便说："这要感谢上帝！"

妇人问："什么是上帝？"

亨利在胸前划着十字说："上帝是万能的，救我们于苦难。"

那妇人听了似懂非懂，亨利就耐心地开导，并请她加入教会，要求每个

1

星期天来教堂做礼拜。妇人听从了，连做了几个礼拜后，感觉心有寄托，自己的身体也渐渐好起来，以往的一些老毛病似乎没有了。于是，逢人便说"信上帝好"。

有人不以为然，奚落道："既然信上帝这么好，那你怎么让儿子出家当和尚？"

那妇人正是觉源的母亲。她一听这话，无言以对，觉得人家说得有道理，于是就立即赶到大果寺，要接儿子回家。

昌桂法师问其故，她振振有词地说："你那个观音菩萨没有上帝好，我念了大半辈子的经，什么好处也没得到，信上帝才几个礼拜，身上的毛病全都没了。"

妇人领着儿子来到教堂，请求亨利神父收留他在教堂里做事，不要钱只管饭就行。正巧教堂里缺人手，亨利就答应了，不过前提是要孩子信教。妇人高兴地说："那还用说呀！"

于是，"和尚不做信上帝"的新闻在建昌县传开了，这让大果寺和周边寺庙里的出家人很是难堪，见了昌桂法师都纷纷责怪他。

昌桂法师也觉得委屈，认为这个传教士太不地道，各信各的教，凭什么说菩萨不如上帝，这明明是坏我佛名声。于是，找到亨利论理，指责他不应该挖寺庙墙角。亨利感到莫名其妙，耸耸肩膀说："这是每个人的自由，谁也不能干涉。"

就这样，两个人谁也说服不了谁，吵到县衙打起了官司，请县太爷给做主。

公说公有理，婆说婆有理，这让知县张绥黄头痛不已。其实，张知县心里十分清楚，这件事他怎么判都是错，也都没错。

昌桂法师与张绥黄是老交情，知县一家人都信佛，常常去寺里烧香拜佛，按理应该替大果寺说话，可洋大人得罪不起。如今，连老佛爷和皇上都被八国联军赶出了京城。张知县只得两边安抚，好话说尽，最后用《华严经》的话劝说昌桂法师，凡事要"忍"。那些话都是昌桂法师曾经教导他的，和尚一听，哭笑不得地摇摇头，只好口念"阿弥陀佛"地走了。

县城里的百姓从来没有见过和尚与洋人打官司，都纷纷前来看热闹，把县衙大门里里外外围得水泄不通。

这时，有一个人正好路过这里，看见县衙门口挤满了人，也凑过去看热闹。这人三十八九岁，身体微胖，宽额头，大嘴巴，个头不高，一身富贵相。当他正踮起脚往衙门里张望时，感觉有人在他后背肩膀上轻轻拍了一下，同时传来爽朗的笑声："济兼兄，你也在这里看稀奇啊！"

那人回头一看，见是一位二十五六岁的白面书生，相貌俊秀，气质儒雅，也不由得哈哈大笑起来："哎呀，是文渊贤弟，别来无恙啊！"

两人热情拱手致意。文渊一把拉着济兼的手说："走，去招仙楼，我请客！"

济兼高兴地答应道："好啊，许久不见了，今日一醉方休。"

说着，两个人朝招仙酒楼走去。

这两位称兄道弟的人，一位姓王，名世宽，字济兼，住在离艾城二十多里路的九合圩淳湖王家，是建昌县有名的大财主。另一位叫张名福，字家鼎，号文渊，是艾城街南门官宦人家张传炴的三公子。

王济兼和张文渊一路畅谈，很快就到了招仙酒楼。上楼落座后，点了儿个好菜和一壶酒。虽然两人年龄相差十多岁，但无话不谈，亲如兄弟。他们把各自近期道听途说的事，借着酒性添油加醋地倾吐出来，给这满屋子增加了浓浓的酒味。

"你看看这世道，和尚与洋教士都干起来了。"王济兼还在想着衙门里的那一幕，极为不满地说。

"可不是，据说义和团杀了洋人，洋鬼子要我们每个中国人赔一两银子，这加起来就是四亿五千万两啊！"张文渊一副痛心疾首的样子，伸出一只手掌翻了几翻。

王济兼无奈地摇摇头："哪个叫我们打不过人家呢。"

张文渊也是一脸惆怅，岔开话题："济兼兄，听说科举要废除啦，那我们读书人就没有出路了。"

"唉——如今世风日下，连太后老佛爷都被洋人逼得仓皇西巡。"王济兼叹了一口气站起来，一边提起酒壶替张文渊倒满，一边安慰道，"不过，皇上太后已回銮，只要大清不倒，总得有人替他打理江山，废了科举，怎么选拔人才？"

张文渊点点头，心不在焉地举起酒杯跟王济兼的酒杯碰了一下，两人一饮而尽。

王济兼见张文渊情绪低落，又鼓励道："我看科举一时半会儿还废不了，凭贤弟学识才华，明年定能金榜题名。"

"顺其自然吧!"张文渊苦笑了一下,不知是自我安慰,还是羡慕王济兼说,"兄长不屑功名,不也是富甲一方,尽享荣华富贵吗!"

"哪是不屑呵,是肚子里有货。"王济兼拍拍滚圆的肚子,一本正经地说,"举人是人头上的人,进士是皇宫里的士。有了功名,就可以做官,做了官,不仅光宗耀祖,更可以发大财。"

张文渊淡淡地笑了笑。他当然懂得其中的道理,在王济兼面前也不必伪装,只是眼前国运不盛,令人担忧,想想自己虽衣食无忧,为获得功名,苦读圣贤,但至今也还只是个秀才。

回想几年前,张文渊娶了卢氏,卢氏一直都没有怀孕,急得他到处求佛问神。不料,卢氏命短福浅,年纪轻轻就撒手人寰。好在去年续娶了袁氏后,袁氏很快就有了身孕,不久要生了。想到这些,他又羡慕起王济兼来,举起杯子向他敬酒,说:"兄长真是好福气,三男两女,人丁兴旺,听说嫂子又要生啦!"

王济兼开心一笑:"是啊,就是这几天的事了。弟妹不是也快要生了吗?"

"恐怕还要个把月。"张文渊也笑了笑说,"只是不知是男是女?"

"人生在世,男女都得有,弟妹是头胎,管它是男是女。"王济兼说着,又要往张文渊杯子里倒酒。

张文渊不胜酒力,白净的脸上泛着红晕,急忙用手捂着杯子说:"不能再喝了。"

王济兼一把夺过酒杯,兴奋地说:"文渊贤弟,择日不如撞日,这杯酒我们兄弟一起满上,为两个即将出生的孩子干一杯,提前庆祝一下!"

张文渊没有理由反驳,看着王济兼把两个杯子加得满满的,酒的醇香瞬间扑鼻而来,脑子里突然闪过一个念头,这个念头借着酒性在不断地发酵、膨胀。当王济兼端着酒杯站起来,又要与他一饮而尽时,他急忙伸出手拦住了王济兼,示意对方坐下,像是有什么话要说,眼睛盯着王济兼那张笑容可掬的脸:"济兼兄,我突然有一个想法,不知兄长是否认可?"

"有什么好主意,尽管说来。"王济兼大大咧咧地坐了下来。

"济兼兄,你我情同手足,虽不同姓,但亲如一家。"张文渊发自内心地说,"如今内人和兄嫂都面临生产,不管你男我女,还是你女我男,只要两个性别不同,可否让王张两家结为秦晋之好?"

"太好了!"不等张文渊把话说完,王济兼一拍大腿兴奋地大喊起来,"贤弟，好主意！我也早有此意。"

两个人不约而同地拍着桌子站起来，双手捧起满满的酒杯，重重地一碰，也顾不上酒水洒满桌面，一饮而尽。顿时，整个包厢里响起了痛快爽朗的笑声。这笑声飘出窗外，"哈哈哈"地砸落在行人头上，引来许多仰望的目光。

这时，有一个伙计模样的人正匆匆路过楼下，被这笑声砸了一个正着。他仰起头望着那扇不断扔出笑声的窗户，不由喜出望外，转身"噔噔噔"上了酒楼，气喘吁吁地闯进包厢，冲着王济兼喊道："哎呀，老爷，您在这里喝酒，叫我找得好苦！"

王济兼一看，原来是自己的管家细毛，忙问："什么事？"

细毛喘平了一口气，说："太太生产了，可孩子就是不出来，村里接生婆说，'奇了怪，前面几胎顺顺利利，到了这一胎就是个下来。'她让我来县城找你，请最好的郎中去。"

王济兼急忙站起来，对着细毛骂道："真是个神头，找我做哪个，快去请郎中啊！"

张文渊也跟着起身，一挥手说："走，我带你去，找东门的燕庆祥燕郎中，他是全县最好的。"

三个人急急忙忙下了楼。张文渊抢先一步，把酒钱往柜台上一放，对掌柜的说了一句："不用找了。"

那掌柜满脸堆笑，碎步跑出门，向蹲在门口候客的轿夫一招手。两对轿夫急忙迎上前来，恭请他们上轿坐好。掌柜哈着腰目送着两台轿子和跟着小跑的细毛，直到他们的身影匆匆地消失在人来人往的艾城街头。

建昌县治艾城，是一座千年古城。

自南朝宋元嘉二年（425），废海昏县改建昌而迁址于此后，艾城便一直是建昌县署所在地。这个曾经的小驿站逐渐成为人口稠密、经济繁荣的江右重镇。

艾城坐落在修河之畔，水运交通四通八达。上达武宁、修水、铜鼓，再往西进入湖南；下抵吴城，从鄱阳湖进入长江，可到上海、武汉等地；也可在吴城逆赣江而上至南昌、赣州，再往南可达广东。可谓通江达海。

一条碧波荡漾的修河把建昌县分为南北两岸，整个建昌全境的地理形势为西高东低。西边是幕阜山脉，山深林密；东边是鄱阳湖区，烟波浩渺。艾城位于修河北岸，几乎处在全县中央。古城廓外，南横修河，西北皆山，东边一片田园风光。山清水秀，景色宜人，其中有"海昏八景"之美称。

艾城有七座城门，东有朝阳门，西有仰止门，北有拱辰门、小北门，南有阜财门、小南门和水南门，并形成上堡、中堡、下堡和桥头堡。一条主街从西门贯穿至东门，五里长街，商铺林立，气势恢宏，高深莫测的县衙就坐落在主街北侧。

县衙坐北朝南，庭院深深。其东北侧有一湖池，因湖池北岸有一座城隍庙而得名为庙前湖。这座古老的城隍庙，飞檐翘角，古朴肃穆。在湖与庙之间是一片开阔的广场，广场一侧建有戏台。因此，这个地方不仅是全城百姓祭祖拜神的重要宫庙，更是人们休闲娱乐的欢喜场所。

古艾城图

庙前湖与城外的修河相通，湖面清波荡漾，水底鱼虾可见，岸边杨柳青青，四季更替。外来的小船通过水南门可以直接驶进庙前湖，只要把船绳系在柳树或木桩上，人便可上岸，去城里任何一个地方。

张文渊的家坐落在城南的水南门附近。整栋房屋院落为长方形，有前后院子，四周被高墙所围。白色高耸的马头墙上覆盖着青瓦，飞檐翘角，遮挡了整个屋顶，给人一种朱门似海、高深莫测的感觉。前院正对着街道，大门向后退缩了两丈余，使正门与街道之间有一个缓冲区，门口两侧各有一座石狮，姿态各异。厚重的木门上挂着一对狮头铁环。走进大门，是一个正方形的前院，院内有一堵屏风墙正对着前门。前屋坐南朝北，有数级台阶。穿过前屋，分出左右两侧过道走廊，然后向后延伸围成一个四方形内廊，并形成相对应的天井，东西两厢，为两层木楼，最北边的是宽敞的大厅堂。厅堂上方正中央高高悬挂着一块木匾，上面写着：中和位育。厅堂有左右两扇侧门，直通后花园。园内有假山、水竹、芭蕉、松柏，十分幽静、雅致。

张姓在艾城是一个大姓，张文渊家是官宦世家，在建昌县很有势力与威望。张文渊的父亲张传烺生有三子，老大张道渊，老二张学渊，老三张文渊。道渊经商有道，积累了不少财富，民国时期任永修县商会会长。学渊窗下十年，中举之后，任宁都知县。民国二年（1913）回到家乡，又当了半年的建昌知事，成为最后一任建昌县知事。因为民国三年（1914），建昌便改称永修了。文渊学识渊博，那时正在家中苦读，准备应试。

张文渊第一任妻子去世后，续娶了本县三角乡树下村袁尧文之女。袁氏温柔贤惠，一切唯夫是听。婚后没几天，新婚大妻就带人抬着猪头到城隍庙里拜各路神仙，希望袁氏能早日为张家传宗接代。然后又去了东门的观音寺，跟着和尚念了三天三夜的经，以求观音菩萨保佑，让自己如愿以偿。

果然三个月后，袁氏就怀孕了，这让张文渊着实高兴了好长一段时间。夫妻两人立即去观音寺还了愿，还出钱把城隍庙的屋顶和门窗重新翻修了一遍。张文渊从内心喜欢袁氏，俩人的感情也尤为恩爱。

自从那天张文渊找到了郎中燕庆祥，送走王济兼后，他就一直数着日期。因为两个人告别时有一个约定：等王济兼的孩子满月那天，张文渊要上门喝满月酒。因此，他盼着孩子满月的日子，一则看看孩子长得怎么样，二则送上自己的贺礼。

当天傍晚，燕郎中从九合淳湖出诊回来，立即告诉了张文渊，说王济兼得了一个千金。张文渊兴奋地把这个消息以及他和王济兼约定的"百年之好"全说给了夫人听。袁氏听了十分高兴，轻声细语地说："张王两家本是世交，这样就更亲了，也算门当户对。"

"门当户对倒是次要，主要是我与济兼趣味相投，亲如兄弟。"张文渊颇为得意地说。

袁氏一脸温柔坐在张文渊身边，拉着丈夫的手放在自己肚子上，笑道："感觉到没有？好像在里面动呢！"

"嗯，蛮有力！"张文渊格外高兴，很有把握地说，"肯定是个崽！"

"那万一也是个千金，怎么办？"袁氏流露出一丝忧虑。

"莫担心，有菩萨保佑！"张文渊信心满满地说，"明天再去大果寺拜拜。"

袁氏温情脉脉地看着丈夫点了点头，可心里还是没底，有些忐忑不安。晚饭时，她点了一炷香，在厅堂上方的神龛前，对着观音菩萨像拜了又拜，两唇上下蠕动着一个劲地念念有词。

这天晚上，袁氏做了一个梦。梦见自己在后花园里，看见一只燕子从东北方向飞来，嘴里衔着一根小树枝，在自家的房顶上来回徘徊，然后降落在后花园的空地上。它把嘴里的树枝插在土里，"嗖——"地飞走了。袁氏感到奇怪，走上前去一看，那根树枝竟然活了，分出两根树杈，并不断地长高，像伞一样分出枝叶，还结出一个个小灯笼似的果子，金灿灿的挂满枝头。袁氏好奇地摘下一个，原来是柿子。她轻轻地掰开皮，一股清香扑鼻而来。她忍不住咬了一口，香甜润滑，一下子带籽连肉吞了进去。这一吞不要紧，紧接着肚子一阵疼痛，而且越来越厉害，她不由"哇——"的一声大叫起来，人猛地从梦中痛醒了。

张文渊在睡梦里被妻子的这声叫喊惊醒，急忙起身问妻子怎么啦？袁氏仍然感觉到腹部一阵阵疼痛，强忍着把刚才的梦境说了一遍，然后望着窗外朦朦胧胧的夜色，问："几更了？是不是要生啦？"

张文渊一听，急忙下床点亮油灯，叫醒长工木根去东门请燕庆祥郎中。木根立即叫人一起抬着轿子向东门跑去。

不一会儿，燕郎中到了。他急匆匆下轿，由木根领着快步走进卧室，借着昏黄的灯光，看了看袁氏难受的表情，伸出三指按在袁氏手腕的寸关尺上，微闭眼睛好一阵子，然后询问了一些情况，嘘了一口气说："不碍事，还有到时辰，只是动了胎气，我扎一针便好。"

张文渊一直站在旁边，静静地看着郎中忙碌不敢吱声，直到听说没事了，才松了一口气，随后把袁氏做梦的事也说了一遍。燕郎中听了大为惊讶，急忙向张文渊拱手道喜："好事，好事！根据夫人的脉象和梦境，一定是个男孩。"

"先生，何以见得？"张文渊急切地问。

"柿（是）子，柿（是）子，那就是儿子。"燕郎中笑道，"柿子树上挂'灯笼'，说明张家还有大喜事，恭喜恭喜啊！明年先生一定能高中。"

张文渊不由得心花怒放，坚信这是一个吉兆。袁氏被扎了针后，腹部的疼痛感渐渐消退了，听郎中这么一说，便全身轻松地坐了起来。张文渊拿出两块银圆递给郎中。郎中见远远超出了自己的出诊费，急忙摆摆手不敢接受。

袁氏笑道："托先生的福，请务必收下！"

燕庆祥从中取了一块银圆，嘴里一再道谢。他心里知道，根据袁氏的脉象应该是个男孩，但没有绝对的把握，刚才自己说的，也只是顺着吉祥话说，到底是男是女，只有生下来了才知道。如果完全拒绝不收钱，恐怕张文渊也不高兴，而要全部收下，万一将来不是男孩，那到时候自己也不好交代。燕郎中满脸堆笑地说："夫人可能还要等一段时间生，我随叫随到！"

张文渊向郎中拱手致谢，叫木根送他回家，歉意地说："耽误先生瞌睡了，请先生早点休息吧！"

"有事尽管吩咐，随叫随到，随叫随到！"燕郎中慢慢退出房室，嘴里一再强调随叫随到，然后转身走出大门，上了轿子。

对于燕庆祥的说法，张文渊毫不怀疑，认为这是命中早已注定的事情。他兴奋得睡不着，天刚亮就起床了，叫醒昨晚没有睡好觉的木根，吩咐他去挖一棵柿子树苗来，他要在后花园里栽一棵，再现夫人梦境里的场景，也祈盼自己明年事事（柿柿）如意，早挂"灯笼"。

木根出去没有多久，就扛回一棵树兜被泥土包裹着的树，得意地向张文渊表功："这是一棵成年柿子树，今年栽下去，明年就可以结果。"

张文渊听说明年可以结果，心里更加高兴，对树的大小形状非常满意，立即叫木根搬到后花园里去。木根手脚勤快，放下柿子树，拿起锄头就要挖起树坑来。张文渊急忙阻拦道："我来，我来，你不要动。"

木根还以为是三少爷跟自己客气，根本没有停下来的意思。张文渊见状大声喝道："放下！"

木根见张文渊动怒了，莫名其妙地放下锄头，不知今天少东家怎么啦？

"快去，把夫人请过来。"张文渊语气稍稍平和了一下说。

木根急忙跑到内屋把袁氏领到花园，张文渊早没有了刚才的怒气，笑着问："夫人，还记得在哪个位置吗？"

"就在你站着的地方。"袁氏用手指了一下说。那个梦境她记得很清楚，更明白丈夫的用意，希望这棵柿子树能给张家带来吉祥和福运。袁氏也坚信那的确是一棵吉祥树，还有那一只吉祥的燕子。

张文渊笨手笨脚地拿起锄头挖起来，可他哪里是做这等苦力的料。他撅着屁股拉开架势，将锄头举得高高的，用夸张的脸部表情配合手里的动作，时而张开嘴巴，时而咬牙切齿，恨不得把脚下的地皮啃下来。张文渊也许不觉得累，可把站在一旁的木根看累了。他几次想上前帮忙，又缩了回来。袁氏对木根笑吟吟地摆摆手，示意木根别管。

树坑终于挖好了，张文渊把树挪到坑里。袁氏急忙上前扶住树干，看着丈夫喘着粗气，又一锹锹地回填泥土，并用脚踩了踩。就这样，从此张家后花园里多了一棵柿子树。张文渊满头大汗地退后几步，用欣赏的目光看了看自己的作品，得意地问夫人："你梦到的是不是这样？"

"很像！"袁氏讨好地点点头，她最懂得丈夫希望听什么，又不假思索地说，"就是这样的，一模一样！"

果然，在王济兼女儿满月的前一天，袁氏生了一个胖小子。张文渊兴奋极了，这可是双喜临门。

第二天一大早，张文渊备好礼物带着木根上王济兼家去了。从艾城到九合淳湖有两条路可走：一条是旱路，沿着曲折的圩堤步行或坐轿，需要一个多时辰；另一条是水路，乘船顺着修河直流而下，大半个时辰就可到达淳湖王家渡口。

张文渊内心急切，恨不得马上到王家，于是匆匆上了船。他站在船头，见河水清澈碧绿，水底倒映着白帆，迎面吹来一阵阵凉爽的风，心情格外舒畅。今天顺风顺水，张文渊尽情地欣赏着两岸的风光。他想给儿子取一个寓意深刻的名字，低着头默默地思考着。

张文渊毕竟是个读书人，心里多少有一个理想的大同世界，尽管两岸田园锦绣，但眼下时局不稳，战乱频仍，百业凋零，自己的科举也前途未卜，不由想起唐代诗人元稹的一句诗：燮理阴阳禾黍丰，调和中外无兵戎。

张文渊觉得这个"燮"字很好，不仅寓意万事万物要和谐相处，也希望将来儿子

修河帆影

10

走上仕途，能"燮和"宰相政务。张文渊的下一代是"朝"字辈，于是"张朝燮"三个字，便在脑海里形成。

一路上，张文渊反复琢磨着儿子的名字，越发觉得寓意深刻、美好，听起来顺耳，叫起来也顺口，这样想着……船靠岸了。

张文渊下了船，带着木根朝王济兼家走去。王家离小码头不远，上了岸，便可见淳湖王村最为醒目的两栋并排的大房子，那就是王济兼与四弟王德兼的家。

王济兼兄弟五人，均各立门户。他行二，与四弟王德兼并排住在一起。两栋房屋坐南朝北，东西并列，济兼在东侧，德兼在西侧。村里人常用东屋、西屋来称呼济兼和德兼两家。东西两屋之间隔有一条小巷，并各开有一扇侧门，彼此相对。两栋房屋的结构和外形一模一样，都有前后院子，前有吊楼伸出，站在吊楼上，能相互看见，彼此呼应。前院大门朝南，门檐下挂着两个红灯笼，两侧一对石兽，颇有气势。

张文渊快到王家东屋门口时，木根加快步伐上前敲门，开门的是管家细毛。细毛见是张文渊，立即拉开门问安，转头向屋里大声喊道："老爷，张先生来了！"

王济兼闻讯快步赶了出来，热情地迎上前，拱手致意道："哎呀贤弟，可把你盼来了，蓬荜生辉呀！"

"恭喜恭喜呀！"张文渊也拱手频频道喜。

"同喜，同喜！"王济兼按捺不住心中的喜悦，大声说，"我已经听说了，弟妹生了个胖小子，真是天佑张王两家啊！"

"你这么快就知道啦？"张文渊有些惊讶，"我一大早赶过来，就是为了亲口给你报喜。"

"哈哈哈。"王济兼开怀大笑，"你张家的事，全县百姓谁不关注啊！"

王济兼热情地请张文渊进厅堂入座，吩咐细毛上茶，然后冲着内屋喊道："梅香，把孩子抱出来，让叔叔看看。"

只听见屋里一声女人清脆的答应，走出两个人来。前面抱着孩子的是一位十二三岁、眉目清秀的王家小丫鬟，叫梅香。她身后跟着王济兼的夫人段氏。段氏三十多岁，体态丰满，衣着华贵，脸色白里透红，早已看不出产后身体的虚弱状。她笑容可掬地向张文渊施礼："叔叔来了！"

"嫂子吉祥！"张文渊立即从椅子上站起来回礼，走到梅香身边，掀开襁

11

褓上的纱巾，歪着头仔细端详着孩子。

梅香抱着婴儿，扭着身子尽量把孩子竖起来，正对着张文渊，好让他看得更真切些。只见这孩子胖乎乎的，皮肤白嫩，闭着眼睛睡得正香呢。张文渊连连赞叹道："长得像嫂子，是一个美人胚子。"

"托贤弟福！"王济兼哈哈笑道。

张文渊像是突然想起来什么似的问："取了名字没有？"

段氏笑着插嘴："就等叔叔取呢！"

"贤弟，你学问好，这名字还是你来取。"王济兼用不容推辞的语气说，接着把孩子哥哥姐姐的名字一口气报给张文渊，"前面几个叫经奋、经鸾、经畓、经凤、经宙，你看她叫经什么？"

张文渊故意思考了一下，其实他在来的路上已经想好了，心里早就有底，不紧不慢地说："既然她两个姐姐是鸾、凤，那就叫燕吧。"

"经燕！"王济兼夫妇几乎异口同声地说。

"对，经燕。"张文渊解释道："鸾、凤、燕，也是顺着前面的名字取的，更主要的还有一件奇事。"

"什么奇事？"王济兼不解地看着张文渊问。

张文渊故作神秘，慢慢地把袁氏那天做的梦和燕郎中解梦的事，一五一十地说了一遍。

"那真是前世的缘分。"段氏睁大眼睛激动地说。

"好事，好梦！"王济兼哈哈大笑，又问，"那贤侄儿叫什么？"

"张朝燮。"张文渊不假思索地答道，接着把"燮"字的词义和名字的寓意做了一番解释。

"好，好名字！"王济兼频频点头，嘴里反复念叨着这两个名字："经燕、朝燮，张朝燮、王经燕，好！叫起来顺口，听起来好听。"

张文渊见王济兼夫妇特别满意这两个名字，兴致更高了，又笑道："燕子是吉祥鸟，一定会给我们王张两家带来福运的。"

"哈哈哈……"整个房屋里，洋溢着一片片欢快的笑声。

第二章　王家旧事

在艾城的下游，修河与潦河交汇，其北岸有一个横渡埠头。相传，埠头最早由涂姓人开设，故叫涂家埠。修河、潦河流域盛产毛竹木材，从修水、武宁和奉新、安义等地的物资要运往外地，涂家埠是必经或休整的地方。每当丰水季节，上游的毛竹木材被扎成排，顺流而下，帆樯林立，集聚在涂家埠，然后至吴城进入鄱阳湖，再去四面八方。

早在明代，涂家埠已形成街市。随着商务的日益繁荣，逐渐成为一座繁华的集镇，尤其是南浔铁路的建成，一座铁桥横跨两岸，并在北岸设立了涂家埠火车站。水路和铁路在此交汇，它便成为一个重要的交通军事要冲。虽然当时涂家埠不是县城，但其繁荣程度却超过了离它二十余里开外的县署所在地艾城。

涂家埠商铺林立，市场繁荣。南杂百货、作坊旅店比比皆是，青楼烟馆、饭庄酒肆处处可见。三教九流，人来人往；富商巨贾，流连其间。整个集镇人头攒动，喧嚣热闹，人称花花世界。它共

涂家埠码头

13

有九条麻石街道，纵横交错，彼此相通，其中王家街口与淳湖王村仅一河之隔。河面并不宽，是修河的一条分支，两岸设有渡口，摆渡船只来往穿梭，十分繁忙。

淳湖最初名为莼湖，因周边的湖塘里生长着一种可口的莼菜而得名。后来，因谐音被读书人改为淳湖，寓意这里的人淳朴敦厚。

淳湖地处于九合圩，圩内土地肥沃，塘渠交错，水源丰沛，是一个富庶的鱼米之乡，也因紧靠繁华的涂家埠，使之交通便利，信息灵通，而王村更是得天独厚。

淳湖王村因村民大多为王姓而得名。据王氏家谱记载：淳湖王村属琅琊王氏，唐朝诗人刘禹锡笔下有一千古名句：旧时王谢堂前燕，飞入寻常百姓家。那个"王"就是"琅琊王"。据说，琅琊六十一世祖王悦由山东临沂县迁至江西德安（也有说是福建闽南王迁址湖口，再到德安）；后由六十八世祖王均郁在明朝嘉靖年间，由德安县迁至建昌县的长亭铺，逐又分出两支。一支迁址新建县；另一支搬到了淳湖，到了王济兼的父亲王兆钧已是琅琊八十一世了。

数百年来，淳湖王氏繁衍生息，尊奉王均郁为一世祖，且开枝散叶，一代代兴衰起伏，生生不息。

王兆钧是均郁公的十四世孙。其父王作震兄弟六个，但他只生了兆钧一子，家境贫寒，且过早离世，没有给王兆钧留下半点家业。王兆钧成人后，更是穷困潦倒，在码头上做一名撑船佬，自己没有船，替别人跑江湖。无船可撑的时候，打打零工，有时吃了上顿没有下顿，但他身强力壮，相貌俊朗，为人诚实，勤快聪明。

有一次，王兆钧帮本乡青墅村的蔡举人家搬运货物。他本分老实，手脚麻利，被蔡举人的小妾瓶儿看中了，想留他在蔡家做长工。瓶儿还使了一个小计，故意将一块银锭丢放在他能看见的地上，王兆钧捡起来毫不犹豫地递还给主人，这让瓶儿十分满意。

蔡举人六十多岁了，年事已高。他曾经讨了三个老婆都没有生育，并且娶一个死一个，均先他而去。村里人都说，蔡举人的命太硬，不但克死自己的女人，还把自家的近亲属都克死了。他不仅没有后人，连亲戚也没有，以致一些远房亲都不敢与他来往，家里只剩下钱财。后来，蔡举人在涂家埠的青楼里赎了风尘女子瓶儿为妾。

走进蔡家的门，瓶儿已三十来岁了，徐娘半老，然风韵犹存。她早听说过蔡举人命硬的传言，但并不在乎，只要有人肯养她就行。蔡举人赎瓶儿的目的，并不是要瓶儿给自己带来风花雪月，也不指望生儿育女，只想身边有个人照料自己，陪着说说话，增添点家里的人气味，夏天有人扇扇，冬日有人暖被窝，打发晚年的寂寞时光。

瓶儿从良之后，一改在青楼里的轻浮散懒，一心想好生过日子。她性情温柔，善解人意，把家务操持得井井有条，蔡举人很是满意。只是家中没有男劳力，不少重活做不了，甚至半夜三更卧室外有什么动静，都不敢开门去查看，家里被偷的事也时有发生，所以，瓶儿提出让王兆钧留下来当长工，蔡举人就满口答应了。

王兆钧三十多岁还没成家。他一听说有这样一个稳定的归宿，自然求之不得。于是，干活、护院，他十分勤快卖力，深得东家的喜欢。

三年后，蔡举人一病不起。他把瓶儿单独叫到床前，嘱咐说："看样子我的大限已到，有些事我要交代一下，我死后，这家里的财产全归你，我没有亲属后人，不会有人与你争夺，只求你把我的后事做得风光一点，想办法请村里的人送我上山，但有一件事你千万记住，不要在我棺材里放金银财宝和值钱的东西，否则盗墓贼不会让我安息的，要让全村人都知道，我棺材里是干干净净的。"

"老爷，你病会好的。"瓶儿眼泪兮兮地安慰道，见蔡举人闭着眼睛无力地摇摇头，又补充说，"要是真的有那么一天，我一定按老爷吩咐的办，请老爷放心！"

瓶儿说得很真诚，伤心地抽泣起来。蔡举人得到瓶儿的承诺感到十分欣慰。这些年来，瓶儿对他照顾有加，他对瓶儿的为人品行也有所了解，相信她能说到做到。于是，蔡举人吃力地从枕头下面掏出一份财产清单递给瓶儿，告诉她金银钱币和地契藏放的地方，把家里的一切都交给了自己人生最后的这位红颜，那曾经紧握着的拳头终于慢慢松开，撒手而去。

出殡那天，瓶儿俨然是一家之主，里里外外的事都由她定夺。王兆钧听从吩咐，跑前跑后，把事情做得条理分明。瓶儿按蔡举人的临终嘱咐，要让村里人都知道，棺材里是干干净净的，除了垫盖的新棉被外，没有放任何值钱的东西。入殓时，她故意叫人不要马上盖棺材，敞开着做了三天三夜的道事，直到有人告诉她，有几个陌生人在棺材边转悠。她故意对着众人大声说："老爷反复嘱咐我，不要在寿材里放值钱的东西，一个铜板都不许放，再检查一次，没有就上盖板了。"然后在众目睽睽之下，钉上了棺材板盖。

瓶儿派出两拨人去买雨伞，几乎把艾城和涂家埠集市上的雨伞都买空了，并把伞运放在墓地旁，由王兆钧负责看管，分发给前来送葬的村民。村里人听说送葬到墓地就可以领伞，且一人一把，于是全村人都出动了，大家扶老携幼，像死了至亲一样，甚至有不少邻村的人，自称是蔡举人的生前好友，也加入了长长的送葬队伍。

一路上，哀乐声声，纸钱飞扬。每经过一个路口都鞭炮齐鸣，留下一片片火红的纸屑与袅袅硝烟，只是没有哭声，不过这时即使有，也会被这响亮的吹吹打打声和鞭炮声吞没。整个葬礼极为隆重，尤其是一个没有后嗣的葬礼，能办成如此轰轰烈烈是村里史无前例的。这完全达到了蔡举人说的风光，甚至远远超出了他自己的想象。村里人一下子改变了对瓶儿的看法，都说这个风尘女子有情有义。

办完丧事后，瓶儿把王兆钧叫到跟前，平静地说："这些年你在蔡家任劳任怨，确实辛苦了，特别是这几天跟自己家里办事一样卖力，老爷的在天之灵会感激你的。现在老爷不在了，你我孤男寡女，本也可以成为一家人，自我第一次见到你便有好感，但我从小落入风尘，没有了生育能力，不能误你前程。老爷临走前把家产交给了我，我想分你一些，你回淳湖买些田地，娶一个能勤俭持家的女子成家立业，今后你我不必相见，望多做善事，如缘分未尽，临了之前，互看一眼便可。"说着，瓶儿领着王兆钧来到内室，打开一个大柜子，里面有一个用粗布盖住的箩筐。她对兆钧说："把箩筐搬出来。"

王兆钧上前用手试了一下，沉甸甸的，费了好大力气，才把箩筐搬到房间中央，不由好奇地问："什么东西？这么重！"

"你掀开看看。"瓶儿倚在房门旁笑道。

王兆钧慢慢地掀起盖布，一层又一层，最后露出亮闪闪的一大筐银圆宝，不由惊呆了。他从来没有见过这么多钱。

"这些都是给你的。"瓶儿轻声地说，语气却很坚定。

王兆钧一听，不敢相信自己的耳朵，有些语无伦次："不敢要，这么多，不能要。"

瓶儿的脸上浮现出女性特有的温柔，笑道："我也没有见过这么多钱，我一个孤寡女人，这些钱放在这里也不安全，弄不好还会惹来杀身之祸，也用不着，你拿去可以改变家运，三十多岁了，再不成家，这一辈子就废了。"

"那你要留一些。"王兆钧真诚地说。

"我自然会留一些，加上每年有田地租金，足够了。"瓶儿似乎早有心理准备。

王兆钧"扑通"一声跪了下来，感恩不尽地说："大恩不言谢，太太的恩情，兆钧永世不忘。"

"等你娶了媳妇，什么都会忘记的。"瓶儿笑了笑，搀扶起眼前这位不知所措的大男人，尔后嘱咐说，"今晚我们吃一餐告别饭，等天黑了，你再把它挑回家，千万小心，别让人看见里面的东西。"

那天晚上，王兆钧把一箩筐银圆宝分放在两个篮子里挑回家。回到家中，整整一宿没有合眼。他从激动的情绪中平静下来，反复打自己的脸，问是不是在做梦？王兆钧从恍惚中清醒后，连夜在床头边挖了一个地洞，把财宝埋在地下，然后将一个大米缸放在上面抹去新土，直到看不出半点痕迹，才放心睡了。

此后很长一段时间，王兆钧不敢离开屋子，待到自己的心境平静得和周边环境一样，才敢锁上门外出办事，但是每次出门都必须在一个时辰内返回。从此，他的命运开始发生巨大的改变。

王兆钧是一个很有头脑的人，为不让别人看出他一夜暴富的痕迹。他先办了一家染布坊，即使在业务淡季，也对外声称生意兴隆；然后娶了郑氏为妻，不动声色地建造房屋、买田置地。

郑氏是一个"摔一跤也要扯把草"的女人，贤惠勤快，节俭持家。她刚嫁入王家，染布坊还在创业初期，尽管王兆钧地下的家底雄厚，但染布坊只请了一个帮手。夫妻俩起早贪黑，亲力亲为。每天天蒙蒙亮，两人就起床了，郑氏煮饭，兆钧劈柴担水。那时的染布坊还没有迁至后来成规模生产的鸭公塘，只在自家院子里砌了一个大灶，竖起几排晾晒布匹的架子。

早饭前，王兆钧在院子里烧好几大锅热水，尔后把颜料倒入大锅里，继续加温、搅拌，使颜料充分溶解成为染液。吃完早饭后，雇请的伙计才从自己家里走来。郑氏把厨房里的事一做完，就立即撸起袖子帮丈夫打下手，把大锅里的染液，一勺一勺地舀入染缸。王兆钧则小心翼翼地将要染的白布放入缸里，用木棒均匀而有节奏地搅拌。这一步最为关键，直接影响染布质量的好坏，因此，王兆钧要亲自把关。然后，与请来的伙计一起捞起缸里的布匹，绞干染液，扔进箩筐里，再挑到门口池塘清洗干净。当太阳升起来的时候，院子里的布架上，便挂满了染了颜色的布匹。

染液浸泡的皮肤很难洗干净，王兆钧夫妻的手长年不是黑色，就是青色的。直到把染布坊扩大规模，搬到了涂家埠的鸭公塘旁，雇佣了一批专业工人，王兆钧只需要背着手在场区里转悠，郑氏也开始被人伺候起来，夫妻俩的手才渐渐恢复正常。

郑氏为王兆钧生了六子一女，为世字辈，其中幼子世守夭折，故分出五房。一房世官，由于无后，五弟世厚把长孙书帅过继给他为孙；二房世宽（济兼），生四子三女——经畬（耕心）、经鸾、经苗（琴心）、经凤、经亩（会心）、经燕（翼心）、经畯；三房世原（伯兼），生四子——经谐（明心）、经畴、经中（秋心）、经周；四房世容（德兼），生二子——经常（枕心）、经棠（环心）；五房世厚（善兼），生一子——经盘（乐心）。另有一女，嫁给了马湾的大财主皮家的公子皮顺山。可谓子孙满堂，人丁兴旺。

王兆钧没有什么文化，却非常注重王家子弟的教育。子孙们青出于蓝而胜于蓝，老二济兼、老四德兼均考取了秀才，到了第三代家运更加兴旺，人才辈出，以致王家在清末、民国时期成为全县最有势力的家族，人们都尊称他为兆钧公。

那时的兆钧公几乎成为淳湖王村的代名词，村里村外的人已不再叫淳湖王村了，而改称淳湖王家。不过，王家最为兴旺的时期，还是在王兆钧去世之后。

王兆钧饮水思源，常怀感恩之心，一直不忘当年瓶儿嘱咐自己"多做善事"的话。他经常修桥铺路，挖池清塘，方便村民，到了晚年，更是积极义捐。科举考试废除后，新式学堂兴起，他牵头出资兴办教育，号召父老乡亲送子读书，不仅使有钱人的子弟能读书，而且也让那些想读书的穷人孩子读得起书。他的义举得到乡亲们的广泛称颂，也受到了县府的肯定和表彰，以致后来王家家运兴旺，乡里百姓都说，这是兆钧公积德行善的结果。

晚年的王兆钧更加注重自己的名声，他希望自己能获得更高层次的嘉奖，以求百世流芳。当时，他的长孙王耕心在省政府教育厅任职，经过耕心的运作，终于在他去世的前夕，获得了民国大总统黎元洪的嘉奖，并授匾表彰。那块牌匾有黎元洪亲手书写的"敬教劝学"四个大字，由省政府精心制作好，派人会同当地政府一起送到王家。

这时的建昌县已在三年前改为永修县了，南浔铁路刚刚竣工不久，省府官员来涂家埠可以乘坐火车。那天，县长潘美裕早早地率众人在车站迎接，然后敲锣打鼓直接把牌匾送到淳湖王家。

这是王兆钧一生中最为荣耀的一天。从涂家埠火车站到淳湖王家要穿过整个涂家埠集镇，一路上锣鼓喧天、鞭炮齐鸣，长六尺、宽二尺八的红木牌匾由两个年轻人抬着招摇过市，其后是一支长长的送匾队伍，省府官员和县长坐在轿子里，其他人前后簇拥着。街道两边商铺里的人纷纷跑出门看热闹。

黎元洪题写的牌匾

当送匾牌的队伍进村时，王兆钧被家人搀扶着站在大门口亲自迎接，省府官员和县长早早地下了轿，走在队伍的最前面，见到兆钧公急忙上前拱手祝贺。长孙王耕心在爷爷身边为其一一介绍，然后把客人引进布置一新的厅堂。兆钧公一边说着感谢的话，一边嘱咐家人把所有来客招待好。送匾的锣鼓队在院子里余兴未尽地敲打着，全村男女老少都过来看热闹。那金光闪闪的匾牌放在院子里供人欣赏，大家见了王家人都说着恭喜的话，赞赏王家功德无量，是积善之家。

这时，有一位乞丐模样的老太婆，手持拐棍站在院子里，举止有些疯癫，大声嚷嚷着："行善之德，天知地知，何必人人皆知。"

王家人见这老太婆言语失当，立即上前拿出铜板劝其离开。老太婆大笑道："这几个铜板就想打发我，让王兆钧出来见我。"

王家人不乐意了，喝道："王兆钧也是你叫的，疯老婆子不要太过分了。"

"王兆钧，快出来！"老太婆对着屋里大声喊叫。

有人立即跑到厅堂悄悄告诉兆钧公，说外面有一位老太婆闹事，非要见您。王兆钧一惊，故作镇静地与客人们打了个招呼，急忙走到前院，看见家人正与一位老女人拉扯。兆钧公大声喝住家人住手。

老太婆慢慢转过身子，看见一位白发老人，一身荣华富贵的样子站在门口，立即变得严肃起来。她眯起眼睛上下打量着王兆钧，好像要从他身上找出某些遥远的记忆。王兆钧已认出了眼前这位披头散发的落魄女人，急忙走上前，颤抖着声音叫了一句："瓶儿太太！"

瓶儿眼睛湿润了，强露笑脸说："谢谢你还认得出我，当年没看错你。"

"快里面请！"王兆钧急忙上前，拉着瓶儿的衣服热情地说。

瓶儿摆摆手，要往外走，边走边说："互看一眼便可，各自保重吧！"

瓶儿谁也拦不住地走了，兆钧公只好目送她离去的背影。这时，兆钧公突然想起了什么，急忙叫管家细毛拿一袋银圆赶送过去。不一会儿，细毛跑回来说，老太太怎么也不肯收，说用不了啦，后来她又说："如果你家老爷实在要给，那就让他明天派人送到我住处吧。"

兆钧公听了心里十分惭愧。这几十年来，只顾自己发家致富，与瓶儿几乎失去了联系，也没有主动去打听她的消息，甚至基本上忘了这个人。如今看到恩人沦为乞丐模样，心里不是滋味，刚才自己贸然送钱，确有施舍的意味。他越想心情越郁闷，渐渐感到有些头昏眼花，身体乏力，只想上床睡一觉。

家人都感到奇怪，刚才老太爷还好好的，怎么一下子不舒服啦。王济兼来到床边问安，老人交代说："你明天备一份重礼，带着细毛去青墅蔡家看望瓶儿太太，礼数要到位，她是王家的恩人。"

第二天，王济兼备好礼物和钱，带着细毛来到青墅村，找到了当年蔡举人的家。细毛上前"啪啪"敲门，门开了，出来一位壮汉问找谁？细毛说找瓶儿太太。那人说这里没有瓶儿太太。王济兼忙问："这不是过去蔡举人家吗？"

壮汉一听就明白了，指着不远处说："哦，你说烟枪婆啊，她搬到那里去了。"

壮汉见王济兼有些困惑，便解释道："这里原来是她的，几年前就卖给我们了。"

"她怎么叫烟枪婆？"细毛不解地问。

"吸大烟，把家产都败光了，村里人都叫她烟枪婆。"壮汉说，"但老人为人很好，据说有钱的时候，经常救济别人，村里人都得过她的好处，所以她没有饭吃的时候，时常有人送去。"

壮汉看王济兼一副绅士打扮，猜测是有身份的人，便主动说："我带你们去。"

他们拐弯抹角，很快走到一间低矮茅草屋前，壮汉对里面喊道："烟枪婆，来客人啦！"

壮汉连喊了几声，屋里都没有动静。壮汉轻轻推了一下门，门是虚掩着的，屋里光线暗淡，有一股浓浓的烟味。王济兼适应了一下光线，看见床上躺着一个人。壮汉上前又叫了一声，仍没有答应。大家一下子紧张起来，壮汉推了推床上的人，把手背放在她鼻孔前，发现没有了气息，说了一句："死了？"

壮汉掀开老人的被子，只见她穿着一身干干净净的衣服，笔直地躺着。床头边放着一把鸦片烟枪，里面装着还没有吸完的鸦片。老人的样子很安详，王济兼估计是吸食鸦片过量而亡。

王济兼叫细毛立即回家给父亲报信，并嘱咐带几个人过来帮着料理后事，自己留在村里，与村里有威望的长老商量如何操办。

兆钧公听了细毛的报告伤心而泣，忽然明白：原来昨天瓶儿上门是为了和自己见最后一面。这时，他想起了当年瓶儿跟自己说的那一句话：如缘分未尽，临了之前，互看一眼便可。兆钧公后悔不已，昨天没能听出瓶儿的意思，越想越感到自责，又问细毛瓶儿太太昨天还讲了什么话。细毛把昨天瓶儿的事，又从头到尾详细地重复了一遍。当细毛讲到瓶儿说"行善之德，天知地知，何必人人皆知"时，兆钧公幡然醒悟，内心惭愧不已，不由老泪横流，泪水像山洪暴发一样滚落下来，冲刷着脸上一道道沟壑般的皱纹。过了好一会儿，他才平静地对细毛说："把那块匾牌扛到瓶儿太太的墓前烧掉。"

"老太爷，您这是？"细毛一脸困惑，又不敢多问。

"照我说的去做！"兆钧公态度坚决地大声喝道。

细毛以为老太爷是悲伤过头，脑子糊涂了，急忙把在家的几位老爷请到太老爷床前。老太爷见几个儿子都过来了，平静地说："有些事我们做过头了，把那块匾牌烧了吧！瓶儿太太说得对，行善之德，天知地知，无须人人皆知。她让我猛然醒悟啊，以后你们为人做事要举一反三，切记在心！"

子孙们都觉得可惜，但知道老太爷的脾气，任何劝说都是没有用的，只有服从执行。细毛用白布裹着匾牌让人抬着，领着一帮家丁赶往青墅村，按老太爷嘱咐厚葬了瓶儿太太，并在她的墓前把匾牌劈开烧了，火光冲天，持续了很长一段时间。

不久，王兆钧也病倒了。他预感自己来日不多，拉着妻子郑氏的手依依不舍，反复嘱咐儿子们要孝顺母亲，并把家里的事与子女一一做了交代。在一个明月高悬的夜晚，他寿终正寝，安详离世。

兆钧公的丧事是淳湖有史以来最为隆重的。王家兄弟请来了大果寺的方丈昌桂法师来做法事。大和尚带着众僧人敲着木鱼为兆钧公超度了三天三夜，诵经念佛，老母亲却有怨言。

郑氏很早就信了天主教，丈夫生前虽然没有正式入教接受洗礼，但跟着郑氏去过好几次教堂，做过礼拜，与亨利神父也有交集。她觉得丈夫的葬礼，应该请神父来主持祷告，她和信教的兄弟姐妹们一起唱葬歌，希望丈夫去天堂等自己，而不是到西方极乐世界。

然而，儿子们没有按母亲的意愿去做，尽管他们在父亲临终前答应要孝顺母亲，但这件事上却没有顺从，认为父亲平日里信佛，虽没有皈依，但也没有接受过洗礼，不能按天主教仪式来。老母亲哭诉道，如果这样，她就无法与丈夫在天堂里团圆了。亨利听说此事，后悔当初没有努力说服王兆钧接受洗礼，感觉这回自己输给了昌桂法师。

看到老母亲闷闷不乐，嘴里唠唠叨叨地表达不满，王济兼也想过法事和祈祷一起做，但想起早年和尚与神父对簿公堂的事，便慎重地询问昌桂法师，如此可否？和尚微微一笑："让释迦牟尼和上帝同时来接引令尊，这不是为难逝者吗？"

王济兼听罢，只得放弃，回过头与老母亲再三解释，说西方极乐世界和天堂是同一个地方，不信可以去问昌桂法师和亨利神父。郑氏年事已高，擦了擦眼泪，不再坚持了。

王济兼担心老母亲真的会去问，便先事与和尚、神父都通了气，希望两位帮他共同安抚老母亲，圆一下他的说法，说这也是修行人的善举！碍于王家的面子，昌桂法师和亨利神父终于这件事情上达成共识。半年后，郑氏去了天堂，只是不知道找到了自己的丈夫没有。

　　从此，王家的重担落到了王济兼兄弟们身上。五个兄弟性格各异，家业和威望也不一，其中以济兼和德兼的影响力为大，所以，淳湖王家的事基本上由老二、老四兄弟俩说了算。

第三章　朝阳少年

张文渊的船快到艾城水南门的时候，月亮已经升起来了，银盘似的，明晃晃地在船底下摇曳。他激动地走出船舱，抬头看见自家房顶上的那轮满月，细算这次返乡之旅走了整整一个月。那天他从甘肃成县出发，也是这轮满月照送自己，兵荒马乱的，一路颠簸，走走停停，终于回到了故土，马上就可以踏进自家大门了。

张文渊在儿子张朝燮出生的第二年，科举高中。他赶上了科举考试的末班车，成为光绪癸卯恩科举人。次年，他被朝廷任命为甘肃成县知事。虽然成县离家遥远，但那毕竟是光宗耀祖的事，他欣然赴任。可到了那里一看，发现西北地区山穷水恶，百业萧条，黎民百姓贫困潦倒，大清江山气数已尽。辛亥之后，局势更加混乱，张文渊无所作为，也无利可图，便挂印回到建昌县老家。

途中，张文渊遇到革命党，被人不分青红皂白拉去剪了辫子。当时，他无处申辩，受此大辱感到万念俱灭，只想一死，后转念想想，要死也要回家死。可一路走来，看见剪辫子的人越来越多，留辫子的反而被人指指点点，不少人把辫子盘起来生怕被人发现，他也就慢慢地接受了现实。

到了家里，长工木根看见老爷剪了辫子，当晚就拿起剪刀，也把自己的辫子剪了，还说："凉快多了，早该剪！"

艾城的大小官员和乡绅听说张知县回来了，都前来拜访看望，看见张文渊剪去了辫子，留了一个文明发式，都赞叹他引领时代新风，不少人纷纷效仿，也剪去了长发。张文渊心里哭笑不得，只好顺水推舟。

艾城西门外有个地方叫鹤鸣山。说是山，其实是一片丘陵，因常有白鹤出没鸣叫而得名。乾隆初年，建昌知县邱元遂在鹤鸣山重修了南宋大教育家李燔创建的修江书院。从此，它成为建昌县最大的学府，闻名遐迩。这所书院历经几百年的风雨沧桑，培养了一批批建昌学子。科举考试被废除后，书院改为学堂，其教学内容和形式都发生了很大的变化，不光读四书五经，还开设其他新课程。社会上的许多新鲜事物最先从学校里传出，学生们不再蓄发留辫，也不用写八股文章了。

这年，张朝燮十一岁，学堂又改名为县立高等小学堂，他在里面读书。

修江书院改建的学堂

张朝燮自幼聪慧勤奋，六岁便能成诗作对，被当地人称之为"神童"。他每天很早起床，在自家后花园里背读诗文。待早饭匆匆吃罢，便挎起书包去学堂上学。学堂在西门城外，母亲不放心，叫长工木根护送他。张朝燮不答应，硬要独自行走。母亲拧不过他，表面同意，却让木根暗地里远远跟着。

有一次，张朝燮发现了木根的跟踪，心里非常不乐意，很想上前揭穿他。可一转念有了一个主意，便故意装着没看见，慢悠悠地走着，等走到一条巷子口前，本应继续往西门走的他，突然加快步伐溜进了那条向北门去的小巷。木根以往都是沿着老路远远地跟着的，直到目送他走进学堂大门才返回。整个上学过程都掌控在自己的眼里，同时还不让张朝燮发现他的追踪。这次小家伙突然溜进巷子离开了他的视线，木根赶紧追上前，等他穿过小巷回到大街上时，却不见张朝燮的影子。木根前后左右寻了一遍，也没找到人，只好去学堂看看，他确信张朝燮是不会逃学的，肯定在那里。可到了学堂一问，都说人没有来。这下木根紧张了，又赶紧返回城里寻找，仍不见踪影。最后只得跑到家里问，也没有回来。袁氏一听慌了，急忙让家里所有人都到各个城门寻找打听。

其实，张朝燮就在学堂周边。他料定木根会找到学堂里来，就躲在附近，等看见木根走进学堂大门而后又急急忙忙地跑出来，才悄悄溜进教室。同学们一见到张朝燮，争先恐后地告诉他，刚才他家里来人找他。张朝燮笑眯眯地用手指示意大家别吱声，莫让先生知道此事。同学们默契地偷偷一笑，知道其中肯定有好玩的事。张朝燮不仅读书成绩好，也是一个调皮蛋，同学们都喜欢与他一起玩耍。

第一堂课讲《诗经》，先生姓万。万先生知识渊博，思想开明，风趣幽默，只是有一些不修边幅，身上的长衫总是皱巴巴的，但深受学生爱戴。他有一把戒尺，却从来没有打过学生。当有同学犯了大错误，他就站在讲台上，当着全班同学的面，用戒尺打自己的手心，边打边念道："养不教，父之过。教不严，师之惰。"戒尺与手心在"过"和"惰"字上发出"啪——"的声响。

教室里鸦雀无声，犯错误的同学下次再也不敢犯了，同学们都非常敬畏这位万先生。张朝燮喜欢听先生讲课，昨天上的那篇《硕鼠》给他很大的触动。

这时，万先生满面春风地走进课堂，同学们立即起立向先生问好，然后整齐地坐下。万先生环顾了一下整个教室，看见后排两位同学还在为刚才张朝燮的事窃窃私语，便和蔼地问道："有什么趣事？道来听听。"

那两位同学立即正襟危坐，不敢吱声了。万先生没有一丝责备，笑道："你们不说，那我开讲了，今天继续讲《硕鼠》，谁能把课文先朗读一遍？"

张朝燮第一个举起手，两眼看着先生，这篇课文他今天早晨背了好几遍，已熟稔于心。

"好，张朝燮同学。"万先生非常喜欢这位聪明顽皮又富有正义感的孩子，见张朝燮举手，就点了他的名字。

张朝燮立即站起来，没有按先生的要求朗读课文，而是扬着头背诵起来："硕鼠硕鼠，无食我黍！三岁贯女，莫我肯顾。逝将去女，适彼乐土。乐土乐土，爰得我所……"

张朝燮抑扬顿挫，流利顺畅，没有一处打哏，一口气背诵完毕。同学们都投以钦佩的目光，有的同学试图鼓掌，但怕先生不允许，想鼓又不敢鼓出声音来，只在空气中比划着。万先生十分满意，望着那几位要鼓掌的同学幽默地笑道："可以鼓掌。"

教室里立即响起热烈的掌声和笑声，这声音在张朝燮稚嫩的脸上描绘出淡淡得意而又羞涩的表情。先生接着问："大家见过硕鼠没有？"

同学们七嘴八舌，有说见过，有说没见过。

万先生又把头转向张朝燮问："张朝燮见过吗？"

张朝燮站起来答道："见过！"

"那你描述一下，硕鼠的样子。"

"硕鼠有两种"，张朝燮像个小大人，满脸认真地说，"一种是我们在田里、谷仓里看到的，尖嘴、大肚、长尾的老鼠；还有一种是没有尾巴的。"

大家一阵哄笑，哪有老鼠没有尾巴的？

"那种没有尾巴的硕鼠，长得跟人一样，会说人话，但有手不做事，有脚不走路。"张朝燮不紧不慢地说，"凡是不劳而获的人都是硕鼠。"

大家又一阵哄笑。万先生不由一愣，心想：这篇文章我还没有详细讲解呢，他怎么分析得如此透彻，这孩子将来了不得！

正在大家议论纷纷时，只听见坐在窗边的一位同学喊道："张朝燮，你家硕鼠来了。"

同学们笑得前仰后合，一起向窗外望去。只见张文渊和木根急急忙忙地向教室走来。万先生一看是张文渊，立即走出教室迎上前。张朝燮心里十分清楚他们为什么而来，父亲和先生边说边比画，木根乘机跑到教室外，趴在窗口向里张望，看见张朝燮坐在教室里，才放心地回到老爷身边。张文渊与先生又说了几句话，然后朝教室方向看了看，似乎放心地走了。

万先生把张文渊一直送到学堂门口，两人拱手告别后，才返回教室。他看了看张朝燮那张稚嫩顽皮的脸上透露出过于成熟的神情，想笑又忍住了，目光里流露出几分喜爱。他把这种喜爱的表情传递给了教室里所有学生，继续接着刚才的内容讲下去。

临下课时，先生笑着对同学们说："这堂课先上到这里，下课前，我出一个对子，大家对上了就下课，对不上来就一直想哦！"

同学们最喜欢作对联，像做游戏一样好玩，屏住呼吸看着先生出上联。

"童子上学走丢失，寻遍东西南北。"先生看着张朝燮一字一顿地说。

张朝燮的脸像虾米过了一道沸水似的，一下子变红了，知道先生拿自己的事作对子，稍做思考，不等先生点名就站起来答道："先生下课出对联，写尽春夏秋冬。"

万先生点点头，继续问大家："还有没有其他下联？"

同学们迅速开动脑筋，有抬头望房顶的，眼睛不眨地盯着屋梁；有低头看地的，好像蚂蚁能爬出答案来；还有抓耳挠腮说出半句又缩回去的……张朝燮又站起来答道："硕鼠打洞啃诗经，咬烂之乎者也。"

万先生听了非常高兴，虽然这两句对子对得不是特别工整，但能在短时间里应景对出两副，确实不容易，便一扬手大声道："好，对得不错，大家可以继续想，下课！"

同学们一窝蜂地跑出教室，只有少数人还坐在那里跟文字较劲，像分娩的妇女似的，眼看着胎儿就要出来，就差最后一下了，便用尽平生的力气，一脸拼命的表情。

自从张朝燮戏弄了一番木根后，还让家里人虚惊一场，他们就不再坚持送他上学了。每天看见朝燮开开心心地去，平平安安地结伴而归，母亲渐渐地放心了，但她对儿子疼爱有加，每次出门都反复叮嘱路上注意安全，总塞一些桂花糖之类的小零食在书包里，说读书是一件辛苦的事，饿了记不牢字的，让儿子课间拿出来吃。张朝燮并不推辞，可到了学堂就把这些东西分给家里贫穷的同学。有些富裕家庭的孩子嘴馋，也向他讨要，张朝燮不给，说这些东西你们自己家里都有，应该拿来给家里没有的同学吃才公平。

张朝燮顽皮归顽皮，但正直公道，乐于助人，学习又好，因此成为学堂里的核心人物，大家都喜欢跟着他。同学之间有什么矛盾，都愿意请他来协调、评判。小小年纪，没有一点富家子弟的坏习惯，而且同情穷人和弱者，处处替别人着想，左邻右舍都说，这孩子将来一定会有大出息。

这年冬天，天气特别冷，滴水成冰，连厨房水缸里都结了一层薄薄的冰，屋檐下像挂着一把把长短不一的寒剑，叫人不敢出门。庙前湖岸边的柳树枝条被冰凌包裹着，晶莹剔透，湖面上结了一层厚厚的冰，有的地方可以在上面走人。

天寒地冻的雪天，是孩子们玩耍的天堂。一群叽叽喳喳的顽童，在城隍庙的戏台前点燃了一堆小篝火，边玩冰块边烤火。有人捡起地上的瓦片或石块朝湖面上扔过去，只见瓦片石块贴着冰面"嗖——"地飞向湖对岸，比以往在水面上打水漂更刺激好玩。小伙伴们到处寻找瓦片石块，人人比赛似的使劲扔出去，看谁扔得更远，每次超越都换来一阵欢呼。不一会儿，每个人身上发热，手却冻得通红，于是回到篝火旁把手放在火上烤一烤，又返回到扔"冰漂"的队伍里。

这时，有位叫冬狗的六七岁男孩，好奇地走到湖边。他半蹲着身子，小心翼翼地伸出一只脚试了试冰面，感觉可以站人，就慢慢地在冰面上站立起来，然后轻轻挪动脚步，脚下的冰面纹丝不动，便大胆地来回移动。他的行为鼓舞了其他的小伙伴，两个胆大的孩子也跟着踩上了冰面，另几个胆小的不敢上前，站在岸边观望。

冬狗见有小伙伴上来，胆子更大了，挥着手招呼岸上的小伙伴也上来，自己往湖心走去，还不时地做怪动作。岸上的小伙伴起着哄，冬狗的胆子越来越大，为了表明冰面安全无事，他忘乎所以，竟然在冰面上跳跃起来。这一下两下没事，跳到第三下时，只听见脚下发出"咔嚓"的冰裂响声，靠近岸边的两个孩子见势不妙，立即爬上了岸。冬狗也慌了，本能地向岸上跑去。可这一跑不要紧，增加了冰面的负荷，只听见"扑通"一声，冬狗掉进了冰窟窿。他拼命地挣扎着，企图抓住冰面，可每次想撑着冰面爬上来，冰面就垮下去，冰窟窿越来越大。岸上的伙伴们一时不知所措，也不敢上前营救，只有大声呼喊："冬狗掉水里啦，救命啊！"

这时，张朝燮正从附近路过，听见呼救声，毫不犹豫地跑了过来，看见有人在冰湖里挣扎，来不及脱去鞋裤，猛地跳进刺骨的湖水，凭着自己在修河里练就的水性，一把抓住了冬狗，使劲地推上岸。冬狗虽然呛了几口水，除了冻得瑟瑟发抖，并无大碍。附近的居民也闻讯赶来，立即把孩子抱回他家。

张朝燮救人时并不觉得冷，可一上岸，浑身湿透了，鞋子也掉了一只，寒风一吹冻得不行，看见冬狗被人抱走了，咬着牙关拼命地往家里跑。从庙前湖的北岸到小南门的家里，有一段距离，平日里并不觉得路远，可这次张朝燮感觉跑了很久，并且跑得越快寒风越像千万根银针刺进身体。

当张朝燮推开家门，全身几乎都麻木了，脸色乌紫，浑身不停地颤抖，人几乎失去了知觉。家人见状都惊呆了，来不及细问缘由，立即脱去他湿透的衣服，抱进被窝里，盖上几床棉被，又把火盆端进卧室，火烧得旺旺的。

尽管如此，张朝燮还是病倒了，当天晚上浑身发烫，脑子昏昏沉沉的。

张文渊急忙叫木根把燕庆祥郎中请来。郎中摸了摸张朝燮的额头，号了一下脉，轻松地说："不打紧，我开两服药，吃了就会好的。"说着，匆匆在一张纸签上写下几味药递给木根。

木根正要出门抓药，被张朝燮轻声叫住了。他目光有些胆怯地望着张文渊，声音弱弱地说："爸，多抓几服。"

郎中笑道："放心，两服够了。"

"抓四服，送两服给冬狗。"张朝燮说着，眼睛观察着父亲脸上的表情，露出一丝羞涩的笑容。

张文渊一听大为生气，厉声喝道："你差一点都没命了，还想着别人。"

"你要不多抓，我就不吃药。"张朝燮倔强地说，把被子一拉蒙住自己的脸。

母亲袁氏立即上前打圆场，对木根挥挥手，示意他快去抓药："好，好，就抓四服。"

燕郎中大为感动，情不自禁地赞叹道："少爷真仁义！"

一句自然流露的内心话，说得张文渊反而有些尴尬。燕郎中见状，感觉自己的话说快了，急忙向张文渊拱手致意道："可怜天下父母心，老爷教子有方啊！"

冬狗父亲是位木匠，老来得子，家里就一根独苗。从此，他逢人就说，他父子的命是张家少爷给的，如果冬狗没了，他也活不成。张朝燮破冰救人、送药上门的事，随着冬狗他爹的木匠手艺传遍城乡各个角落。而真正让少年张朝燮在古艾家喻户晓的，还是十二岁那年发生的一起"打狗"事件。

有天下午放学，张朝燮和几位同学路过西门街一家商铺前，看见店主正对一位衣衫褴褛的乞丐骂骂咧咧，不但不施舍，反而推推搡搡，说乞丐妨碍了他的生意。乞丐不满地顶了一句，店主就放出一条大黄狗咬他。乞丐是一位六旬老人，躲闪不及被黄狗咬了一口，裤腿被咬破了，鲜血直流。

张朝燮见状向同伴们一挥手，各自操起身边能抓到的家伙冲了上去，围着黄狗一顿猛打。那黄狗十分猖狂，狗仗人势，上蹿下跳，左右躲闪，几次想扑上来咬人，可挨了几棍揍后，才嗷嗷叫着跑了。

张朝燮急忙上前扶起老人走进店里，让他坐在椅子上，自己与店主论理，

30

义正词严地要求店主立即给老人治伤和赔偿。这位店主平日里欺行霸市惯了，见几个毛孩子多管闲事，不由得破口大骂："哪来的毛猴子，敢在老子门口撒野！"说着，做出一副要打人的架势。

张朝燮毫不畏惧，一手叉腰，一手指着店主说："你放狗咬人，不但不认错，难道还想打人不成？"

店主见张朝燮衣着俭朴，一副普通学生模样，便不屑一顾地冷笑道："狗咬人，我管不了，你们打伤了我的狗，我也要你们赔。"

这时，门口围满了看热闹的人，大家窃窃私语地指责店主无理，张朝燮心里更有了底气。他向同伴们使了一个眼色，满不在乎地一昂头说："既然你不管，那我们就坐在这里不走了，你也别想做生意。"

店主哪这样受过一个毛孩子的气，不由得勃然大怒，扬起手朝着张朝燮一个耳光扇去。张朝燮心里早有提防，一个下蹲，巴掌从头皮上削过。人群里立即走出一个人，指着店主的鼻子呵斥道："你不要命啦，这是张知事家的大少爷。"

"啊！张知事？"店主一听眼前这位少年是县知事的公子，吓得手脚发软，脸色煞白，颤抖着声音说，"是，是张少爷？"

张朝燮不卑不亢地说："你别管张少爷、李少爷，伤了人就是要赔。"

"好好，我赔我赔。"店主一下子矮了半截，立即答应了张朝燮的要求。

店主请来郎中替老人的伤口医治之后，张朝燮和小伙伴们一起把他送到北门的城隍庙里安顿下来。

张朝燮回到家时，天快黑了。母亲问："今天怎么这么晚回来啊？"

张朝燮笑了笑没有回答，故意岔开话题说："我饿了，饭好了没有？"

"好了，好了。"母亲立即张罗着开饭。

下午的一番事情还真让张朝燮饿了，他风卷残云般地吃完饭，刚放下筷子，正想着那位乞丐老人有没有晚饭吃时，只听见有人敲门。

张文渊叫木根去开门。不一会儿，木根把一位提着一包点心的人带进来，弄得张文渊和袁氏有些莫名其妙，他们并不认识眼前这个人。张朝燮一看是下午那位店主，心里明白他的来意。

店主满面羞愧地把今天下午的事向张文渊夫妇简单地说了一遍，然后不停地自责和道歉，尤其不该打小公子的耳光，故特来上门赔礼。张文渊大度地摆摆手，不肯收下礼品，还说小孩不懂事，请多多包涵，这让店主更加不安。

最后扛不过店主的诚意，张朝燮说了一句："要不，你给城隍庙里的老人送去，也算是你的心意。"

店主见张家实在不肯收下，就只有顺从张朝燮的建议，一边唯唯诺诺地退出大门，一边反复表达歉意，答应一定会把点心送给老人。

店主走后，张文渊对儿子声色俱厉地指责道："小小年纪，多管闲事！"

"这怎么是闲事？"张朝燮并不示弱，引用了一句《论语》的话，"子曰，见义不为，无勇也。"

张文渊无言辩驳，愤愤地说："这世上的事，你管得过来吗？老人有冤可上衙门告状，你这样做，人家还以为我张家仗势欺人呢。"

"天下不平的事，管一件少一件。"张朝燮一副理直气壮的样子。

张文渊摇摇头，生气地放下碗筷来到厅堂。袁氏牵着小儿子张朝瑗跟了过来，安慰丈夫说："孩子还小不懂事，别生气，不过那店主也太霸道了一点。"

张文渊余怒未消，对袁氏责备道："这孩子都是你惯的，你不要太娇纵了，不然将来会给张家惹出大麻烦的。"

袁氏劝道："你好生给他讲道理，不要动不动就指责骂人。"

张文渊叹了一口气，一屁股坐在椅子上，转头发现小儿子睁着大眼睛看着自己，便一手揽到怀里，亲昵地说："还是朝瑗懂事听话，千万不要学你哥哥，喜欢惹是生非。"

第四章　雏燕初飞

"妮耶，快下来哟，莫摔倒啰！"段氏站在一棵大杨梅树下，仰着头焦急地冲树上的人叫喊。

只见树杈上坐着　位六七岁人的女孩，五官秀气，浓眉大眼，剪着短发，皮肤白皙，一副机智调皮的样子，浑身散发着一股倔强气。她就是王经燕。

小经燕不高兴地咕嘟着嘴，根本不理会母亲的叫喊，拉开谈判的架势，提出自己的条件说："你不答应我，就不下来。"

"女崽不裹脚，长大没人要。"段氏还想继续说服，这些话不知道讲了多少遍。

"我为什么要别人要？"经燕反驳道。

"你看看全村的妮崽，哪一个不裹脚？"

"我为什么要和别人一样！"

"那你要和哪个一样？"

"我就是和自己一样！"

……

两个人树上树下，你一言我一句，僵持不下，谁也说服不了谁。小经燕见母亲不答应自己的要求，脚踩在树杈上，抱着树干站起身，又要往更高的地方爬，树枝摇摇晃晃，一只脚踩着的枯杈，突然"咔嚓"一声断了，她机灵地抓住树干稳住了身体。可把树下的母亲吓坏了。她本能地上前伸出双手想接住女儿，可段氏是一个小脚女人，要完成这种应急动作可不容易，只见她身子跟跄了一下，两只小脚"噔噔噔"顺着惯性走了几步才站稳。小经燕见母亲那副滑稽的样子，不由得"咯咯咯"大笑起来。

段氏被这一惊一跟跄吓得不轻，又生怕女儿摔下来。可王经燕满不在乎地咯咯直笑，急得段氏使劲向上招手，妥协道："好好，快下来，快下来，我答应你，我答应你。"

"说话算数！"小经燕抱着树干，故意把一只脚悬在空中。

"算数，算数。"母亲的心都提到嗓子眼了，哪敢说不。

王经燕慢慢地顺着树干，踩着树杈往下移。段氏担心女儿抓不稳，想上前帮她一把，伸出两只手在空中移动，似乎要抓住她。小经燕摆摆手，示意母亲走开让出空地，在离地面几尺高的地方，猛地"扑通——"一声跳了下来，又把母亲吓了一大跳。

王经燕满不在乎地拍拍手站起来，段氏悬着的心才落了地。

"说话算数啊。"王经燕歪着头，用手指着母亲说。

"反正我不管了。"母亲无可奈何地说，尔后又生气地补充一句，"只要你爷老子同意。"

"我管他同不同意，他要让我裹脚，那他自己为什么不裹？"王经燕理直气壮，说得段氏无言以对。

王济兼对这个叛逆的小女儿也没办法，几次让人强行摁住她，把布带缠在她脚上，全被王经燕扯掉，还把布条扔进火灶里烧了。王济兼夫妇无计可施，只得放弃。

段氏心里不踏实，担忧地对丈夫说："这事是不是要跟张家先沟通一下。"

"唉——"王济兼摇摇头，无奈而气愤地对女儿扔下一句话，"长大了嫁不出去，到时候别怪我们。"

王经燕一昂头，毫不示弱地说："我长大了，更不用你们管。"

最终，王济兼夫妇只得作罢。

自从王兆钧获得民国大总统黎元洪"敬教劝学"的表彰后，王家后人更加尊师重教了，尤其对王家子女，不管男孩女孩都要求读书识字。兆钧公在世的时候，办了一所私塾，专门请先生教四书五经，写八股文，鼓励王家子弟刻苦读书，参加科举考试，期望将来金榜题名，光宗耀祖。

后来科举废除了，子孙不断增多，为顺应形势变化，王家把私塾改为学堂，后改称承德小学，请知识渊博的老师开课，不仅教识字习文，还开设一些新课程，同时也接受一些外姓聪慧的孩子入学，希望这些会读书的孩子影响、帮带王家子弟。如此办学，既营造了好学的氛围，又获得父老乡亲的称赞，赢得积德行善的好名声，也不愧于当年黎元洪授予王家"敬教劝学"的牌匾。

读完私塾，再读县里的高等小学，然后送他们去省城更高级的学校继续学习，甚至东渡日本留学深造。这样不但学到了立命的本领，还结识更多有志之士，扩展自己的社会人脉。这一点，在王氏兄弟里，属老四王德兼最具有眼光。

王德兼的大儿子王枕心在南昌模范小学读书时，结识了隔壁安义县的熊式辉。毕业后，两人虽不同校，但一直保持来往，情趣相投，情如手足。熊式辉家庭贫困，经常得到王枕心的资助。熊式辉时常随王枕心来王家做客，王德兼见他相貌堂堂，一表人才，聪明能干，十分看好这位少年俊才。

甲午战争后，日本作为一个强国被国人模仿学习，去日本留学深造是年轻人的一种向往和抱负。王枕心和熊式辉也都有这个愿望，但熊式辉常为家庭经济困难发愁。王德兼得知后，拿出一千块大洋对他们说："你们俩二一添作五，去日本好好读书吧。"

这种雪里送炭使熊式辉感恩不尽，当即跪下认王德兼为义父。王德兼大喜过望，这是他一生中最为得意的一次"善举"，也是他一生中回报最大的"投资"。

后来，王枕心和熊式辉先后去了日本，一个学农，一个学军。熊式辉学成回国后，在北伐时期屡立奇功，仕途顺畅，主政江西十年，一直不忘王家的恩情，并且与王枕心始终保持密切的手足关系，情深谊厚，甚至对于王枕心的话，言听计从。这对王家在当地形成庞大的势力和超高的威望，以及后来王枕心当上江西省参议长都起了相当大的作用，以至于在民国一段时期永修县县长上任的第一件事，就是上门拜访王家。

王德兼的二儿子叫王环心，自幼聪慧，思想激进，富有正义感。王德兼望子成龙心切，早早就在江西法政学校挂了一个学号，希望他有一个更好的起点，将来在仕途上飞黄腾达，光宗耀祖。只是后来王环心走上了另一条艰难的革命道路。

王家兄弟的施舍行善，多有功利性，或为名，或为利，或为远期投资。对于一般穷苦百姓不会轻易施恩，甚至想方设法掠取豪夺，特别是王济兼天生吝啬，爱贪小便宜。他上街买鱼，渔民都知道他的习惯动作，鱼称好后，付了钱，临走时一定要随手多拿一条。卖家怕他拿大的，常常主动准备好一条小鱼送给他。

王济兼的小气，连乞丐都知道。有一天午饭，王济兼全家人正围着桌子吃饭，突然听见院子门口有人敲门，并且传来几句唱曲。段氏一听便知是乞丐，对小经燕说："是要饭的，去添些饭给他。"

王经燕应声去厨房盛了满满一碗米饭，高高兴兴地打开门，一看是一位老人牵着一位瞎子，那瞎子正仰脸扯着嗓子在说唱着一些吉祥词。王经燕把饭倒在老人碗里，觉得瞎子没有给，就立即返身去厨房又盛了一碗倒给了瞎子，两位乞丐再三道谢地走了。

王经燕回到座位，正准备继续吃饭，王济兼有些纳闷地问："你刚才来回跑什么？"

"我开始给了一碗，开门一看是两个人，就又回来添了一碗给他们。"小经燕不假思索地回答道。

王济兼一听，脸色马上变了，把筷子往桌子上一拍，大光其火："败家子，要饭的管他多少人，打发一下就行了，他要是来十个，我不就要开一桌饭。"

"一个老人一个瞎子，那么可怜，多给一碗饭怎么啦？"王经燕不服气地辩解道。

"可怜人多了去，你管得了吗？你要都管，你自己就会变成乞丐了，懂吗？"王济兼大声责备道，又恨铁不成钢地补充了一句，"晓得啵，我这家产是一点一滴积累起来的，不是天上掉下来的。"

"那碗饭算我的好了，我不吃了，总可以吧！"王经燕倔强地把碗一推，也把筷子一拍愤愤离开饭桌。

二哥王琴心见父亲大骂妹妹，有些幸灾乐祸，表功地说："上次有一个要饭的敲门，我直接把他赶走了。"

段氏用脚在桌底下轻轻踢了一下儿子，赶紧打着圆场，劝丈夫不要生气。王济兼狠狠瞪了段氏一眼，女儿的叛逆行为让他十分恼火，不由得把气都撒在妻子身上，怒骂道："都是你给惯的。"

全桌人默不作声，各自吃饭，连王琴心也不敢多嘴了。

王经燕一连两餐没有吃饭，段氏怎么劝也没有用。王经燕鄙视地说："我这样，王家不就多了一碗饭的家产吗。"

小时候的王经燕不但性格倔强，而且活泼好动。她不愿意老老实实地待坐在教室里，摇头晃脑地背诵经典诗文，更喜欢上树掏鸟窝，下河摸鱼虾。

王济兼觉得她是一个女孩，在学习上不像对待她的兄弟们那样严格要求，只求稍会断文识字就行。

到了王经燕八九岁时，王济兼看她行为举止像个男孩，便让她跟着王家几大房的子弟一起上学，并吩咐先生专门给她上"女诫"之类的课，教她一些相夫教子的道理。

私塾先生是一位老学究，戴着一副老花眼镜，看人时，目光总是从眼镜框的上缘挤出，额头上抬起道道皱纹，小眼珠子隐藏在镜片之下，像他的学问一样深不可测。他在王家教了两三代人的书，几乎成了王家的家庭成员。他把小经燕单独叫到一边开小灶，专门讲"三从四德"。老学究之前领教过王经燕叛逆的性格，便和蔼可亲地称呼她的小名："玉如啊，你长大了想不想嫁一个好婆家呀？"

"不想。"王经燕毫不犹豫地摇摇头。

这个回答出乎先生的预料，一下子打乱老学究的思路，他问过不少女孩都是一个字：想。

"哎——哪有女孩子不想找个好婆家的。"老学究耐心地启发说，"嫁了一个好婆家，就像抱住了一棵大树，可以享尽荣华富贵。你看，窗外那棵老株树爬满了藤子，男人是树，女人就是那根藤。藤必须依靠树才能生长，才能爬得高。你没有出嫁之前，你父亲是那棵树，你出嫁之后，你丈夫是那棵树，你丈夫若死了，你儿子就是那棵树。这叫三从，未嫁从父，出嫁从夫，夫死从子。"

"我不做藤，我要做大树。"小经燕一昂头，大声地说。

老学究耐着性子笑道："做树做藤由不得我们选择，天地乾坤，阴阳男女都是注定的。你出生在王家，那是你前世修来的福分，未嫁从父是由不得你选择的。但出嫁从夫，这个夫是可以选择的，若要想嫁得好丈夫，则必须先做一个好女人，好男人才会娶你。什么是好女人呀？"

老学究循循善诱，一层层地引导，微闭着眼睛，脑袋一甩一甩的，好像嘴里的话不是口腔里说出，而是从脑袋里面一串串甩出来似的："好女人就是要有四德，妇德、妇言、妇容、妇功。"

"那要是没有父亲，没有丈夫，没有儿子呢？"王经燕嘴巴像放鞭炮一样反驳道，"那靠谁？"

老学究一时不知如何回答，想不到这小小年纪，嘴这么厉害。他涨红着脸还想继续开导："三从四德是做女人的根本……"

"不听、不听、不听。"王经燕用手指捂住耳朵，把头摇得跟拨浪鼓似的，不让老学究的话钻进耳朵，连声说不听。

老学究生气了，沉下脸说："女孩子不听三从四德，那听什么？"

王经燕毫不示弱："反正我不听三从四德，你要讲就讲花木兰，环心哥哥给我讲过。"

老学究板着脸，怒气冲冲地说："岂有此理，读书当以儒家经典为要，那些民歌野史怎么能登大雅之堂呢。"

王经燕捂住耳朵就是不肯听，老学究高高举起戒尺，却轻轻地落在桌子上，无可奈何地摇摇头，只得作罢。

王家五房兄弟共有十四位子女，在这些叔伯兄弟姐妹中，王经燕与王秋心、王环心年纪相仿，经常在一起玩耍，稍大几岁的王琴心也有时会介入。王经燕与王环心关系最好。他们两家房屋东西并排紧挨着，两院墙之间只隔了一条小巷。两个人兴趣相投，共同语言也多，因此他们的来往更为密切，她与王环心的感情甚至比与自己的亲二哥琴心还要深，这让王琴心很是妒忌，常常找机会欺负王环心。两个人从小就彼此看不顺眼，也使王经燕越来越讨厌二哥不讲道理。

王环心身材瘦小，性格内向，平时沉默少言，而一旦与人争执，思维敏捷，滔滔不绝，常常让对方无力招架。平日里喜欢看书，脑子里装了很多东西，王经燕就喜欢听他讲的故事。淳湖王家前湖后田，因此，两个人经常在一起边抓鱼摸虾，边讲故事。

民国时期的淳湖王家

38

有一次，王环心和王经燕在屋后的水田沟里抓鱼。他们先在水沟两端筑起两道泥坝，堵死两侧的水，拦出一段水沟来，然后拿脸盆把水沟里面的水舀干，便可直接捡鱼。当两人正在低头弯腰往外舀水时，王琴心一副小少爷的模样走了过来，讥笑道："这条臭水沟里会有鱼？"

"有没有鱼，舀干了水就知道了。"王环心头也不抬地说。

"要不要我帮忙呀？"王琴心也想加入这个行列，讨好地说。

"你不是说臭水沟里没有鱼吗！"王经燕顶了一句，拒绝他加入。

王琴心碰了一鼻子灰，手里拿着一根竹棍随意地在泥坝上拨弄着，王经燕见状立即上前警告道："你不要把它弄倒了。"

"要是这样拨都能弄倒，那是该倒！"王琴心满不在乎，又不怀好意地说，"你们这样舀水，明天都舀不干。"

"舀干舀不干，关你什么事？"王经燕寸步不让，嘴不饶人。

"不信走着瞧。"王琴心被妹妹的话顶得心里很不高兴，心里骂了一句"辣婆子"，没趣地走了。

不一会儿，王琴心又折回来了。他趁王环心和王经燕在另一侧埋头舀水不注意时，快速从怀里掏出一根空心竹筒，假装在水沟里洗脚的样子，悄悄地把竹筒从泥坝底部塞进去，使沟里的水内外连通，表面上却一点也看不出来。

王琴心得意地走到王经燕和王环心这一头，蹲下身子对王环心说："环心啊，耕心大哥要我去省城读南昌模范学校，你整天跟这小丫头片子在一起玩泥巴，能有出息吗？"

王环心直起身子笑道："书要读，饭更要吃，抓鱼怎么是玩泥巴？"

"你说谁丫头片子？"王经燕抓起一把稀泥向王琴心甩去，王琴心本能地躲过，可衣服上还是有污泥点点。

王琴心知道妹妹的厉害，急忙逃之夭夭。

王琴心走后，王环心和王经燕使劲地向外舀水，可沟里的水一点也不见减少，反而比原来更多了。两人感到奇怪，王环心说："是不是哪里漏水？"

"查查看。"王经燕说着，捧了一盆干土压在泥坝上，并用脚踩了踩。

王环心用手摸查两边的坝体，看有没有漏水的地方。突然，他触摸到一根竹筒，轻轻地扯出来一看，原来是一根空心竹筒。竹筒很新鲜，不像是长久浸泡在水里的那种。两人明白了，断定是王琴心搞的鬼。

王环心把竹筒扔在地上，王经燕捡起来要找王琴心论理，气愤地说："我找他去！"

王环心劝道："算了，还是先把水戽干了再说吧。"

王经燕把迈出的脚收了回来，她最听环心哥哥的话。于是，两个人又埋头干起来，这下沟里的水干得很快。不一会儿，便隐约可见几条游动的鱼背，两个人更加兴奋了，拼命地往外戽水。

正在这时，远处传来王经燕母亲的呼唤声："玉如啊，快来归哟。"

王经燕抬起头，只见母亲迈着小脚朝这边走来，使劲向她招手："快来归哟，有急事！"

王环心说："看婶子着急的样子，你先回去吧。"

"肯定是王琴心又在捣什么鬼，不管她。"王经燕继续埋头一盆一盆地往外戽水。

这时，段氏走到了跟前。王环心叫了一声"婶子"，问什么事？

段氏有些气喘吁吁地说："环心呀，你劝一下妹子，快起来洗洗，家里来亲戚啦！"

王环心接过王经燕手里的脸盆，劝道："你先跟婶子回去吧，这里我一个人慢慢来。"

王经燕只好慢吞吞地上了田埂，母亲说："把泥巴洗一洗。"

王经燕胡乱地洗了一下手脚，跟在母亲身后回家了。

走进厅堂，只见父亲与一位三十多岁的叔叔坐在厅堂里喝茶，身边站着一位眉清目秀的英俊男孩，穿戴整齐，一双眼睛炯炯有神。父亲见王经燕满身泥污，生气地说："怎么弄成这个样子？先去洗干净了，再来见长辈。"

"不碍事，不碍事！"客人摆摆手打圆场笑道。

"你也是，也不好好让她洗一下，没有规矩。"王济兼责备地瞪了段氏一眼，然后勉强地对王经燕说，"先见过张叔叔。"

王经燕说了一句："叔叔吉祥！"

王济兼又指着张叔叔身边的男孩说："这是张少爷，朝燮哥哥，哦，不对，应该是弟弟。"

说着，大家一起笑起来。

"对，燮儿要小一个月。"张文渊解释道，回头对儿子说，"这是玉如姐姐，小时候你们见过，还有印象吗？"

张朝燮点点头，略带羞涩地说："有点印象，姐姐变了一些。"

"我可不记得了。"王经燕歪着头，眨着眼睛问，"你是不是我妈说的那个会嫌弃我脚大的张公子。"

大家又一阵哄笑。

"民国啦，裹不裹脚无所谓。"张文渊一副开明的表情，脸上还带着几丝没有褪去的笑纹。

王济兼对张文渊说："小女天生叛逆，以后还望贤弟多调教啊。"

"哪里哪里，令爱聪慧机灵。"张文渊客气地拱拱手，回过头对儿子说，"跟姐姐一起出去玩吧，两人多接触接触。"

王经燕领着张朝燮一起走了出去。

王济兼望着两个人的背影，冲女儿说了一句："先把身上弄干净。"

王济兼和张文渊喝了一会儿茶，便来到庭院，边参观院子里的摆设边继续聊天。

没过多久，王琴心急急忙忙地跑了过来，一副唯恐天下不乱的样子对父亲说："你快去看看吧，玉如和张少爷……"

"怎么啦？"王济兼不等儿子说完急忙问，"又出什么事啦？"

还没等王琴心回答，只见王经燕端着一大脸盆活蹦乱跳的鱼走进院子，张朝燮和王环心跟在后面，三个人春风满面，得意扬扬，可每个人都是一脸的污渍，衣裤上的泥巴斑斑点点，刚才还是衣冠楚楚的小朝燮，这时也裤脚高卷，挽着袖子，一手提着鞋子，一手拿着外套，身上沾满了污泥。

"今晚有鱼吃啰！"王经燕兴奋地把一脸盆鱼放在院子里。

王济兼和张文渊面面相觑，相互摇摇头。

王济兼对女儿呵斥道："你把张少爷带到哪儿去啦？"

王琴心忙插嘴："在屋后的臭水田沟里抓鱼。"

王环心把那个空竹筒往王琴心脚下一扔说："这是你的，还给你。"

王经燕走到王琴心跟前，用手指点着他的鼻子说："晚上不准你吃我的鱼。"

王琴心脸一红，装出莫名其妙的样子无辜地叫喊："凭什么？凭什么？"

王经燕毫不示弱，一字一顿地说："就凭你是个大坏蛋！"

王济兼气愤地喝道："吵什么，都给我洗澡去。"

张文渊也忧心忡忡地感叹："唉，将来这一代人，少爷不像少爷，小姐不像小姐。"

第五章　连理枝头

　　这是一个冬天的中午，阳光暖暖的，无风。

　　涂家埠火车站的站台上，熙熙攘攘，有准备乘车的，有送行的，还有接站的，人头攒动。在人群里，有一位十六七岁的姑娘，不时地朝南边的铁路尽头张望。只见她身材苗条，体态轻盈，剪着齐肩短发，面色红润，五官清秀，大眼睛，薄嘴唇，眉宇间透着一股英武之气。她上袄下裙，脖子上围着一条红色围巾，脚穿一双时髦的黑皮靴，在冬日的阳光里，显得格外楚楚动人。她牵着一位十来岁男孩的手，没有任何行李，一看便知是来接人的。那男孩长得虎头虎脑，活泼好动，不时地想摆脱姑娘的牵拉，伸着脖子焦急地张望。姑娘警告道："火车马上来了，莫乱跑！"

　　这两人正是王经燕和她的小弟弟王经畯。

　　几天前，王经燕接到张朝燮的来信，说学校放寒假了，今天要和几位在南昌读书的同学一起回来。王经燕高兴极了，昨夜一宿没有睡好，早早地就赶到车站等候。张朝燮和王环心分别就读省立第二中学和江西法政学校，王秋心、曾去非、王弼则上了省立第一师范学校。自他们去省城南昌读书后，王经燕有一个学期没有见到过他们了，心里十分挂念。当然，最想念的还是张朝燮，不知道他变了没有，身体可好？

　　"来啦，来啦！"小经畯雀跃起来，只听见火车"轰隆隆"的声音由远及近地传来，伴随着"呜呜"的鸣笛越来越响。

　　站台上的人一阵骚动，各自拿起行李准备上车。王经燕的心也不由自主地"怦怦"乱跳起来。随着一声刺耳的刹车声，火车缓缓进站。当车停稳后，车门一一打开，车上的人鱼贯而下。要上车的人一窝蜂地拥挤在各车厢门口，有性急的不等下车的人落地就往上挤，招来几句不满的责骂。王经燕拉着经畯的手，在下车的人群里寻找熟悉的身影，突然看见前方张朝燮冲她招手，他身后的王秋心和王环心也在挥手示意。只听见张朝燮的喊声："玉如——"

"看到了，看到了！"王经畯兴奋地跳起来，猛地挣脱姐姐的手，向他们跑去。

"淡林——"王经燕也急匆匆走上前，感觉张朝燮似乎长高了一些，人也更加成熟、稳健了，只见他一身学生制服，英气逼人，但还来不及仔细打量，王秋心和王环心已站在她跟前。

王经燕见到两位哥哥高兴得不知如何是好，撒娇地捶打着王环心的肩膀说："哎呀，哥，这段时间可想你们了。"

南浔铁路上的火车

"恐怕不是想我们吧。"王秋心笑着，目光扫向张朝燮。

大家一阵哄笑。

"哎，更生和去非呢？"王经燕突然发现少了两个人，疑惑地问道。

"他们从小路走回来。"张朝燮答道，"说要锻炼锻炼，其实是为了省车票钱。"

"走回来？"王经燕一脸诧异。

更生是王弼的字。他是三角乡流垮王村人，与淳湖王家隔着一条修河。父亲是一个穷秀才，主要靠耕种家里几亩薄田糊口，农闲时教教村里的孩子识字断文，以补贴家用，经济十分拮据。王弼读县高小时，曾因家庭贫困而一度辍学，一边随父兄种田，一边刻苦自学。后来，他考取省立第一师范学校，但无钱就读。父亲见他学习勤奋、聪慧，指望他有朝一日能振兴家门，便卖掉两亩良田，勉强供他上学。开学时，王弼也是扛着行李步行去南昌的。

去非姓曾，字宗藩，家境更糟。他家住在长亭铺大路边曾村，离王经燕家不远，大约有三四里路的直线距离，只隔着一条小河，枯水季节可以蹚水走过去。去非的父亲去世得早，他和哥哥曾文甫、弟弟曾义甫靠母亲一手拉大。他小时候在柘林一个杂铺店里当学徒，但天生聪明、好学，在张朝燮和王环心的帮助下，也考入了省立第一师范学校。

"唉——"王经燕叹了一口气，关切地问，"那要走多久啊？"

王秋心接过话说："估计晚边上会到，他们的行李都带回来了，空手走路快，两个人也不寂寞。"

"哦，对了，细毛叔在出口等，知道你们东西多，带了独轮车。"一听秋心提到行李，王经燕便想起管家细毛也来接站了，说着主动与张朝燮分担一些行李。

王经畯也不自量力地要搬箱子，王秋心笑道："再吃三年米饭差不多。"

大家边走边说笑。王环心一直没有开口说话，只是露出配合大家说话的表情。王经燕发现他佩戴了一副眼镜，显得更斯文了，侧过头盯着他问："环心哥，读书那么用功啊？把眼睛都看坏了。"

王环心不好意思地笑了笑："晚上寝室熄灯早，遇到好书就打电筒看，时间久了，就把眼睛看坏了。"

"什么书这么着迷？"王经燕好奇地追问。

王环心诡秘地一笑："淡林知道的，让他悄悄告诉你。"

王经燕亲昵地瞟了王环心一眼，嘟着嘴："还神神秘秘的。"

不一会儿，大家走到出口，把几件大行李放在独轮车上，让细毛"吱吱呀呀"地推回去。他们一行人从田埂小路直接插到淳湖。一路上，大家谈笑风生，王经畯兴奋地跑在最前面，很快就到了家。

火车站离艾城有二十余里路程，张朝燮没有直接回家，而是先随经燕到了王家，拜见王经燕的父母。张朝燮从行李箱里拿出送给未来岳父岳母的礼物，在王经燕的引领下向他们问安。王济兼和段氏知道张朝燮今天来家里，心里早有准备。王济兼问了一些学校里的情况，关切地说："现在社会上很乱，是非难辨，你不要去介入那些乱七八糟的事。"

"国家被弄成这个样子，大家都负有责任。"张朝燮中规中矩地说，"好坏我会认真分辨的。"

"好好读书，将来不怕没饭吃。"王济兼以长辈人的口吻劝说道，然后话题一转，"你们七岁订婚，已有十年了。你父亲前不久跟我说，打算今年过年把婚事给办了。"

"我和玉如情趣相合，婚事听长辈安排。"张朝燮说着，看了王经燕一眼，又赞同地说，"过年办也好，假期里有时间，不耽误学业。"

"婚后，你还要上学，南昌翠花街有我王家的房产，玉如也可以随时去住一住，便于她伺候你，让你安心读书。"王济兼转过头对女儿说，"嫁了人，就不能再任性了，要做一个贤妻良母，孝敬公婆，服侍丈夫。"

王经燕和张朝燮用目光交流了一下，两人会心地一笑。

"不过——"张朝燮略做思考地说，"如今局势动荡不安，很多贫苦人家连饭都吃不上，婚事是不是可以简单一些，不宜过于铺张。"

"这个我与你父亲已有共识，我们两家在永修也是赫赫有名的人家，总不能不如其他人吧。"

"就是！"段氏在一旁插嘴说，"婚姻是人生大事，可不能马马虎虎。"

王经燕刚要接话，被父亲一挥手打断了："这事，你们就不用操心了。"

新年的雪，飘飘洒洒，带着几分喜庆，像是在翩翩起舞。树木、屋顶全白了，大地一片白茫茫的，似乎裹上了洁白的盛装，把所有丑陋、肮脏的东西掩盖得严严实实的。劳作了一年的人们，终于可以停歇下来了。艾城街道上没有了往日的人来人往，只留下一些零星的脚印，不断地被新雪覆盖着。街道两侧的商铺全都关门，贴上了红对联，不管去年赚多赚少，春联上写满了对来年的憧憬，期盼着更美好的运气。"噼里啪啦"的鞭炮声从城里的各个角落里零星响起，有人望着满天飞雪，大声叫喊道：瑞雪兆丰年啊！

然而，县城南门这边却人声鼎沸，异常热闹，好像全城的过年气氛全集中在这里。张文渊家张灯结彩，大摆宴席，张府里外，喜气洋洋，笑声、恭贺声混合成一片热气腾腾的场面。

今天是张朝燮和王经燕结婚的日子，张文渊一身华贵，满面春风地站在张府大门口迎接前来贺喜的人们。喝喜酒的人太多了，家里的宴席摆不下，就把隔壁的酒楼全包了下来，还专门从南昌请来一批最好的厨子。

临近中午，雪停了。一群兴奋的孩童奔走相告，"来了，来了，新娘子来了！"迎亲的喇叭在城东门口响起，响亮的鞭炮声一直跟随着队伍，从东门放到张府大门口。锣鼓唢呐在前面开路，新郎新娘夹在队伍的中间。只见张朝燮一身新郎礼服，胸前佩戴着一朵大红绸花，头戴呢子礼帽，骑着一匹绛紫色的高头大马。马由一位年轻人牵着，后面跟着一顶花轿，一条长长的送亲

青春美丽王经燕

队伍紧随其后，浩浩荡荡。他们挑着各种贴着红喜字的陪嫁物品，人人神气十足，一路欢笑。

全城的男女老少几乎都来南门看热闹，真个是万人空巷。人们都想目睹这全县最有名的千金与最大官僚的公子婚礼是一个怎样的场面。从城东门口到张府道路上的积雪，已经被打扫得干干净净，临近张府大门前铺上一条红地毯，上面撒满了五谷、红枣、花生、红筷子等，一直延伸到厅堂。大花轿在大门口转了三圈，然后在红地毯上落轿。新郎跳下马，早有人准备好了一只公鸡递给他。新郎官把公鸡抛过轿顶，给每位轿夫发了一个红包，然后走到轿子前，慢慢掀起轿子的帘门，牵着红绸带，把顶着红盖头的新娘请下轿来，一直引领到厅堂里。围观的人站立在红地毯两侧，然后尾随其后集聚在厅堂前。

厅堂之上，张文渊夫妇早已一身盛装地坐在那里，脸上洋溢着按捺不住的喜悦，笑吟吟地看着儿子牵着新娘走来。袁氏激动得眼睛有些湿湿的，想起当年临产前夕的那个梦境，那只衔着树枝飞来的燕子和如今后花园里已经长大结果的柿子树；想起自从做了那个梦后，张家越来越兴旺的一件件好事……如今，儿子终于把那只吉祥燕娶回家了。

两位新人老老实实地听从司仪摆布，张朝燮牵着王经燕跨火盆、踩土瓦，来到堂前站住了。

"一拜天地""二拜高堂""夫妻对拜！"司仪扯长了嗓子高声叫喊，把每项仪式都做得那么庄重而喜庆，不放过任何一个细节。新郎新娘按照司仪的指令，规规矩矩地完成一系列动作。

王经燕刚才在轿子里已经被转得头晕乎乎的，加上穿着棉衣棉裤的，行动不便，跪下、起身非常吃力，早被弄得疲惫不堪。她忍不住悄悄问朝燮："规矩怎么这么多，好了没？"

张朝燮暗暗地扯了一下她的衣袖，打趣道："别说话，我也是头一次。"

王经燕"扑哧"地笑出声来，司仪听了一愣，是不是自己哪里出错了，立即用夸张的语调大声喊道："新郎新娘，请入洞房！"

这是一个最重要的环节，也是人们最期待的结果，意味着结婚仪式告一段落，把整个婚礼推向了高潮，众人一阵起哄欢笑。

张朝燮把王经燕领进装点一新、富丽堂皇的洞房，如释重负地说了一句："终于自由了。"

王经燕不等新郎揭开盖头，急不可待地一把扯下头上的红布巾，站在门外看热闹的孩子们大声起哄道："哦——新娘子自己把红盖头掀起来了，新娘好漂亮啊！"

张朝燮急忙关上房门拴上，把喧闹挡在门外。

王经燕一屁股坐在椅子上，撒娇地要新郎倒水喝。张朝燮倒了一杯热茶，吹了吹，不放心先抿了一下，感觉水温合适了，才递给新娘。王经燕接过"咕嘟咕嘟"一口气喝完了，放下杯子说："天蒙蒙亮起床到现在，滴水未进。"

张朝燮又急忙从桌上拿过点心递给新娘。王经燕接过边吃边问："环心哥他们在哪里？"

"我已经叫木根叔把他们十个人单独安排在一个包厢里。"张朝燮笑道，"不过，今天你可不能走出房门，我马上过去看看。"

王经燕装着生气的样子，把手里的盖头巾往床上一甩："哪来这么多规矩，真该改一改。"

"你坚持一下，我先去看看他们，回来跟你汇报情况。"张朝燮做了一个鬼脸说，"不过，等有了新规矩，你也没机会了。"

张朝燮看着美丽的新娘，忍不住在她额头上亲了一下，转身开门走出洞房。他匆匆来到一个偏房角落的包厢，轻轻推开门，只见王秋心、袁赋秋，王环心、淦克群，王弼、吴远芬，曾去非、江白月，以及黄实扶、兰琴等十人围着一张八仙桌，正压低声音谈得正欢。大家见新郎官来了都急忙站起来道喜祝贺。

"谢谢，谢谢！"张朝燮向大家拱手致谢，好奇地问，"你们在谈什么呢？"

"你来得正好！"曾去非兴奋地说，"我们在畅想十月革命后俄国建立了苏维埃政权，那是一个什么样的社会？"

"那肯定是一个人人平等，人人有饭吃、有衣穿的社会。"张朝燮不假思索地回答。

袁赋秋露出一副憧憬的神情，向往地说："要是能亲身去看一看，那该多好啊！"

左起：淦克群、兰琴、黄实扶、王秋心、袁赋秋

"这个不难，难的是我们如何像他们一样建立苏维埃政权。"王弼目光坚定地扫了大家一圈。

"这个政权决不会从天而降。"王环心站起来，下意识地握紧了拳头说，"必须要像十月革命那样，有流血牺牲。"

"更生、环心说得对！"王秋心从怀里掏出一本书，放在桌子上说，"这里面有一篇小说叫《狂人日记》，写得非常好，要建立新政权，就必须推翻这吃人的社会。"

大家一看是一本《新青年》杂志，都想抢过去。淦克群手脚最快，一把夺在手里，扑闪着一双美丽调皮的大眼睛："先借我看看。"

张朝燮站在淦克群身边，看着她手里那本新书拱手恳求道："小妹子，你行行好！玉如一个人在房间里闷死了，你把这本书先让给她看吧！"

"洞房花烛夜，哪有时间看书呀？"淦克群调侃道，"晚上我们还要闹洞房呢，你可要老实点。"

大家一阵哄笑。

"哎呀，新郎官在这里呀。"木根闻声推门进来，着急地说，"老爷到处找你，叫你去见见贵客。"

"就来，就来！"张朝燮急忙答应着，匆匆退出了房间，身后留下一片充满青春活力的欢笑声。

第二天早晨，新婚夫妇被门外一阵轻轻的敲门声叫醒，只听见一个弱弱的女子声音："少爷少奶奶，该起床了，老爷老夫人等你们敬茶呢！"

张朝燮冲着门外答应了一声，推了推身边的新娘说："玉如，快起床吧，仪式还没完呢。"

"啊，怎么那么多规矩。"王经燕撒娇地翻了一个身朝里睡去，过了一会儿，看见丈夫起床了，只好慢慢地坐起来。

等俩人穿好衣服，打开房门。一位年轻的女佣人把热气腾腾的洗漱水端进房间，张朝燮没见过这位女佣人，好奇地问："我怎么没见过你，新来的？"

"嗯——"女佣人点点头，胆怯地回避着主人的目光。

王经燕打量着眼前这位与自己年龄相仿的姑娘，笑道："以后这些事我们自己做，你叫什么？"

"我叫小菊。"小菊看似有些紧张，但手脚麻利地把事情做得井井有条。等新人洗漱完毕后，她边端着脸盆退出房间，边提醒道，"老爷说，洗漱好后，请少爷少奶奶尽快过去。"

"知道了。"张朝燮答应了一声，把外套替妻子穿上，领着她朝厅堂走去。

一对新婚宴尔的小夫妻来到厅堂，只见张文渊和袁氏已经坐在厅堂上方，一盆红红的炭火放在中央。两位新人急忙上前问安。尽管张文渊对他们的迟来心里感到有些不满，但这种不悦很快就消失了。

小菊端着一个托盘站在一旁，托盘上有两杯茶。王经燕上前先端起一杯，恭恭敬敬地递给张文渊说："公公，请用茶！"然后又端起另一杯递给袁氏："婆婆，请用茶！"

张文渊夫妇居高临下地接过茶杯，象征性地喝了一口。两位新人肃立在一旁，听候长辈训话。

张文渊端坐着，很正式地咳嗽了一下，清了清嗓子说："古人云，成家立业，乃人生之大事。从此你们独立成家了，我们张家世代显赫，作为子孙更要一代代继承光大，我现在虽然不是县衙知事了，但还担任着永修县教育会长和高等小学校长，张家的一言一行，全县百姓都看着，所以今后你们的行为举止要规范，为人做事要符合祖宗教训。"

张朝燮和王经燕默不作声，只是微微点头，表露出听从教导的谦恭神情。两人偶尔用目光交流了一下，露出不经意的笑容。

"哦，对了。"张文渊好像想起了什么，继续说，"小菊是新来的丫头，专门伺候你们的生活起居，燮儿马上要开学了，玉如身边更需要一个人照顾。"

"我的生活起居不需要照顾。"王经燕忍不住提出自己的看法。

"这怎么行？"张文渊正色地说，"燮儿不在家，你一个人进进出出，没有人伺候怎么行，张家太太身边没有丫鬟，成何体统！"

张朝燮拉了拉王经燕的衣襟，示意她不要说话。

这时，木根走了进来，躬身对张文渊说："老爷，可以用早餐了。"

"嗯。"张文渊在喉咙里答应了一声，起身就餐去了。

正午的阳光暖洋洋的，张朝燮和王经燕来到后花园，地上的白雪厚厚一层，泛着刺眼的光，皮靴在积雪上，踩出"咔嚓咔嚓"的声响，花园小径的雪地上立即出现四行清晰的脚印。花园里有两株树，一株是柏树正被积雪压着，但仍然昂着头从厚雪中挺起，露出一片绿色生机。柏树的旁边有一棵分出两根树杈的柿子树，有两三丈高，光秃秃的，上面有少量的积雪，结着冰凌，像一把白银制作的伞骨碌架子支撑在那里。张朝燮语气夸张地调侃道："看，这就是传说里的那棵柿子树。"

王经燕早就听家里人说过它的故事，仰起头望着只剩下光溜溜树枝的柿子树，也带着揶揄的口吻笑道："好像不把事情讲成神话，就不配成夫妻。"

"不过，这个故事我情愿相信它是真的！"张朝燮深情地望着妻子，动情地说，"我宁可相信我们前世有缘。记得小时候，我还没有见过你，就听妈妈说，我出生时她做的梦，说我是一只燕子带来的。后来见到你，我感觉好像早就认识一样。"

"初次见面，我也有这种一见如故的感觉，否则像我这样的坏脾气，肯定不会接受指腹为亲这种事。"王经燕也笑道，情不自禁地挽着张朝燮的胳膊，把头靠在丈夫肩头，回忆起往事，继续说，"还记得吗？小时候你经常找秋心、环心一起玩，我也参与其中。有一次他们不在家，你不好意思单独约我，就一个人在我家门前的小河滩上大声背诗，还手舞足蹈。有位邻居看见了，跑来告诉我母亲，说你女婿疯了，一个人在河边大喊大叫。我在里屋听见了，冲出来把那人臭骂了一顿，还用了一句刚学会的'燕雀安知鸿鹄之志'，那人听不懂我说些什么，但知道是在指责他，涨红着脸走了。我立即跑到小河边，看见你正躺在沙滩上看书。"

张朝燮笑了，妻子的叙述勾起了他的记忆："当然记得，我看见你来了，就故意大声朗读'在天愿作比翼鸟，在地愿为连理枝'，其实手里那本书上根本没有这句诗。你还问我这两句诗什么意思？我就解释给你听，你红着脸跑开了。"

"在天愿作比翼鸟，在地愿为连理枝。"王经燕眼里充满了柔情，沉浸在美好的回忆之中，低声重复着那两句诗，抬起头动情地说，"但愿从此我们永不分离！"

50

张朝燮激动得把妻子紧紧地搂在怀里,也默默地回味着这两句诗的含义。他突然想起了什么似的,跑回屋里拿出了一把剪刀来。

"干什么?"王经燕不解地问。

"把今天的誓言刻在树上。"张朝燮说着,在柿子树分叉出的两根粗干上,分别刻下"连"和"理"。

望着丈夫刻下的"连理"两个字,王经燕不由想起另一首古诗来,一边看着丈夫一横一竖地修刻,一边深情地念道:"连理枝头花正开,妒花风雨便相催。愿教青帝常为主,莫遣纷纷点翠苔。"

张朝燮一听是宋代朱淑真的诗,便坚定地说:"自己的命运要靠自己做主,我们不求青帝,也不管它风雨相催。"

"对,只要我们俩同心同德,什么样的摧残都不怕。"王经燕被丈夫的情绪所感染,附和着张朝燮的话。可是过了一会儿,她红扑扑的脸上掠过一丝惆怅,担心地说,"你家的规矩太多,我从小就讨厌束缚,你上学去了,我一个人恐怕与他们很难相处,说不定会闹翻的。"

"这不是你一个人与他们闹翻的事,这是新旧力量的冲突,是两种观念的斗争。"张朝燮鼓励道,"放心吧,有我呢!只是斗争要讲究策略。"

王经燕点点头,若有所思地说:"要不,你开学后,我们干脆就住进南昌翠花街吧,远离这种封建家庭,也可以回避一些矛盾,这种衣来伸手、饭来张口的太太日子,我也过不惯。"

"这样当然好。"张朝燮十分赞成妻子的主意,笑道,"也可以解我相思之苦。"

两人一拍即合。张朝燮兴奋地从妻子身后把她一下子抱起来旋转,同时用脚猛地踢了一下柿子树。那树上的冰凌和雪花纷纷落下,撒在他们身上,掉进脖子里。他们开心地放声大笑起来,那充满青春活力的爽朗笑声飞出高高的院墙,在这座有些暮气沉沉的古城上空荡漾开去。

第六章　风华正茂

张朝燮和王经燕婚后不久住进了南昌翠花街,他们没有沉浸在温柔乡里,他们的家成为永修籍在昌读书学生的集聚点。每逢假日,大家相聚在一起,或探讨国家大事,或相互交流阅读心得,活跃的思想不断地碰撞出火花。同学们在一起畅所欲言,渴望找到一条民族复兴的道路,救民众于苦难,但是,路漫漫不知道方向在哪里?

没过多久,从北京传来一个惊天动地的消息,五四运动爆发了。在京读书的赣籍学生领袖在这场运动中起了重要作用,诸如九江的许德珩、萍乡的张国焘、永新的段锡朋、安福的罗隆基等人,他们第一时间把北京学生上街集会游行的消息传到全省各地,像海啸般掀起滔天巨浪。江西各界最早带头呼应,九江、南昌等各大中学校师生奔走相告,纷纷声援北京学生。

当天,张朝燮和王经燕连夜赶制出一条白色横幅标语,上面写着"内惩国贼,外抗强权"的口号,用绳子牵在街道的两棵树之间。随后,大街小巷各种标语越来越多,铺天盖地。

5月7日,南昌市十九所中等以上的学校派出学生代表,在百花洲沈公祠集中召开会议,讨论如何策应这场运动。张朝燮和袁玉冰代表省立第二中学参加了会议。与会者商讨决定:9日实行全市学生大罢课,并在皇殿侧公共体育广场举行请愿示威大游行,同时明确了每位参会者的具体分工。张朝燮除负责发起本校学生参加外,还负责联络在郊外的省立农业专科学校。

会后的当天晚上,张朝燮见在学校里开会不方便,便与袁玉冰商量,把省立二中的骨干同学集中在自己家里开会。为了不引起外人的注意,每位参会者错开时间到达。王经燕烧好开水,拉上窗帘,把所有的凳子椅子都搬到客厅里,然后到门口接应、放哨。

袁玉冰，江西兴国人，知识渊博，性格刚毅，待人真诚，厌恶烦琐礼节。他与张朝燮同年考入省立二中，共同发起成立了学生自治会，宣传进步思想，抨击封建礼教，从而激发同学们的爱国热忱。学生自治会在学校里有很高的威望和号召力。后来，他与赵醒侬、方志敏被称为"江西三杰"。

参加会议的同学有十多人，大家陆陆续续赶到，拥挤在小客厅里，或坐，或站。袁玉冰见人到齐了，首先通报了北京那边的基本情况，分析了当前的运动形势；然后由张朝燮传达百花洲沈公祠的会议精神和决定。参会的同学都是各班级的牵头人，负责每个班级的组织发动。由于游行那天袁玉冰要协调全市各学校的对接工作，张朝燮要去联络省农校，二中的游行指挥交给了在场几位同学共同负责。会上，同学们摩拳擦掌，义愤填膺……大家对游行的纪律要求、标语口号、演讲内容等等，各抒己见。

袁玉冰见同学们情绪高昂，讨论热烈，便用手小示人家安静下来，压低声音总结了这次会议的几个要点和特别要注意的事项，然后郑重其事地说："今天的会议不能太久，大家要在寝室熄灯之前回到学校，一些细节方面的事情，不在此讨论。"说完，转头询问张朝燮还有什么要补充的。

张朝燮略作思考地说："刚才我们分了组，做了具体分工，大家回去各自再细化一下，把问题考虑得周到些。我要提醒各位的是，这次示威游行与当局会发生怎样的冲突还不好说，但要有充分准备，前期工作尽量隐蔽些，避免因小失大。"

袁玉冰点点头，对张朝燮的建议表示赞同，再次嘱咐道："这么大动静的事，当局不可能不提前知道，要做好多种预案。今天会议就到此为止，大家分批走出去，各位多保重！"

同学们三三两两地走出房门，很快消失在浓浓的夜幕中。张朝燮送走了最后几位同学，回头对王经燕说："今晚我也要赶回学校，这几天就不回来啦。"

王经燕望着丈夫充满激情的脸，上前替他理了理衣领，羡慕地说："我要是能加入你们的队伍就好了。"

"你今天不是已经加入了吗！"张朝燮笑道，"招待同学，站岗放哨，斗争才刚刚开始，更大的浪潮还在后面呢。"

张朝燮像一位出征的战士，告别妻子匆匆走出大门。王经燕站在窗前，默默地目送丈夫在灰暗的路灯下拖着长长的身影，迅速消失在黑暗无边的夜色里。

风华正茂张朝燮

这天，是罢课游行日。天蒙蒙亮，许多同学还在睡梦中，张朝燮就悄悄起床溜出寝室，朝校门口走去。此前他已经与省农校的负责人做了沟通，按约定他今天要赶到农校，负责联络他们与其他学校的队伍会合。

校园里，有几位晨练的同学和平常一样起来跑步。他们要去大街上锻炼。可到了大门口却被门卫拦住了，说是校方有规定，今天所有学生一律不准外出。

张朝燮定睛一看，发现门口还有两位军警，立即感到事态严重，硬闯肯定是不行的。他转身跑回宿舍，把情况告诉了袁玉冰，然后跑到学校食堂，找到一位在食堂里做事的永修老乡，借了一身厨房打杂的衣服，戴上一顶破毡帽，挑起箩筐朝校门口走去。

"干什么的。"军警见有人要出门，大声喝道，"今天一律不准外出。"

"食堂买菜的。"张朝燮从容地回答，"没有菜，学生吃什么呀？"

军警打量着张朝燮，心中有些疑惑：衣着是买菜的，气质却像个学生，便把学校的门卫叫过来，问："这个人你见过吗？"

门卫姓袁，张朝燮在学校里是一个活跃分子，进进出出哪有不认识的？他抬头一看张朝燮那种打扮，心里明白了几分。

"袁师傅，食堂里菜不够，我要去菜市场采购。"张朝燮不等门卫开口，主动迎上前说。

平日里，张朝燮对袁师傅很尊重，每次见面都主动打招呼，不像一些家里有钱有势的学生那样目中无人，对门卫吆五喝六的。有一次，张朝燮还与袁师傅聊天，说自己的母亲也姓袁，两人一下子拉近了距离。

"哦，是小袁啊！"袁师傅立即反应过来了，回头对军警说，"食堂买菜的。"

"买菜的？"军警还是有些不放心，一把将张朝燮的帽子掀下来，"怎么像个学生。"

"这个我敢保证。"袁师傅拍拍胸脯地说，"我们是同一个村的，都姓袁，还是远房亲戚呢。"

军警见门卫信誓旦旦的样子，便拉开铁门让张朝燮出去了。

张朝燮迅速走出校门，往左一拐，看见大街上一家自己常去的早餐店开了门，就把扁担箩筐寄放在店里，买了几个馒头，匆匆向省农校莲塘方向跑去。

这天上午，整个南昌城沸腾了。一支支学生队伍高举着白布标语，人人手执白旗，从四面八方向皇殿侧体育广场集聚而来，有的队伍还有军乐队开道，声势浩大，"内惩国贼，外抗强权！""抵制日货，收回青岛！""取消二十一条不平等条约"的口号声，此起彼伏。许多市民也纷纷加入了游行的队伍，浩浩荡荡地来到广场上。

王经燕也早早地来到体育广场，跟着学生呼喊口号，目光来回寻找张朝燮的身影，却始终没有看到。她看到了王秋心、王弼和曾去非走在省立第一师范学校的旗帜下，情绪激昂地高呼着口号。王经燕向他们挥手示意，可他们谁都没有看见她，径直向前走去。

这时，省立第二中学的队伍打着旗帜走过来了，王经燕激动地走上前，但还是没有看到丈夫的身影。紧接着，江西法政学校的队伍也过来了，她看到王环心在队伍外围来回奔走，指挥着同学们领呼口号，便急忙走上前问王环心，怎么不见张朝燮？王环心告诉她，张朝燮去省农校联络，他们学校在郊区，还没有到呢。

王经燕心里稍稍踏实了一些，只好耐心地等待着，可几乎所有学校都到齐了，还不见省农校的影子，又不免担心起来，心想：会不会出什么事？

突然，广场的东南角骚动起来，一支打着"江西农业专门学校"旗帜的队伍，雄赳赳、气昂昂地走进广场，他们的口号声特别响亮。只见一位英武俊秀的青年走在最前面，他穿着一件伙夫的衣服，与整个队伍的学生装显得很不协调，但他声音洪亮，目光炯炯有神，指挥着大家向会场指定的位置走去。他就是张朝燮。

王经燕看见丈夫那种打扮差点笑出声来，搞不明白他为什么要穿这么一套服装。当队伍从王经燕身边走过时，张朝燮没有发现妻子，他领呼了一句口号，听见人群里有一个熟悉的声音特别响亮，便循着声音望去，只见王经燕向他拼命挥手。张朝燮朝妻子会心地一笑，握紧拳头示意了一下，大踏步地带着队伍走入会场。

集会最激动人心的环节是演讲，不少学生在演讲时义愤填膺、声泪俱下，闻者无不动容。王经燕看见有位学生在演讲台上，当讲到"青岛没了，则山东没了；山东没了，则中国没了；中国没了，则我们就是亡国奴"时，失声痛哭，泪如雨下。王经燕听了也是热血沸腾，不假思索地挥舞着拳头，高呼出一句口号，全场人都跟着呼喊起来。王经燕虽然不属于某个学生方阵里的一员，但她已完全融入整个游行队伍。

还有一位省女子师范学校的学生当众撕下衣襟，咬破指头，沾血写下"誓绝仇货"的标语，然后双手高擎着，激起所有学生们的爱国热情。这一惊心动魄的举动，迅速传遍了整个南昌城。王经燕目睹此情此景，不由得热泪盈眶，猛地产生了自己也要读女子师范学校的念头。后来，她还专门打听到那位写血书的刚烈女子叫程孝芬，那件"血书"一直挂在女师校内，激励着同学们的斗志。

南昌学生集会游行示威

各学校集会游行开始了，走在最前列的是江西农校的学生，张朝燮走在队伍的最前头。六千余人的学生队伍出了体育广场，直向督军公署和省长公署走去。当队伍到达督军公署门口时，与卫兵发生了一些冲突，最终当局妥协了，要求学生派出代表向当局陈述意愿。

这是江西有史以来最大规模的学生集会游行。迫于民意，当局政府不得不电函北洋中央政府，表达学生们的诉求，有力地支援了北京的爱国救亡运动。

这场运动持续到六月份，直到罢免了卖国贼，拒签了巴黎和约。五四运动对中国历史产生了重大意义，使中国无产阶级开始登上政治舞台，直接影响着中国共产党的诞生和发展。

对于张朝燮来说，第一次在如火如荼的斗争中锻炼了自己，懂得了只要发动民众，就能产生巨大的力量，从而坚定了他献身于社会改造事业的决心。王经燕亲眼看见了这场轰轰烈烈的爱国主义运动，思想上也受到了一次洗礼。

五四运动之后，张朝燮家里的永修籍同学聚会更频繁了，这群风华正茂的青年，个个热血沸腾，思想活跃，各种观点相互碰撞，其中家乡的教育改革成为热门话题。

王经燕作为女主人热情地沏茶倒水，也时而插话，并亲自下厨为大家做饭炒菜，尽管粗茶淡饭，厨艺也不怎么样，甚至有几次不是把饭烧煳了，就是半生不熟的，但年轻人在一起总是以苦为乐，充满活力。

有一次聚会，张朝燮把自己写好的《关于永修教育的现状和改进建议》递给大家传阅。一石激起了层浪，大家畅所欲言，擦出许多思想的火花。虽然一些具体做法争执不下，谁也说服不了谁，但张朝燮提出的一个想法很快达成了共识，那就是在昌成立永修教育改造团。

张朝燮见自己的提议得到所有人赞同，且越讨论越激动，越讨论大家的思路越清晰，不由兴奋地对王经燕说："燕姐啊，今天加几个硬菜，好好庆祝下。"

大家一阵哄笑，情不自禁地鼓起掌来。

一个月后，经过反复酝酿，由王秋心、张朝燮、王环心和淦鸿图等人共同发起的永修教育改造团，终于在南昌系马桩江南会馆正式成立，并推举王秋心为理事长，张朝燮为评议长。改造团成员有王环心、曾去非、王弼、淦鸿图、黄实扶、余少溪、程声腾和张朝简等二十余人，意在改造永修现行的教育制度，传播新文化，新思想。

为此，张朝燮写了一篇两千余字的《永修教育改造团宣言》，印成传单，以改造团的名义遍寄永修各机关、学校，然后带回家乡到处散发。它像一块石头扔进了一潭死水里，激起了层层波澜。

这年暑假，经过斗争洗礼的旅昌永修籍学子利用回乡度假期间，继续传播五四运动的爱国思想。张朝燮和王环心共同发起成立了"反帝爱国演讲团"，与曾去非、王秋心、王弼等人一道奔走于城镇乡村，同时吸收县立高等小学年龄较大的学生，共同宣传反帝救国、抵制日货等活动。

在如何抵制日货上，演讲团提出"三不"口号：工人不运日货，商店不存不卖日货、群众不买日货。他们印发传单，成立了"仇货检查组"深入大街小巷、码头车站，查禁日货，号召大家并带头把自己家里过去买的日货找出来，连同收缴的一起当众烧毁。广大群众被这股爱国热情所感动，纷纷支持他们的倡议，加入抵制日货的行列中来。然而，也有一部分见利忘义的商家，仍在暗地里偷偷进行日货交易。

涂家埠有一家"万兴记"布行，老板姓蔡，为人狡猾，唯利是图，趁全国各地抵制日货期间日货便宜之机，购进大量日本布匹，企望风头一过，再拿出来获取暴利。他表面上把柜台上的日货全部下架，甚至主动交出一两匹便宜的洋布，却暗地里与熟悉的商家搞批发。张朝燮得知此信息后，几次上门搜查，但都一无所获。

一天，万兴记的布店里来了一位说安义南昌话的顾客，戴着一副墨色眼镜，一身高档绸缎长衫，穿着一双锃亮的皮鞋，手里提着小皮箱。进门就喊："老板，有茶喝没有？"

蔡老板一看这人来头不小，进门讨茶喝，心想：我这里是布店，又不是茶馆。正要说你走错地方了，但心机一转，立即满脸堆笑地迎上前，客气地说："有，有，有茶。"

那人从衣兜里掏出一张名片递过去，蔡老板急忙双手接过一看，只见上面写着：安义县隆昌布行耿宗生。蔡老板一看是布行的，一脸笑容地说："哦，耿老板，请坐，请坐，有好茶！"

耿老板警惕地朝门外望了望，神秘地说："蔡老板，可否找一个方便的地方说话？"

蔡老板心里一惊，眼珠直溜溜地转动，没有回答耿老板的话，反问道："耿老板有何贵干？"

耿老板并没在意他的答非所问，一副生意场上老手的样子说："生意人整天忙忙碌碌，机关算尽，能有什么贵干，无非为利而来，为财而往。"

蔡老板附和地笑道："本店小本买卖，遵纪守法，只图一个温饱。"

"哈哈哈——"耿老板大笑道，"蔡老板太过谦了，万兴记别说在永修，在安义布匹行业哪个不知，谁人不晓啊。"

耿老板的话说得不假，永修交通便利，安义、武宁等邻县的布匹都是从他这里批发出去的，但这个人他没见过。于是问："耿老板做布料生意，做了多久？"

耿老板不在意地笑道："刚入行，我原来是做木材生意的，那生意太辛苦，就转行了。安义熊老板介绍我来的。"

"哪位熊老板？"蔡老板谨慎地追问。

"熊三德！"耿老板不假思索地答道。

这个熊三德是蔡老板的老顾客，而且关系融洽。蔡老板一听这名字，两人的距离一下拉近了，笑道："耿老板，里面请！"

蔡老板把客人领进一间里屋，吩咐伙计沏最好的毛尖茶。耿老板寒暄了两句，便进入正题："蔡老板有没有'羊毛'啊？"

蔡老板一听耿老板在说暗语，知道他来的目的，但又不敢轻易相信一个陌生人，呵呵一笑："耿老板真会开玩笑，现在谁还敢做这种生意。"

"风险越大，利润越高嘛。"耿老板一副大老板的派头说，"蔡老板，我们是第一次打交道，价格好说，都是熊老板的朋友，来日方长。"

蔡老板见他是一位潜在的大客户，不由有些动心，但心里还是不放心，试探性地说："除了'羊毛'，耿老板要什么，价格都好说。"

"蔡老板太不爽快了，我是朋友介绍慕名而来，有生意不做。"耿老板有些生气地说，"我也是想趁现在'羊毛'价格低，进一些货储存，将来风声一过赚它一笔。"

耿老板边说边打开小皮箱，匆匆让蔡老板看一眼又迅速关上，叹了一口气说："唉——我诚心而来，想不到缘分未到。"说着，起身提起箱子要往外走。

蔡老板看见耿老板的皮箱里装着大半箱的现大洋，哪能让到嘴的鸭子飞了，眼睛闪着贪婪的光，口腔里的唾液猛增，不停地吞咽着，尖尖的喉结上下移动。他再也没能守住自己心底那道防线，立即露出一副生意人特有的笑容，讨好地说："耿老板真是痛快人，请留步，一回生，二回熟，有熊老板介绍都是自家人，今后大家共同发财。"

耿老板也哈哈大笑，重新坐回原位，端起茶杯说："好，以茶代酒，干杯！"

蔡老板兴奋地举杯相碰，热情地说："中午我请客。"

"吃饭不忙，我先看一下货，等我付了钱，你再请我吃饭不晚。"耿老板落落大方地说。

"看货没问题，不过这事要非常小心。"蔡老板叮嘱道，"白天不能搬运，要等天黑了再走。"

蔡老板领着耿老板走出店铺，七拐八转，来到一间偏僻的老房子，四周没有住家。蔡老板打开大铁锁，四处张望了一下，然后轻轻推门走进一栋仓库。仓库里的东西并不多，里面放了一些乱七八糟的什物，一股少有人进出的霉味扑面而来。他们走到一间用木板围成的小库房，又打开一扇小门，一看里面全是布匹。

蔡老板对耿老板说："需要怎样的花样，你自己选，都是上好的日本货。"

耿老板一看，不屑地问："就这点？还有吗？"

蔡老板一楞，心想真是遇到大客户了："这还少？二百多匹呢！你要多少，随时可以进货。"

"这些我全要了。"耿老板把手一挥，说了一句，"我叫车子去。"

耿老板说着转身就走。蔡老板刚要说白天不能运货，他已经快步走出了大门。

蔡老板急忙追出来，正要告诉商客现在不能搬运，可一出门，就看见张朝燮带着二十多名仇货检查组的人，推着独轮车向他们走来。

"啊——"蔡老板大惊失色地叫了一声，手指颤抖地指着耿老板说："你，你是什么人？"

耿老板摘下墨镜，哈哈大笑起来。张朝燮走上前握着耿老板的手，笑道："宗藩，干得好！不愧是在杂货铺里当学徒出来的。"

曾去非拍了拍身上的衣服，说："还是你这身行头管用啊。"

蔡老板一听，吓得面如土色，像一摊稀泥瘫在地上。

众人闯进仓库，把所有日本布匹搬出来放在车上，足足有二百一十匹，装了满满八辆独轮车，然后在独轮车上插着白色小旗，旗子上写着"抵制日货""严惩奸商"等字样。

张朝燮和王环心带着队伍走在前面，曾去非和王弼等人在队伍后面压阵。他们在几条人流密集的街道游行了一圈。王经燕和淦克群等人闻讯查获了一大批日本布，也匆匆赶来加入游行队伍。许多市民群众自发地跟着队伍来到前河洲，这里地方开阔，便于焚烧。

当天，仇货检查组还搜缴了涂家埠余生记店的哈德门香烟和一些其他店里收缴的零星洋货。不少老板不肯交出，与仇货检查组的人发生争执冲突，说这东西是自己花钱买来的，凭什么要收缴？检查组的人就会耐心开导、讲道理，把买卖一寸洋布上升到国家存亡的高度。货物不多的人，经这么一宣传都能支持。货物多的老板心疼钱财，死活不肯，但奈何不了检查组人多势众，只得自认倒霉。

英国烟业公司永修分公司的经理仗着自己有洋人撑腰，根本不把检查组的人放在眼里，不但不肯交出洋烟，而且态度蛮横，气焰嚣张，与检查组的人发生冲突。检查组的人一气之下，把他狠狠揍了一顿。这位经理才老老实实，不得不交出货物。

这件事在全县引起了巨大的轰动。要知道，以往别说是没收洋人公司的货物，就是信教的人与不信教的人发生了纠纷，官府判决时，都会偏向信教的人一边，连王德兼这样的豪绅曾经与信天主教的地主余仲兴因地界发生纠纷，余仲兴借助教会的力量向县府告状，结果王德兼输了官司。可见，当时洋人在华的势力。

听说检查组的人不但收缴了洋人的货物，还打了洋公司的经理。人们奔走相告，一起拥向前河洲看热闹。张朝燮等人把所有收缴的布匹和香烟等洋货堆积在一起，像一座小山，四周围满了观看的群众，大家拍手称快。

王环心站在高处，发表了简短的演讲，号召大家共同抵制洋货，还领着检查组成员一起高唱自己编写的歌谣——

东方岛国，日本矮子，心如毒蛇窝。

甲午以后，屡屡欺我，如同吃好果。

我等同胞，快快觉醒，抵制日本货。

兄弟姐妹，团结一心，反帝救中国。

曲子简单易唱，歌词好记，大家反复唱了几遍后，围观的群众也学会了，不少人跟着一起唱起来。

唱毕，张朝燮高声下令："焚烧洋货！"

只见曾去非举着火把从人群外围走来，人们自动让开了一条路。他大喊了一声："打倒帝国主义，坚决抵制日货！"一下子点燃了那堆布匹和香烟，瞬间大火熊熊燃烧起来。

张朝燮挥舞着手臂领呼口号，曾去非、王经燕、王环心、王秋心、王弼、淦克群、黄实扶等一批宣讲团成员，与所有在场的群众一起跟着呼喊，口号声响彻云霄，气撼山岳。"噼噼啪啪"的烈火伴随着响亮的口号，越烧越旺，火光冲天，映红了半个天空，也映红了一张张年轻的脸庞和风华正茂的身姿。

第七章　含英小学

靠近涂家埠福音堂附近，有一处池塘叫鸭公塘。其旁有一排闲置的房子，曾经是王济兼的染布坊。这些年洋布冲击市场，土布滞销，染布几乎没有什么利润空间，王济兼一气之下，就把染布坊关了。对王济兼来说，这间染布坊虽是王家发家的最初产业，但现在仅仅是他的一个小头生意，可有可无了。他甚至想把老房子拆了，在原址上盖一栋新洋房，给自己安度晚年。可局势混乱，迟迟没有动手。

王济兼对于洋布非常憎恨，女儿女婿和侄儿们搞抵制日货，烧了日本洋布，似乎替自己解了气，他心里十分欣慰。当他们提出要借用染房办学校时，他没有多加思考就同意了，反正闲着也是闲着。

这一年，张朝燮、王秋心、王环心、曾去非和黄实扶等在昌读书的人毕业返乡，把设在南昌的"永修教育改造团"迁回了永修，决心通过办学校的方式传播新文化、新思想，唤醒民众，改造社会；同时将改造团的办公场所也放在新办的学校里。关于这所新创办的学校取什么名字？着实让大家动了一番脑筋，否掉了多个很响亮的名字。最后，张朝燮提出"含英"二字，获得大家一致赞成。它喻义"含英待时"，希望学校成为永修革命的摇篮。

这是一个晴朗的上午，涂家埠福音堂对面响起了一阵噼里啪啦的鞭炮声，引来许多市民围观。人们发现鸭公塘旁的那排旧房子已焕然一新，外墙粉刷得雪白，大门一侧竖挂着一块木牌，上面写着"永修县含英小学"。门口旁摆了一张课桌，桌子的前面贴着一张写有"报名处"字样的白纸，黄实扶正在为上学的新生登记注册。

张朝燮、王秋心和曾去非正在接待一批受邀前来的永修社会名流、官员和各小学校长等三十余人。张朝燮领着大家参观即将正式开学上课的教室，边走边介绍新学校新的教学理念和新的办学方式，抛弃陈旧的教学内容，采用国语课本，用白话文上课，不再教授四书五经而开设新的课程，诸如美术、音乐、历史、地理等；同时降低学费，对于一些实在交不起学费的学生，能交多少算多少，甚至免费入学，让更多的贫困百姓子弟也上得起学。

虽然学校房屋有些破旧，大小规格也不符合教室要求，但里里外外打扫得干干净净，窗几明亮，走廊里画着形式多样、生动活泼的墙报，教室内张贴着励志警句名言，整个学校充满了一股青春朝气，如春风拂面。

参观人群里有人点头称赞，有人感到新鲜好奇，有人惊讶不已，也有人愤愤不平。张文渊作为县教育会长兼县立高等小学校长也应邀参加了。他越看越生气，越听越恼火。

"岂有此理！"张文渊实在忍不住了，打断了儿子张朝燮的介绍，怒斥道，"学校不学儒家经典，那是什么学校？"

张朝燮并没有给父亲面子，针锋相对地说："教育是为了强国，那些几千年的陈旧东西早该抛弃了。为什么我泱泱中华，近百年来受人凌辱，割让土地、赔偿银两，连小小日本岛国也欺负我们。为什么？因为世界潮流滚滚向前，我们还在原地踏步，还在抱着两千年前的孔夫子不放。国民愚昧，官僚腐败，我们需要一个全新的教育，要彻底改造这个社会。"

人群里一阵骚动，有人惊骇不已，有人竟鼓起掌来。张文渊气得浑身颤抖，大声吼道："胡说八道！"说罢，张文渊转身扬长而去，不少人也跟着他愤愤离开。

封建土豪劣绅的抵制，并没有阻碍含英小学的蓬勃发展，新的教育方式和内容如一股强劲的东风涤荡着腐朽、暮气沉沉的陈旧教育，得到了广大进步人士和百姓的支持。在含英小学的影响下，不少学校也纷纷效仿改革，马口、白槎等小学跟着采用国语课本，取消四书五经教学。含英小学的学生报名人数不断增加，一些县立高等小学的学生也转来就读，以致学校现有的办学规模接纳不了更多的学生。王环心和张朝燮又改造了王家的承德小学，让更多的人接受新式教育；同时还创办了云秀女校，为女性提供受教育的机会，倡导男女平等。

云秀女校设在淳湖王家，起初招生并不顺利。由于封建传统思想和旧习惯势力的影响，周边百姓都不愿让女子上学。于是，改造团成员们就先动员妻子报名，王经燕、淦克群、袁赋秋、吴远芬和江白月，还有王枕心的爱人张廷菊等人成为女校的第一批学生。在王环心的带领下，同学们不仅学习文化知识，还一起参加社会活动，宣传新文化、新道德，鼓励女性放脚、剪短发，对封建礼教给予有力抨击。然而，他们遭到了王家封建势力的极力反对，甚至污蔑男女师生有"暧昧之情"，大逆不道。

学校聘请了南昌职业学校毕业的陈灼华为教员。当时的陈灼华思想进步，革命热情高，在南昌读书时，积极参加学生运动，在江西妇女界颇有影响力，后来还担任过国民党江西省党部执委兼妇女部长。王经燕在云秀女校学习期间，深受其影响。

云秀女校师生合影

虽然含英、云秀和承德是三所独立的学校，但它们都在永修教育改造团的领导下，对内对外的活动却是一致的，三校师生打成一片，形成了一股合力，影响着全县的教育方向。

随着教育改造工作的深入，不断触及教育之外的深层问题。于是，他们将"永修教育改造团"更名为"永修改造团"，这引起了顽固保守势力的惊恐不安。这些人也抱起团来，借助张文渊和王济兼的势力，组织成立了一个以劝学堂熊裕济和县农民会长杨公望等人为首的"永修改进社"，与"永修改造团"针锋相对，并采取各种手段，企图把这股新生力量消灭在萌芽状态。

杨公望长期利用会长的权力鱼肉乡民，与"讼棍"王国佐等人勾结，包揽词讼，敲诈勒索，教唆农民争讼，从中获利。改造团揭露他们的罪行，劝导大家团结起来，最好不要争讼，即使不得已打官司，也不要请那些"讼棍"写状，找改造团成员帮忙。被断了财路的杨公望等人对改造团成员恨之入骨，处处与之作对。

为了让更多人看清杨公望等人的丑陋嘴脸，教育群众。张朝燮写了一副对联，趁杨公望外出期间，贴在他的办公场所门口，上联：公道不讲，公理不闻，需公不公，公然颜厚脸厚；下联：望人夺财，望人争讼，一望再望，望得唇乌面乌。

这副对子巧妙地把杨公望的名字嵌入其中，把他丑陋、恶毒的形象刻画得入木三分，给予了无情的讥讽。一时间，对联传遍全县，人人会背，给了"改进社"一个沉重打击。

有一天，王济兼坐着轿子来到含英小学，在门口落轿后，绕着学校前后溜达。有人立即报告张朝燮。张朝燮急忙赶过来，陪着岳父四周转了一圈。正是上课时间，有的教室在上音乐课，歌声嘹亮；有的在狭小的场地里上体育课，蹦蹦跳跳；即使上文化课的教室里，也可以感受到活跃的上课气氛。王济兼边看边摇头，皱起眉头痛心地说："好好的染布坊弄成这个样子，这哪像学校，像个唱戏、耍把式的地方。"

张朝燮赔着笑，故意不吱声，低着头跟在一旁，不知道岳父此次来的目的，看他到底想干什么？

"燮儿啊，你们改造团抵制日货，我完全赞成。你要办学校，我也支持你，这些房产我可以送给你，虽然抵制洋布后，土布生意好做了，但染布坊我也不开了，王家向来有'敬教劝学'的家风，可学校不能这么办啊。"王济兼以长辈的口吻，一副语重心长的样子，不紧不慢地说，"听说你还把你父亲学校里的学生都挖来了，让他很没有面子。"

"我们就是要培养一批能抵制日货、强国富民的学生。"张朝燮笑了笑顺着他的话说，猜测他是父亲派来做说客的，又态度坚定地补充道，"县立高小学生自愿转到我这里来，说明新式教育受人欢迎。科举都废除这么多年了，县高小上课还在那里摇头晃脑，只背一些之乎者也，我反复劝父亲要接受新鲜事物，他老人家就是不听，请您转告我父亲，如果他顽固不化，没有面子的事还在后头。"

"怎么这样说话！"王济兼沉下脸教训道，"天大的事，你们毕竟是父子。"

"我们血缘是父子，但他所代表的利益集团正是我要推翻的阶级。"张朝燮毫不客气地说，"也希望您不要跟他站在一起。"

"放肆！"王济兼怒气冲冲，恫吓道，"你要这么说，我就要收回这个房子啦。"

"这不可能！"张朝燮理直气壮地说，"我们投入了改造，学校已正常上课，要收回房子，你就不怕大家造你的反吗？"

王济兼心里也明白，学校已办成如此规模了，收回房子是不可能的，只是想吓唬一下，哪知道这小子不买账，于是威胁道："房子不收也可以，但总要交租金吧。"

"租金不租金，要看县政府是否纳入预算。"张朝燮并不买账地说，"教育是国事，我们这些老师上课几乎都是半公益的，希望你也为永修教育出力，继承祖上'敬教劝学'的家风，但是如果以此作为条件，来阻碍新式教育，万万办不到！"

王济兼没想到自己每一句话都被女婿顶回来，心里的火苗"蹭蹭"地往上跳跃。他强压着嘴里骂娘的话，可脸上的表情早已骂出来了。

这时，下课铃声响了，师生们见张朝燮情绪激动地在与王济兼争论着什么，都围了过来。一听说是王济兼是来找碴的，要收回房子，纷纷上前指责，弄得王济兼下不了台。王济兼见自己被师生围堵着，并且人越来越多，成了众矢之的，急忙边走出校门，边用手指点着张朝燮，气急败坏地骂道："孽缘，孽缘！"

王济兼气鼓鼓地坐上轿子，羞恼地催促着轿夫快走。那轿夫一阵小跑，扬起一股尘土，感觉轿子也像轿车一样，屁股后面排出浓浓的尾气，身后留下了一片唏嘘声。

县立高等小学是在修江书院基础上一步步发展而来的，是当时永修县最具规模的学府，从校长到教师都是前清举人、秀才，学生也大多是富家子弟，俨然成了最保守最顽固的封建堡垒。学校尽管不再教八股文，但依然读四书五经，灌输封建思想文化和陈旧的伦理道德。校名虽改为县立高等小学，但修江书院的牌子没有摘下。它成为教育改造团攻克的主要山头。

有一阵子，张朝燮心里很矛盾，一边是父子亲情，一边是自己的理想。他知道要让顽固腐朽的父亲接受新式教育万万不可能，他必须背叛自己的封建家庭，与父亲张文渊面对面做斗争。张朝燮下定决心，与王环心等人商量，如何迫使作为县教育会长兼县立高等小学校长的父亲下台，把这块阵地交到思想开明、进步的人手里，除此以外，别无选择。

张朝燮召集改造团骨干成员开会，反复商量，决定从教育机关和县立高小的用人腐败入手，来扳倒张文渊。根据改造团掌握的情况，本县的教育学会和县立高小几乎清一色的南门人，全县的教育完全被这一小撮人把控，甚至连学生也大多来自南门，其他地方的人很难插进去。张朝燮通过深入调查发现，那些教师不少人无才无德，有的干领薪水，全校教员有八九位，学生不到五十人，教学没有计划，上课随意，误人子弟，甚至还有贪污教育经费的现象。

改造团的骨干成员人多是经过五四运动锻炼出米的，有着丰富的领导游行示威的经验。他们很快联络了一批进步人士，尤其是对张文渊长期把持永修教育、排斥异己、搞宗派行为早有不满的人，以及支持新式教育的师生们。张朝燮和王环心见时机成熟了，决定举行一次以罢免张文渊为目的的示威游行活动。

这天，各路游行队伍按约定时间集中在艾城东门，然后从东门出发穿过城区到西门，再出西门至县立高等小学。张朝燮、王环心、王弼、曾去非等人走在队伍的最前面，后面跟着以含英小学、承德小学和云秀女校等三校师生为主的数百人，打着多条横幅标语，上面写着"张义渊下台、反对教自腐败、改造永修教育"等内容。王经燕、淦克群、王秋心和黄实扶等人在队伍的最后压阵。一路上，大家边走边高呼口号，沿街百姓都纷纷出来看热闹，有的也加入了游行的队伍。

张文渊早就得到了消息，命人把校门关上，师生提前放学，自己躲回家去了。游行队伍来到学校，见大门紧闭，校园空无一人，就转向县公署。这样一闹，整个县城都轰动了，许多市民纷纷跟着游行队伍，把县公署大门口围得水泄不通。知事黄昌桓慌慌张张跑出来一看，黑压压的一片愤怒的人群，立即表示愿意和改造团成员商讨解决方案，希望先解散游行队伍，与改造团的代表进行谈判。

其实，黄知事对张文渊早有不满。平日里，张文渊仗着自己做过县知事，家族势力大，从不把他这位外地来的知事放在眼里，教育方面的事更是无法插手。如今有人出面要罢免他，而且还是他儿子牵头，黄昌桓心里乐滋滋的。他顺着这股潮流，决定把张文渊给辞了，但面子上的事也要做足，让张文渊自己提出不干，由思想开明的骆云门担任校长。

与此同时，改造团还趁机调整了教育会和高等小学其他的一些人事，改组了劝学堂，委任东门的戴华堂为劝学堂的视学、淦鸿图为县立高小的教员等，从而扭转了永修教育界主要由"南门人"把持的局面。

这一事件对由土豪劣绅组成的"改进社"是一个沉重的打击，为新文化新思想在永修传播打开了一个新的局面，但是"改进社"的根基深厚，不会轻易就此罢休。

　　张朝燮和王经燕婚后第二年，儿子张廷璐出生了，小名曾诒。张王两家都非常高兴，孙子（外孙）的到来多少冲淡一些家庭矛盾，也给这两个不平静的家庭带来表面上的和睦欢喜。

　　有一次，王经燕带着两岁多的廷璐回娘家，大包小包地给父母带了不少礼物。王济兼和段氏见到外孙子格外开心，比送什么礼物都好，抢抱着曾诒到院子里玩去了。

　　王经燕的二哥王琴心刚从日本留学回来不久，正赋闲在家。他见王经燕回来了，忙来到厅堂与之打招呼。王经燕笑吟吟地叫了一声"二哥"。王琴心与妹妹寒暄了几句，随后冷冷地说："妹子，听说淡林把自己的父亲逼得辞职，这个人是不是太狠心了，跟这种人一起过日子，可要小心啊！"

　　"二哥，你这是什么意思？"王经燕没有好脸色地质问。

　　王琴心见妹妹脸色难看，急忙讨好地辩解道："我也是为你好，不是二哥挑拨你们夫妻关系，张朝燮这样做会把我们家也害了的。还听说父亲好心好意地把染房给他办学校，他不但不记我们的好，还唆使学生把父亲赶出校门，这不是叫花子赶了庙主吗，天下哪有这样忘恩负义的人……"

　　"住口！"王经燕气愤地打断王琴心的话，声色俱厉地说，"我丈夫做事光明磊落，毫无私心，为的是让更多穷人的孩子读得起书，你们这些自私自利的腐朽之徒，只顾自己的得失，有什么资格谈恩说义。"

　　"你，你你。"王琴心被骂得说不出话来，脸色白一块紫一块的，转身跑到父亲那告状去了，说玉如骂他们是自私自利的腐朽之徒，气得王济兼把孩子递给段氏，要找王经燕教训。段氏急忙拦住丈夫，对儿子呵斥道："你少唆祸！"

　　"我哪里是唆祸。"王琴心一脸无辜的表情，振振有词地说，"姨耶，你在归里听不到啊，外面讲得好难听啊，说环心办女校，和学生以兄弟姐妹相称，尽行暧昧之事，不堪入耳，还说环心跟妹子不清不楚，淡林和克群眉来眼去，我听了都抬不起头啊！"

　　"不要吵了，嫌不够丢脸啊！"王济兼跺着脚，气急败坏地往西屋找弟弟王德兼商量对策去了。

　　这时，王德兼正躺在书房的摇椅上闭目养神，偶尔抬头看着墙上那副自己书写的对联，心里十分得意：一事不公难对祖；丝毫有染便欺心。

平日里，王德兼凭着自己的势力和威望，喜欢替人调解矛盾。他善言会道，处事还比较公道，调解矛盾干脆利落，比衙门迅速管用。经他调解的事，双方当事人大多信服，即使有些不满意，也不敢多计较，一些纠纷往往迎刃而解。当然，事后甲乙双方在王德兼开的"别有天"酒店摆下宴席答谢，自然少不了他的好处。王德兼也尽量把事情做得公平公正，不偏颇任何一方，讲道理摆事实，细致入微，大多能让双方心服口服。客观上，的确解决了不少邻里乡亲的问题，也成了王德兼的发财之道。因此，王德兼把自己书房里的这副对联常挂在嘴边，以致乡里街坊产生了矛盾纠纷解决不了的，就自然会说"找德老先生"去。

王德兼见哥哥进来了，急忙起身让座。王济兼摆摆手表示不坐，怒气未消地说："你整天替别人出主意，自己家里出了几个孽种，你也要想想办法。"

王德兼知道哥哥指的是哪几个人，也不由得眉头紧皱，叹了一口气说："好生讲道理吧，他们比你还会讲；使用家法吧，动静搞大了，丢人现眼。"

这时，王琴心缩头缩脑地溜了进来，讨好地说："四叔，我有一个主意，请县城驻军的侯营长出面教训他们一下。"

"哎——"王济兼眼前一亮，赞许道，"这主意不错！"

王德兼也点点头，表示赞同："好，琴心你去跟侯营长说说。"

"我去说，没问题，只是……"王琴心笑了笑，一副欲言又止的样子。

王济兼明白儿子的意思，指了指弟弟说："先让你四叔备一份厚礼，事成之后，我再奖励。"

王德兼为人大方，知道哥哥向来吝啬，把手一挥干脆利落地说："钱的事好说，最好请侯营长一举把他们那个改造团也给端了。"

王琴心得意地一笑，挺了挺胸脯说："放心，这事交给我。"

王德兼拍了拍琴心的肩膀夸奖道："我们王家今后还是要靠你和耕心、枕心几个人啦，环心和秋心是靠不上的。"

"琴心啊，听到没有？"王济兼用赞赏的语气带着几分鼓励地说，"好好向耕心、枕心学习，广交上流朋友，将来打出一片天下，别像秋心、环心那样，整天跟那些没出息的人在一起瞎胡闹。"

"留学日本的就是不一样，你又是学法律的，将来前途无量啊！"王德兼对王琴心笑道，"那个侯营长肯定会买你的账，但是要掌握好火候哦，别伤了人。"

"这个您放心，我会说清楚的。"王琴心点点头，一副成竹在胸的样子。

大家会心地笑了笑，仿佛看到了胜利的曙光。

这天，王环心与曾去非、王弼等几个人正在含英小学的办公室里商量事情，一位自称是驻县部队的副官来找王环心，说侯营长有请。王环心与侯营长素不相识，曾去非感觉这里有阴谋，希望王环心不要理睬。曾去非抢先对副官说："有什么事，请前来赐教。"

副官见曾去非态度强硬，赔着笑脸说："不要误会，侯营长请王先生去议事。"

王环心根本不在乎，对曾去非笑道："光天化日之下，能把我怎么样？"说着，王环心冲副官一挥手："带路。"

军营驻扎在艾城和涂家埠之间，副官带了一辆马车，很快就到了营地。王环心由副官引领着走进侯营长的办公室。只见一位草莓鼻、阔嘴巴的军官正仰躺在椅子上，两只穿着黑长靴的脚架在桌子上，看见王环心进来也没有放下的意思，而是阴沉着脸，阴阳怪气地问："你就是王环心？"

王环心大义凛然，用同样的语气反问道："你就是侯营长？"

侯营长心里一惊，他本想先从气势上给这个不听话的年轻人一个下马威，没有想到他根本不在乎，不由得大怒，猛地抽回脚站立起来，一拍桌子大声喝道："听说你们把张会长赶下了台，占着济老先生的房子不给租钱，还扬言要清算县署的教育经费？对不对！"

王环心哈哈大笑，鄙视地说："你一个带兵的，不好好练兵保一方平安，根本不懂地方事务，却要掺和。"

侯营长心里一愣，见这小子根本不吃硬，刚才自己这招下马威并不管用，知道眼前这位不好惹，虽然受王琴心之托来教训他一下，但早听说王家内部派系复杂，哪一方都有势力靠山，弄不好自己卷进去不值得，便坐回椅子缓和口气说："本来嘛，这些事都不关我屁事，对不对！我也是为你们好，张会长、济老先生都是你的尊亲长辈，有什么事坐下来好好商量嘛，对不对！"说着，侯营长从抽屉里拿出一份"永修改造团名单"，用手指故意在上面掸了掸，也不说什么，只是冷冷一笑。

王环心瞥了一眼，用鄙夷的口气毫不在意地说："侯营长信息好灵通啊，

70

我们改造团的名单都搞到手了，是不是想一个一个地收拾啊。"

"呵呵，谁敢动德老先生家的少公子。对不对！"侯营长皮笑肉不笑地说，"我担心你和张少爷受人蛊惑，整天和那些穷鬼混在一起，误入歧途。对不对！"

"骂谁穷鬼？你们当兵的，吃的、穿的哪样不是这些穷人供的。"王环心愤然大声地说，"至于我跟谁在一起，这就不必劳你营长大人操心了，你还是管好自己的部下，少欺压穷苦百姓吧。"

侯营长气得两眼直冒火星，没想到这个家伙软硬不吃，还被他挖苦了一顿。他无法压住内心的怒火，从烟盒里抽出一支香烟，连划了几根火柴都没有点着，恨不得用鼻孔里的火气点燃它，大声喝道："放肆！你这个毛猴子，敢在老了门口撒野。"

王环心从容不迫，瞟了侯营长一眼，学着他说话的语气讥笑道："我这个毛猴子，是你老侯请来的，对不对！"

"你，你不要给脸不要脸。"侯营长把没能点着的香烟往地上一甩，气急败坏地吼道，"我不信征服不了你。"

这时，副官急急忙忙跑进来，在侯营长耳边嘀咕几句。

侯营长一听，脸色涨得通红，整张脸像是被火红的草莓鼻头点燃了一样，火势迅速向脖子蔓延，所有的火气都集中在口腔里，对着王环心猛地喷出："滚——"

王环心镇定自若，故意拍了拍长衫，昂首挺胸甩着手地走出去，想多气一下已瘫坐在椅子上的侯营长，可惜房间太小了，没走几步就出了办公室。他走出军营大门，看见曾去非、张朝燮和王弼等二十多人在那等候，估计刚才副官对侯营长报告的，一定是说外面有人在示威。

原来王环心被副官叫走后，曾去非急忙找到张朝燮商量，他们立即做了一个预案，一旦侯营长扣人，就发动全体师生示威要人，并先派出部分人去接应。大家看见王环心像一位凯旋的胜利者，都兴奋地欢呼起来。

回到学校里，王环心立即召集改造团的重要成员开会，向大家报告了与侯营长斗争的经过，特别提到侯营长桌上的那份名单，嘱咐大家今后要多加小心，外出办事尽量结伴而行。

所有人都义愤填膺，同时产生一个疑惑：向军阀告密的人是谁呢？

第八章　寻求真理

这是 1922 年夏秋之交的一天，天空布满了乌云，空气沉闷、燥热，几只水鸟贴着江面飞翔，远方不时地闪着雷电，一场暴风雨似乎正在酝酿。在浔阳江边码头，张朝燮、王经燕、王秋心、王环心四个人站在江堤上，望着滚滚东去的江水和来往穿梭的船帆，正情绪激昂地畅谈着各自的理想和愿望。

在此，几位志同道合的年轻人就要各奔东西，去寻求革命真理。他们彼此勉励，互道珍重。张朝燮去武昌，王秋心和王环心去上海，王经燕送走他们之后也决定去南昌求学。他们虽是亲姻而聚，更是共同的理想与志向而相知，如今，又因同样的使命而离别。

永修改造团的新式教育，在修河两岸犹如一股强劲的春风给人们带来新的希望。他们创办的含英小学、云秀女校以及改造的承德小学，在短时间内成为永修新式教育的标杆。改造团的成员也越来越多，以县城和涂家埠为中心遍布城乡，成为永修早期革命骨干分子的培养基地，走出了像王经燕、淦克群、淦克鹤、邹敬国等一大批有志青年。

然而，随着改造团工作的深入，他们越发感到这个满目疮痍的社会，不是靠办几所学校就能解决好的。要彻底改造这个世界，铲除所有的不公平，救民众于水火，必须要用更猛烈的革命手段。但是，这群年轻人却不知路在何方？许多问题困扰着他们，甚至让他们感到迷茫。他们就像航行在茫茫大海里的小船，渴望看见灯塔，看见彼岸的曙光。于是，张朝燮和王氏兄弟决定走出去，去寻找革命真理与改造社会的方法，改造团和含英小学的工作全部交由曾去非和王弼负责。

其实，张朝燮去年是以优异的成绩考取国立武昌高等师范学校（后来的武汉大学）的。他选择了心中早就向往的武昌，那是中国民主革命的发祥地和辛亥革命爆发的城市。王秋心和王环心则选择了上海，听说一年前，中国共产党组织在那座城市里诞生了，那里有中国最活跃、最先进的一群人。因此，今年两人同时考入了上海私立东海高等专科师范学校（后来的上海大学）。

正在他们畅谈之际，去上海的轮船拉响了汽笛，王经燕和张朝燮要先送两位堂兄上船。四位即将出征的战士像是有许多话还没有说完，彼此依依不舍，可催促的

浔阳码头

汽笛使他们不得不握手道别。王环心对张朝燮夫妇说："保持联系，继续关注家里的事，我们走后，宗藩和更生他们会更艰难。"

"是啊，那些顽固分子是不会善罢甘休的。"张朝燮也表露出担忧，随后乐观笑道，"好在可以通信，每年放假回来还能在一起。"

王经燕深情地拉着两位堂兄的手，关切地嘱咐道："上海是大城市，两人要彼此照料，环心哥这么瘦，更要注意身体。"

张朝燮见他们兄妹难舍难分，便笑道："好了，快上船吧，船要是开走了，恐怕要游到上海去了。"

王秋心和王环心各自拿起行李箱走上了舷梯。张朝燮和王经燕一直目送着他们，不停地挥动着手臂，直到轮船开动，顺着长江缓缓驶向波澜壮阔与未知的大海。

王经燕见轮船远去，转过身朝丈夫张开两臂笑道："好了，该送你了。"

张朝燮也同样伸开双手把妻子拥抱在怀里。过了许久，张朝燮捧起妻子的脸，发现她眼角上挂着泪珠，便鼓励道："坚强些！"

王经燕不好意思擦了擦眼泪说："你们都走了，我会感到孤独的。"

"不是说好了，你去南昌读书吗？"张朝燮安慰道，"到了学校就不孤独了。"

"我有些担心。"王经燕的脸上掠过一丝忧虑地说，"家里有两个孩子，

特别是麟趾还不到一岁，你父亲会不会同意？"

麟趾是女儿张廷纯的小名。张朝燮开导说："别担心，会有办法的。如今对我们提出的事，父亲几乎没有同意的。他之所以能爽快答应我去武昌读书，是因为他觉得我一走，就等于脱离了改造团。可这次假期回来，他看到我又在奔波改造团的事，特别是听说我在武昌还加入了江西改造社，负责《新江西》的发行宣传，威胁我说，如不好好读书，就断了我的学习生活经费。"

王经燕苦笑了一下："跟我也说了，让我好好劝劝你，他说让你读大学是指望你将来有出息，光宗耀祖，不是让你瞎胡闹、拿那些钱打水漂的。"

"所以要学会讲究斗争策略。"张朝燮调皮地一笑。

王经燕也笑着点了点头。她相信丈夫说的话，读书的事一定有办法的。

王经燕眼里充满温柔和钦佩的目光，自结婚以来，她从丈夫身上学到许多东西，他的稳健与智慧，他处事不惊的气度和百折不挠的意志都使她受益匪浅。尽管丈夫事务繁忙，到处奔走，可总在自己身边不远。不管发生了什么事，她总感到有依靠，包括和公公婆婆的矛盾，有他挡在前面，她什么也不怕。如今，丈夫要远行了，只有在寒暑假才能回来，她突然觉得失去了支撑和依靠，不知道自己能不能战胜那即将到来的艰难日子。但是，她不想把自己的困难说给丈夫听，不想让他替自己担忧。

"没事，要是你家里待不下去，我就回娘家。"王经燕天真地一笑，安慰丈夫说，"你安心学习，为穷苦人多学点本事，将来干一番事业。"

张朝燮有些愧疚地说："这个时候我不应该离开你和孩子，可是我们不能等待，我们这一代人的奋斗，就是为了让所有孩子过上好日子！"

王经燕靠着丈夫肩膀点点头。

这时，去武昌轮船的汽笛也拉响了，像一阵阵冲锋号从王经燕心头吹过。王经燕替丈夫整了整长衫，嘱咐道："多来信，家里的事不必挂念，保重身体！"

张朝燮情不自禁地与妻子又拥抱在一起，感觉两个人要融为一体似的。汽笛声声，一阵紧似一阵地催促。王经燕推开张朝燮，含情脉脉地说："走吧，不要回头，让我只看到你前行的背影。"

张朝燮深情地微笑着向后退了两步，猛然提起行李转身大踏步地向舷梯走去，按妻子说的没有回头看。丈夫的身影很快被拥挤的人群遮挡住了，直到张朝燮上了船，站在船舷上向她挥手，王经燕才看见丈夫那张模糊的脸庞。她不明白丈夫的脸为什么这么模糊，刚才送两位堂兄也是这个距离，却能看得清清楚楚。她揉了揉眼睛，原来是泪水模糊了视线。王经燕拼命地挥舞着手臂，轮船渐渐离开了码头，逆流而上，慢慢消失在暮色苍茫之中。

在国立武昌高等师范学校校园的林荫道上，来来往往着刚下课的师生。张朝燮看见一位瘦弱的身子迈着轻盈的步伐在前面行走，便快步追了上去。

"李先生！"张朝燮喊了一声。

那人回过头，见是上课坐在前排聚精会神听课、大胆提问的学生，就停住脚步，一脸和蔼可亲的样子。

"我叫张朝燮。"张朝燮怕先生不认识自己，自我介绍道，"前几天听了您的课，太受启发啦！"

"你不用自我介绍，我早就知道了，张淡林。"李先生幽默地笑道。

先生能叫出自己的字，这让张朝燮感到非常意外，因为他听李先生的课才几次。其实，此前李先生就把每位学生的情况都了解了一番，对"张朝燮字淡林"印象特别深，因为这位从南昌考来的学生，不仅领导过学生运动，还在家乡创办了教育改造团，具有丰富的社会实践经验。

"你来得正好"，李先生高兴地说，"我正准备找你们几个人聊聊呢，再送你们几本书。"

李汉俊（1890～1927）

"太好了！"张朝燮按捺不住兴奋，与先生并肩而行，不停地向他请教，好像有问不完的问题。

这位李先生不是别人，正是大名鼎鼎的李汉俊教授。

李汉俊，湖北潜江人，留学日本，通晓日、德、英、法四国语言，回国后从事著述和翻译工作，积极宣传马克思主义，被称之为马克思在中国的十三门徒之一。他创办《劳动界》，参与编辑《新青年》《共产党》等刊物。

1920年，李汉俊与陈独秀组建了上海共产党，一度代理书记，并积极筹划中国共产党成立，是中国共产党创始人之一。他是中国最早的马克思主义启蒙者，与董必武一起组建了湖北的第一个党支部。董必武说："李汉俊是我的马克思主义老师。"

中国共产党第一次代表大会就是在他胞兄李书诚上海的家里召开的，因中途被暗哨盯上了，才转移到嘉兴南湖的一艘画舫上，并且与董必武等人共同起草了共产党的纲领和成立宣言。

然而，1923年5月，由于和陈独秀、张国焘意见不和，性格刚直的李汉俊脱离了党组织，但信仰没有改变。他经常说："我不能做共产党人，做一个共产主义者，亦属心安理得。"李汉俊在武昌从事教育期间，引领了一批学生走上革命道路。后来，他被桂系军阀杀害。

张朝燮就读武昌师范大学，遇到了不少良师。他每周三十二个课时，其中社会学、文字学和史学就占了二十九个课时，分别由李汉俊、黄季刚和黄百新教授。黄百新学识渊博，他的中国历史课特别受学生欢迎。黄季刚早年留学日本早稻田大学，拜章太炎为师，后与老师齐名，被称之为"章黄"。而李汉俊则是张朝燮真正系统接受马克思主义思想教育的引路人。

两个人不知不觉地走到李汉俊家门口，李先生也被眼前这位朝气蓬勃的年轻人打动，热情地邀请张朝燮进屋。

张朝燮一走进李汉俊先生的房间，不由得惊呆了：一间大卧室兼书房里，除了一张床和书桌，四面房墙都是书籍。李汉俊从书柜里抽出一本《马克思资本论入门》递给张朝燮说："这本书是鄙人译编的，推荐给你。"

张朝燮兴奋地接过书，快速翻了几页，两只眼睛却又盯着书墙，不知道该把目光落在哪里，恨不得张开手臂拥抱这一屋子的书籍。他自嘲道："我真是刘姥姥进大观园，眼花缭乱。"

"我这里的书，你想看尽管拿去。"李汉俊笑道，"我们求学就是要成为有用之才，将来为国家民族扬眉吐气而出力。中国当前的混乱，只有进化到社会主义才能终止，这些书大多是探索中国如何进化到社会主义的。"

张朝燮惊喜地站在书柜前浏览着，仿佛走进了一个五彩斑斓的世界，不时地抽出一本翻阅，又恐失去更精彩的下一本，再抽出另一本来。

先生给张朝燮倒了一杯茶，两人面对面地坐下。他向张朝燮讲述了中国共产党在上海成立的经过，并把共产党的纲领口述给张朝燮听。张朝燮听了，感到先生每一句话都那么新奇，那么让人振奋，越听越激动，越听越热血沸腾，情不自禁抓住李汉俊的手说："先生，我能不能加入共产党？"

"当然可以。"李汉俊严肃地说，"我愿意介绍你加入。不过，你要先加入社会主义青年团，然后再加入中国共产党。"

　　"太好了。"张朝燮激动地说，"一切听先生的。"

　　张朝燮与李汉俊的相遇是他人生中最大的转折和幸运。在这段时间里，李汉俊发展了一批学生党员，其中张朝燮就是武昌师大最早的十余名学生党员之一，并且成立了武昌大学最早的党支部。

　　师生俩相见恨晚，从马克思理论谈到中国近百年的苦难，从十月革命谈到社会主义，从五四运动谈到永修改造团……他们谈着谈着，忘记了晚餐，忘记了时间流逝。当张朝燮从李汉俊家里走出时，东方

张朝燮（右上）和他的大学同学

已经微微泛白。他深深地吸了一口武昌清晨的新鲜空气，没有丝毫睡意，兴奋地活动了一下四肢，精神抖擞地向着微弱的曙光跑去。

　　1923年秋，王经燕考取省立第一女子学校高中师范部，她向公公婆婆提出把两个孩子放在家里自己去南昌上学的要求。张文渊一脸的不高兴，教训道："女子无才便是德，女人识几个字做好贤妻良母就行啦。"

　　如果是几年前，王经燕肯定会与公婆硬碰硬，甚至还会耍小姐脾气，可现在她冷静多了，想起丈夫"斗争要有策略"的嘱咐，低着头没有吱声。她非常清楚张文渊这样的老顽固，任你怎么讲道理是没有用的。她之所以先提出是让他有一个心理准备，给他有一个慢慢接受现实的过程。

过了一段时间后，王经燕又对公公说："上学的事，是我和淡林两人共同商定的，如果孩子你们不愿意带，我就把他们送到娘家去。"

张文渊很喜欢孙子孙女，特别是老大廷璐聪明可爱，视如心肝宝贝。尽管他对儿子媳妇所作所为十分不满，但孙子是张家的根，哪有长期寄养在外婆家的道理，也会被外人笑话。张文渊与儿子儿媳早就较量过，心里明白他们两个人决定的事，阻拦也没有用，便无可奈何地挥挥手："去吧，去吧，多读书，少惹事。"

就这样，王经燕如愿以偿地走进了学校。

王经燕是亲身经历过学生运动的，深受丈夫和堂兄王环心等人的影响，思想进步，意志坚定，性格开朗，一入校就组织成立了"女青年社"，后又加入了"江西青年学会"，积极投身于社会活动。于是，王经燕很快就成为南昌学生界杰出的女青年，这让校方感到十分不安。

省立第一女子学校的校长姓金，是一位刻薄、冷酷的老女人，大家背地里称她为金老婆子。她对学生看管得很紧，连邮差给同学们送来的信件也要先放在她办公室，看看这些信都来自哪里？她若觉得哪件可疑，便偷偷地拆开检查，然后封上拆口，甚至毁掉信件。不少同学向她提出质疑，她不承认。同学们苦于没有实证实据，心里恨死了她，但又束手无策。

有一天，王经燕和几个同学想了一个办法，以第三者的口吻写了一封反映金老婆子偷看学生信件问题的信，然后寄给王经燕，信封不留寄出地址，故意神神秘秘地写着：内详。

金老婆子看到这封信很特别，又是寄给王经燕的，就偷偷地用刀片划开封口。一看内容是指责自己偷看学生信件的事，还画了一张"偷窥癖"的漫画，信里向金老婆子发出措辞严厉的警告，如再发现此类现象，就发动全校学生罢课，告到省教育厅去。

金老婆子气急败坏，一气之下把信件撕得粉碎。撕完后，她立即感到后悔，因为此事没有办法去追究，明知道是王经燕一伙人干的，可不敢说自己看了信，也怕把这件事弄大了，自己下不了台。本应该把信恢复原状，送还给王经燕，自己装作没看到，不让她们的阴谋得逞。可现在把信给撕了，王经燕收不到信，肯定得知自己的计策成功了。金老婆子只好哑巴吃黄连，无可奈何想不了了之。

可几天后，王经燕遇见金老婆子就问："金校长，邮差说有我一封信，放你办公室怎么不见了？"

"我怎么知道？我又不是管信的。"金老婆子气得脸色一阵紫一阵白，一对金鱼眼睁得鼓鼓的，不由让人担心眼珠子会随时掉出来。

王经燕寸步不让地说："既然你不是管信的，干吗要把信件先放到你办公室，难道不可以让邮差直接送给我们吗？"

金老婆子哑口无言，心里又恨又气，但又不好发作，更不敢提那封信的内容。从此，金老婆子再也不敢偷看学生的来信了，学生的信件也由邮差直接交给收信人。

1924年初，王经燕加入了社会主义青年团。她立即把这个消息写信告诉了丈夫。这时的张朝燮已经由李汉俊介绍加入了中国共产党。两个朝气蓬勃的年轻人远隔千山万水，心却紧紧贴在一起，向着同一个方向飞奔。

不到半年，王经燕介绍了王书兰等五位同学加入社会主义青年团，他们之间经常传阅进步书籍，并聚在一起学习讨论，这引起了金老婆子的警觉。总想报一信之恨的金老婆子对王经燕处处监视，想方设法抓她的把柄，甚至想通过王经燕的密友贺服丹打听王经燕的事。

贺服丹比王经燕小四五岁，人很机灵，两人在学校里几乎形影不离。金老婆子企图从她这里捞到一些有用的东西，可贺服丹看穿金老婆子的不良居心，机智与之周旋，最终使之一无所获。

张朝燮常常从武昌寄来许多进步书籍给妻子，并指导她如何阅读、理解。王经燕如饥似渴地学习，心里也越来越敞亮，同时把所学到的新思想、新观念传播给身边的同学，还经常把这些进步书籍转送给正在省立第二中学读书的弟弟王经畯阅读，使王经畯也很快加入了社会主义青年团，走上了革命道路。

有一次，已经在南昌当法官的王琴心无意中看到弟弟王经畯在读一本《共产党宣言》，上前一把夺过，看见书的扉页上有张朝燮留下的笔迹和名字，责问哪来的？王经畯生气地抢回书说："你别管！"

王琴心见弟弟生气了，强压着不满的情绪，好言相劝："经畯啊，这些书是看不得的，千万不要被人洗脑啦！自古造反，都是穷人干的事，我们王家不说是荣华富贵，也是衣食无忧，共产共产，对我们家有什么好处？"

王经畯瞟了他一眼，昂着头不予理睬。王琴心见弟弟态度傲慢，就声色俱厉地说："我知道都是那个张朝燮使的坏，他把玉如带坏了，现在又要带坏你，你要是不迷途知返，我可要告诉你们校长去。"

"我想看什么书，谁也管不着！"王经畯歪着头，两只眼愤愤地盯着王琴心说，"你有本事去告诉那个熊猴子。"

王经畯就读的省立第二中学，校长叫熊育锡。此人早年全身心办教育，对江西教育有过贡献。后来涉足政界，不安心教学，把办学作为自己升官发财的一条捷径，整天结交各路朋友，一心想往上爬。师生们从内心里看不起他，因人长得瘦小，便给他取了个"猴子"的外号。

一天，熊育锡突然出现在王经畯面前，阴沉着脸说："把书包给我。"

王经畯没有反应过来，莫名其妙地问："为什么？"

"拿来吧！"熊育锡一把将王经畯放在课桌上的书包抢夺过去，将里面的书倒出来，找到了那本《共产党宣言》，严厉地问："这是哪来的？"

"捡的。"王经畯扭过头答道。

"捡的？哼哼！"熊育锡冷笑了一声说，"别以为我不知道，看在你哥哥王耕心的面子上，这次我放过你。"

熊育锡举起书对着教室里的所有同学挥了挥，正色警告道："下次如果再看到哪位同学读这种异教邪说的书，一律开除！"

说着，熊育锡涨红着脸，用尽全身力气把《共产党宣言》撕扯得粉碎，然后往垃圾桶里一扔，扬长而去。

这是一个夜深人静的夜晚，星光璀璨，一条银河横亘在牛郎织女星之间，浩瀚的星空之下，万籁俱寂，整个南昌城进入了梦乡。王经燕推开窗户，一股凉爽的风扑面而来，顿感浑身舒畅。她想起了遥远的丈夫和两个年幼的孩子，想起一家人在一起的短暂快乐时光，想起过往的一幕幕人生场景，想起与丈夫青梅竹马的童年和刻在张家后花园柿子树上的"连理"二字，以及她与丈夫要为之奋斗的伟大事业和他们一生追求的信仰。她的内心充满了女性固有的柔情，也充满了不畏艰难险恶的坚定意志。她是一位母亲、妻子，也是一位战士。这些情感相互碰撞着交织在一起，猛然涌起一股创作的冲动，这股冲动越来越强烈，不得不找一个宣泄口，让内心的情绪喷发出来。她要把心中的歌献给丈夫，也献给自己，更献给两人共同的事业。

王经燕转身伏在案上，拿起笔写下"我和你"的题目，思绪如泉水般涌出，顺着流畅的笔墨，一气呵成。

这世界，因为我有了你。

我们在一起两小无猜，以心相许。

伟大的理想，共同的志向。

我们生死与共，我就是你。

人世间，一十百千万亿。

命运使我们今生相聚，携手风雨。

坚定的信念，奋斗的勇气。

我们相恋相爱，永不分离。

第二天，王经燕就把它寄给了丈夫。整封信只有这首歌词，其他什么也没写，只在信纸的下方，写着"请赐教"！

王经燕很快就收到张朝燮的回信，也是什么都没写，只有那首《我和你》，只是在原稿的基础上，添加了一小段，并建议题目改为"生命的意义"。

你不是你，我不是我。

把你我的一切奉献给人民，

生命才有意义。

王经燕读后，不得不承认丈夫的文学功底和思想素养比自己高出许多。他那一小段画龙点睛之笔，把整首歌词的意境拔高了一个层次，也是自己心里最想说而没有说出的话。但是，对于题目王经燕还是喜欢自己原来的。虽然"生命的意义"更紧扣主题，但她还是希望突出自己与丈夫一起献身于伟大的理想，在共同的事业和革命爱情里，不分你我。因为他们是一个我中有你、你中有我的整体，把这个整体的一切奉献给人民，才是他们生命与爱情的真正意义。

第九章　海上棠棣

上海，一个充满活力的城市。十里洋场，五彩斑斓。它是奋斗创业者的天地，也是骗子、冒险家的乐园。

王秋心和王环心就读的上海私立东南高等师范专科学校，那位校长就是一个投机分子。他打着"提倡新文化"的旗号，招生敛财。在王氏兄弟开学报名不久，他就卷走了刚收上来的学膳费跑到日本留学去了，学校交由他人打理。这下激起了学生们的愤怒，同学们推举出以王秋心、王环心、程嘉咏等学生为首的"十人团"发动学潮，强烈要求改组校务、更改校名，并聘请于右任先生担任校长。

"十人团"找到当时《民国日报》副主编、已是中共党员的邵力子，恳请他出面邀请于右任先生来做校长。邵力子和于右任是震旦大学的同学，都是马相伯先生的得意门生，两人情深义重，可谓莫逆之交。

于右任，陕西三原人，字诱人，别署髯翁，早年加入同盟会，书法大家，是国民党元老级人物。他身材魁梧，须髯飘飘，性格豪爽耿直、风趣幽默，得知这所学校前身情况复杂，投入不足，教学设施简陋、房屋破败，加上资金又被卷走，不想接手这个烂摊子，但奈何不了邵力子的三顾茅庐。

于右任见自己无法推辞，便模棱两可地对邵力子说："仲辉兄，要不哪天我去学校看看学生，如看上了我就答应你。不过，我要是答应了，你也跑不掉，我们一起办。"

邵力子笑道："只要你髯翁出山，我愿意做你的副手。"

于右任哈哈大笑道："仲辉兄，你知道我是一个闲散之人，挂挂虚名可以，具体的事主要靠你做。"

"行！"邵力子点头同意，拉着于右任的衣袖要往外走，不容拒绝地说，

"择日不如撞日，我们现在就去看看。"

"真拿你没办法。"于右任将了将长须只得答应道，"好，好，喝完茶再走。"

邵力子立即吩咐同来的人提前赶到学校，通知师生们到校门口列队欢迎新校长。于右任听了用手指点着邵力子笑道："你这是想把生米煮成熟饭啊！"

两人哈哈大笑起来，重回座位，慢慢喝完杯中的茶，才起身坐上车，向闸北青云路驶去。

车子到校门口时，天下起了小雨，只见全体师生已冒雨列队在校门两侧，每个人脸上洋溢着期盼的神情，毕恭毕敬地站在雨中，任毛毛细雨打湿衣衫。大家见一辆黑色轿车在门口停下，所有人都热烈地鼓起掌来。王环心等人立即上前打开车门，打着雨伞恭请两位先生下车，他们一出现掌声更加热烈了。于右任人为感动，急忙向人家拱手致意，问身边给自己打伞的王环心："听邵先生说，你们非要请我做校长，为什么？"

"乘时我欲为汤武，一扫千年霸者风。"王环心挺着胸大声回答。

于右任听了一惊，心里非常感动。这是自己早年的诗句，顿时仿佛看到了当年意气风发的自己，望着蒙蒙细雨中一张张期待的脸，他心里决定留下来做这个校长，拍着王环心的肩膀，不由脱口而出："稚子可教也！"话音刚落，一阵热烈的掌声又响起。于右任向大家挥手说："下雨了，快回到教室里去吧。"

师生们一起簇拥过来，把两位校长请进了小礼堂，那里早已准备好了笔墨，师生们请新校长题写新校名。于右任欣然同意了，将了将胡须，大笔一挥写下：上海大学。

顿时，整个小礼堂里响起了雷鸣般的掌声。于右任放下笔，向师生们拱手致意，谦和地说："予实不敢担任校长，但诸君如此诚意，乃愿为小学

王环心在上海大学

83

生以研究教育，非好为人师，何况吾辈为有文化之人，自当尽力之所能，辅助诸君，力谋学校发展。"

第二天，上海多家报纸隆重报道了一则消息：原东南高等师范专科学校更名为上海大学，全体师生在雨中恭迎于右任先生和邵力子先生出任正、副校长。

面对一副烂摊子，百端待举，于右任先生一方面聘请孙中山先生任名誉校董，蔡元培、汪精卫、章太炎等人为校董，积极争取经费支持；另一方面希望这所学校能得到共产党的帮助，于是邀请好友李大钊先生帮忙。

李大钊立即从北京赶赴上海和于右任商讨共同办学事宜，同意派出两位优秀的中共党员到上海大学参与教学管理：一位是邓中夏，担任上海大学的总务长；另一位是瞿秋白，担任教务长兼社会学系主任。学校还聘请了一大批优秀的共产党员教师上课，如恽代英、陈望道、蔡和森、张太雷、茅盾、沈泽民、蒋光慈、俞平伯、田汉等等。李大钊先生也多次以北京大学教授的身份来学校演讲。

不久，上海大学焕然一新，思想活跃，学术自由，师生关系亲切和谐，呈现出一派生机勃勃的景象。一时间轰动了上海教育界。由于中国共产党强有力地介入，上海大学几乎成了"赤色大本营"，社会上流传着一种说法：武有黄埔，文有上大。

王秋心和王环心在这样一所学校里学习如鱼得水，他们的文学才华也得到了充分展示，创作了大量优秀的文学作品，一度活跃在上海文坛。

1924 年《民国日报》副刊《觉悟》刊登一则消息：

> 王秋心、王环心合著的《海上棠棣》，已由上海新文化书社出版发行。王秋心和王环心二位先生为一对堂兄弟，亲如手足，是现在国内极有希望的新著作家。这本《海上棠棣》是他们俩数年来的精心之作，真是目前文坛上的凤毛麟角、极有价值的文艺作品！研究文艺诸君，不可轻视这个鉴赏好文的机会。经售处：民智书局、梁溪图书馆，各省各新书店及中华书局。

《中国青年》等多家报刊也刊载了《海上棠棣》的印发消息。一时间，这本由于右任校长题写书名的《海上棠棣》成为文学爱好者谈论的话题，在上海大学师生中引起了强烈反响。人们在聚会上谈论王氏兄弟的棠棣之情，在文学沙龙上朗诵书里的诗歌。

王氏兄弟最初就读于文学系，与杨之华、戴望舒、施蛰存、孔另境、丁玲等人是上下年级同学，彼此来往频繁，结下了深厚友谊；并且与沈泽民、蒋光慈等人组成"春雷文学社"，在许多进步刊物上

于右任题写书名的《海上棠棣》

发表文章，以致他们曾一度想终身用文学作品来改造社会。

那时，丁玲还是一个文艺女青年，聪明可爱，大家都把她当小妹妹一样照顾。她虽然有些傲气，通常不把一般同学放在眼里，但对王氏兄弟非常敬佩、仰视，认为他们不仅有文才，还有着丰富的斗争经历。《海上棠棣》里有一首诗歌《雪中的悲剧》，讲述王秋心和王环心创办云秀女校，遭到家族势力的反对，并且污蔑他们与诸姐妹有暧昧之情事。其中当事人王经燕性格刚烈，与封建家庭做坚决斗争，致使其父王济兼暴跳如雷，对她动用家法毒打一番；王氏兄弟也在那个大雪天里被赶出家门。丁玲看了非常感动，在一次文学沙龙上，声情并茂地朗诵了这首诗：

> 黑云罩着的一座平林，
> 忽然一阵乌烟瘴气扑来。
> 啊啊，恶魔来了……
> 狰狞似的恶魔来了！
> 来赶着我们了。
> 我们的姐妹
> 个个吓得晕绝倒地了！
> 四顾萧条，
> 只有我们弟兄两个！
> 呐喊吗，四周都是恶魔！
> 哪里有人敢出来救应。

奋斗吗，白手空拳！
又如何行得……

弟弟呀！我们跑罢！
跑呵！跑呵！跑到中途，
阵阵砭人肌骨的朔风吹来，
纷纷如棉似絮的雪花飘下。
我们的衣衫尽白了！
我们的手足冰冻了！
我们全身的细胞战栗了！
我们眼中的泪涛倾泻了！
我们绝大的牺牲呀！
我们无上的侮辱呀！
愤懑，悲哀，凄楚——种种情绪；
围绕着我的心头。
我心头的热血，顿时沸沸地了！
我要——我要喷薄热烈之血
向恶魔浇去！
我要——拿出刚强之拳
向恶魔打去！
可是一回首，恶魔早已不见了。

我只有这样安慰我的弟弟：
弟弟呀！看呵！
前面已是峨峨的云山了！
前面已是浩浩的修江了！
我们快快奔向无限的前途呵！
我们的前途隐隐现着光明了！

　　那段时期，王氏兄弟与张朝燮虽然相隔千里，但书信来往频繁，彼此的
情况非常了解。张朝燮对王氏兄弟一度热心于爱情诗歌创作不以为然。尽管
张朝燮文学功底很好，但认为当务之急是改造社会，文学必须为革命服务，

86

作品应具有时代精神。王氏兄弟在《海上棠棣》出版之前，把手稿寄给张朝燮看，希望能得到他的指点，然而，却收到了张朝燮一封不客气的来信——

> 朋友，真的没有工夫批评《海上棠棣》，岂止没有工夫这般，就连文学都没大工夫讲了……对于《海上棠棣》，我是没有批评之作了，因为没有了那方的兴致，我们要多埋头读实在的书……不把社会弄好，就不能够得到善美的人生；不晓得中国历来的好歹情形，就不能解决中国的社会问题。

张朝燮性格耿直，爱憎分明，批评人从不拐弯抹角。用他自己的话说"我的批评是很严格的，毫没有带绅士道德的客气"。不久，王氏兄弟又收到张朝燮的来信，两人相互传阅，反复体会，深受启发。

> 秋、环两兄：
>
> 连日以不得来书为念，未审近者生活如何？顽与弟俱有去信，收否？
>
> 傍晚，与顽游抱冰堂，缘蛇山而归，暝色苍然，暮鸦绕树，投宿无所，乌然而啼，观此景物，感人实深，因念古人"日暮途远，人间何世"句，默感人生，如有会心，泫然出泪。此时读胡小石先生《月下杂诗》"平生爱黄昏，哀乐同一暝"，始知此一暝之中，寓无穷之哀乐也。秋、环于海边落日后得过此境否耶？想苍茫无托之感，有相同者乎！
>
> 归后谈话拉杂，不可概述，惟有一点堪为秋、环言者：则以为自亡清之季，讫于革命成功，中国之志士仁人，杀身殉志者，盖可胜数；士人之激昂慷慨以气节相砥砺者，盖可言穷。最忆唐才常诗云："剩好头颅酬故友，无损面目见群魔"，而谭嗣同亦云："我自横刀向天笑，去留肝胆两昆仑"。近者略观国情，吾辈皆以谈恋爱为风气，少年嵚崎磊落之才，遂太半消磨于男女温柔中矣。悲哉悲哉，中华天国一蹶不复震也！
>
> 吾源其罪首，最初当为徐枕亚、吴双热等之《玉梨魂》《孽冤镜》派小说；然至今势成过去，其害寝息。最堪痛恨者，则为随五四新潮而起之新文学，由新文学介绍而来之西洋文人颓废思想也。推源及此，吾对汪静之者流，遂深恶而痛绝之矣（新文学作家中之有文学天才者，惟见郁达夫一人。）。虽然胡适之《尝试集》轻薄鄙俚，盖始作俑者。吾尝观《新青年》见陈独秀《敬告青年》等文章，以改造青年思想为目的，未尝不叹其得中国病之症结，而知起而医治之也：及胡氏《文学改良刍议》出，遂一时趋者若鹜，《新青年》之最初目的反因此而隐，文学之讨论，遂成为各杂志

之中心文章，吾非反对新文学者，弟以"五四"崛起之有为精神，举消纳之文学研究之中，为可惜耳！白话文学既已成立，文学狂热宜可以稍息矣，而事实不然，创造社乘势而起，一切文人颓废恶习由日本尽量输入；恋爱蟊贼亦乘此隙而露其头角矣，不图为害之烈，至于斯极也。

秋、环近况何如，又复困苦于女友交际中耶？本来社交公开，男女之间，岂不可以言交际者，惟弟甚愿秋、环以后交接女友，当以学问、道德、事业，为相交之点，如徐锡麟之与秋瑾是好榜样；若是以讲恋爱为相交之目的者，则其愿秋、环无自苦乃尔也。

弟求学之心不专，一无成就，言之滋愧，现为文字学、史学、社会学、文学数门所诱，无一门愿舍去者，美其名则曰博学而无所成名，恶其名则曰多欲无成。事理以讨论而愈明晰，读书之法，尚望秋、环有以教之耳。数十日不接来信，亦甚疑虑，此亦希望秋、环速即回信之一因也。不尽。

十二年十一月廿五晚弟燮启

这些思想交流与碰撞，对后来王氏兄弟转入社会系起了很大的作用。当然，更重要的还是受上海大学一批共产党员教师的影响。

在上海大学，瞿秋白的课是最受学生们欢迎的。他刚从苏联回来，风度翩翩，英气逼人；尤其是他的思想先进、观点新颖、知识渊博。他讲的社会学系的课，总是挤满了其他系的学生。王氏兄弟虽然读文学系，也经常旁听他的课，并且被他精彩的演讲深深打动，以致俩人一同从文学系转入到社会学系来，成为瞿秋白先生名副其实的学生。

在瞿秋白、邓中夏、恽代英、蒋光慈等人的影响下，王氏兄弟阅读了大量马列主义书籍，思想觉悟有了一个明显的飞跃。根据中共中央的要求，在上海大学成立了第一个共产党支部，瞿秋白任支部书记。

瞿秋白，江苏宜兴人，出身于书香门第，自幼才华横溢。因其父不善经营而家道破落。1917 年他无钱读北京大学，便考入北京俄文专修馆。1920 年由于他精通俄文被北京《晨报》派往莫斯科采访。次年 5 月，在俄国加入共产党。在共产国际第三次代表大会上，他有幸与列宁面对面交谈。1921 年，莫斯科东方大学开办中国班，他担任翻译和助教，教授俄文、政治经济学等其他课程。回国后，他创办中共中央机关刊物《前锋》等，并翻译了大量列宁主义的书籍。

1924 年 4 月，王秋心和王环心分别由瞿秋白、邓中夏与恽代英介绍加入了中国共产党。从此，兄弟俩更加主动积极投身于革命活动中，成为一名共产主义战士。

王氏兄弟与学生党员黄仁是同学好友，经常在一起探讨革命道路，并且和张闻天等人发起组织"马克思学说研究会"。在黄仁被反动特务杀害后，他们以上海学生会的名义向全国发出通电，在报刊上发表了一系列文章，强烈谴责当局的暴行，并隆重举行了黄仁烈士的追悼大会。

1925年5月30日，上海纱厂工人顾正红被枪杀，中共中央决定举行全市工人学生示威大游行。游行队伍先在上海大学集中，然后向南京路出发。上海大学的师生，尤其是中共党员师生发挥了巨大的推动作用，使上海大学成为"五卅运动"的策源地。王氏兄弟参与并协助组织了这次运动。王秋心和王环心在这一系列社会运动的大风大浪里得到了锻炼，也展露出他们过人的勇气和才干，他们从愤世嫉俗的热血青年成长为具有伟大理想和崇高信仰的坚强战士。

王氏兄弟和张朝燮夫妇在外求学期间，尽管他们分别身处上海、武汉、南昌，但时刻挂念着家乡改造团的同志们。他们经常把自己接触到的马列主义书籍寄回永修，让曾去非、王弼等改造团成员也能接受更多的共产主义思想教育，使马列主义在永修得到广泛传播。

张朝燮和王氏兄弟入党以后，利用寒暑假期间，回乡继续指导改造团的工作。为使永修的革命运动有一个新的发展，按照当时"先建团后建党"的做法，张朝燮和王环心决定在永修县组建团组织。首批发展了曾去非、王弼、淦克鹤等七人加入了中国社会主义青年团，并成立永修支部，由曾去非任书记。

不久，张朝燮和王秋心主动带着曾去非前往南昌，找到了江西党团组织负责人赵醒侬。赵醒侬听完他们关于永修团组织建设的情况，以及想把永修团支部隶属南昌团地委领导后，非常高兴。

赵醒侬紧紧握着两个人的手，兴奋地说："好，太好了，你们虽然在外求学，但把地方工作做得如此出色，真不简单啊！"

张朝燮诚恳地邀请道："希望醒侬兄常去指导工作，基层情况复杂，许多事情还不知道如何开展。"

"我们正在干一番开天辟地的事业，一切都在摸索中。"赵醒侬感慨道，并拉着张朝燮的手说，"淡林啊，真希望你早日学成归来，一起干！"

"如果组织需要，我可以提前毕业。"张朝燮真诚地说。

"好，就等你这句话。"赵醒侬拍了一下张朝燮的肩膀笑道，回过头又对王秋心说，"秋心啊，上海大学是一座赤色大本营，听说那里热火朝天，机缘成熟的话，邀请那边的老师来江西指导。"

王秋心点点头，心里默默记住了赵醒侬的嘱咐。

此后，赵醒侬多次以"游馆"的名义来永修指导团支部的工作，并在含英小学做过多次演讲。在中共南昌支部的领导下，永修的团组织发展很快。不久，曾文甫、邹敬国等三十余人加入了中国社会主义青年团，永修的革命活动氛围越来越浓。

改造团以含英小学为基地，办起了工人夜校和平民夜校，专门招收工人和穷苦市民。夜校上课不光学习文化知识，还讲革命道理，广泛宣传马列主义，为开展工农运动打下了良好的基础。有些土豪劣绅的家属子弟和流氓地痞感到好奇，也想报名参加夜校，都被拒绝门外。

这年暑假，一列火车自九江向南飞快地疾驶。车厢里坐着三位年轻人，其中一位年纪稍长的，中等身材，面目清秀，戴着一副眼镜，目光炯炯有神，闪烁着智慧的光芒。他就是上海大学教授恽代英，旁边二位是他的学生王秋心和王环心。这次恽代英是应王氏兄弟的邀请来永修考察指导的，并计划前往南昌演讲。

恽代英（1895～1931）

恽代英，祖籍江苏，生于武昌，是湖北五四运动的领导者之一。他创办和主编的《中国青年》刊物，影响深远。他十分重视农村基层工作，曾深入湖北黄冈地区，宣传、发动农民群众。他深知占全国大多数的农民是中国革命运动的重要成分。当听说王氏兄弟在自己家乡建立改造团，发动群众与封建势力做斗争的事，特别感兴趣。于是，借着暑假特意来实地看看。

火车缓缓驶进涂家埠车站，王秋心起身要帮老师拿行李，恽代英摆摆手谢绝了。他们提着各自的行李走下火车。站台上，张朝燮夫妇、曾去非、王弼、淦克鹤等人早已在那里等候，看见王环心他们走下火车，便一起迎上前去。王环心向大家介绍了恽代英，然后把来接站的人向恽代英一一做了介绍。

恽代英握着张朝燮的手笑道："早就听秋心环心说起你，还有弟妹。"说着，与王经燕也握手致意。

"恽先生办的《中国青年》太好了，真可谓是中国青年的引路人。"王经燕赞赏道。

"过奖，过奖！"恽代英拍了拍手里的包笑道，"这次来也带了一期新出的《中国青年》，大家可以先睹为快。"说着，与所有人一一握手。

"先去含英小学吧。"张朝燮接过恽代英的行李说，"大家都在那里恭候先生呢！"

"好的，客随主便。"恽代英笑道，跟随大家一起走出车站。

火车站离含英小学不是太远，张朝燮边走边向恽代英介绍改造团的工作情况和几所学校的办学经过，以及永修当前的革命形势。恽代英听得津津有味，不时点头称赞。

不一会儿，一行人就来到了校门口。只见全校师生已经站在那里夹道欢迎了，恽代英向师生们挥手致意。他环顾了一下学校，尽管房屋简陋，地方也小，但教学氛围浓厚，教室内外，墙壁、墙柱上贴满了各种格言标语。

张朝燮把恽代英请进一间最大的教室，并邀请他给大家做个演讲。恽代英虽然没有做好充分准备，但看到教室里挤满了人，还有不少人站在窗外，让他深深感到永修师生的热情。他兴高采烈地走上讲台。

王环心向大家介绍说："恽代英先生是上海大学的教授，《中国青年》刊物的主编，也是我和秋心的革命引路人，下面请恽先生为我们演讲，大家欢迎！"

教室里立即响起了热烈的掌声。恽代英向大家鞠躬致意后，开始他的演讲。

诸位，我刚才走进校门，就能感受一种气氛，一种革命的气氛，一种让人热血沸腾的气氛。此前，秋心和环心给我讲过永修的革命形势，刚才一路上又听了淡林的介绍。我听了很振奋，出乎我来之前的想象，说明这些年来，在大家的共同努力下，永修有很好的革命基础，取得了可喜的成绩。当然，革命的道路是曲折的、是艰难的……俗话说，"秀才造反，三年不成"，假如我们造三十年反，决不会一事无成的。世界上没有一帆风顺的革命，挫折是不可避免的，要经得起挫折。只有不怕失败的人，才是能取得胜利的人。我们吃尽了苦中苦，相信我们的后一代可以享到福中福。为了最崇高的理想——共产主义，我们要舍得付出一切代价……

每当讲到精彩处，教室里就会响起雷鸣般的掌声。

演讲快要结束时，恽代英看见一位漂亮女学生模样的人坐在前排，手里拿着一本《中国青年》，便上前问："这本刊物每一期你都看过吗？本地有卖吗？"

那人站起来，带着一丝羞涩地回答："每期都看，本地没有卖。"

"那是谁给你的？"恽代英不解地问。

"他——"那人笑着用手一指王环心。

全教室的人哄堂大笑，笑得恽代英有些莫名其妙。张朝燮急忙站起来对恽代英说："她是王环心的爱人淦克群，每期的《中国青年》都是环心寄给她的。"

"哦，原来如此！"恽代英也跟着大家笑起来，随手拿过那本杂志，一看封面是创刊号，便翻到卷首语指着其中一段对淦克群说，"请你帮我把这一段念给大家听听，好吗？"

淦克群不再害羞了，捧着杂志大声地朗读起来："政治太黑暗了，教育太腐败了，衰老沉寂的中国像是不可救药了，但是我们常听见青年界的呼喊，常看见青年界的活动。许多人都相信中国的唯一希望，便要靠这些还勃勃有生气的青年。"

"好——这段话就是我今天演讲的结束语。谢谢诸君！"恽代英大声说道，并向大家深深地鞠躬致谢。

会场的人都站起来，热烈的掌声经久不息，慢慢地产生了一种共振，在所有人心里荡漾，越来越响亮，越来越强烈，带着一股股热浪飞出了校园。

恽代英在永修实地考察了两天，在曾家榨油坊进行有关农运宣传的鼓动，作了"有关做农民运动与青年学生运动的工作方法问题""怎样反封建、反军阀，打击地方豪绅的黑暗势力问题"的两场报告，使听演讲的农民群众和青年学生大开眼界，激发了革命热情。

晚上，恽代英就住在含英小学的办公室里，与张朝燮和王氏兄弟彻夜畅谈。随后，恽代英在他们的陪同下去了南昌，在黎明中学、省立第一师范学校，又做了几场公开的精彩演讲，号召各界民众团结起来，反对帝国主义和封建主义，受到南昌广大师生的热烈欢迎。

第十章　志同道合

　　1925 年初，王经燕的小儿子张廷锡出生了，小名曾存。不久，王经燕由赵醒侬、肖国华介绍加入了中国共产党，可谓双喜临门。5 月，张朝燮从武昌师范大学提前毕业，受党组织指派回江西担任中共南昌支部组织干事。

　　中共南昌支部是赵醒侬和邓鹤鸣于 1924 年遵照中共中央指示最早创建的江西党组织，直属中共中央领导，赵醒侬为书记。同时，他们还负责筹备国民党江西省党部的任务。

　　赵醒侬，江西南丰人。他个子不高，脸型瘦小，眉毛粗浓，戴着一副黑玳瑁边的眼镜，经常穿着粗布长衫，走路沉着缓慢，待人热情，总是一副和蔼可亲的样子。他早年就读于南丰县高等小学，因家庭贫困而失学，流落长沙、上海等地学徒。1921 年，他在上海加入中国社会主义青年团，不久转为中共党员，并受党派遣回赣，创建了江西的党团地方组织。

　　张朝燮刚来南昌，尽管党的组织工作千头万绪，但他首先考虑到永修的党组织发展。他对永修的情况了如指掌，对过去老战友知根知底，便与赵醒侬商量，由他们俩共同介绍曾去非、王弼和淦克鹤三人加入中国共产党，并建立永修党小组，由自己暂兼组长。张朝燮的提议很快得到了批准。

　　那是一个夏天的夜晚，繁星满天，

赵醒侬（1899～1926）

偶尔有一颗流星带着长长的尾巴划过太空，天上没有月亮，北斗星显得特别明亮。大地静悄悄的，鸭公塘四周的萤火虫发出微弱的光，一闪一闪地飞行，好像在四处寻找着什么。在含英小学的一间办公室里，一盏煤油灯发出暖色的光芒，灯芯吱吱作响。屋里四男一女正围坐一圈低声交谈着，他们的身影投射在墙壁上，显得异常高大。

原来是张朝燮正在宣布中共南昌支部批准曾去非、王弼、淦克鹤三人入党申请的决定。随后，他从公文包里拿出几份入党登记表发给新入党的同志。他们激动地接过表格看了又看，工工整整地填写起来，生怕哪里写错了，神情严肃而有些紧张。王经燕在一旁不时地指导着他们填写。

屋里静悄悄的，几乎能听见每个人激动的呼吸声。填写完后，三个人又认真地看了一遍，像小学生考试交卷子前不放心地检查一番，直到确认无误后，才双手递给老师。张朝燮接过三个人的党员登记表后，便完成了当时规定的入党程序，和每位新党员一一握手祝贺。

张朝燮坐回原位，扫了大家一眼，严肃地说："同志们，我们党有三条铁的纪律，请大家务必铭刻在心：一是服从领导，下级服从上级；二是不准泄漏党的秘密，不准出卖同志；三是宁死不投降敌人，永不叛党。"

三位新党员默默点头，心里暗下决心一定遵守党的纪律。王经燕突然站起来，前倾着身子伸出手掌平放在桌上，激动地对大家说："来，我们一起发个誓吧！"

张朝燮最懂得妻子的做法，小时候每当遇到两人要共同发誓的时候，她总是伸出一只手，让张朝燮把手心压在她的手背上，然后她再把另一只手压上，四只手紧贴在一起后，共同发誓。张朝燮心神领会地把手掌压在她手背上，其他人也跟着压上，五双手紧紧地重叠在一起。

王经燕有些激动，整个胸脯微微起伏着，脸涨得通红，望着这一张张熟悉的面孔，坚定有力地说道："我发誓，遵守党的纪律，保守党的秘密，不怕牺牲，永不叛党！"

大家齐声地重复了一遍："我发誓，遵守党的纪律，保守党的秘密，不怕牺牲，永不叛党！"

这五双年轻有力的手紧贴在一起，每个人都能感受到彼此血液的流淌和猛烈的心跳，感受到自己的生命与一个伟大的事业紧紧地捆绑成一个整体，从今以后，大家风雨同舟，生死与共。

张朝燮示意大家坐下，激动地说："从今天起，永修的党组织正式成立了，我们不再是单打独斗的改造团，更不是劫富济贫的梁山好汉，而是中国共产党领导下的永修党小组成员，我们以后的一切行为要听从党的统一指挥。"

"那下一步该怎么做？"王弼急切地问。

张朝燮环顾了一下大家说："永修近期的主要工作就是以含英小学的夜校和青年补习班为基地，多吸收工人农民和青年学生参加我们的课程学习，宣传马列主义，壮大革命队伍，在这些人群里发现优秀分子，发展更多的人加入党团组织。"

"太好了。"淦克鹤兴奋地说，"这样用不了多久，我们的队伍就会越来越壮大。"

"是啊，孙中山先生'联俄、联共、扶助农工'的政策，使全国的革命形势发展很快。"张朝燮说罢，侧过脸对曾去非说，"我们曾村的农会搞得有声有色，能不能在全县各乡村铺开？"

"关键在领头羊。"曾去非说，"各地的农民绝大多数都愿意加入，就是缺挑头的。"

"我建议尽快发展曾文甫、曾修甫入党。"王弼提议道，"我们的队伍太需要这样的同志了。"

"好，我赞成！要加快发展合格党员。"张朝燮点点头，继续说，"将来我们还要选送一批党员、团员和优秀青年到黄埔军校、广州农民运动讲习所，甚至去苏联留学。"

"那我要去黄埔军校。"淦克鹤紧握拳头兴奋地站起来，急不可待地问，"什么时候可以去？"

"你真是一个猛张飞。"张朝燮用手指点着淦克鹤的鼻子说，"这要听上级组织安排。"

大家一阵轻声地哄笑。

时间在飞逝，不知不觉东方微微泛白。一只紫红色的大公鸡站在断墙残壁上引颈高歌，周边的公鸡也跟着啼鸣，此起彼伏，这声音打破了黎明前的寂静，也唤醒了沉睡的人们，涂家埠的街道上慢慢地出现了生机。

天亮了，张朝燮吹灭了油灯，推开窗户，一股清新的风迎面吹来，使人顿感格外舒畅。大家活动四肢舒展着身体，望着东方渐渐呈现出的朝霞，深深地呼吸着新鲜空气。

新的一天来临了！

黎明中学是以国民党的名义，由共产党在南昌创办的第一所中学。为便于工作开展，学校聘请江西省参议长龙钦海任校长，负责具体事务的是教务主任、共产党员曾天宇。

学校创办之时，正值第一次国共合作时期，学校注重宣传马列主义，几乎成为江西革命活动基地和培养革命干部的摇篮，不少外地来南昌的同志也在这里接头、住宿。

张朝燮以省立第二中学、匡庐中学教员的身份为掩护，秘密开展地下工作，同时兼黎明中学教员。他在黎明中学上课是义务的，没有薪酬，并且经常把其他学校的薪水贡献给党组织和救济困难的同志，自己过着艰苦朴素的生活。

张朝燮除给学校的学生上课外，还经常应邀去江西青年学会等其他社团演讲。由于他的理论素养好，演讲生动活泼，深入浅出，通俗易懂，深受青年人的欢迎。因此，他很快成为江西青年中颇有影响力的人物。

在国共合作时期，大多中共党员以个人的身份加入国民党。1925年7月，由赵醒侬主持的国民党江西省第一次代表大会，在黎明中学秘密召开，正式成立了国民党江西省党部。在这次大会上，赵醒侬、邓鹤鸣、张朝燮、方志敏、朱大贞、陈灼华等七人被选为执行委员，其中大多同时是中共党员，他们分别担任组织、宣传、工人、农民、青年和妇女等部的部长。

担任工人部长后，张朝燮更加忙碌了。赵醒侬见他除了繁重的革命工作，还承担了几所学校的教学任务，担心他的身体吃不消，便向上海党中央写信建议，希望张朝燮能脱产从事革命工作。当得知中央没有批准时，张朝燮笑道："这样也好，让我多赚点钱，弥补一下组织经费不足。"

那时的组织活动经费很少，赵醒侬每个月的工资只有四到六元，家里还有妻子和一个女儿，因此，他们过着半饥半饱的生活。但是，他却从来不向同志们透露家庭生活困难。张朝燮心里很清楚，不时地给予力所能及的帮助。

在中共南昌支部的领导下，马列主义在全省得到广泛传播，江西的革命之火在各地点燃，这引起了军阀政府的警觉。他们视共产主义为毒蛇猛兽，派出大批特务侦探四处搜查，盘问行人，检查书刊邮电，整个南昌城被白色恐怖笼罩着。

南昌的冬季，阴冷潮湿，寒风凛冽。在赵醒侬一间狭小的办公室里，赵醒侬、张朝燮、方志敏、刘承休和陈灼华等人正在召开秘密会议。赵醒侬压低嗓音说："同志们，现在的形势很紧张，外面四处都是特务侦探，大家千万要小心！前不久抓了邹努等六人，志敏也被通缉。明天我和承休、灼华要去广州参加国民党第二次全国代表大会，家里的事由志敏和淡林负责。如果形势进一步恶化，可以转移到县乡暂时躲避一下，以确保安全。"

"你们路上也要注意安全。"方志敏担心地说，"昨天志纯向我反映明星书社来了几个可疑的人，转悠了半天才走。"

"明天你们去车站最好乔装打扮一下。"张朝燮从口袋里拿出几块银圆递给赵醒侬说，"这是我个人省下的一点钱，带在路上用吧。"

赵醒侬推辞不受："你把薪水都贴补了组织经费，自己留着吧！"

方志敏见两人互不相让，便在一旁劝道："拿着吧，穷家富路，有钱在身上办法总会多一点。"

赵醒侬这才把几块银圆收下，笑着递给陈灼华："还是由女士保管好。"

大家都轻松地笑起来。

第二天，阴雨绵绵，北风阵阵。一对富商夫妇模样的人手挽手，从容地走进南昌牛行车站候车室，后面跟着一位拿行李的随从人员。那富商戴着一副墨色眼镜，警惕地环顾了一下四周，看了看腕

南昌牛行车站

上的手表，见离检票时间还有二十来分钟，便找到一个偏僻角落的位子坐下。他们正是赴广州开会的赵醒侬一行三人。赵醒侬和陈灼华打扮成一对有钱夫妇，刘承休乔装成随从。

三人刚坐下，突然门口一阵骚动，只见一群人横冲直撞地闯进来。他们迅速封锁了各个出口，对每位旅客进行盘查。赵醒侬见势不妙，对刘承休说："看样子是冲我们来的，快把箱子里的那份文件拿出来毁掉。"

刘承休立即打开箱子拿出两张纸撕得粉碎，并迅速塞进嘴里嚼了嚼吞了下去。陈灼华被眼前的阵势吓得脸色惨白，双手微微颤抖。赵醒侬急忙扶住她镇静地安慰道："别怕，文件毁了，他们抓不到把柄。"

陈灼华深深吸了一口气，调整了情绪点点头，紧紧抓住赵醒侬的手臂，看见两个便衣走了过来。其中一个问："谁是赵醒侬？"

赵醒侬不慌不忙地说："你们认错人了吧，这里没有赵醒侬。"

一位便衣拿出一张照片，盯着赵醒侬仔细对照，厉声道："把眼镜取下来。"

赵醒侬知道自己蒙不过去了，摘下眼镜站起来对着刘承休和陈灼华使了一个眼色，对便衣大声说："我就是，我跟你走。"说着，朝外快走了几步，想以此转移他们的注意，好让刘承休和陈灼华不被发现。

另一个便衣急忙挡住赵醒侬的去路，同时向不远处的同伙挥了挥手，一帮特务围了上来。那位拿照片的便衣对着陈灼华冷笑了一下说："你大概就是陈灼华吧。"然后侧过头，对着刘承休得意地说："还有你，刘承休。"

刘承休知道他们是掌握了情报而来的，大声叫嚷："光天化日之下，你们凭什么抓人？"

"哼、哼。"那位便衣不屑地瞪了一眼，掂了掂手里的手枪恶狠狠地说，"就凭这个。"

"带走！"一个头目把手一挥喊道。众特务将赵醒侬三个人带出了候车室，然后推进停在门外的警车里，一路呼啸而去。

张朝燮和方志敏正在黎明中学，商量赵醒侬临行前吩咐的几件要处理的事情。突然，方志纯急急忙忙跑进来，气喘吁吁地说："远镇哥，不好了，书社被查封了。"

远镇是方志敏的原名。方志纯是方志敏的堂弟，在明星书社当店员。明星书社是当年赵醒侬和方志敏等人创办的南昌文化书社被军阀当局关闭后，党组织重新开设的一个文化机构和联络机关。明星书社也是由曾天宇出面打理的，为了迷惑敌人，表面上只经销一些普通书籍，还请了德高望重的于右任先生题写牌匾。实际上，明星书社是中共江西地下党又一处秘密活动、联络场所。

明星书社为上下两层楼。楼下卖书，楼上住人。外地来的同志可在此借宿，能放三四张床铺，为作掩护，还摆了一副麻将桌。楼上有一扇窗户，推开可见对面小巷和街上的动静，十分有利于在此接头、开会。

有一次，赵醒侬、张朝燮和曾天宇在楼上议事，同时等一位外地来的同志。方志纯在楼下一边照看书店，一边警惕地观望四周动静。突然，走进两位衣着与举止不相配的人，东张西望，根本不像是来买书的。方志纯凭着自己丰富的经验断定这是两个侦探。他机智地提高声音上前打招呼，然后向楼上发出信号，冲着楼上喊道："水开了，楼上的先生泡茶啵？"

楼上的人一听这话，就知道有情况，立即围坐在麻将桌上，可这天只有三个人。

方志敏（1899～1935）

两位侦探在楼下转了一圈后，便朝楼梯口走去。这时，只听见楼上张朝燮问楼下的声音："怎么还没来呀，伙计，快到外面看看去，到了没有？"

"催去死！看有什么用？"方志纯不满地冲着楼上喊，"他不来，我也看不来，要不我到街上随便拉一个人过来。"

"也可以呀。"楼上的人说，"左邻右舍的，都是熟人。"

方志纯见一位侦探缓缓地走上了楼梯，就上前笑道："这位先生，有兴趣吗？楼上正三缺一呢，接个手吧。"

那侦探板着脸没有理会，径直上了楼，看到三个人正围着一张方桌，桌面上一副麻将牌和一些纸钱，房间里烟雾缭绕。张朝燮见有人上来了，高兴地站起来："太好了，来来来，摸两把，我那个同伴有急事被他老婆叫去了，马上就回来的，你先应个急吧。"

那侦探脸无表情，两只鹰眼在每个人身上扫了又扫，怀疑地问："你们那个同伴什么时候来？"

"家里有点急事，说是去去就来的。"曾天宇见后面那个侦探也跟上来了，急忙上前一人递了一根香烟说，"来来，请坐，接个手，说不定能赚一把呢。"

正说着，只听见楼下方志纯大声说："哎呀，你再不来，人家要散伙了，是不是被老婆缠住了。"

"啊——哦，哦！不好意思，不好意思，家里的臭婆娘不让我来。"一个男人的声音说着，"咚咚咚"急匆匆地上楼。

那男人到了楼上，一看有两个陌生人站在那，心里也明白了几分，笑道："这不是有人吗？"

张朝燮突然大发脾气，指着那男人的鼻子骂道："有你这样玩牌的吗？打得好好的，中途跑掉，把我们三个人晾在这里，下次谁跟你玩。"

那男人一个劲地赔不是，曾天宇劝张朝燮说："算了算了，别跟怕老婆的人计较。"

大家一阵哄笑。那男人对着两位侦探客气地说："要不，你们先玩一把。"

两位侦探相互看了一眼，无趣地下楼去了。

虽然明星书社开张以来，经常被侦探盘问、检查，但从来没有被查封过。这次突然被查封，意味着形势十分危急。

张朝燮急忙问方志纯："抓了人没有？天宇没事吧！"

"当时只有我一个人在店里，他们问我这书店是不是又是方志敏开的？"方志纯急促地说，"我说我是看店的，不认识方志敏，趁他们不注意就拼命跑来了。"

张朝燮感到事态严重，立即对方志敏说："他们要对你动手了，赶紧躲避一下。"

"还不至于吧。"方志敏思考着，镇定地说，"再看看动静。"

这时，省党部秘书涂振农从门外慌慌张张跑来，惊慌失措地说："淡林，醒侬他们被捕了。"

"啊——"在场的人都惊呆了。张朝燮急忙追问："消息可靠？"

"千真万确。"涂振农肯定地说，"三个人在车站被抓的。"

张朝燮第一个反应就是让方志敏快走，马上离开南昌城。他握着方志敏的手说："敌人下手了，你必须马上离开，这也是醒侬交代的。"

"那你怎么办？"方志敏担心地问。

"我没有你的名气大，不要紧。"张朝燮笑了一下说，"再说，必须有人留下来，还要设法营救醒侬他们呢，你快走吧。"

方志敏犹豫不定，来回踱着步。

"不要犹豫了，东西也不要收拾了，马上出城！"张朝燮严肃地命令道，"志纯也走。"

方志敏经过一番考虑，转身紧紧握着张朝燮的手，无奈地说："那我只有先回弋阳，这里全交给你了。"

"放心吧。"张朝燮拍了拍方志敏的肩膀说，"多保重！"

方志敏刚走出几步又被张朝燮叫住了，回过头问："还有什么事？"

只见张朝燮一边摸索着自己的口袋，一边对涂振农说："身上有钱没有？全借我。"

涂振农把身上仅有的三块银圆递给了张朝燮。张朝燮拿着银圆紧追了几步，抓住方志敏的手，把银圆放在他手心里说："我猜你身上肯定没有钱，带着路上用吧。"

"我有办法的。"方志敏推辞着，却被张朝燮那双手紧紧控制住了。

张朝燮劝道："别推了，没有钱怎么到弋阳？"

方志敏感激地拍了拍战友的肩膀收下了钱，猛地一转身，头也不回地走了。

方志敏回到弋阳后，创建了中共漆工镇党小组，创办了弋阳青年社，为后来发动的"弋阳暴动"打下了坚实的基础。

张朝燮默默地目送着两人走出校门，回头对涂振农说："现在要赶紧做两件事，一是把醒侬被捕的事告诉同志们，叫大家注意安全，暂停所有公开活动，必要时离开南昌；二是设法营救醒侬他们。"

"好的，我负责通知大家。"涂振农主动领取任务，又问，"怎么营救？"

"第一要尽快报告上级组织，让他们通过上层关系给省政府施压；第二联合二中、心远、匡庐和一师等学校，发动学生示威抗议，要求当局放人。"张朝燮边思考着边果断地说。

面对这突如其来的变故，张朝燮要尽快做出对策，此刻的一时迟疑和考虑不周都会造成无法弥补的损失。他生怕自己处事不当，不放心地问涂振农，"你觉得这样行吗？"

"想得很周全。"涂振农点点头说，"那几所学校的召集，谁去？"

"这事你别管了，我来！"张朝燮坚定地说，并反复嘱咐涂振农注意安全。

事不宜迟，两个人匆匆地走出校门，奔向各自要去的地方，迅速消失在茫茫的人流里。

1925 年的最后一天，天气特别冷，寒风飕飕地刮着，滴水成冰，路面湿滑难行。张朝燮从翠花街的家里出来，穿着厚厚的棉长袍，戴着毡帽和口罩，逆着风向学校走去。按约定今天要在省立二中召开如何营救赵醒侬等同志的重要会议。刚走到离学校门口不远处，看见两个便衣带着十几个军警迎面走来，他心里一惊，立即意识到情况不妙，猜测开会的机密泄漏了，他们是冲自己来的，但转身已来不及了，反而会暴露自己，更重要的是自己是这次会议的召集人，不少同志已经到了会场，决不能丢下他们不管。

　　张朝燮估计这些人并不认识自己，便镇定自如地迎面走上前去，与那两位便衣越来越近，能感觉到两只狼一样的目光在他身上搜寻着。张朝燮的心跳得厉害，但表面上若无其事的样子与他们擦肩而过，还故意摘了一下口罩。当张朝燮正要走进校门，突然后背肩头被一只手抓住，他心里猛地一惊，缓缓转过身。

　　"你是二中的老师吗？"一个侦探问道。

　　"是啊。"张朝燮镇定地回答。

　　"知道张朝燮住在哪里吗？"另一个侦探插话又问。

　　"知道啊。"张朝燮从容不迫地说，"他就住在东北角的那栋红房子里。"说着，指向远处的一栋红瓦房屋顶，还装着热情地告诉侦探怎么走。那侦探一听，向身后的军警一挥手，迅速朝张朝燮指的方向跑去。

　　此时此刻，张朝燮首先想到的是其他参会者的安全，原计划会议定在南侧的二楼教室。不等军警拐过巷子，张朝燮转身飞快地冲到会议教室。这时，参会的人员几乎到齐了。他来不及细说，叫大家赶快撤离。那帮侦探和军警在红房子处折腾半天，才知道上当了。他们立即封锁了校门，一间教室又一间教室地搜查，最终一无所获。

　　机智勇敢的张朝燮又一次化险为夷，所有参会者也逃脱了敌人的魔爪。张朝燮知道自己在南昌也待不下去了，不得不潜回永修暂避风头。

第十一章　留学苏联

　　张朝燮知道自己已经被当局列入了抓捕名单，必须尽快离开南昌城。他从学校里出来，一口气跑到赣江边。他没有回翠化街的家，家里也没有人，妻子去苏联留学了，三个孩子都放在义城父母家里抚养。他知道这时的车站码头已是危险之地，就找了一条渔船过江，然后徒步向永修走去。

　　一路上，人烟稀少，满目荒凉。张朝燮独自一人匆匆前行，边走边想，那些平日里无暇顾及的情感与人事，此时此刻都涌上心头，在脑海里浮现……他想起不久前去苏联留学的妻子，她来信说，在半路上病了，不知道她那瘦弱的身体能否经得起长途奔波？想起妻子走后，岳父和二舅子琴心上门要人，大吵大闹了一场，污蔑他把王经燕骗去俄国，是为了自己好找其他女人，王琴心还差一点和他动起了手；想起自己从武汉回来后与赵醒侬、方志敏一起战斗的一幕幕情景；想起那些曾经朝夕相处的永修战友，那一张张熟悉的脸庞在眼前浮现，只是不知道他们现在是否都安好？

　　张朝燮与王秋心、王环心一直保持着通信联系，彼此情况都十分了解。王氏兄弟上海大学毕业后，受党指派参加了"北上军运十人团"。这是李大钊同志为了争取国民军总司令兼第一军军长冯玉祥将军而实行的一次重要统战布局，派出得力的中共党员干部进入他的部队，以开展统战工作。

　　1925 年 5 月，十人团从上海抵达北京，在苏联驻华大使馆参加为期二十天的学习培训，并受到李大钊的接待，然后奔赴各地。

　　王环心去了河南卫辉县，担任国民军第二军郑思诚旅旅部参谋兼俱乐部主任，秘密担任中共陇海铁路驻郑州地委委员，淦克群也跟随过去了，协助他开展党建工作。王秋心则独自去了开封，担任国民军第二军军部参谋兼北方学生军大队政治教官主任，同时秘密担任中共豫区委宣传部部长。

103

北上军运十人团赴京前合影

王经燕四人去苏联留学是秘密的。临行前，对外宣称：王经燕赴上海求学；王弼护送袁赋秋去河南找丈夫王秋心。当时夏建中没有与他们同行，他是后来追赶过去的。如此隐瞒，连王济兼、张文渊都是王经燕到了莫斯科来信报平安，才知道他们一行人去了苏联。这让王家人对张朝燮非常不满，就连一贯性情温和的段氏也扬言：若女儿有个什么闪失，则要与张朝燮拼老命。

王弼走后，总放心不下妻子吴远芬，反复拜托张朝燮和王氏兄弟照顾，以确保妻子生活无忧。王弼家境贫寒，留苏的经费都是大家凑足的。他这一走，吴远芬的生活更是没有着落，张朝燮和王氏兄弟主动承担起她的生活费用，但吴远芬依赖惯了丈夫，生活上不能吃苦，这让性格耿直、为人坦荡的张朝燮有些生气，专门找吴远芬谈了一次话。他在11月9日给王秋心的信里写道——

……更生之于远芬，未免太眷念，还三次致信于你和王环心。老实说，远芬在更生身边时，也太不知艰难了。现在正是要令她觉悟的时候，教她晓得生活的不容易，至于最低限度的生活费，不须更生讲，我们当然要维持的。在更生走后，我已面和远芬谈了一次，年内的生活是和她计划好了，就是年内的吃谷她已有了，需要我们帮助的只是油、盐、菜和零用的钱，我已和她说定年内每月补助她二元的零用，由我们三人分担，我已把此意在前信上告诉你，谅你也已知道了。现在你的来信便说和王环心商量好了，由我们三人每月供给她六元，这在远芬个人定是感激你的，因为她的生活将从此宽裕了。可是此举我实不敢赞同，理由如下：

1.此时正是教训远芬的最好时候，教她晓得生活的艰难，回想从前更生担家时，自己不知体恤的错误。

2. 使她吃些艰苦，以后和更生做生活时也容易些，假如我们只在这一时徇更生感情之请，使远芬生活毫不受困难，那么，我上面所举的两层意义便消失了，恐怕更生将来对付远芬更艰难呢。还有一层，远芬的生活费，不止年内几个月，将来一年两年还是不定的，我们维持她的生活，是要筹个长计的，假使几个月后，又不能接济这多，那岂不是又是一个问题么？并且明年上半年，远芬是连吃谷都没有的，到那时才是要多津贴她几个呢。

因此，我对于维持远芬生活的提议，只赞成每月补助贰元。明年的费用，可以等到明年再定。不知你和王环心赞同否？秋心，我们不要在远芬面前做好人，我们要做好人，那就为难更生了，我们对待远芬要不表示如何的好，也不故意与她为难，只要维持她最低限度的生活，她才不致怨恨我们，也不致将来难为更生，呈于更生的五次致信于你和王环心，亦只以维持远芬的最低生活费为请。那是不错的。如是怕远芬的吃苦，那就错了。因为远芬的毛病，就是在没有吃苦。笑话，为了这小小的一件事，写了我三张纸，可是事虽小，我以为我所持的道理是不错的，不知你同意于我这个讲法么？

手下如有钱，望寄二十元给我，内十五元为赋秋的旅费，五元可作远芬生活费。我现在一贫如洗，负债七八十元，实在不能移前。

张朝燮虽然平日里省吃俭用，工资也不低，但常常是身无分文，不只是向有工资来源的王氏兄弟借钱，有时还会向在南昌读书的晚辈们借。因为他遇到一些需要救济的人和事，总是毫不含糊地帮助别人，常常弄得自己揭不开锅，到处向他人借钱。

当时，国共组织有一项重要任务，选派优秀的青年培训学习、参军，甚至出国留学。张朝燮协助赵醒侬开展这项工作。淦克鹤去广州，张朝燮帮他掏了两次路费。最初，淦克鹤被组织推荐去黄埔军校参军，以实现他的夙愿；同去的还有王弨等人，但他们走到汕头，因战火阻碍交通而未能成行，只好经上海返回，路费所剩无几。当时还推荐了黄实扶、余少溪和程声腾等人去黄埔军校，可这三个人胆子小不敢参军，没有动身前往。而熊禹疏、龙法旬、陈钧武等十余人却先后如愿进入黄埔军校，不少人后来战功卓著。王弨参军半路受阻后，一度滞留上海做制袜工人，希望能在那里找到更光明的出路。后来，组织上再次推荐淦克鹤与曾文甫两人赴广州参加第五期农民运动讲习所学习；王弼也被叫回，去苏联留学。

自从永修建立了党小组，张朝燮兼任组长以来，他奔波于南昌、永修两地，永修的党建工作发展迅速，党员人数越来越多。两个月后，张朝燮将党小组长的担子交给了曾去非……这一桩桩事情在脑海里浮现，一张张笑脸在眼前飘来荡去，交替着、重叠着，给这单调枯燥的行程带来一些慰藉。

然而，最挥之不去的还是妻子那张俊秀的脸庞，她是自己生命中最牵挂的人。两个人从小青梅竹马，相依相恋，不曾有过长久分离，即使在他去武昌读书期间，也会在寒暑假里团聚，而这次离别却是他们距离最远、时间最长的一次，尤其忘不了临行前那骨肉难离的情景，至今历历在目……

时光回溯到三个月以前，国共江西地方组织准备选送十三人赴莫斯科中山大学学习两年，永修有四位，王经燕名列其中。刚接到通知时，王经燕欣喜若狂，这是一个多么难得的机会。她早就感到自己知识不够用，空有满腔热情，总有使不上力气的感觉。她需要有更多的马列主义知识武装自己的头脑，让自己的思想更丰富，能力更强。

王经燕完全沉浸在美好的遐想中，苏联是十月革命的地方，是社会主义的摇篮，是多少人向往的圣地。能在那里学习两年，是一件多么荣耀的事。不仅可以学到更多的知识，还能亲身体验到那些自己为之奋斗的美好生活，亲眼看见真正的苏维埃政权，一个没有剥削、没有压迫的平等自由社会。她的心仿佛已经飞到了莫斯科，飞到那个意气昂扬、丰富多彩的大学校园……

"太太，该喂奶了。"保姆小菊抱着啼哭的小儿子走过来，突然打断了王经燕的思绪。她从神往的遐想中回到了现实里，看见几个月大嗷嗷待哺的廷锡猛然醒悟，不由喃喃自语：我怎么能离开没有断奶的孩子，去独自享受那些美好的生活呢？我怎么能只顾自己，扔下他们不管呢？

王经燕一下子陷入了进退两难之中。她接过哭闹不停的小儿子，解开衣扣把乳头塞进孩子嘴里，孩子不哭了，使劲地吸吮着，那副饥渴之后得到了满足时的样子，让王经燕眼眶潮湿。她知道孩子离不开母亲，母亲有责任陪伴孩子，让他们远离恐惧，有安全感。对于这三个年幼的孩子，王经燕一直心有亏欠，他们的爸爸东奔西忙，别说如何关心孩子，就连在一起的时间都不多；自己也曾经为了读书与他们聚少离多。如今，孩子连奶都没有断又要离开，而且这次是去万里之遥的莫斯科，一去就是两年。王经燕开始动摇了，女人做母亲的天性慢慢地占据了上风，她决定放弃。

当天晚上，张朝燮特意从南昌赶回来，看见妻子情绪低落，故意开玩笑地说："没有什么好消息告诉我吗？"

王经燕见丈夫满面春风的样子，知道他说的好消息是指什么，组织上派她去苏联留学丈夫应该早知道了，或许就是他在会上提议的，便撒娇地说："我都烦死了。"

"去苏联留学，这么好的事，怎么会烦死了？"张朝燮哈哈大笑地说。

王经燕却高兴不起来，把自己的犹豫和牵挂向丈夫倾吐了一遍。

"机会难得，不去你会后悔的。"张朝燮鼓励道，"去吧，孩子们的事，你放心，家里有我呢。"

王经燕点点头，虽然她十分清楚丈夫根本也照顾不了孩子，但听到丈夫这番话，她感到一股热浪涌遍全身，似乎在她身上注入了无穷的力量。

"不过路途遥远，生活不习惯，艰苦倒是真的，你要有思想准备。"张朝燮收回笑容，认真地说，"好在有更生、赋秋他们，你们可以相互照顾。"

"艰苦我倒不怕。"王经燕倔强地昂了昂头，随后脸上显露出一丝羞涩说，"就是怕想你和孩子们。"

张朝燮轻轻地将妻子揽进怀里，抚摸着王经燕乌亮的头发，深情地说："两年时间很快就会过去的，何况还可以鸿雁传书，见字如面嘛！"

王经燕依偎在张朝燮胸前，享受着丈夫难得的温存。这一夜，他们一直在畅谈，在回忆，在憧憬……直到五更鸡鸣，才疲倦地入睡。

临行前，王经燕和张朝燮来到后花园的柿子树下，像是与这棵见证过他们爱情的柿子树做一个告别。王经燕抚摸着当年在树上刻下的"连理"二字，那两个字已经有些模糊了。张朝燮掏出小刀又把两个字刻了一遍，深情地说："想你的时候，我就到这树下来。"

王经燕的眼里充满了柔情，情不自禁地扑入丈夫的怀抱，俩人又紧紧地拥抱在一起。这时，一片黄叶飘落在王经燕的秀发上，张朝燮轻轻地替妻子拈掉，轻声说："该启程啦！"

王经燕眼里含着泪珠，点点头。

天已近深秋，凉风习习。王经燕牵着五岁大的廷璐，张朝燮抱着女儿廷纯，小儿子廷锡由保姆小菊抱着，木根拿着行李，一行人来到涂家埠火车站的候车室。候车室里人不多，王弼和袁赋秋他们还没有到。

王经燕找到一排偏僻的长椅坐下,廷璐仰着头问:"妈妈,你去哪里呀?"

"妈妈要出一次远门,你在家听爸爸的话。"王经燕捧着儿子的脸说。

廷璐懂事地点点头说:"我要是想你了,怎么办呀?"

"让爸爸多抱抱你,你就不想了。"王经燕笑道。

"爸爸总不在家,怎么办?"廷璐眨着一双大眼睛天真地追问。

王经燕的心好像被什么东西扎了一下。她哪里不知道丈夫整天在外奔波,无暇顾及孩子,便强装笑脸说:"爸爸不在家,还有爷爷奶奶,爷爷最喜欢曾诒啦!"

一提到爷爷,廷璐便开心起来,他从小都是爷爷带大的。尽管张朝燮夫妇与张文渊在政见上势不两立,但在抚养几个孩子上,他们俩还是非常感激张文渊的,甚至廷璐与爷爷的感情比与他们夫妻感情更深,这也是他们夫妻俩最愧疚的地方。王经燕情不自禁地在廷璐脸上亲了一口,儿子也在妈妈脸上回了一个亲吻。这些亲昵的动作被在张朝燮怀里的廷纯看到了,她见妈妈亲了哥哥,也挣扎着要妈妈抱。王经燕急忙从丈夫手里接过廷纯。廷纯开心地抱着妈妈的脖子,也学着哥哥猛地亲了一口,发出响亮的声音,王经燕的心又像是被针扎了一下似的钻心地痛,眼睛一阵潮湿,视野模糊了。她在女儿的两侧脸颊上,反复亲了几次。

这时,一位穿着制服的人开始来回地走着,拿着一个用铁皮卷成的喇叭筒提醒旅客准备检票上车。王经燕放下女儿,走到小菊身边说:"让我再喂一次奶吧!"

小菊轻轻地把小廷锡递到王经燕怀里,王经燕走到墙角边,解开衣扣给孩子喂奶。廷锡挥舞着小手开心地吸吮起来,他哪里知道这是母亲最后一次喂奶。他吸了几口,冲着王经燕露出粉嘟嘟的笑脸,又吸了几口,顽皮地抓捏着母亲丰满的乳房。王经燕实在控制不住,泪珠"啪嗒啪嗒"地滴落在儿子脸上。

要检票了,王弼和袁赋秋拿着行李走了过来。小菊从王经燕怀里抱过廷锡,儿子"哇——"的一声大哭起来。那哭声一阵紧似一阵,好像是一次生死离别似的,在整个候车室里回荡。撕心裂肺般的哭叫声像皮鞭一下一下地抽打在王经燕的心头。廷璐和廷纯听见弟弟的哭喊,看见母亲要走了,也哭着喊着拉着王经燕的衣襟不放。张朝燮立即吩咐木根拉开两个孩子,不要让他们出检票口,自己拿着行李送妻子上车。

王经燕捂住泪脸，不敢回头看望孩子，直向车厢门跑去。张朝燮提着行李跟在后面，两个人匆匆来到车厢门口站住了，远远地还能隐约听见孩子们的哭喊声。王经燕猛地一转身扑到丈夫的怀里抽泣起来，张朝燮急忙安慰道："放心吧，我会照顾好孩子们的，快上车！"

王经燕抬起头，紧咬牙关，擦了擦眼泪。张朝燮故作轻松地勉励道："坚强些！你这个样子走，我真不放心。"

王经燕点点头，又擦了擦眼角。张朝燮从衣兜里拿出一个信封递给妻子说："上了车，再打开看。"

王经燕接过信，捧在前胸，努力露出一丝笑容，她要把自己美好的笑脸留在丈夫的记忆里，深情地说："多保重，常写信！"

"保重，保重！"张朝燮向王经燕挥了挥手，示意她快上车，然后提高声音说，"等你学成归来！"

王经燕提着行李依依不舍地上了车。突然，她又猛地跳了下来，与张朝燮紧紧地拥抱在一起，她好像有一种不祥的预感，也许这一走，俩人再也见不到了似的，直到列车员反复地催促，才回到车厢。

火车猛地启动了，发出长长的吼叫，"轰隆轰隆"地缓缓向远方驶去。张朝燮伫立在站台上，不停地挥着手臂，直到列车完全消失在深秋的苍茫之中，可妻子那张被风吹乱头发的脸，却一直定格在他脑海里。只是谁也不会想到，这次离别竟成了他们的永诀。

时间是 1925 年 10 月 17 日。

王经燕一行人到了上海，住进了平安旅社，与各地留苏人员会合。一周后，大家一起搭乘货轮经海参崴，再转火车去莫斯科。当时的火车是烧木柴的，速度缓慢，走走停停；有时木柴烧完了，同学们还要下车帮着搬木头，因此，又走了三个星期才到达目的地。

同行的共有百余人，其中有张闻天、王稼祥、向警予和张秋琴等一大批中共党员。旅途中，王经燕结识了这些日后的同学，并从此建立了深厚的友情。

在这一行留学莫斯科中山大学同学中间，张闻天和王稼祥是最为优秀的。他们不仅都精通英语和俄语，而且知识渊博，理论素养高。莫斯科中山大学毕业后，他们俩都进入红色教授学院深造，被誉为"红色教授"。

张闻天（1900～1976）

尽管两个人后来的命运坎坷不平，但为中国革命胜利做出了极其重要的贡献。

张闻天给自己取了个俄文名字"伊思美洛夫"，且一直以"洛甫"为笔名。他个子不高，面容消瘦，戴着一副无框眼镜，为人谦和，平易近人，遇事沉着谨慎。

由于大海风浪颠簸和货轮条件恶劣，路途遥远，一贯生活安逸、没有出过远门的王经燕在途中就病倒了，加上晕船而呕吐不止。张闻天听说有一位女同学病了，便从包里拿出两个苹果递过去。王经燕推辞不受，说不想吃。张闻天笑道："不吃就闻闻，苹果的芳香可以提高免疫力的。"

王经燕见张闻天真诚、热情，便道谢了一句，接过苹果放在鼻子下闻了闻，果然一股清香让她舒展了许多，其实，更多的是因为同学之间的友情使她愉悦起来，不由得开心地笑了。张闻天见王经燕脸上的愁容散去，调侃道："怎么样？有点效果吧。"

王经燕再三道谢，张闻天笑着摆摆手："别客气，以后我们要同学两年呢。"

这时，王稼祥走了过来，手里拿着一本书笑道："洛甫同学送你苹果，我送你一种精神食粮，不妨一读，它可转移你身体里的不适，提神振气。"

王经燕接过书，内心很是感动。自己第一次出远门就体会到同学们无微不至的关心和温暖，她振作精神坐起来，羞涩地伸出手分别与张闻天和王稼祥握手，自我介绍道："我叫王经燕，来自江西，等我病好了，为你们唱家乡的民歌。"

"请不要见外，五百年前，我们俩还是一家人呢！"王稼祥笑道。

张闻天纠正说："同在一条船上，都是一家人。"说着，大家一阵欢笑。

虽然一路上有同学们的照顾和鼓励，但他们只能在生活上给予帮助，无法解决王经燕在病中对远方亲人的思念，无法抚平她对故土的那份眷恋之情。同学们无微不至的关心让她倍感温暖，更何况堂嫂袁赋秋一直陪伴在自己身边，但王经燕还是有一种从未有过的孤独和寂寞，最能给她带来慰藉的还是张朝燮上车前递给她的那个信封，里面是丈夫写给自己的一首词《念奴娇·送别》。一路上，她不知看了多少遍，每一次拿出来阅读都会让自己热血沸腾，仿佛听到张朝燮那深沉而铿锵有力的声音——

茫茫荆棘，问人间，何处可寻天国？

西出阳关三万里，羡你独自去得。

绰约英姿，参差绿鬓，更堪是巾帼。

猛进、猛进，学成归来杀贼！

试看莽莽中原，芸芸寰宇，频年膏战血。

野哭何止千里闻，都是破家失业。

摩顶舍身，救人自救，认清吾侪责。

珍重、珍重，持此送你行色。

经过一个多月的长途跋涉，饱受颠沛、风寒病痛之苦的王经燕终于抵达目的地。莫斯科中山大学位于莫斯科沃尔洪卡大街十六号，一走进这所美丽的欧式校园，映入眼帘的是西洋异域风情的建筑大楼、花园、篮球场、溜冰场等，对于初次出国的留学生来说，这实在太新鲜了。可王经燕无暇欣赏这些，她不顾旅途疲惫，刚放下行李，就伏案给丈夫写信，希望第一时间跟家人报个平安，同时也把通信地址告知对方，好早日收到丈夫的来信。

开学后，中国学生首先要学俄语，然后是其他理论课程。另外，每周有一天的军事训练课，主要内容是步兵操典、军事技术、射击、武器使用与维修等。考虑中国学生回国的安全，学校不对外公开，也不挂牌子，每位学生都要取一个好听的俄语名字，王经燕给自己取的俄语名字叫"加夫里若娃"。

尽管学校提供了良好的学习生活条件，但刚到莫斯科，人生地不熟，语言、饮食、气候等都有要克服的困难。尤其是俄语学习，王经燕几乎找不到感觉。俄语是一门被称为世界上最难学的语言，语法繁杂，注意的细节很多，语音语调很难掌握，单词难记易忘，对于初来乍到从来没有学习俄语经历的中国留学生来说，这无疑是一种巨大的挑战。王经燕甚至一度怀疑自己的学习能力，而越是难以适应新环境、新生活，就越发思念家乡的丈夫和孩子。她提笔给张朝燮写信，尽情地倾吐思念之苦，把自己在莫斯科的学习、生活和身体情况等一一告诉丈夫，尤其是俄语学习上的压力，让她产生许多无端的恐惧和烦恼。

不久，王经燕又患上了肺病和眼疾。学习上的压力与身体病痛的双重打击，加重了她对丈夫和孩子们的思念，让她萌生要回国的念头，甚至在信里对丈夫发了一通"大小姐的脾气"。

王经燕（四排戴墨镜者）、袁赋秋（三排坐左三）与中山大学师生

收到妻子的来信，张朝燮立即回信耐心开导，鼓励她要战胜自己，提醒当初为什么要出发，与她讲述当前国内军阀混乱、民不聊生以及劳苦民众处于水深火热之中的种种惨状，反复强调要"认清吾侪责"；还提醒她要珍惜这次学习机会，在苏联政府经济并不富裕的情况下，却给他们提供了良好的生活待遇和学习环境。同时，张朝燮去信嘱咐袁赋秋、王弼等人，请他们多多关照王经燕，从生活、思想上帮助她战胜困难。

王经燕接到丈夫的来信，逐渐心生愧疚，每次阅读着那些激情飞扬的文字，她那颗空荡荡的心瞬间被填满。丈夫的来信给了她无穷的精神力量和心灵慰藉。从此，她天天期盼着张朝燮的来信，每次去信都不忘提醒丈夫要立即回信，甚至要求张朝燮每个星期都写信给她。在丈夫的鼓励和同学们的帮助下，王经燕慢慢坚强起来。在经历了西伯利亚冷风刺骨的寒冬后，她像一

112

棵不畏风雪打击的蜡梅拼命地绽放自我。

在莫斯科中山大学校园里，有一个取名"红墙"的布告栏。一天，刊出一篇《革命必革心》的文章，引起不小的轰动。作者是一位叫尼古拉·弗拉基米罗维奇·叶利扎罗夫的中国留学生，王经燕读后产生了强烈共鸣，便找到那位作者。一看他只有十五六岁，留着小分头，王经燕不由得乐了。因为这个人她认识，此前她还批评过这位小留学生。

那是在刚开学不久的一次用餐时，这位尼古拉同学把一块没有吃完的面包随手扔掉，恰恰被王经燕看到了。她上前狠狠地批评了他一顿，教训他要珍惜粮食，使尼古拉羞愧难当，急忙承认错误。这个人的中国名字叫蒋经国。

莫斯科中山大学为国共两党培养了大批人才，许多人后来成为两党的重要人物，其中有俄文名字为布林斯基的任弼时、可鲁别大的王明、博古诺大的秦邦宪、尼姆泽大的王若飞和伊万·谢尔盖耶维奇·多佐罗夫的邓小平等等。

为适应繁重的学习任务，王经燕坚持体育锻炼，早晚苦练俄语，合埋安排学习和锻炼的时间。由于自己的刻苦努力，加上丈夫的来信鼓励，特别是同学王稼祥的帮助指导，教她掌握一些学习技巧，少走了许多弯路，克服了俄语学习的障碍。

王稼祥性格耿直，不畏强权，敢于坚持真理，认准的事，天塌下来也不改变。这点与王经燕很相投，他比王经燕小四岁，时常亲切地称王经燕为"本家燕姐"。王稼祥虽然年龄小，但思想成熟，知识渊博。在他的影响指导下，王经燕学习进步很快。

王稼祥（1906～1974）

王经燕每天晨跑之后，就在校园的某个角落里大声朗读俄语。有一次，她的读书声特别响亮，被路过的校长拉狄夫听到了。校长亲切走上前问："俄语好学吗？"

"不好学，好难！"王经燕羞涩地摇摇头，随即充满信心地说，"不过，我一定要把它学好。"

拉狄夫校长点点头，鼓励道："干什么事都有困难，只有上帝没有困难，中国不是有一个故事叫铁杵磨成针吗。只要坚持，就一定能学好！刚才我听了你的发音很标准。"

校长的话，给了王经燕莫大的鼓舞，她更加努力了。

王经燕渐渐能够用俄语流利地对话了，学会了用标准的俄语唱《国际歌》。新年快到了，学校准备开中苏学生联欢会，王稼祥极力鼓动王经燕表演一个节目，叫她用俄语朗诵屠格涅夫著名的诗歌《门槛》。王经燕有些胆怯，不敢报名参加。王稼祥就替她报了名，然后帮助她排练。王稼祥的鼓励和帮助，给了王经燕极大的自信。

那天，王经燕穿着一身得体的湖蓝色旗袍，围着一条洁白的围巾，气质高雅，落落大方，在柔和的灯光照射下，显得格外妩媚动人。她站在舞台中央，在同学们的掌声中，开始用流利的俄语朗诵起来。与此同时，王经燕脑海里不时地浮现出自己的人生轨迹，那一场场一幕幕，如同屠格涅夫笔下的那位俄罗斯女郎一样，感觉那就是自己的经历写照。于是，一股热浪在胸膛翻滚，她极力地控制着自己的情绪，全身心地投入到诗歌的演绎中，直到她朗诵完毕，台下响起雷鸣般经久不息的掌声，王经燕却泪流满面——

我看见一所大楼，正面一道窄门大开着。

门里一片阴暗的浓雾。高高的门槛外面站着一个女郎，一个俄罗斯女郎。

浓雾里吹着带雪的风，从那建筑的深处透出一股寒气，同时还有一个缓慢、重浊的声音问道："啊，你想跨进这门槛来作什么？你知道里面有什么东西在等着你？"

"我知道。"女郎这样回答。

"寒冷、饥饿、憎恨、嘲笑、轻视、侮辱、监狱、疾病，甚至于死亡？"

"我知道。"

"跟人们的疏远，完全的孤独？"

"我知道，我准备好了。我愿意忍受一切的痛苦，一切的打击。"

"不仅是你的敌人，就是你的亲戚，你的朋友也都要给你这些痛苦、这些打击？"

"是……就是他们给我这些，我也要忍受。"

"好。你也准备着牺牲吗？"

114

"是。"

"这是无名的牺牲，你会灭亡，甚至没有人……没有人知道，也没有人尊崇地纪念你。"

"我不要人感激，我不要人怜惜，我也不要名声。"

"你甘心去犯罪？"

姑娘埋下了她的头："我也甘心……去犯罪。"

里面的声音停了一会儿。过后又说出这样的话："你知道将来在困苦中你会否认你现在这个信仰，你会以为你是白白地浪费了你的青春？"

"这一层我也知道。我只求你放我进去。"

"进来吧。"

女郎跨进了门槛。一幅厚帘子立刻放下来。

"傻瓜！"有人在后面嘲骂。

"一个圣人！"

不知道从什么地方传来了这一声回答。

第十二章　农运之火

在离涂家埠不远处，有一个地方叫长亭铺。长亭铺大路边的曾村，人口不多，只有十九户，是一个小姓村落，都是穷苦人家。曾去非就是这个村庄的。他兄弟三人，老大曾文甫，老三曾义甫，曾去非行二，又名曾卫甫。曾家除了种田外，还在大路边开了一家榨油坊。

一年前，为不受人欺负，曾氏三兄弟与堂兄曾修甫等人联合曾家子弟，在本村搞起农民互助组织，成立了永修县第一个农民协会。曾氏兄弟或文或武，个个英勇无比，被人们喻称为曾家"四虎"。

最初大家只是想抱团取暖，互助互利，后来发现团结起来，可以与地主劣绅作斗争，反抗他们的欺压。于是，曾家兄弟在村里办起了平民夜校，在识字教育的同时，传播进步思想。平民夜校经常教一些通俗的歌谣启发大家。其中有一首歌流传很广，唱道：

> 青的山，绿的水，壮丽的山河。
> 美的衣，鲜的食，玲珑的楼阁。
> 谁的功，谁的力，劳动的结果。

这些歌曲启发大家思考：我们的穷是不是命？我们生产的东西被谁剥削去了？然后，号召人们只有团结起来，才能改变自己穷苦的命运，鼓励大家加入农会，从而使农会的规模越来越大。

曾村稻田旁有一口小水塘，是当年修南浔铁路取土遗留下来的一个大水坑，坐落在曾家地界内，没有产权所属。雨季积满水，旱季可以浇灌庄稼。邻村有一个地主叫邓万财，仗着自己家里的势力，将它占为己有，不准曾村农民用水。大家忍气吞声，一直不敢用水塘里的水。

曾村农会成立后，有位曾家农民在小水塘里取水被邓万财发现了。邓万

116

财撸起袖子把那村民挑水的粪桶扔到老远，并大骂道："吃了熊心豹子胆，敢偷我的水？"

那位农民不服气，与他争辩："这地不是你的，塘也不是你挖的，水是天上落下来的，凭什么说是你的？"

曾修甫闻讯带

曾家农会所在地

领一帮农会会员赶过来，指着地主邓万财的鼻子说："这口塘在曾家土地上，让你霸占了许多年，没跟你算老账，就是便宜了你，你还想继续称王称霸。"

"这，这就是我的。"邓万财不甘心这样败下来，尽管心里很虚，但还是壮着胆子说，"谁先占到，就是谁的。"

曾修甫见他蛮不讲理，气愤地说："你要是再说是你的，就把你扔到塘里，让你把塘里的水全部喝干带走。"

大家一阵哄笑，七嘴八舌对着邓万财指指点点。

邓万财知道这个外号"榨鬼"的曾修甫很厉害，别说曾家有"四虎"，就是他家里那个辣婆子老婆，人称"四姑"的沈云霞，也都不是好惹的。再一看曾修甫身后站着一排人，个个向他怒目以对，邓万财见势不妙，急忙灰溜溜地走了。从此，他再也不敢干涉曾家人在这口水塘里取水了。

曾家农会的初战告捷，使大家体会到了团结的力量，大大增添了人们对农会的信心。曾家收回水塘的事，很快传遍周边各个村落。不少地方纷纷效仿曾家成立农民协会，有些村的农民想参加协会，但苦于村里没有牵头的。

张朝燮在永修建立起党小组后，把各地成立农民协会作为主要大事来抓。一时间，永修的农民运动蓬勃兴起，在党小组的因势利导下，永修县成立了全省第一个县级农民协会。

1925年10月，永修县第一次农民代表大会在承德小学召开，全县有六个区农会，三十三个乡农会，会员达两万余人。农会制定了组织纲领和一系列章程，提出打击土豪劣绅、反对苛捐杂税、减租减息等口号。大会选举了曾去非为县农民协会委员长，曾修甫为副委员长，以及多名执行委员。

面对轰轰烈烈的农民运动，各乡村的土豪劣绅慑于农会的威力，不得不有所收敛，但暗地里却咬牙切齿，到处散布谣言，说什么"共产党搞的是共产共妻""农会长不了"等等，企图破坏农民运动；有的甚至威胁农民，不准他们参加农会。

曾文甫（左）和曾去非（右）兄弟

云居山脚下的罗神殿，有一个劣绅叫吴朝绪，是云山地区的一霸，号称云山洞王。此人胆大心狠，曾经因抢劫清政府的钱粮而闻名。家里豢养了一批流氓打手，横行霸道，为所欲为，当地农民敢怒不敢言。县农会几次派人进山发动农民搞农民协会，都被他阻拦了。吴朝绪让手下的家丁四处放风威胁村民说，"谁参加农会，就活埋谁全家。"使许多想加入农会的农民望而却步，当地的农会组织也一直无法成立。

要在云山地区成立农会，必须先攻破这个封建堡垒。曾去非决定亲自前往罗神殿面见吴朝绪，与这个云山洞王面对面地较量一番。有人提议是不是多带一些人去，以防万一。曾去非摆摆手说："不必，这次去主要跟他文斗，如他不识相，再带人铲平他。"

曾去非来到云山罗神殿，找到了邹敬国。邹敬国是当地人，有一个哥哥叫邹护国，兄弟俩都是搞农运的积极分子。邹家在罗神殿开了一家饭店，平日里接张待李，对云山地区的情况了如指掌。前几次就是邹氏兄弟进村入户发动村民成立农会，却被吴朝绪极力阻挠。他们与吴朝绪此前有过一番较量。

曾去非和邹氏兄弟来到吴府大门前，邹敬国上前"啪啪"敲门。吴府家丁打开半扇门伸出脑袋，见是在罗神殿搞农会的邹敬国和邹护国兄弟，后面还站着一个陌生人，便没好声气地问："干嘛？"

邹敬国把门一推闯了进来，说："快去通报吴朝绪，就说县农会委员长曾去非来了。"

家丁见来者不善，哈着腰转身往里走。三个人不等回话就随着家丁来到厅堂。吴朝绪正在那里喝茶，见几位农民装束的人不请自到，心里有几分不高兴，用鼻腔哼了哼，边喝着茶边拖长声音问道："找我有什么事情啊？"

曾去非不亢不卑地说："现在全县各地都成立了农会，听说你百般刁难，不让搞，是何道理？"

吴朝绪一听，暴跳如雷，把茶杯往桌上重重一放，大声责骂道："农民协会，实属异端邪教，我云山乃清净之地，百姓安居乐业，怎么能让你们搞得乌烟瘴气。"

"是谁把云山搞得乌烟瘴气？"曾去非大义凛然，毫不畏惧，把这些年吴朝绪在云山地区横行乡里、欺男霸女、弄得当地百姓苦不堪言的事一一列举数落，最后警告道，"农会是一个团结自救的组织，农民自愿参加，外人不得干涉。你如果一意孤行，惹恼了大家，我们县农会是不会答应的。今天我们三个人来，只是和你打个招呼，希望你不要干涉农会组织，否则下次来就是三百、三千，甚至三万人。"

吴朝绪一听心里害怕了，自己那些见不得人的事，县农会的人怎么掌握得这么清楚？他也早听说了县农会的势力越来越大，得罪不起，生怕触犯众怒，于是改换了口气，给自己找下台阶："其实，农会的事不关我的事，只要大家井水不犯河水就行。"

从此，吴朝绪再也不敢阻碍村民加入农会组织了。罗神殿的拦路虎一倒，其他村的土豪劣绅都不敢出头阻扰了，云山地区的农会组织如雨后春笋般成立。农运之火在永修各个角落点燃，并形成熊熊烈火之势。

农会的兴起和壮大，声势大振，波及艾城和涂家埠两个集镇，广大工人居民也呼吁要成立为他们说话的工会组织。于是，在永修党组织的领导下，顺势而为地把县总工会成立起来了，由熊省修担任委员长，王经畯为秘书。同时，赶走了艾城的洋神父，把天主堂作为工会办公场所。

王经畯是张朝燮最小的舅子，两人关系特别好。虽然当时他只有十五六岁，却胸有抱负，革命意志坚定，组织上交办的事，从不含糊，冲锋在前，是张朝燮的得力助手。王经畯与自己的封建家庭斗争很坚决，母亲骂他不理，二哥琴心威胁他不怕。有一次，开清算王济兼的斗争大会。有人故意问他，假如你父亲跑了，怎么办？他也不回答别人，一溜烟地跑上台，挥臂高呼："打倒不法地主王济兼！剥夺他的自由，不准他乱走乱闯！"

台下立即响起一片掌声和起哄，连王济兼自己也哭笑不得。

然而，永修的工人人数不多，很难形成像农会那样的势力，加上那些老板通过自己所掌握的各行业资源，形成了一股反对势力。一些老板更是有后台支持，有恃无恐。人们想借助工会与不良老板做斗争，诸如减轻劳动强度、减少劳动时间以及增加工资等，效果都不理想，致使工会提出的合理要求很难落实，工会的工作陷入了尴尬境地，县总工会的威信也无法提高。

张朝燮很是着急。有一天，他找到熊省修和王经畯商量如何找到一个突破口，打开县总工会的工作局面。熊省修想了想，用有些异样的目光看了看张朝燮和王经畯，笑道："就看你们两个人的决心。"

张朝燮被说得莫名其妙，不解地问："此话怎讲？"

"现在不少老板之所以不听工会的，因为他们有靠山，这个靠山不是别人，就是你们王家。"熊省修继续分析说，"比如涂埠、艾城烟馆林立，怎么禁都没有用。如果我们把王德兼开的赛神仙烟馆铲了，那工会的威信就会立即树立起来。"

"好，这个主意好！"张朝燮听了兴奋地一拍桌子，坚定地说，"就从王德兼开刀。"

"打蛇打七寸，这一招准行。"王经畯也信心满满地说，"只要把王德兼治服了，其他小老板就不敢作怪了。"

涂家埠上街头有一个人姓熊，在家行三，外号叫矮子鬼或鬼老三。他身材矮小，长相丑陋，一副鬼脸相，性格懦弱，为人老实，却做得一手好煎饺，开了一家煎饺小店。妻子叫卢花雪，长得如花似玉，性格开朗，在店里做帮手，端盘收钱，迎客送人。客人见夫妻两人相貌落差大，常常开些成人玩笑，主客之间都是街坊邻里，卢花雪讲究和气生财，免不了与客人打情骂俏。若妻子吃了亏，鬼老三也不恼，只"嘿嘿"一笑，小店生意十分红火。

王德兼在不远处开了一家酒楼，取名别有天，外观气派，内室豪华，佳肴美酒，应有尽有，永修人或外来客商都以在别有天酒楼请客、赴宴为荣。

有一次，一桌客人酒过三巡之后，提出要吃鬼老三的煎饺，叫店小二去小店买。小二不敢做主，立即报告王德兼。王德兼大度地笑了笑，挥手让小二快去。不一会儿，小二回来了，告诉客人说，煎饺马上就送到。

过了大半个小时，卢花雪提着一个装有大钵子的挎篮走进别有天酒楼，美目顾盼地问前台："是你们要煎饺吗？"

前台主事的不清楚事由，呵斥道："我一个大酒楼，要你的臭煎饺？"

"不要，算了。"卢花雪生气地转身就走。

正好王德兼下楼，闻声立即叫住了卢花雪："等等，是我们叫的。"

卢花雪停住脚步回过头，白里透红的脸上带着一丝不快，美女微嗔更加迷人，见是王德兼不由得低眉一笑。这一回头低眉让王德兼目瞪口呆，感觉心脏少跳了好几下，软软的几乎没有力量跳了。只见这个女人鲜艳欲滴，风情万种，柳叶眉，樱桃嘴，水汪汪的大眼睛，一颦一笑，勾人魂魄。王德兼阅尽女人无数，想不到这小小涂家埠，竟然有如此美人。

"你们的人也太不讲理了。"卢花雪边说边从篮子里端出大钵子，一副生气的样子说，"明明是你们叫的，却说是臭煎饺。"

"混账的东西，也不问问清楚，就乱放屁。"王德兼把前台狠狠骂了一顿，回过头对卢花雪满脸堆笑说，"别介意，我跟你赔不是。"

"不敢，不敢，德老先生！"卢花雪急忙使礼，揖了个万福。

"你认识我？"王德兼好奇地问，"你是谁家的？叫什么名字？"

"您一咳嗽，全县人都感冒，谁不认识您德老先生呀！"卢花雪娇滴滴一扭身子说，"我是鬼老三的媳妇，叫卢花雪。"

"哦——真是一朵好花！"王德兼拖长声音来回搓着手感叹道，就差没把"可惜插在牛粪上"的话说出来，两只眼睛贼溜溜地盯着她胸前隆起的部分。对于美人，长时间地细看远比语言的赞美更让对方得意。

卢花雪早已习惯了男人这种肆无忌惮的目光，装出羞涩的样子低头一笑，麻利地腾出煎饺，把空钵子往篮子里一放，接过前台付的钱，对着王德兼不亢不卑地又施了个礼，然后莞尔一笑转身走出大门，飘然离去。

王德兼半张着嘴，目光一直跟随着女人的身影，心里痒痒的，一股热浪连同一个念头从脚底心缓缓升起，慢慢地固定在脑海里。

第二天，鬼老三煎饺店门前来了两位特别的客人。每人挑了一担粪桶停放在煎饺店的大门口，各自买了一份饺子坐在门口吃起来。粪桶臭气熏天，一些要买饺子的人远远地不敢靠近，绕着道去别家买去了。

鬼老三胆怯，不敢劝客人走，指望他们吃完了饺子自行离去。可是，这两个人吃完了饺子抹抹嘴，把草帽遮盖在脸上，靠坐在门口睡着了。

卢花雪气不过上前推醒他们说："你们这样，我怎么做生意呀。"

"你做你的生意，我睡我的觉。"那两个人一副赖皮泼汉的样子，还责怪卢花雪把自己的好梦给叫醒了。

鬼老三一看知道是故意找碴的，生怕老婆吃亏，急忙把卢花雪拉进屋，大不了今天生意不做了。可是，一连几天，天天如此，鬼老三受不了啦。

这时，有人前来给鬼老三出主意说，你肯定是得罪人了，何不去找找德老先生，送点礼，让他出面跟你摆摆平。鬼老三思来想去，自己没有得罪谁呀，问门口两个"罗汉"是何缘故？人家理都不理他。

鬼老三只得硬着头皮备了一份厚礼，来到淳湖王家，战战兢兢地去敲王家西屋大门。家丁打开门问找谁？鬼老三缩着脖子说，自己是煎饺店的，有事求德老先生。家丁进屋报信去了，鬼老三站在门口，心怦怦乱跳。

家丁立即报告王德兼有煎饺店的人来找。王德兼问，男的女的？家丁说，是男的。王德兼一挥手说，不见。家丁急忙返回来对鬼老三说，老爷今天不会客。

鬼老三垂头丧气地回来了。卢花雪一听王德兼不见人，骂了丈夫一句："真没卵用，我去。"

卢花雪一番打扮，提着礼物再次到王家"啪啪啪"地敲门。家丁打开门一看是一个女人，又急忙报告王德兼说有个女人来找。王德兼大喜过望，整了整衣领说："带她到我书房来。"

家丁带着卢花雪来到书房后，立即退了出去。王德兼看见卢花雪婀娜多姿地走进来，哈哈大笑地说："哎呀，真是天上掉下了个林妹妹呀！"

"德老吉祥！"卢花雪羞答答地揖了一个万福礼。

"坐下来，慢慢说！"王德兼急忙拱拱手热情地让座。

卢花雪站立一旁不肯坐下，不等王德兼问话就委屈地说："德老，小女今天来是想请您为我做个主！"

王德兼这才感觉自己刚才的样子有点失态，立即调整了一下激动的情绪，缓缓地坐在太师椅上，表情有些严肃地问，"谁欺负你啦？"

卢花雪口未开哭声先出，拿出一条小手帕用两指夹着，放在眼角下方等着泪珠落下，可半天没有眼泪流出，便干擦了擦眼角，委屈地说："也不知道哪来的泼皮无赖，每天挑一担粪桶在我店门前不走，弄得我没法做生意。"说着，可怜兮兮地抽泣起来。

"哦，有这种事？"王德兼装着气愤的样子站起来，看见美人泪如此挠人心尖，走到卢花雪身边，看似无意地把手搭在她肩头，不停地抚摸着她的秀发，安慰道，"不哭，不哭，这事我给你做主。"

卢花雪心知肚明，半推半就地被王德兼揽进怀里，然后顺理成章地成全了他。一阵翻云覆雨之后，王德兼抓住女人的手翻过来看，背过去瞧，嘴里"啧啧"地说："可惜啦，可惜啦，一双数钱的手整天端盘洗碗。"

卢花雪抽出手扑在王德兼怀里，搂着王德兼的脖子仰着脸，撒娇地说："我哪有这么好的命呀！"

"命好不好，就看你愿不愿意。"王德兼轻轻用手指点了一下她的鼻尖笑道，"我可以让你整天数钱，就看你听不听我的。"

"你都这样了，我肯定会那样，不知你还要我怎么样？"卢花雪这样那样地表达自己，王德兼也听懂了意思。

王德兼早已一副胸有成竹的样子说："我来开一家烟馆，你来打理，外面的事你别管，你只管帮我收钱，怎么花都可以，让鬼老三再找一个女人，涂埠街上看上了谁尽管说，讨老婆需要多少钱我来出，再把我那个别有天酒楼也给他经营，让他在酒楼里煎饺子。这样，谁都不敢欺负他，你我也可以随时在一起了。"

卢花雪一听，趴在王德兼身上"呜呜"地哭起来。王德兼还以为卢花雪离不开鬼老三，不同意这样做，心里不由一凉，便安慰道："你别哭呀，若不同意就算了。"

卢花雪坐起来，这次的眼泪是实实在在地流出的。她擦了擦泪水说："我的前半辈子算白活了，没想到我这么值钱！"

王德兼欣喜若狂，一把将女人揽进怀里，亲了还亲，忘记了自己的年龄，跟跟跄跄地重振雄风，只是心有余而力不足在芦花雪身上疯狂了一阵子。

从此，涂家埠街上多了一家赛神仙烟馆，少了一间煎饺小店。别有天酒楼改叫另有味饭庄，里面的煎饺远近闻名，同样的味道，同样的分量，价格却几乎比原来翻了一番。

一日，王经畯带着十几个工人纠察队来到赛神仙烟馆大门口，卢花雪已是烟馆的老板娘了。她以为生意来了，满面春风地迎出来，娇滴滴地招呼着："各位来了，里面请！"

王经畯推开卢花雪，径直向里屋走去，打开一间间包厢的门，只见里面烟雾缭绕，浊气难闻。每间包厢里都有几个吸客躺在榻上，醉生梦死地吸着鸦片烟。纠察队员把一个个吸客拉起来，推到门外。那些人大都无缚鸡之力，轻飘飘地被纠察队员们赶出来。卢花雪急忙上来阻拦，叫嚣道："你们要干什么？知道这是谁开的吗？"

王经畯来到卢花雪跟前，严厉地说："我们是县总工会纠察队的，你去告诉王德兼，从现在开始，关闭烟馆，今天我们只赶人，如明天还营业，就砸烂你的烟馆。"

卢花雪一看是王德兼的侄子王经畯，立即挤出讨好的笑脸："哎呀，是小侄子呀……"

"呸——"王经畯不等她说下去，狠狠地骂道，"谁是你小侄子，真不要脸，我真想替我姊子抽你。"

卢花雪见这一招不管用，一屁股坐在地上，呼天喊地撒起泼来。店里的一位小伙计见势不妙，急忙从后门溜走，给王德兼报信去了。有位纠察队员立即告诉王经畯，刚才看到一位伙计跑了，估计是去叫王德兼了。王经畯在那位队员耳边一阵嘀咕，那位队员点点头快步出门，奔跑而去。

被赶出来的那些吸客都站在门外，个个不肯离去。有的哀求王经畯说："我下次再不来了，求求你，让我把那口烟吸完。"

王经畯哭笑不得，指着他们说："你们自己相互看一看，个个面黄肌瘦，人不人，鬼不鬼，辛辛苦苦赚点钱全交给了烟馆，不但把家产吸光了，也把命都吸没了，还不醒悟！"

王德兼得到报告，听说有人要砸烟馆，立即带着三十多个家丁赶过来，半路上碰到侄儿王乐心。王乐心听说赛神仙烟馆被人封了，那还了得，提起大刀带着几个正在身边的"小罗汉"加入了王德兼的队伍。王德兼怕他乱来闹出人命，便嘱咐道："你不要乱来，听我的指挥。"

"你放心，我看你眼色行事。"王乐心拍着胸脯说。

王乐心是王德兼弟弟王善兼的独生子，小时候被父母宠爱惯了，长大后无法无天，不愿读书，跟人学武练拳，有一身力气，仗着王家的势力，拉了一帮地痞流氓，在涂家埠横行霸道，强买强卖，甚至连王家人的话都不听，只听四伯王德兼的。他借着王德兼的势力，在涂家埠成立了码头协会，自任会长，专门收取过往船只的保护费。此人手段非同一般，商客船主不敢怒，更不敢言。王乐心吃喝玩乐样样都来，后来还染上了吸食鸦片，出入各大小烟馆，经常享受完后，打着哈欠说一句"记在我账上"就走了，烟账越记越多，老板们也不敢问他讨要，只在烟馆遇到什么麻烦了，请他出面摆平，然后把账一笔勾销。

王德兼一行人怒气冲冲地来到赛神仙烟馆门前，看到卢花雪坐在地上，十几个工人纠察队拿着刀棒威风凛凛地站在门口。他上前指着王经畯骂道："你好大的胆子，敢砸赛神仙？烟馆照章纳税，有何罪过？"

"国民政府早就禁止吸食鸦片，你害国害民，罪大恶极！"王经畯针锋相对，毫不畏惧地说。

王乐心一看是堂弟王经畯带头闹事，暴跳如雷。他最看不惯王家的几个共党分子，专门和自家人作对，知道和他们没有道理可言。他二话没说，仗着自己练就的一身武功，舞着大刀跳出来，大声吼道："今天谁要是敢动烟馆一根毫毛，先问我这口大刀同不同意？"

眼看着剑拔弩张，一触即发。人群里，有人喊了一句："纠察队和农会的人来了。"

只见张朝燮和曾去非带着一百多人的农会队伍从北边跑过来，熊省修带着五六十人的工人纠察队从南边赶来。两支队伍在赛神仙烟馆前一会合，把王德兼的人围得水泄不通，那些家丁和地痞流氓吓得脸色惨白，手脚直哆嗦。王乐心提着大刀挡在王德兼前面，王德兼故作镇定。

张朝燮走上前，大义凛然地对王德兼说："我们今天不是来打架，是来查封烟馆的，如果你要打架，那我们也奉陪。"

王德兼见双方势力不对等，好汉不吃眼前亏，便强装笑脸说："侄女婿啊，都不是外人，你也是读书人，何必如此大动干戈。"

王经畯在一旁冷笑了一下，瞟了王乐心一眼说："不是我们想动干戈，是

125

你们有人说，要问大刀同不同意？"

张朝燮转身对着众人大声说道："今天是县总工会工人纠察队上门通知赛神仙烟馆限期关门，只赶烟客，不动财物，如果明天还在营业，则依照民国的禁烟条律查封。"说完，向大家一挥手，两支队伍按刚才来的方向撤回，并且排列整齐，步伐一致，高呼着口号，这气势让王德兼的一伙人看得目瞪口呆。

烟馆门口只剩下王德兼的家丁和王乐心几个流氓地痞，大家面面相觑。卢花雪战战兢兢走到王德兼身边，抓住王德兼的手臂，用娇滴滴的声音哭着问："德老，怎么办呀？"

王德兼心中的怒火正不知如何发泄，见卢花雪不适时宜地撒娇更加恼火，把她的手一甩，大声吼道："能怎么办？还不把招牌摘下来，关门！"

说着，王德兼气急败坏地仰倒在轿子里扬长而去，整个轿子也似乎随着他粗大的呼吸一上一下地颠簸着。

第十三章　风起云涌

赵醒侬被捕后，国共两党等多方人士进行了积极援救。国民党中央以第二次全国代表大会的名义致电东南五省联防军江西总司令方本仁，要求释放赵醒侬等人。1926年1月中旬，当局迫于舆论压力，加上江西政局的变动，刘承休、陈灼华和赵醒侬等人先后被释放。

赵醒侬一出狱，不顾个人安危，立即投入到繁忙的工作中。经历了牢狱折磨的赵醒侬身体受到了严重摧残，人又黑又瘦，经常生病，但他顾不上这些，瘦弱的体内似乎蕴藏着无穷的力量。为尽快恢复组织工作，他不分昼夜，四处奔波。

张朝燮和方志敏等人闻讯立即返回南昌，积极参与筹备国民党江西省第二次代表大会。1926年3月19日，会议在黎明中学召开。赵醒侬、张朝燮和方志敏再次被选举为省执委，分别任组织部部长、工人部部长和农民部部长。江西的工农运动在张朝燮和方志敏的直接领导下，迅速蓬勃发展起来，革命的烈火在赣鄱大地上点燃，并呈燎原之势，为后来迎接支援国民革命军北伐，打下了坚实的基础。

这时，淦克鹤和曾文甫已从广州农民讲习所结业秘密返回江西。在张朝燮的建议下，淦克鹤被组织留在南昌，协助方志敏领导全省的农民运动；曾文甫回永修开展工作。

淦克鹤出生在永修廖坊淦家一个贫苦农民家庭，上有一个姐姐，下有一个弟弟，父亲早逝，母亲含辛茹苦把姐弟仨拉扯大。贫困的家庭经常受地主劣绅的欺负，苦难的童年练就了淦克鹤胆大刚强、敢作敢为的性格。他路见不平，拔刀相助，特别是看见有钱人欺负穷苦人，就会上前打抱不平，经常与人打架，总是弄得自己浑身是伤。为此，母亲十分担心，他却满不在乎，

淦克鹤（1907～1929）

反而安慰母亲说："不要紧，将来我要做一个绿林好汉，专门杀富济贫。"他内心深处埋下了仇恨的种子，练就了一身不怕死的勇猛，这让母亲感到非常不安。后来，姐姐淦克群嫁给了王环心。在姐夫姐姐的影响下，淦克鹤就读含英小学，走上了革命道路。

这天，张朝燮和方志敏正在商量全省工农运动的铺点布局，听到门口一声"报告"。张朝燮抬头一看，只见一位年轻人精神抖擞地站在门外，他中等身材，皮肤黝黑，左侧额头上有一块青褐色的胎记，感觉是《水浒》里的杨志再生，浑身上下透着一股英勇气概。

张朝燮哈哈大笑地迎上前热情握手说："来得正时候，正说到你呢。"

张朝燮拉着年轻人的手，走到方志敏面前介绍道："这就是淦克鹤同志。"说着，回头又对淦克鹤说，"这是方志敏同志，组织上决定由你来协助他工作。"

淦克鹤行了一个标准的军礼，昂头挺胸地大声说："方部长，淦克鹤前来报到！"

方志敏急忙上前紧紧地握着淦克鹤的手："太好了，欢迎欢迎。"

张朝燮第一次看到淦克鹤行军礼，便笑道："看样子学习效果不错啊，军礼敬得蛮标准嘛。"

大家一阵欢笑。

方志敏一边替淦克鹤倒开水，一边说："淡林多次向我推荐你，说你是猛张飞，将来我们要成立农民自卫军，真正掌握枪杆子，你来了，我更有信心了。"

"克鹤带兵打仗肯定是好手。"张朝燮发自内心地夸奖，又笑着调侃道，"现在还想不想黄埔军校的事？"

方志敏不解地问："什么黄埔军校的事？"

张朝燮呵呵一笑："克鹤入党的当天，就跟我提出要去读黄埔军校，去年组织上派他去，可到了汕头水路不通，被叛军拦回来了，心里还一直耿耿于怀呢。"

"哈哈，原来如此！"方志敏笑道，"读黄埔，上讲习所都是学本事干革命，我看搞工农运动更有大作为。"

淦克鹤不好意思地挠挠头说："我那两下子，淡林大哥最清楚。"

方志敏听到淦克鹤称张朝燮为大哥，突然想起了什么似的笑道："听说，你们好像还是亲戚吧。"

"天下革命者都是一家人。"淦克鹤笑着说，"不过，淡林是我姐姐的老公的堂妹的老公。"

一句话引得大家哄堂大笑。

1926年7月9日，国民革命军在广州誓师北伐。北伐军势如破竹，一路凯歌，节节胜利。赵醒侬、张朝燮和方志敏在国共两党的领导下，组织发动全省工人农民以各种方式准备迎接支援北伐军。

南浔铁路是南北两军争夺的运输线，涂家埠车站是这条运输线上的重要枢纽。赵醒侬在张朝燮的陪同下，再次来到永修，并在含英小学发表了演讲。当天晚上，召开了县党部扩大会议，赵醒侬在会上传达了上级指示，要求大家抓紧时间发动群众，做好迎接北伐军的准备。

此后，迎接支援北伐军的各项工作在永修县迅速展开了。全省各地迎接北伐的气氛也越来越浓，南昌各界群众纷纷组织了运输队、慰劳队和宣传队等，以准备迎接国民革命军的到来，这吓坏了北洋军阀孙传芳。他一方面组织兵力集中在江西对抗，一方面命令赣军总司令邓如琢加紧残害革命人士。

于是，整个南昌城又被白色恐怖所笼罩。密探军警四处活动，通缉令满街张贴。张朝燮担心地对赵醒侬说："你的通缉令都贴出来了，还是暂避一下吧。"

赵醒侬笑着摇摇头，坚定地说："这里事情这么多，我怎么能离开？我会注意的，也随时准备牺牲。"

8月10日下午，天气阴沉沉的，空气异常闷热。赵醒侬与张朝燮等人约定在明星书社碰头开会，商量如何组织工人纠察队迎接北伐军进城等事宜。这天，赵醒侬正患痢疾。可他硬撑着病体前往书社，当走到百花洲附近，已经可以看到书社时，便与往常一样警惕地四处张望了一下，然后加快了步伐。

突然，从小巷拐弯处蹿出两个便衣侦探拦住了赵醒侬的去路，不由分说地把他夹在中间，低声喝道："别吱声，我们是稽查处的，跟我们走。"

赵醒侬知道是敌人下手了，拼命地挣扎着，大声叫喊："凭什么抓人！"

赵醒侬希望自己的叫喊声能让不远处书社里的人和前来开会的人听到。他不肯轻易就犯，两位便衣一时控制不住他的挣扎，叫喊声引来了不少人驻足围观。赵醒侬心想：把动静搞得越大同志们就多一分安全。他不停地高声破口大骂，两位便衣拖不走他，从其他方向又跑来几个同伙，众特务这才把他抬起来架走了。

赵醒侬的叫喊声正好被前来开会的张朝燮听见了。他立即感到事情不妙，迅速转身溜进了一条小巷子，匆匆写了张便条，拿出一块银圆递给坐在街边的乞丐，叫他跑步把纸条送到对面明星书社里的伙计。他在后面远远地盯着，直到看见书社里自己的人跑出来，才迅速离开。

张朝燮离开不久，明星书社、黎明中学和国民党江西省党部机关同时被军警查封，还抓捕了四名进步教师。张朝燮再一次被迫化装离开南昌回到永修。

随后，在永修三个月的日子里，张朝燮协助永修县党支部书记王环心开展工作，走遍了家乡的每个村落，行程两千多里，风餐露宿，与农民打成一片。这也是张朝燮一生中最贴近民众的一段时间，结交了许多农民朋友，真正了解了中国农民的疾苦，也更坚定了他投身农民运动的决心。他曾经在给远在莫斯科的妻子王经燕书信里，详细地讲述了这段经历。

赵醒侬第二次被捕后，遭到了严刑拷打，但敌人一无所获。1926 年 9 月 16 日，在北伐军第一次攻打南昌城的前夕，军阀邓如琢眼看末日将至，狗急跳墙，下令以"宣传赤化，图谋不轨"的罪名，将赵醒侬杀害于南昌德胜门外芝麻地里，年仅 27 岁。

张朝燮闻讯失声痛哭，当即奋笔写下一副条幅挂在房间里：剩好头颅酬故友，无损面目见群魔。这是与谭嗣同并称"浏阳双杰"唐才常的诗句。当年，谭嗣同被杀时，唐才常慷慨写下这两句诗，以表达自己前赴后继的决心。后来，他也英勇就义了。面对战友的牺牲，张朝燮借用这诗句把赵醒侬比作谭嗣同，自喻唐才常而随时准备赴死。

在北伐军光复南昌后、张朝燮返昌的第一天，就和方志敏、淦克鹤一起来到赵醒侬被枪决的那块芝麻地，看到一簇簇芝麻花高擎着，在微风中摇曳，一朵朵洁白无瑕，开得那样茂盛，那么自由自在，心中感慨万千。

他们在赵醒侬倒下的地方坐下，抓起一把战友用鲜血浸染的泥土使劲地挤捏着、搓揉着，像是要把它挤出血来。他们仿佛闻到了战友鲜血的腥味，默默地祷告着逝者安息，并对着手里的泥土暗暗发誓：醒侬啊，你的血不会白流！

直到太阳西下他们才站起来，三个人肩并肩地站在战友倒下的这片芝麻地里，望着一轮血色残阳坠入赣江，余晖染红了大地，洁白的芝麻花也被衬映着，泛着淡淡的红光。方志敏一手拉着张朝燮的手，一手拉着淦克鹤的手，情绪激昂地说："醒侬是江西革命牺牲的第一人，我们愿做第二人、第三人、第千万个人。"

三个人心有灵通地一起对着天空大声发誓："我们愿做第二人、第三人、第千万个人！"

铿锵有力的声音在旷野里回荡，响彻云霄，也震惊了周边的野鸟，"噗噗"地四处逃窜。那声音一直在芝麻地的上空萦绕不去，像是在告慰先烈的英灵。

借着北伐的胜利，张朝燮和方志敏广泛地发动全省的工人和农民加入革命洪流中来，使江西的工农运动如燎原烈火熊熊地燃烧起来。在短短的时间内，全省农民协会由原来的六个县发展到五十四个县，会员从五万余人增加到三十余万人。农民运动的红色风暴，以雷霆之势席卷了赣鄱大地，受苦受难的农民终于扬眉吐气了。与此同时，南昌、萍乡、九江、赣州等地相继成立了总工会和工人纠察队，其中南昌就建立了七十三个行业工会，会员达四万人。全省的工人阶级在反帝反封建、反剥削反压迫以及抵制日货等一系列斗争中，成为中流砥柱。

然而，1926 年底，在北伐军总司令蒋介石的授意和支持下，由国民党右派分子段锡朋、程天放等人在南昌组建了"反布尔什维克"的 AB 团，向共产党和国民党左派发起攻击。

1927 年 1 月 1 日，国民党江西省第三次代表大会召开，"AB 团"企图操纵选举，以控制省党部，改变原先共产党和国民党左派掌权的局面。他们使用各种卑鄙手段暗地里拉拢、威胁代表，但这些代表都是各地从事革命工作、具有独立思考能力的同志。结果，大会选举出来的十七名执委，其中十四名是共产党员和国民党左派，这让以中央特派员身份出席、指导会议的段锡朋大为恼火。当他听到大会宣布选举结果时，当场气急败坏地站起来叫嚣："这次选举是由共产党包办的，不合法，选举无效！"

顿时，整个会场像炸开了锅。张朝燮第一个站起来，指着坐在主席台中央的段锡朋大声抗议："这次省执委选举，完全是按照中央党部的选举法规进行，由全体代表投票选出的，如果这样不合法，那什么是合法的？"

会场上立即响起一片掌声，代表们纷纷站起来支持张朝燮的抗议，指责

131

段锡朋的无理决定。段锡朋见众怒难犯，改变口气说："那我来协调一下，把今天选出的执委名单增加一倍的人数，呈送蒋总司令圈定。"

方志敏听了气愤地站起来，反驳道："选举问题是中央党部管的，蒋总司令无权过问，更无权圈定执委名单。"

整个会场剑拔弩张，气氛尤为紧张。面对代表们的纷纷指责，理屈词穷的段锡朋手足无措，面色如土。大会执行主席见状只得宣布暂时休会。

"AB团"对方志敏和张朝燮既恨又怕，知道他们在全省工农群众中的地位，一心想拉拢他们。段锡朋首先亲自找到方志敏，直截了当借蒋介石的名义许给方志敏高官厚禄，希望与他们站在一边。方志敏鄙夷地哈哈大笑，毫不客气地把段锡朋赶出房门。

段锡朋不甘心失败，又找到张朝燮。他这次吸取了与方志敏谈话的教训，说话婉转了许多。先从当年自己担任中国学生联合会第一任主席如何领导学生反帝反封建谈起，又谈到如何跟随蒋总司令从广州来到南昌，然后拐弯抹角地说："淡林，你明明是可以穿新西装的，为什么要穿破旧长衫？"

"什么意思？"张朝燮表情严肃地问，知道他葫芦里没有好东西。

"蒋总司令是中山先生忠实的追随者，三民主义是中国的必由之路，共产党是没有希望的。"段锡朋真正切入了主题，开导说，"你和方志敏不一样，他家世代务农，你是官宦人家，共产主义对他有好处，但对你没有任何好处，希望你和蒋总司令站到一起。"

张朝燮冷笑了一下说："道不同，不相为谋。"

"实话告诉你，我今天找你谈话就是受蒋总司令的委托，总司令非常器重你。"段锡朋终于搬出蒋介石来诱惑，尔后进一步说，"我听说你在共产党内部并不受重用，还受排挤，而我们急需像你这样的人才，明眼人都看得出来，蒋总司令是中国的唯一领袖，你只要跟着总司令，前途不可估量……"

"别说了！不重用也好，排挤也罢，那是我们的家事。"张朝燮打断了段锡朋的话，义正词严地说，"我参加革命是忠于我的信仰，不是为了跟着某个人当官发财的。"

段锡朋再一次讨了个没趣，只好灰溜溜地走了。

最终，蒋介石以"圈定"的卑劣手段，非法指定段锡朋、程天放等人为省执行委员，致使张朝燮、方志敏等共产党人"落选"，省党部执委几乎被清一色的国民党右派占据，并且还非法成立监察委员会，由学阀熊育锡担任监委主任。

段锡朋所说的张朝燮在中共党内不受重用，也确有其事。当时，中共江西省委党内某些同志搞派系斗争，为人正直、才干出众的张朝燮受到了排挤打压，"落选"后的张朝燮不得不离开南昌，只以中共赣北特委委员的身份回到永修，担任永修支部宣传委员。

1927 年 2 月，中共永修支部扩升为永修县地方执行委员会，王环心担任书记，张朝燮改任组织部部长。永修的农民运动在更为艰险的环境下，再次掀起了一个高潮。

方志敏"落选"后，省农民协会协筹备委员会正在筹备之中，届时要选出省农协执行委员会。被剥夺了农民部长的方志敏立即意识到右派分子会进一步争夺省农协筹备处的领导权，急忙与淦克鹤商量，决定提前召开全省农民代表大会，选出省农协执行委员会，确保农民运动的领导权掌握在共产党和国民党左派手里。

淦克鹤迅速秘密通知各县，要求他们立即选派代表来南昌参加全省第一次农民代表大会。当国民党右派分子得知消息后，顿时慌了手脚，开始企图阻止会议召开，阻止不成便通过拉拢、收买代表的手段获取选票。由于方志敏、淦克鹤等人前期细致的工作和他们平日里建立起来的威望；同时，方志敏把右派分子用大洋买选票的丑闻在报纸上揭露，最后全省共有四十五个县一百四十一名农协代表参加了会议。

2 月 20 日，会议如期召开。方志敏、淦克鹤、王枕心等十三人被选为省农协执行委员，其中方志敏和淦克鹤等五人为常务委员，彻底粉碎了国民党右派分子的阴谋。

会上，郭沫若作了政治报告，受到代表们的热烈欢迎。一个多月后，他发表了著名的檄文《看今日之蒋介石》，彻底撕下了蒋介石的伪装，把蒋介石的反动面目充分暴露在广大人民群众面前。

残酷的斗争经历，让方志敏悟出了枪杆子里面出政权的道理。他与淦克鹤商量决定组建一支农民武装，从南昌附近的县乡包括新建、永修等地挑选出身强力壮、忠诚勇敢的一百二十名青年农民，组成省农民自卫军大队，由淦克鹤任大队长，从而建立起了一支真正属于自己的农民武装。

自卫军大队驻扎在南昌状元桥的天花宫，从此这座曾经烟雾缭绕的庙宇

省自卫军队员

里，热闹非凡，墙壁上贴满了标语，屋顶上飘着鲜艳的犁头旗。天蒙蒙亮，战士们就开始出操训练，整齐的脚步声、呐喊声，响彻云霄。

有一天，淦克鹤正在带领农民自卫军队员拿着梭镖大刀操练，方志敏满面春风地走了过来，神秘地一笑："走，我带你去见一个人。"

淦克鹤拍了拍身上的尘土问："现在就去？"

方志敏笑道："又不是去相亲，马上走！"

淦克鹤从方志敏的神态表情看，应该是一件好事，急忙问："什么好事？见什么人？"

"暂时保密。"方志敏又神秘地一笑，"跟我走就是。"

他们快步走出大门，穿过几条街道，来到南昌市公安局门口。方志敏看见有卫兵站岗，便上前对卫兵说："麻烦你通报一下朱局长，就说方志敏求见。"

"朱局长？"淦克鹤恍然大悟，惊喜地说，"你是要带我见第三军军官教育团团长朱德！"

方志敏笑道："不仅仅是带你见见，还有好事在后头呢。他刚兼任公安局长不久，已经答应给我们自卫军每人配一支枪。"

"真的，太好了！"淦克鹤激动地往方志敏肩膀上捶了一拳，责怪道，"这么好的事，不早点告诉我。"

两人开心地哈哈大笑起来。

这时，卫兵走过来说："请两位跟我来！"

两个人跟着卫兵走进一栋二层小洋楼，来到一间办公室门前，门是开的，卫兵报告了一声。只听见里面传来一阵爽朗的笑声，一位身材魁梧一身戎装的大汉走到门口，亲切地握着方志敏的手说："哎呀，稀客呀！"

"朱局长好。"方志敏紧紧地握着朱德的手笑着问候，随后转身介绍道，

"这是省农民自卫军大队长淦克鹤同志。"

淦克鹤立即挺胸敬礼，也说了一句："朱局长好！"

朱德热情地请客人进屋入座，卫兵倒了两杯茶递给客人，便退了出去。

方志敏把省农民自卫军的组建情况向朱德做了一个简单的汇报。朱德听了连连点头称赞，高兴地说："有了自己的队伍，就不用看别人的脸色行事了。"说着，朱德站起来走到办公桌前，拿出笔一边写，一边笑着对方志敏说："我知道你们今天来干什么。"

"感谢朱局长大力支持！"方志敏也站起身来，心知肚明地说。

朱德匆匆写好一张纸签，盖上自己的大印，递给了方志敏说："我帮不了你们太多，只能一人一杆枪。"

方志敏握着朱德那双宽厚的大手，激动地说："太感谢了，你这是帮了我们大忙，我们自卫军有了枪，就如虎添翼了。"

朱德亲切地送两人出门，叫卫兵带他们去办理领枪手续。

从此，省农民协会有了一支属于自己的真正武装。在方志敏和淦克鹤的领导下，很快训练成有较强战斗力的队伍，并多次开拔，打击省城附近

南昌市公安局

几个县乡土豪劣绅的猖狂反扑，有效地震慑了全省的反动势力，成为全省农民协会有力的武装靠山。尤其对永修的农民运动支持很大，他们在自己武器短缺的情况下，还给了永修两支快枪，甚至用火车专列接永修上百人到南昌开会受训。

再说，曾文甫从广州农民讲习所学成归来后，协助弟弟、中共永修党小组组长曾去非搞农民运动，使之如虎添翼。这年五月中旬，王环心也被党组

织从景德镇以中共江西区委委员兼赣北特委委员的身份调回永修。此前，王环心是以省贫民教育促进会视察员的身份被派到景德镇的，以平民学校为基地，组建国民党景德镇市党部，还秘密发展了一批共产党员。

王环心回到永修时，中共永修党小组已升为永修县党支部。后来，王环心接替曾去非担任支部书记，曾去非为组织委员。为了迎接支援国民革命军北伐，王环心主持召开了全县党员大会，并举行示威游行活动。他们积极组织了侦察队、运输队、担架队和向导组等，万事俱备，只待北伐军的到来。八月上旬，张朝燮从南昌回来避险，担任县宣传委员，从而加强了永修的领导力量。

1926年9月下旬，北伐军挺进江西。王环心和曾文甫前往高安县迎接北伐军，向国民革命军第六军提供了永修北洋军阀的驻防情报，并请领任务。六军政治部主任兼党代表林伯渠接见了他们俩，详细听取了永修人民支援北伐军的准备工作，并派军部参谋文益善等人乔装成老百姓，再次深入永修罗神殿、涂家埠火车站等地进一步侦察敌情，获得了大量有用的情报。

北伐军攻克了靖安、奉新后，直向永修进军。永修各地农会纷纷在路口设立接待站，送水供粮，提供各种服务，担架队、运输队、向导组等人随时待命。

可是，北伐军攻打永修开始并不顺利。由于军阀提前把修河两岸的船只都收缴了，六军从修河北岸虬津段向南岸进攻时，农会只准备了两条渔船供北伐军抢渡。当时，正逢天降大雨，河水上涨，敌人又从涂家埠和杨家岭调兵过来阻击，使北伐军渡河失败，只得退至罗神殿集结。在抢渡修河时，向导袁自葆不幸中弹牺牲。

为了阻止军阀通过铁路线调兵遣将，在六军文参谋的指导下，王环心与张朝燮商量如何破坏涂家埠段的南浔铁路线。事先派出沈云霞和淦克群装扮走亲戚的姑嫂，沿铁路行走，了解沿线敌人的兵力布局，并为破坏铁路踩点。

当天深夜，他们派出多个小组，潜伏在铁路两侧，按约定时间统一行动，并剪掉沿路的电话线。有的小组遇到哨兵巡逻，他们就隐藏在暗处，突然用迅雷不及掩耳之势干掉哨兵，从而挖毁了多处铁路，打乱了敌人的布局，有力地支援了北伐军的进攻。

随后，北伐军六军向南转移，攻占了乐化，再沿南浔铁路向涂家埠北进。与此同时，北伐军七军占领了德安，也沿着铁路向南挺进，于是两路大军同时向涂家埠进攻，形成南北夹击之势，敌人见势不妙，只得顺着修河仓皇向吴城逃窜。

北伐军在攻克涂家埠时，王环心、张朝燮带领工人纠察队和农民自卫军拿着大刀、梭镖参战，协助北伐军清剿残敌。在激烈的战斗中，自卫军队员邱远金和袁冬狗不幸以身殉国。

11月5日，永修光复。北伐军凯旋进城，所到之处受到百姓夹道欢迎，锣鼓喧天，鞭炮齐鸣，家家张灯结彩，像过年一样热闹，人们高呼欢迎口号，热烈庆祝北伐军的胜利；同时由共产党员曾贤璋率领一百二十名队员的农民运输队，随军向北挺进，一直打到南京才返回。

永修光复第三天，林伯渠来到涂家埠，正逢纪念苏联十月革命胜利九周年集会，大会在天主堂广场上举行，会场上挤满了兴高采烈的群众，人山人海。林伯渠在会上发表了热情洋溢的致辞，同时宣布解散被反动劣绅皮顺山等人把持的县衙门，成立永修县国民革命政府，并任命王环心为永修县县长。

这是永修县历史上，甚至是中国历史上第一个替劳苦大众说话的政府，第一位共产党员县长，也是中国共产党历史上第一个实际掌控的地方政权。虽然当时赣地还有两三个县政府的县长也是共产党员的身份，但他们没有像永修这样一度建立了共产党全面掌握党、政、财、文、警等权力的国民革命政府，并进行了大刀阔斧的社会改革，为实现共产党的政治纲领进行了一次大胆的尝试。它比1927年11月中国共产党领导下的第一个海丰县苏维埃政府早了一年，可以说是中国共产党掌握政权的地方政府最早雏形。

王环心担任县长后，将一大批共产党员安排到政府重要部门，张朝燮任教育局局长、曾文甫任公安局局长、李德耀任建设局局长、文若海任统税局局长、曾修甫任农村信用社主任等，组成了一个以共产党员为主体的国民革命政府。当时，许多共产党员均以国民党的身份出现。在国民党党部也安排了一批共产党员，王环心、张朝燮、曾去非、李德耀、熊省修、淦克群（后为沈云霞）等人均是执委，并分别兼任了国民党党部的宣传部部长、农民部部长、组织部部长、青年部部长、工人部部长和妇女部部长，使全县的重要权力全部掌握在共产党手里。国民党永修县党部由程声腾负责，其他执委还包括黄实扶、余少溪、皮述印等人，其中皮述印担任民商部部长。

当时，国民政府的农村还没有恢复区乡行政机构，新政府决定在原有的基础上扩大和建立新的农会和工会组织，使政府的各种法令政策直接传达到这些组织。不久，全县建立区农会十一个，乡农会六十四个，会员达三万余人；工会组织五个，各行业工会十三个，会员有一千余人，从而为新政府打下了牢固的组织基础。

于是，全县的各种改革和工农运动蓬勃兴起，面貌焕然一新。在农村实行减租减息，惩办罪大恶极的土豪劣绅，清缴积谷，成立农村信用社，印发了纸币，帮助农民发展生产；还在一定程度上进行了土地改革，比如政府没收了所有祠堂、会众和外逃地主的田地，将它们无偿分给没有田地的农民耕种。

在城镇开展反压迫反剥削斗争，要求资本家提高工资、减轻劳动强度，惩办贪官、清查公产等等，一切权力归农会，革命形势一片大好。那些长期把持地方的土豪劣绅纷纷出逃或躲在家里不敢问事，所有地方事务都由农民协会解决，甚至连家庭纠纷都管，农会的威信日益提高。

政府其他部门也进行了一系列改革。作为县教育局局长的张朝燮改造了县里的一些文教机构，组织各小学教师来县政府所办的训练班，以接受革命教育。要求全县三十多所学校全部开设平民夜校，从而增加了两千多名在读学生。不仅提高了民众的文化水平，更主要是宣传了进步思想，为推动永修的革命运动，打下了良好的群众基础。

有一次，时任省政府主席来永修巡视，在艾城召开群众大会，请他训话。这位省主席客气了几句后，开始攻击共产党，抹黑苏联革命，台下群众反应十分冷淡，甚至出现一片嘘声。他见此情景，故意把话锋一转，假心假意地讲共产党和苏联的好话，会场上立即响起了掌声。他强压着心里的火气，草草结束了讲演。

回到省府，省主席大发脾气，骂"永修完全被共产党控制了，国民党只是个表面组织罢了"，必须立即扭转这种局面。但见王环心是一个人才，便写信向他示好，说了许多共产党的坏话，希望王环心来省府工作，并许予高官厚禄，企图拉拢王环心。王环心气愤地将信件撕得粉碎，坚定地说："宁可流血牺牲，决不投降敌人。"

革命形势如火如荼，县农民自卫军队伍也不断壮大，并收缴了部分地主武装的枪支弹药来装备自己，从最初的十几支枪增加到数百支，极大地震慑了土豪劣绅。红色风暴冲击着所有旧势力。但是，这一切不仅让反动势力惊慌失措，也使中共右倾投降主义感到不安。

12月的一天，曾文甫走进县长办公室，只见王环心双手支撑在办公桌上，抱着脑袋在思考问题。他轻手轻脚地走到身边，关切地问："想什么啦？"

王环心抬头见是曾文甫，便起身招呼说："哦，是你呀，我正想找你商量呢。"

曾文甫见王坏心满脸愁云，一副心事重重的样子，问道："出什么事啦？"

王环心随手把桌上的一张信签递给曾文甫说："你看看。"

曾文甫拿起信签一看，抬头是"中央局给江西地方信"，信虽然不长，但措辞严厉，其中有这样一段话：

> 从孟冰同志的报告，我们看出江西同志之腐败堕落，充分表现机会主义倾向。如王环心、涂振农以该县支部书记而去任县长……他们幻想北伐军的胜利，仿佛政府是人民的了，人民是自由了，更忘记我们的党还是一个在野党，绝不能就跑在政府中去占位置……赣地对于以上严重的错误倾向必须急速纠正，这几个当县知事的同志，当立即限期命令他辞职，如果过期不理，立即登报公开开除。

曾文甫读罢气愤地往桌上一拍："岂有此理！"

"上级的决定，只有执行。"王环心苦笑了一下说，"我辞去县长后，省党部肯定会派右派分子来接替，你把淡林、宗藩几个人找来，大家商量一下，如何应对当前的形势。"

"好。"曾文甫点点头，转身匆匆离去。

王环心缓缓地走到窗前，推开两扇窗户，一股寒风扑面而来。但他并没有感到寒冷，反而觉得有些凉爽，刚才乱哄哄的脑子也似乎清醒了许多。天空阴沉沉的，外面到处是一片冬日里的萧条，他十分清楚，更残酷的斗争和严峻的考验还在后头。

139

第十四章　两地家书

中国农历雨水节气刚过，万物开始复苏。但是，莫斯科的天空依然是雪花飞舞，寒风凛冽。而在莫斯科中山大学的宿舍里，却温暖如春。

今天是星期天，同宿舍的人都出去了，或看电影，或跳舞，或去图书馆看书，只有王经燕独自一人坐在窗前，望着窗外飘飘洒洒的雪花，思念着遥远的亲人。离开祖国一年多了，紧张的学习生活和繁重的功课常常使她无暇关照心中那份挂念，而一旦停下来，就会想起万里之遥的家乡，那个梦牵魂绕的地方；想起那里的河流山川，那里的亲人战友，特别是自己三个年幼的孩子和在血雨腥风中四处奔波的丈夫。掐指一算，元宵节刚过去几天，家乡的人们都还沉浸在过年的喜悦之中，不知他们现在怎么样啦？

这一年多来，王经燕最大的快乐就是收到张朝燮的来信。每当收到丈夫的信件，她总是先匆匆地浏览一遍，然后找一个僻静的地方慢慢地品

王经燕在莫斯科中山大学

读，细细地回味，一遍又一遍。每次阅读都仿佛与丈夫促膝交谈，倾听丈夫的诉说，体会他的喜怒哀乐，仿佛能轻轻触摸到丈夫的肌肤，感受到他温暖的气息……然后，她静下心来提笔回信，把自己所有的情感和学习生活上的点点滴滴倾诉在信纸上。鸿雁传书成了他们互诉衷肠的纽带，读信写信也成为他们最美好的期盼与享受。

王经燕又从皮箱里拿出一沓整整齐齐的信件，这是她一年来收到的丈夫来信，也是她身边最宝贵的精神财富，只是不知道还有多少这样的信件遗失在乱世之中。她十分珍惜这些书信，一有闲暇时间就拿出来阅读，尤其是在每次写信之前，她喜欢把张朝燮近期的来信再浏览一遍、慢慢品味后，才动笔回信。

今天，王经燕趁着同寝室里的人都出去了，一个人静静地待着的时候，准备好好给涤林写一封长信，她已经很长时间没有给丈夫写信了。于是，她把所有的来信都拿出来放在桌子上，从里面抽出一封，慢慢地阅读起来……

经燕吾姊：

当我此时在写此信给你时，也许你正在莫都写信给我。因为接你11月3日自海参崴的来信，知你再过三个礼拜，即可抵莫都也。别来一月有余，和你要说的话，自然很多。好，下面我就分门别类的和你说吧！

1.来往函件的报告：自你去后，共接过你的来信四封，计自上海来信三封，自海参崴来信一封。第一封信是自平安旅社寄来；第二封信是由经晙信内转来；第三封信是由上海大学挂号寄来，内有相片多张；第四封信，就是最近自海参崴寄来的；此外，又由健亚处转来相片数张。这一共就是你在路上的来信，不错么？在此一月时间，我亦有过一封快信给你，是寄到上海平安旅社的，可是被退回来了，因为你们已先走了的缘故。自此以后，我便无信去了，因为是无从写起。所以这封信，是我第一次的去信了。

我们相隔很远，信的来往都不容易。我想把来往的信，各编一个号数，以免中途遗失，我即以此信为第一号的去信，以后的信，照第二号、第三号陆续编写；望你来信，也编一个号数。

2.家庭和家乡情况的报告：自你离家之后，家庭之间，尚无若何变化，曾贻等均好，你家父母亦均好；育英同琴心的感情好，经晙在学校亦好。只有一种，是我要特别报告你的，就是你的父母现在知道你是往莫都去了，都大大的责备我，说是我陷害你，几乎要和我翻脸；若不是我十分和颜悦色的解释，恐怕现在已和我闹到教育厅去了。希望你写信给你父母时，稍为我声明一下。又你在那边有困苦的地方，不妨尽早的对我说，无论如何我总为你设法解释，但是希望你写信给你父母时，困难之事少告诉他，免他无谓的挂念。

3.我的生活报告：燕姐，自你去后，我的心中常常做了一片战场，就是有两个不同的观念，时刻在我的心中翻来覆去。第一，自你去后，我的生活，确是枯燥的了不得，因此，常常使我回想你在南昌之时。第二，我却又想过来了，晓得生在这个现社会制度底下，无论如何，生活都是枯燥的。与其聚在一块做无希望的枯燥，何如各人努力向上去做有希望的枯燥。所以终于是希望的心理战胜了我枯燥的心理，所以会作成《念奴娇》歌送你。燕姐，你读了又觉得如何呢？

4.答复你四次的来信：第一次的来信，一方面是要我好好的对待你的父母，这一层我自然是做到的。假如这一次你的父亲和我闹，不是我一味的和颜悦色，受他的严厉申斥而不回复，确实现在已闹得很大了。不过现在他老人家还是不信实我，硬说是我陷害你，使我无从解释。这次要你来信给你父母时，替我辨明的。第一次来信的另一方面，是嘱咐家中好好抚养曾贻等兄弟，这当然不待你的嘱咐。家中常常来信都说他们很好，再就是说我俩要各自珍重，这话当然是极对的。

第二次的来信，是由经晙信里转来的，内容是说你的身体不好，我万不该要你去的。在当时我赞成你去，确实也少顾到这一层，因为当时的时间太迫，没有空间容我思虑，想你也同有所感。不过我以为你的身体虽弱，只要善自调护，当然不会有危险的。那边和这边并没有旁的不同，只是气候冷些吧了。望你好生保持，不要自己烦闷，这是我千万要嘱咐你的。

第三次的来信，你标出到那边去的三种困难：其实只有身体单弱是你要注意的，其余所谈经验、学问，那都不成问题。因为我们就是没有经验学问，才要去学，假使有了还要去做什么？至于你的无端的恐惧，和无谓的烦闷，我希望应该一律摒去。

第四次的来信，是最近自海参崴的来信。你在路上所感受的痛苦，我自然只有深切的同情。但是望你要振作精神去抵抗，不要为他所征服。

我相信只要善自珍重，决没有其他危险。至于你质问我要你去的目的何在，我想你仍然是一时愤激之信，决不至于和你的父亲一般的说我另有用意，图谋陷害你呵。灼华确是团体不要她去，她自己也觉得她的责任不能去，并不是如宏毅所说的是她不愿去，我才让你去上当。你可一面写信来问灼华，一面当面质问宏毅。

你希望我每星期都写信给你，这是可以的。不过目前做不到。因为现在我还不晓得你的通信处。由他人转交信件太多了未免不好。望你速把通信的详细地址告诉我，为要。

5.我最后的希望：第一，你的身体确实单弱，望你自己好好的调护；有要人帮护的地方，望你不客气的要更生等同学帮护。第二，努力求知识，努力学习做事的能力，不要恐惧，不要烦闷。第三，对于同学和团体的批评，应该虚心接受。第四，有什么困难可完全对我说。珍重珍重，我最后的希望是如此。

燕姊，我们暂时别了吧。两年后相见。痛痛快快来谈这两年中的经过，以及将来的希望，才知道这一次离别的价值呢。祝你安好。

你弟　淡林

1925.11.25 晚

玉如：

你这一次由赤塔寄来的信，给我的一张纸，给母亲的两张纸，已由经畯转给我了。你给经畯的数纸，我亦看过。因为这一次你给我的话很简单，所以我以你给经畯的信为根据而回此信。

来信的文字写的很好，好像是进步了。信内形容西北利亚的冷，与描写苏俄革命纪念日的盛会，都使我看了身临其境。来信上感谢我要你努力做事，是不错的……对于年老的双亲，年幼的小孩子，固然是要挂念。而同时对于社会上一般受压迫的民众，尤应该放在心头，设法拯救。世界上和我最亲密的，莫过于我自己；虽父母之亲密，小孩子之亲密，亦不能比。现在的我，是陷在社会问题之中；要救现在的我，只有设法解决现在的社会问题；同时，我的父母，小孩子，亦均在社会问题之中，要救我的父母和小孩子，也只有解决现在的社会问题。所以我们要抛离父母和小孩子而到社会上做事；因为只有努力社会事业，虽然表面上是

143

抛开了他们，实际上是为拯救他们、救我、救社会一般被压者呵。我们这般的理论是不错的呵。可是你放心，三个小孩子，我已嘱咐家庭好生抚养了；并且，家庭对于他们，亦决没有不尽心的道理。因为这是他老人家的孙儿呢。

我现在以诚恳的态度，教训你几件事，希望你能接受；如不能接受，亦希望你把不接受的理由说给我。

1.你要了解，我们个人本身的利害，是包在被压迫民众的利害之中的。所以我们应以被压迫民众的利益灾害为利害，不能以个人私己的利害为利害。个人的利害与民众的利害相冲突时，应该牺牲个人的利害。

2.要接受同学的批评、团体的批评。一个人不能无错误，错误如能知道，如能改悔，这是有用的人。团体批评我的错误时，我如有理由答复他，则可当时答复（答辩与解释）；如无理由答复时，则应该自己承认错误，并且以后痛改。这才是我们的真正同学。

3.我对于某事有某意见，就要充分发表，万不可缄默不宣，但一经决定采用何种意见，我们即应照决定之意见去做，万不可因为我的主张不同，我便反对。教诫你的话，一次就这多。

你弟　淡林

1925.12.20 晚

若娃同学：

这是我给你的第三封信了。第一封是由作圣之处转给你的，第二封是用英文信面直接寄到中山大学的，不知你都收到了没有？第二封信和此信在时间上的距离，差不多有一个半月以上了。在这长久的时间，没有一字给你，晓得你一定是很悬望的。然而这是事实逼得我要如此，所以我希望你不要因为悬望过久而生他种误解。

我的同学！我读了你写的这封信（十二月廿六日寄到永修给我的信），我是非常欢喜的，因为你进步了，因为你晓得无谓的挂念是毫无价值的；因为你晓得你在路上的想头和怀疑，是你最大的错误；因为你晓得你的感情太浓厚了，妨害你的工作（但是注意，这并不是叫你与感情绝缘，因为人是有感情的动物；不过我们要把感情纳上正轨。换句话说，就是我们的感情也要社会化。不要把对于私人感情的热烈，超过对于团体感情的热烈）。因为你晓得在这最短的两年之中，不能让你疏忽一分一刻的时候。

一个多月以来，事情千变万化，叫我从哪里说起呢！好，分头来说吧。

第一，南昌的情形。

自你走后，大校和中校均能照章（上课）办理，并且实行找工作做，比较从前可谓大进一步；你走后的民校，虽以经济困难，然照例之事，亦能应付，亦不能谓没有长进。本来期望从此在南昌打下一个稳固的基础的，可是外变突起，因此南昌一切工作，不得不归于停顿（暂时的）。这是什么事呢？简单点说，就是民校赴粤第二次代表大会代表，醒侬、承休、灼华三人，在南昌车站被捕，被省政府诬为"过激派"。这是1925年12月17日发生的事。此事发生后，我们不能不讨论援救。至12月31日的时候，因为由我负责召集民校重要分子，开会讨论援救，消息被省政府得知，遣州侦探二人、警察十余人，跑到二中来拿我。当时我巧言说脱，会未开成，而我亦不得不暂时离省城而避风头了。

1926年1月，醒侬等以多方援救，加以省政局政策变动，遂被释出狱。我遂于此时再上省而露其头角矣。现在南昌对于集会、结社、言论、出版等，还是积极干涉，来往邮电，都受检查。一切自由，是再也谈不到了。

第二，家乡的情形。

省间事发生，含校亦受影响（因民校一切报告，均已落省政府之手也）。可是不久也即平定了。现在还好，只是经济维艰耳。今年（旧历）因年岁奇荒，遍地皆乱，县城、涂埠等地亦有绑票帖子。现在外面传说，县城要绑熊瑞泰、张升泰的票，涂埠要绑两个议员的票。你听，可怕不可怕呢？并且蔡春圃（道荣）的小儿子（年约五岁）已被土匪绑到大塘去了，要谦丰出四千花边去取。此事将后尚不知若何结果，改造团拟于寒假开大会，一面是为的洗刷团体，淘汰并扩充团员；另一方面也是为的讨论如何救荒，如何解决一般失业平民，以免混乱。

第三，家庭的情形。

一、你父母家，现在是很享福的，洋房子做起来了，琴心拥着一个如花似玉的老婆，奉之如太上政府，嫖的事或者没有了，赌的事也自然少些，俨然像一个改邪归正（正其所正，非我们所谓正也）的样子，因此，你的父母自然要少淘些气。可是你的父母对我可就大淘其气了。你

145

的父亲在省拍桌大骂，骂我心术不良，把他的女儿暗害死了。并且说，要令我在江西站脚不住，以为报复。你的母亲呢，现在我还没有会着，听说会着时，一定是要和我拼命的。以我素来的脾气，老实不客气的说，在我的父亲面前，都没有那般忍受过。本来早就要和他（你的父亲）决裂的，可是回头一想，你在外面，并且如是的嘱咐我，要我好好的看着你的父母；一决裂了，你在外面，又不知道原委，岂不令你为难。所以我便用了九牛二虎之力，把我的气压下去了。总是和他（你的父亲）和颜悦色的讲，我打算正月还要到你家去的，不怕你的母亲要和我拼命。你放心，我总和和气气向她（你的母亲）解释。至于你家二哥，真是一个坏蛋。他曾在熊纯如（心远及二中校长）面前说经晙如何的不好。并叫学校开除他（经晙）。又说我如何把他的妹子带坏了，现在又来带坏他的弟弟（经晙），并且诬我过激。这些事是熊校长当面问我的，说是他告诉的。我并没有打一句诳，此次醒侬被捕，原因在拿灼华一人，听说也有他告密的关系。我对你坦坦白白地讲，我对于他，自现在以至将来，总是以待反动分子一般待他的。育英虽然是不害人的，但是他的情侣太危险了，请你和她通信时，也小心一点说话吧。

二、我父母家。家里的为难，加上今年没有收谷，大约也是你知道的。好在我们三个小孩子都平安得很。曾贻读书，甚有兴味，现用旧法教授，已读《鉴略》半本，上论数篇，字亦认得甚多。明年（旧历）定请罗松持教书。麟趾貌似男儿，十分的辣，和曾贻、采蘋相争时，决不服弱。曾存现已能走路，并能从堂前门槛上爬上睡凳，貌甚秀丽，虽粗布破衣，不减风韵，特别好玩，现在仍为袁家奶娘带管。家庭对于小孩子，特别爱护周至，这是可毋容你念的。

这一次事变发生之后，我和我的父亲，可也大淘其气了。当我由省城避到乡下来的时候（自1925年12月31日至1926年1月26日），闻说他老在省城我处收过你给我的信，并闻他老人家写了一封信给你。这且不算是什么事。最可痛的，就是他把我处所存的民校文件，焚毁一空，回家了又和我在家中大闹，令我感觉父子之情，亦不过尔尔。

从前我对家庭还有几分留恋的心，现在可以了无挂碍了。不过我所放心不下的，还是我可怜日夜受气的母亲，和三个无告的孩子。因此，也不得不和对待你的父亲一样，暂时忍气，虚与委蛇。不过家庭的束缚，我是决定了，明年（旧历）开始我就要打破的。我明年的行止，多半是出省。如出省，届时自有信给你。

报告你的事情，大约如此。你看了这些大约对于南昌的事、县城的事、家庭的事，也晓得一个大概了。至于时局的纷乱，民不聊生，大约你知道很清楚的，无容我来报告。

我的同学！你这封信，确是使我很满意的。从前我所挂念你的，就是你的小产阶级的习气太重，所以当你去的时刻，我是不甚放心的。当时我曾嘱咐弘毅，要他对你，特别加以训练。现在你能如此进步，我可放心了，我也满意了。至于你自路上来的一切信件，内容曾有不当之处，一切我都能原谅，我都能体悉，你可不必介之于怀了。

你校的功课表，我看了。你说想把俄文放松，如你赶不来时，我也赞成。因为回来之后，俄文果然用处较小。但是你须注意，听说半年之后，你们要用俄文直接听讲。假使是那般的话，俄文就不可放松了。这事还是你自己量力斟酌吧。因为我不甚悉此中详情，所以不好替你决定。

我的同学！现在的我，不愿以这私人的缠绵，而妨害我们公共的使命。所以这种特别关系，我现在是决定把它藏在深深的胸怀里，待公共的使命告了一个小结束，一个小段落时，重新向你宣泄。我的同学！我愿你也和我取同一态度，暂时把我们这种特别关系，藏在深深的胸怀里，待到一个恰好的时期，我们共同发泄。现在，现在我祝你努力，为公共的使命而努力。

最后，把我的意思总括一下：

1.就你这一次的来信观察，你是进步了，这是令我满意的。

2.旧家庭是阻碍我们的牢狱，我现在决意冲破它，愿你也不要受它的羁束。

3.我们的特别关系，是永久存在的，不过现在我们只能把它埋在深深的胸怀里。不然，就要误了我们公共的使命。

4.我们现在当努力于我们的公共使命。

我的同学，你对我提出的这四点，都赞同么？

你的同学　淡林

1926.2.9晚

注意：我的行踪未定，可以暂时不要写信来。就是写信来，也不要

147

写我的学名，为要！最好是写信到含英，由含英转给我。这是十分稳当的。至于家庭，假使我没有在家时，恐怕就会被没收了。闻你自东欧来信十几封了。可是我和畯弟一封都没收到，大约都是被邮局没收了啊！

玉如：

人是有感情的动物，从前我们所谈过的，也总是说要把我们的感情引导上人生的正路上来，并不是说一定要和它绝缘，因为那是不可能的。你了解过我这几句话，那末，对于下面我的谈话，当然再不至于惊讶。说我现在的态度有些变了，其实是丝毫没有变化，还是一样努力工作。

当这夜雨凄清元宵之第一夜，曾贻在我们的床上睡了，我一面静听那天井边滴沥的声音，打破了满室的寂寥；一面是那不可捉摸的心灵便向四方飞行游历：有时到南昌二中去观察今年开学的情形；有时到中原去张望翻云覆雨的战争；有时到底下欣赏人民政府的努力；最后，便到莫京来晤你了。我见你头上向后披着丝丝的短发，因为被风吹着，也有一二余绺轻轻为你拂面的；你的面貌很带笑容，然而消瘦依旧，有时也含颦，双眉紧锁，不过为时刹那，你的同学不曾注意到过罢了；你的身材还是翩然若燕，态度还是非常活泼，同学们都欢喜和你讨论问题，工作之余，大家很热闹的聚着娱乐。在这娱乐的时候，你起初也是很高兴的，但是有时你却又忽然把娱乐丢开了，现出一种沉思的样子，同学们向你问话，你都懒于应答，这时候，我便守着你的身边，静观你的变化；那晓得你正是在预备着长足的旅行，向两万余里之外来找我呢！可是你不晓得我在你的身旁呵！我因为怜你长途的跋涉，赶快跟着你追来，可是一到我自己坐的地方——我们的房内——我又不见你了。

当这夜雨凄清之夕，我坐在大桌边的兀子上面，真是如梦如醒。我真不晓得我在上面所见的是虚是实。于是我便赶忙起身到箱中翻出你自莫都寄我的三信，重新读过一遍，觉得这行间都是你的笔迹，都是用你的手一个一个写出来的珍迹。

以后我的生活内容，在平日我自观察我的理性也算坚强的，你也总是说，你的感情和我的理性要调和一下才匀称，谁知现在居然调匀了呢！所以说，在你，现在受过严重的训练，当然要进步，不至浪费感情；在我，自经这一次久远的离别，使我进一层理解我们俩的关系，新促发生一种热烈的情绪，这不是调匀了么？至于我现在的生活呢？虽则是和从前一样努力工作，实际上做事或者还比较进步。然而这工作里有一种大不同的事情发生：即是从前有你在此地（我所在的地方）时，我的工作犹如一种游戏，不觉其为工作，疲劳之时，向你作一次晤谈，即不觉得疲劳；现在的工作确是实实在在的工作了，疲劳既甚容易，恢复又甚艰难，这是我的生活今昔不同之点。但是因此我便追悔不该介绍你去求学么？这请你不必过虑，这是绝对不至于的，因为在处理事情的时候，毫不参加感情，这一点我还是做得到的。

我现在所希望于你的是：

1.在最短的期间，努力学习我们的理论，练习我们的办事能力，等到回来时，找个机会在一块儿工作；

2.现在勤快一点和我通信，通信的内容，多报告一点你的日常生活状况，不怕琐细，使我看了如见你一般。这两点确是望你做到，我想你一定确能做到，并且乐于做到的。

最后，我引你的来信，来做我这封信的结论："你要晓得，感情并不妨碍工作的，因为工作的时候工作，得安慰的时候，还是要找安慰的，我觉得只有你能安慰我。"

你的淡林

1926.3.3 晚一点钟

若娃，我的亲爱的同志！

本来是想痛痛快快的把四五个月的经过，简单给你一个比较具体的报告的。但是，挨了一个月光景，还是没有甚闲暇，再不给你信，你更是烦闷了，所以今天还是给你一个匆匆忙忙几句话，总可以说聊胜于无。

四五个月的时间过去，一时也记不了那多。不过我总欢喜追述些给你听。因为我想你也欢喜听的。醒侬被捕（注：第二次被捕）的时候，我正在省，那时的生活，恰合两句惯语，就是"昼伏夜动，出没无常"。后来风声日紧，满城风雨，我遂于八月初乔装返永。自此以后，我遂完全在永党部做事，直至南昌克复，我才入省。在县部做事的三个月中，亦有可述者：

1.在这三个月中，步行不下两千里；永县的东、南、西、北四乡，无处不有我之足迹。略举些地名你听：东乡的三角圩树下袁、李港彭等，青墅圩的王、徐、罗、蔡、杜等。廖坊圩的淦，以及下樊屯、犀牛角，无处不有足迹。北门则斗门王、白坑潘、鹞子树余、增垄何、毛狗洞、山口等，不一而足。西门则虹津、麻潭洲、白槎、柘林、青石湖张、坳子岭赵，不可悉数。南门则西津、炭妇洲、谦田、安湖程、枫林、洪莲、狭坪、王韶、李家桥、木垅、梅岭、受安司、剑领、七里长坑，直至安义之小坑、市东地、安义县城，更仆不能胜了。在这些地方与走路的关系，有的一夜行六七十里，有的一日行八九十里，其余则日行一二三四十里不等。两千里程，我恐尚嫌其少了。自此次后，我对于永县乡土，可以说，清楚了一半多。并且穷乡僻壤，都留我之雪泥鸿爪矣。

2.在这三个月中，与农民接触最多。所以今日我愿牺牲省城之地位，而从事于永县农运也。与农友全吃稃羹也吃过，吃完全没菜的饭也吃过；住秆洞也住过，铺在地下更是常事。

3.在这三个月中，得农友很多，如王发煌、曾万坤、顾益灿、吕少卿、王远昌等，都是有希望的农友。

张朝燮寄给妻子的照片

一搁又是个多星期，今天你的父亲着人送了 12 月 10 日你的来信给我，使我看了遂不得不急于写完这一信给你。你料我定受危险，这实在是有十分可能的事。不过万幸竟被我脱网了。七月在省，我与醒侬是在一处，可死之道一；九月在县，我与袁自葆、邱远金（二人已死），是在同一的危险环境工作之下，而我更为人所注目，可死之道二也。现在我已在县从事农民运动，农运前途的障碍物是甚多的——土豪、劣绅、污吏、贪官、土匪、地主等，我是决以在危险时期的决死精神一样对待的。

你能于暑假回来，极好。我是

150

十分希望的。江西的女界还是甚幼稚，一般的江西妇女界也是希望你回来的。灼华的革命性大减，确是受了翊华之影响，伊在南昌妇女界，已无甚地位了，还不如克群，你其毋以昔日之灼华看待。翊华的为人，你只看灼华所受之影响，即可知其大概了。琴心简直不是人，暗中把我同去非、秋、环的名字，向军阀告密，真不知其心何居？此次北伐中，永修因工作而死者有袁自葆、邱远金、袁冬狗三人。

此次家中衣物损失极多，尤其是你和我的，仅仅是人口无恙。曾贻在念书，曾存言语尚伶俐，麟趾则身体最好。

这都是一些拉杂的话，请你也拉杂的听吧。这些时候的事是多，这封信差不多真是随笔涂鸦，要说而未曾说，不必说而说了的地方甚多。寄上一张最近的相片给你，你可看见我病一般的面日。你的来信，即寄永修城内 淡林收。

我的亲爱的同志！暂时又别了！

淡林

1927.1.6 晚十二时

若娃我所怀念的同志：

在这夜半后四点半钟，窗棂上糊纸被夜来降下的雪花映得发亮，几使人疑为天晓的时候，我忍耐着万分的疲倦，把我一星期来所应整理的要办的事件，一一弄得好了，有秩序了过后，我的思念自然的潮起，我的疲倦自然的消减，使我不得不抽出笔来这样的写下去，这真诚的说来，实在是我两年来所藏于深心而没有痛快的发泄过之对于你的怀念呵！

若娃同志，我的意志是若何坚强的呵！往常我所给你的信，哪一封不是专门督促你读书，勉励你革命，要你纯粹的唯物史观化呵！然而——同志！人是有情的动物，我一次忍住不以我的情绪而挑拨你，我的心上实在就加上一个刻痕；我两次忍住不以我的情绪而挑拨你，我的心上实在就再加上一个刻痕；到今夜此时夜半以后，纸窗发亮的时候，我是发现了我的心上刻痕无数。因此我再不能怕为得挑拨你的情绪，而把我的时刻印在心上的，对于你的怀念一笔勾销。

同志，我的弱点从来是意志决定了，叫我不能暴露的，然而今天一晚就是把我的儿女之情如何地十分百分的暴露出来，说我意志不坚强，说我不能唯物史观化，我也是千分万分首肯的。同志，这就是我的怀念你的心呵。

北伐胜利以后，我曾写过两封信给你，你都收到了吧？这样许久——六七个月的长时间距离内，没有接过你给我的信，曾则从旁看见过你给克群、你给你的父母的信，也同样的使我十分怀念你呵！同志，我现在是一个长途在沙漠上旅行的饥渴者，我是专心一意的在等你的来信，当作救我的甘露呵。

北伐胜利了！北伐胜利过程的当中，我也曾昼夜不停地工作，我确是纯粹的，毫无邪念的，毫无野心的一步一步地向革命前途进行。然而现在呢？太平时候就跑回江西来的右派，反而向我们大张旗鼓进攻。这一次江西省执行委员会的改选结果，我告诉你，顶行时的是右边的先生，组织部长段锡朋，是右边的大将，国家主义者程天放，也是宣传部长。著名的西山会议派刘伯伦，亦竟堂堂执委。其余摇旗呐喊者，则有洪轨、王礼锡、贺其燊，都是执委。你看这与右边的清一色相差有几？我并不为我自己的落选而发牢骚，因我前已决定回县，并且事实上亦已回县多时。不过我看这班右派，投机分子，太平时就跑回来革命的先生，如此行时，革命前途，真是多么黑暗呵！我也晓得，这是一个月前总司令力量之下的右倾的普遍一般的局面，然而这一个局面若长此让他顺利进行过去，那末，中国革命的前途，非至于和凯末尔将军力量之下的土耳其一般不正。

同志，我们来革命，就是准备着牺牲的，我决不因现在政治环境之退步便有灰心，我更将因此环境之恶化而增加我之勇气。不过经过这一次北伐胜利后的国民党的政治上之表现，我始真实知道，北伐虽然胜利，然距国民革命成功之期尚远；国民革命成功后的希望，更是远之又远。因此，现在的我实在没有几大的奢望。我现在只愿站在下层与民众携手，扩大和加紧民众的组织，巩固革命的真实基础。现在的我，也正在从事这种工作。我情愿一生一世，以此工作终身，决不另有所希冀。不过，同志，刻苦耐劳，固然是我们的分内事，然而生活单调，却亦不能完全以刻苦耐劳四字去搪塞。同志，你快要回来了呵，你能和我携手同作下层的民众工作吗？

我忆你的程度，我实不能以这粗笨的文字去糟蹋他。我每回家看见曾贻、麟趾、曾存的模样，活泼态度，天真烂漫的言语，我的脑海便不期然把你深印着。同志，这是为的什么呵。

在几个月你没有接到我的信，我晓得你是挂念的。现在呢！我确是天天反为思念你呵。同志，你赶快给我一个信吧。

淡林

1927.1.20 深夜—1.25 续完

玉如：

茕茕白兔，东走西顾。衣不如新，人不如故。

停下一切工作都不去做，只呆呆地靠在木椅上沉凝着的我，不知其所以然而然的唱出上面一段歌声。

在七千多农民群众参加的列宁三周（年）纪念大会当中，在日常千头万绪应付各种社会的纠纷事件，而与人对答谈话当中，在各个热闹的游戏场中，在各友朋的交互谈话兴高采烈中，我的心总是像止水一般的，掀不起半点波涛，只始终地一刻都不断的忆念着，我心中所忆念的仅仅你一个人呵。

因为是在本地工作，到家来的机会较多，家里的色色东西，种种事情，都会跑进我的脑海中来，印上一个痕迹。后园里的一株柏树，青翠得再可爱也没有；十年来的我是劳燕东西，漂泊而无定所；十年来的它，却已亭亭玉立，遗世超凡了。柏树旁边的丹柿两枝，也长大得和成人一样，抚而视之，"连理"字痕，还隐然在目。大儿已能读书，麟儿也颇识字，曾存之活泼玲珑，啼笑自然，更能使人见之，无不生疼爱心。这都是在我的记忆中不能磨灭的。

过去的一件一件追忆而玩索起来，其中意思的深永，决非他人所能理会丝毫，只有我的亲爱的同志——若娃！

何时再剪灯花，细叙两年来的别事，把双方的想念，一一提出来印证，这也决非他人所能欣赏，只有我的亲爱的同志——若娃！

你的远方的怀念之人　淡林

1927.1.29

王经燕从一堆信件里抽出这七封来信，一口气看完了，思绪跟随丈夫充满情感的笔尖，又重温了一遍两人一年多来的别离岁月。她有些疲倦，小心翼翼地把信件放进皮箱里，长时间的阅读使眼疾初愈的双眼感到微微酸痛。

她用手轻轻地揉了揉眼睛，缓缓地站起身来，活动了一下四肢，然后又坐回到椅子上，拿起笔给张朝燮写信，感觉心里有好多话要倾诉，思绪随着笔尖如泉水般涌出……

雪一直在下。

张朝燮和王经燕书信手迹

淡弟，亲爱的同志：

一、二、三号来信，均已收到。可是至今尚未回信给你，这岂不是我的疏淡吗？其实是因纭纭事情过多，功课繁杂，简直使我无分钟闲暇。加上近来目疾重发，因此，愈使我得不到相当的机会，和你畅谈半年间的经过。淡弟！这是何等使我心烦！弟，再不写信回你，定使你对我发生怀疑，或至于痛恨。所以，今天特来与你作一次长期的谈话，以慰半年来的渴望！同时我精神上又能得着许多舒畅！所以，此时的我，特别高兴来和你痛快的畅叙一次。

当去年暑假时，我的生活整日是病中，把大好的光阴，简直消磨于

154

病中了。那时我天天望着你的来信，安慰病中的我。可是你因工作忙碌，竟将个人的情感抛弃，这是你如何的特长呵！同时也是我所佩服的，但是富于情感的我，终不能受你半点影响，以至于在去年寒假时，使我受莫大的苦痛，为的是怕你遭不幸的事情。假使是理智过强，决不至于走入那种悲途。这是被感情所盲目吗？我认为不是的，虽然人人都知道，牺牲是我们革命者所不能免的，我们革命功成，也就是由牺牲得来的。没有流血，便没有成功之日。因此，在一个革命者的死，值不得我们悲哀，只是加上了我们重大的责任，这样才真正了解我们一个革命者的任务和应尽的职能。但是在事情上是否人人都能做到，能完全把自然的情感立刻消灭，恐怕有的人不能吧！除非真正到了最高革命程度的人，可能避免这种自然的痛苦。我觉得这种的感情发生是有的，并且和革命的意志没有多大的妨碍，因为人是属了情感的动物；所以我承认那时的我，并不是为情感所盲目，而是必然的现象。在真正的感情方面说，实在只有这个时候所表现的，才能看出他俩的情爱，是真正的情爱，包含了很纯洁的"爱情"和最高的结合。所以我们不能说，凡是厚于感情的人，不能说他就是被感情盲目了，而走入迷途。不过亦有这样的人，我们不能以少数人代表整个的。

淡弟，你来信上说我是被感情所盲目，这是我不承认的。可以这样说，感情深的人，多受一点苦痛。假使是你，或者不至于有此难受也。因为你是一个理智坚强的青年，使感情不至跑出理智范围之外，这确是你的特长。

当我写那信的时候，正是目疾初愈。我想那信一定是接到的，因为秋妹在我后寄的信，他都得了回信。淡林！请你以后，我的信无论如何要回！我和你说了很多话。为什么一字也不提起；还有连文同志给你的信，也不见回人家的，究竟是什么意思？真的工作忙倒了吗？或许是忘记了呢？暑假那两封信，是否收到请你来信说明一声。

此信看了之后，务须详细回我一信，切不要犯前一样的毛病！

哦！我用了秋妹廿个卢布，请你代我拿出廿元给他的父亲（廿元，因为买了书）。你能做到吗？前月曾有过一封信给你，想早就看过了吧！用不到多说。

你现在做农民运动吗？那很好，我非常赞成；因为我们的至要工作，

155

还是建筑在工农的基础上，将来我的工作，大概也是工农运动。不过此时不能决定，我所愿去的地方是南昌或永修。

现在南昌的工作比较好做一点，同时在江西界的妇女运动，又非常重要，我想我的工作多半是在南昌。灼华、服丹俩同志，现在是否均在南昌工作吗？我在报上看见执行委员会的名单，不见有灼华的名字，难道她没有在南昌吗？他俩从未来信过，这是他们不对的，也就是怠工的行为。一个革命者应该各处发生关系，因为革命的组织是要扩张的，而不是狭小的，更不是某一地方的。

淡弟！我们一个革命者是要适应环境的，工作是群体的，一种交际也是广大的。现在我确实学得一点应付环境的方法（如我在中大的实学中）。但是理论与经验均缺乏的我，在工作的过程中，仍是感着很多的困难；现在正因此，发生很多问题。第一，就是在这短期内，要加紧学习，但是又因身体不好，不能多用功，这是多么使我心烦！第二，我想回国之后，再想进学校，专门研究社会科学，以准备将来在社会上能实在做点革命的事业，为人类谋求解放。列宁同志曾告诉我们："没有革命的理论，即没有革命的行动"；这话是说得千真万确的，若真正要做个革命的行动家，非有高深的理论不可。

但是回国之后能否达到我的目的，还是问题。因为一方面在江西少人做工作，恐怕党部不允许我个人的要求，同时在资本主义制度之下，受经济条件的压迫，使我不能自由。唉！这又何等使我痛恨资本主义社会制度的罪恶呵！

现在，曾诒还是在家里念书吗？他的身体较前强健么？我的诒儿真是我所最爱的一个，其次麟趾、曾存，我虽爱他，但是比较曾诒确实差得一点，这种理由，我亦说不出来。或许是曾诒多懂点事情吧！同时我带他的时候也比较多一点。我想他三姊妹之中，唯有曾诒的身体特别弱。望俺的母亲大人亦格外照应他，使他的身体较强起来。曾存现在是母亲带或是奶姆带呢？麟趾是否读书没有？我想她现在亦可以读书。采蘋的病好了吗？我确实常常想念她，想她写封信给我，她是我最亲爱的一个小妹妹呵！我确十分的爱她的聪明，那种自然活泼的态度，真是多么使人可爱呀！将来她的希望很大，望你好好培养她吧！

我家大小均好么？现在育英的生活怎样？我常为她起种不快之感，

这真是没有办法呵！琴兄现在什么地方？他那种罪恶，也是资本主义社会造成的。有他的环境背景，使他走入歧途，本来他是一个能够做事的青年，但是他现在走错了道路，受资本主义的熏染太深，是一时不能挽救的。这实在是没有办法了。唉！环境真是多么厉害呵！好好的人们，一变而为社会上的仇敌！

　　亲爱的同志！起来吧！我们共同携手把资本主义社会上一切的障碍物和所有的一切罪恶，通通把它扫除，打开一条新的光明道路，引导人们向那伟大的路上前进！这样才能救出一般歧途中的青年。我亲爱的同志！我们是特负有这种责任的。好，此时别了吧！有暇时再谈。
此致
　　革命的敬礼！！
　　望接此信即可回音要紧！！！

1927.2.20 于莫都草
你的同志荷心寄

　　特别说明：为尊重历史和当时书面用语习惯，本章节来往书信，除略有删减外，一律保持原貌。

第十五章　大义灭亲

1927年初，迫于陈独秀"右倾机会主义"的压力，王环心辞去县长职务，由思想偏右的本地人士余少溪接任。余少溪也毕业于江西法政学校，比王环心年长，是王环心的同校师兄，因此他总是自命为老资格，对王环心当县长心怀不满，指指点点。可是，他接任县长后，因缺乏群众基础与领导能力，几乎无法开展工作，便自嘲"有职无权"，也不安心政务。

县农会曾经缴获的六百多条枪（其中土铳四百多支、快枪两百余支），原准备一旦形势具备就发给农民自卫军，从而建立革命武装的。由于余少溪的不作为，结果又落入了各乡保安团或土豪劣绅手里，而农民自卫军只剩三十多支枪。

不久，省党部派来右派分子卢翰接替了余少溪。这时候，蒋介石相继制造了一系列屠杀共产党的惨案，外部形势非常严峻。不少土豪劣绅闻讯弹冠相庆，蠢蠢欲动，不把农会放在眼里。他们相互串通，采取各种手段进行反扑。一片阴云笼罩在永修上空，给刚刚如火如荼的革命形势带来严峻的考验。

王环心毫不气馁、畏惧，反而更增强了他的斗争意志。为了打击震慑反动势力，王环心决定从自己家族的封建堡垒开刀，以巩固来之不易的革命成果和农会权威。

去年夏季，鄱阳湖涨大水，永修湖区不少人家颗粒无收，因此今年开春各地便出现了严重的春荒，许多贫苦家庭青黄不接。王环心及时召开会议，号召各级农会向富人借粮度荒，并由各村农会统一借发，对于有粮不借的土豪劣绅，要给予坚决地打击。

城山农会率先查封了当地地主的陈谷粮仓，以借贷农民度过饥荒。迫于农会的压力，当地大多富人都能响应，唯有大土豪熊翰桐拒绝借贷，并向安义县本家官僚大地主熊际仪请求保护。

熊际仪仗着自己有官府撑腰和熊家在周边地区形成的威望，只身前来城山质问农会为何强行借谷？当时，农民还没有借到熊翰桐的粮食，心里正有怨气，见熊际仪又来耍威风，不由怒气冲天，一气之下把熊际仪捆绑起来。后经熊际仪服软认错，才予释放。

熊际仪回到家里越想越气，感觉脸面丢尽。次日，他用欺骗手段纠结了熊家二百多名村民和二十多名军警，拿着凶器、枪支气势汹汹地向城山扑来，一路上肆意抢劫，捉鸡杀鸭。

李德耀和李德辉兄弟闻讯立即召集三百多农民奋起反击。李德辉用硬纸壳做了一个喇叭筒与熊家村民讲道理，高喊"穷人不打穷人"，以瓦解对方。那些熊家村民大多也是贫苦农民，深知穷人的困难，借粮度荒合情合理，当得知事情真相后，便纷纷收起手里的武器退出队伍。只有一些流氓劣绅和军警气焰嚣张，与城山人对抗，结果被愤怒的城山农民当场打死两人。熊际仪见势不妙，急忙落荒而逃。农会赶走了熊际仪后，趁势打开了熊翰桐家的粮仓，将谷子分给了穷苦百姓。

消息传到淳湖王家，让王济兼心里忐忑不安。一贯为人刻薄、吝啬的王济兼担心农会有借无还，也不肯借。虽然心里有些害怕，但宁可让谷仓里的陈粮发霉，也不答应借给当地百姓。

那天，淳湖村农会委员长上门找到王济兼，用商量的口气说："济老先生，你看去年发了大水，不少家庭没有收成，如今青黄不接，请你借些谷子给他们熬过这个春荒，等今年新谷上来了，再还你。"

正巧，王琴心赋闲在家，没等王济兼回话，急忙走过来摆摆手，态度生硬地说："不借不借，农会我们惹不起，躲得起！"

考虑王家的势力和王环心的面子，村农会委员长依然笑着脸说："春荒借粮也是王环心让我们做的，再说秋后新粮换旧谷，你们不是也好吗，省得粮食发霉。"

"粮食发霉不发霉，是我们的事。"王琴心昂着头，一副蛮不讲理的神态说，"王环心吃里爬外，他是王家的革命强盗，有本事把他自己吃的粮食借给你们。"

村农会委员长见借粮无望，只好无奈地走出王府大宅，站在门口仰天长叹了一声"富人好恶哟"，失望地离开王家。

乡亲们听说王济兼不肯借粮，不少人准备背井离乡外出逃荒，这激起了村农民协会的愤怒，扬言要治一治这个见死不救的大土豪。

王济兼听到风声，害怕农民起来造他的反，重演城山农会的借粮风波，心里七上八下的，急忙找到王环心，希望他出面打个招呼，制止农会的过激行为。他对王环心露出一副亲切的表情说："侄儿啊，我们毕竟是亲叔侄，农会要找我麻烦，请你发下话，不然王家受了害，你也没面子。"

"春荒借粮，是救命的事，你不要为富不仁。"王环心板着脸，毫不客气地说，"你要有粮不借，就不配叫我侄儿，我们就不是什么亲叔侄，而是敌对关系。"

王济兼气得说不出话来，一边跺着脚退到门口，一边指着王环心咬牙切齿地骂道："王家败类，败类！"

第二天，王环心亲自带着县农民自卫军打开王济兼的谷仓，分借给了那些揭不开锅的穷苦农民。王济兼哪里心甘，拿着菜刀要和王环心拼命，被自卫军夺下凶器捆绑起来，并从家里拉出去，戴上白纸糊的高帽游街示众。从淳湖王家游斗到涂家埠各主要街道，自卫军边走边高呼口号，历数王济兼为富不仁、欺压百姓的罪状。

农民自卫军本想把王琴心一起抓拿归案，不料被他从后门溜走。王琴心熟悉地形，东拐西转，迅速藏到一户农民家的柴火堆里。自卫军追撵了一阵，突然不见王琴心的影子，四处寻找了一遍，便回去了。王琴心等自卫军走远了，才爬出来，然后跑到南昌躲了起来，一直不敢回永修。

紧接着，王环心又带人来到自己家里，要求父亲也开仓济贫。王德兼暴跳如雷，摆出一副拼命的样子大吼道："要放粮，有本事把你老爷子杀了。"

王环心指着厅堂上方悬挂的那块写着"富德兼济"四个烫金大字的横匾说："王家历来以'富德兼济'标榜自己，如今乡亲们眼看要饿死了，总该拿出一点行动吧。"

说得王德兼无以对答，气得两眼翻白。当看到儿子打开谷仓让人一担一担地挑走时，只有仰天长叹，狠狠地大骂："家门不幸，出了这么一个孽子。"

这一消息迅速轰动了全县上下，其他村的土豪劣绅再也不敢与农会作对了，纷纷开仓借粮，全县断粮的农民终于度过了一个春荒。

皮述印听说自己两个亲舅舅家被王环心强行开仓借粮，还把二舅戴着高帽子游街，对王环心等共产党人恨之入骨，又怕得要命。他知道王环心是一个六亲不认的家伙，连自己父亲都敢下手，何况他这个表兄弟。

皮述印的父亲皮顺山，一直在县衙里"走衙门"当师爷。民国时期，县知事更换频繁，往往上任没多久，地方上的情况还没搞清楚就被撤换了，因此日常事务通常由熟悉情况的师爷说了算。永修北伐光复前，政局混乱，县衙门几乎由皮顺山掌控。

北伐光复后，永修县成立国民革命新政府，皮顺山不仅被赶出衙门，而且还被关进了牢房。看到王环心越来越像一匹脱缰的野马，谁也无法阻挡，皮述印跑到南昌找王琴心商量对策。

王琴心自从上次侥幸逃脱后，对王环心更是又气又恨，也在不停地琢磨如何对付这个王家败类，见表弟皮述印主动上门来与自己商量怎么扳倒王环心，兴奋得请他下馆子。为了便于密谈，俩人找了一个偏僻的包厢，叫上几个菜和一壶酒，一场阴谋就这样慢慢地酝酿而成。

"表哥，环心好恶耶！"皮述印猛地一口把酒干了，愤愤地说，"谋害我老爷子坐牢，原来是他自己想当县长。"

"你只看到表面，不知道实质。"王琴心对表弟考虑问题片面，有些不满地说，"王环心哪里只是想你一个县长的位子，前不久，把他的县长撤了，他不是干得更欢吗？"

"那他想干什么，还想做省长不成？"皮述印不明白表哥的话，反问道。

"我问你，搞你爸是为了当县长，那搞我爸是为了当什么？"王琴心见皮述印脑子还没开窍，启发道，"难道他想当财主？"

"那，那？"皮述印还是没弄明白，不停地眨着眼睛。

"王环心是想搞赤化，搞共产主义，那共产主义好比毒蛇猛兽，所到之处寸草不生，他们是要把整个国家都变成血红色，知道啵！"王琴心咬牙切齿地说，"所以我们写告状材料，要从这个角度来写，而不只是控告他夺了你爸的权。"

"哦——"皮述印恍然大悟，对着王琴心竖起大拇指说，"真不愧是从日本留学回来的大法官。"

皮述印毕竟在国民党县党部任过执委，先后当过青年部长和民商部长，一点就通，加上他对永修的情况了如指掌，对王环心等人所做的具体事情也一清二楚，只是要把这些东西编成告状的黑材料，必须断章取义，贴上标签，

161

然后添油加醋地弄成白纸黑字，从"赤化"的角度，坐实每一条罪状。

两个人一边吃着美酒佳肴，一边把满肚子的怨恨变成王环心等共产党人在永修犯下的滔天罪行。诬告材料也就这样形成了。

告状信主要控诉王环心等人在永修"假冒工农，宣传赤化，为所欲为，无法无天，草菅人命，把当地搞得乌烟瘴气"；举报他鼓动民众共产共妻，说什么"攘人之财，称为共产；淫人之女，美曰共妻"等等，还把这个黑材料取名为《反共宣言》。他们连夜你写我刻，印成传单，然后纠集了一伙人在南昌、永修等各地到处散发。一时间，谣言四起。

几天后，皮述印又张罗了一大帮永修大大小小的土豪劣绅，打着标语、高呼口号到省政府门前告状、游行示威。还炮制出一份《永修县民众代表呈诉该县被共产党蹂躏的情况报告》，最后署上一连串名单，盖上手印，强烈要求省政府惩治王环心等共产党人。报告称：

> 先总理容纳共产党分子希图望其加入国民党以谋革命进行之利益，不料永修跨党分子背本而施，以共产为目标。其最激烈派王环心等人组合农工协会，招集下流社会为自卫军，动以反革命诬人，以捉人游街为儿戏，以民众审判为淫威，假唱打倒土豪劣绅，实行打倒正绅，劫财害命，压迫甚于军阀。凡中央政府所禁者皆行之……

然后列举出许多有名有姓的例子。

皮述印和王琴心两人分工明确。皮述印负责南昌与永修两地的联络，组织拉拢当地的土豪劣绅集体告状。王琴心负责省政府公关，把黑材料散发给各级官员，甚至将《反共宣言》和那份恶毒攻击王环心等人的报告一起送到了省政府主席的手里，致使省政府下令抓捕永修共产党人，欲将王环心置于死地而后快。

当时，国共两党合作正面临危机，这些所谓来自基层的情况反映正好给国民党右派分子打击革命人士提供了绝好的材料，加上共产党内部也出现了一些问题，因此，革命形势极为险恶。

王环心立即召开县党部会议，鉴于皮述印、王琴心破坏国共合作，仇视工农运动，并造成了一系列恶劣影响，决定立即将皮述印和王琴心抓捕归案。会上，有人提醒王环心说："省城的风声越来越紧，我们做事是不是要缓和一些，为自己暂留一条后路。"

王环心斩钉截铁地说："共产党人争的是劳苦大众的出路，出生入死，只

162

有勇往直前，哪里有什么后路，也不需要留后路。"

王环心担心走漏风声，决定立即抓捕皮述印和王琴心，急忙与曾修甫和县工人部长谢锡堂一起商量，如何将他们尽快缉拿归案。王环心让谢锡堂负责抓皮述印，曾修甫负责抓王琴心，然后分析说："皮述印有两个住处，一个在艾城西门，一个在马湾皮家老屋。而王琴心一直躲在南昌大士院没有回来。"

谢锡堂十分有把握地说："放心，我马上兵分两路同时进行，他跑不掉。"

曾修甫略做思考，也很有把握地说："我下午就带几个人去南昌，请淦克鹤帮忙，他插翅难飞。"

王环心满意地点点头，不放心地嘱咐了一句："千万不要打草惊蛇，下手一定要准。"

"放心吧！"谢锡堂和曾修甫异口同声地说。

王环心站在两人中间，双手分别搭在谢锡堂和曾修甫的肩头，再三叮嘱不能有任何闪失。两人坚定地点点头，立即各自行动去了。

谢锡堂从工人纠察队里挑选出三十多名精干队员，分两路人马赶往皮述印两个可能的住处。一路由工人纠察队队长刘方保带队，奔赴马湾皮家老屋；一路由谢锡堂亲自带领，直捣西门的皮府。

刘方保敲开马湾皮家老屋的门，皮顺山已出狱赋闲在家，看到一群工人纠察队，以为又要找他麻烦，不满地说："我都这把年纪了，怎么没完没了的。"

刘方保为不暴露意图，和气地说："我们来找皮部长商量事情，跟你没关系，他在家吗？"

皮顺山像是被什么呛到了似的一阵咳嗽，摆摆手说："我们也好久没见着他了。"

皮顺山的老婆王氏闻听纠察队找儿子有事，急急忙忙跑过来，紧张地询问："述印怎么啦，述印怎么啦？"

"没事没事。"皮顺山急忙安慰老婆，经历了人生的风风雨雨使他格外淡定，一副顺其自然的口吻说，"是祸躲不过。"

刘方保向队员们一挥手，众人把屋里屋外搜了个遍，没有发现任何情况，也不见皮述印的影子。刘方保留下三个人在附近监视，嘱咐他们一旦发现皮述印立即报告，其他人跟他直奔西门与谢锡堂会合。

刚走到西门，刘方保就看见谢锡堂带着队员们从皮府大门里走出来，一问也没有发现皮述印。刘方保急了："会不会去南昌了？"

"不会的。"谢锡堂摇摇头，肯定地说，"刚才问他老婆，说中饭还在家里吃的。"

"要不要多叫些人，全城搜找。"刘方保出主意说。

"不行。"谢锡堂摆摆手，"这样打草惊蛇，他就早跑了。"

正在大家一筹莫展的时候，有位队员拉着一位"烟鬼"过来，向谢锡堂报告说，这个人知道皮述印在哪？

"你知道皮述印在哪？"谢锡堂目光严厉地问。

"有谎，你杀了我。"那烟鬼信誓旦旦，又神秘兮兮地看着带他来的那位队员，不停地眨眼睛示意他。

那位队员明白他的意思，哭笑不得地对谢锡堂说："他说情报一定可靠，就是要烟钱。"

谢锡堂大度地一挥手，笑道："只要你带我见到他，烟钱好说，让你在烟馆里吸一整天，钱算我的。"

烟鬼一脸欢喜，吸了吸鼻涕，颤抖地伸出两个指头，胆怯地看着谢锡堂。

"行，两天就两天。"谢锡堂拍着烟鬼的肩膀说，"现在就带我去。"

烟鬼欣喜若狂，没等谢锡堂发话，就像是要去领奖一样一下子走出老远，回头见谢锡堂还在原地与他人交代事情，便又跑回来。

谢锡堂只挑选了五六个人，吩咐其他的人不要靠得太近，远远地跟着，一旦发现皮述印逃跑就包抄他。烟鬼焦急地催促着，走出几步又折回来，嘴里"快点快点"地叫嚷着，生怕时间长了，猎物跑了。

他们快步如飞，七转八拐，走进一条小胡同，来到一家民房门口前停住了。烟鬼压低声音对谢锡堂说："人就在里面。"

谢锡堂一看是一家地下烟馆，便向身后的人一挥手，叫大家把房子包围起来，然后示意烟鬼敲门。那烟鬼"嘭嘭嘭"敲打门环，屋里人问谁呀？烟鬼扯着脖子不耐烦地答道："我呀！"

屋里人显然很熟悉烟鬼的声音，一边开门一边问："弄到钱啦？"

门一打开，谢锡堂几个人就冲了进去。谢锡堂拿着大刀顶着屋主人压低声音问，皮述印在哪里？屋主人吓得说不出话来，只用手指了指里面一间房间。众人踢开房门，皮述印正躺在榻上，旁边有位妖艳女子在为他装烟。皮述印见谢锡堂突然带着一帮人表情严肃地闯进来，心里明白了几分，没做任何抵抗，束手就擒。几位纠察队员上来将皮述印捆绑起来带走了。

皮述印被抓后，关在县自卫军的牢里。在如何处理皮述印的问题上，王环心曾犹豫不决，毕竟他是自己的血表弟。然而，大家对皮述印和王琴心的所作所为极为愤慨，纷纷要求严惩皮述印。同时那些跟着皮述印一起闹事的土豪劣绅四处串联勾结，扬言要救出皮述印，把王环心抓到省府去，甚至直接杀掉。

这时，有人报告马湾皮家正在召集人马，准备劫狱抢人。皮家人还打伤了一位因劝说当地村民不要参加劫狱的村农会委员长。王环心感到事态严重，怕夜长梦多，急忙召开会议，经研究决定将皮述印公开枪决，并立即召开全县公审大会，以杀一儆百。

公审大会以县总工会的名义召开，那天来了两千多群众，会议由王经畈主持，王坏心为大会主席。因担心节外生枝，大会开得很简短。王环心宣布了皮述印的罪行后，当场拉到西门外枪毙。

皮述印的母亲王氏也就是王环心的亲姑母，闻讯儿子要被侄儿枪毙，急忙坐着轿子从马湾赶到艾城。一路上，王氏拼命地催促着轿夫快跑，不顾轿子上下左右颠簸，一个劲地叫喊："快点，快点，给你们加钱，加钱。"累得两个轿夫满头大汗，上气不接下气。

一到艾城县党部门口，王氏蹦下轿，两只小脚"噔噔噔"闯进王环心的办公室，喊天呼地要王环心刀下留人。王环心不留情面，毫无商量余地说："这是大家的事，我一个人做不了主。"

王氏不依不饶，硬话说了，又说软话，撒泼不成，便跪下哀求，哀求也没用，就打起感情牌，哭诉着："你生下来的时候，你娘没有奶，我正在家里坐月子，挤自己的奶一碗一碗地叫人送到你家给你喝；你长大后，喜欢吃鱼，述印他爷子叫人整筐整筐往你家送，前不久你要当县长，述印他爷子被你抓去坐牢，这些我们都认了，可你千不该万不该，不该要我印崽的性命啊，你怎么这么恶哟！"

王环心不予理睬，不耐烦地说："你说什么也没用的，快去西门外见你儿子最后一面吧。"

话音刚落，只听见西门外传来两声枪响，王氏一下子绝望地瘫倒在地上，再也没话可说了。

这一声大义灭亲的枪声，不仅仅结束了一条性命，更震慑了永修大大小小的土豪劣绅，的确达到了杀一儆百的目的。那些曾经跟着皮述印到处告状、干了不少坏事的反动分子吓得逃的逃、躲的躲，生怕自己也被抓；一些还想蠢蠢欲动的土豪劣绅则待在家里不敢出来了，更不敢乱说乱动。

永修的革命形势和成果在乱局中得到了一时的巩固。

再说，曾修甫带了四五个人去南昌抓王琴心。他们在王琴心家门口侦查了一天，大致摸清了他的行踪，准备第二天下手，但由于是外地抓捕，担心有许多不确定因素。曾修甫找到淦克鹤，请他的省自卫军帮忙。淦克鹤满口答应，留了一支小分队在家里随时待命。

那天下午，曾修甫几个人远远地跟踪王琴心，看见他走进了一家青楼。王琴心早些年吃喝嫖赌样样都来，而且脾气暴躁，动不动就打老婆。这也让王济兼伤透了心，在这个儿子身上没少花钱。王琴心的第一任妻子叫育英，性情温柔，因为没有生育，处处忍气吞声。但是，自从王琴心又娶了如花似玉的陈双子后，这些坏毛病似乎改了不少。可这天，也不知道是什么原因，他竟然鬼使神差地又进了青楼。

曾修甫觉得这是一个绝好机会，估计王琴心一时半会儿不会离开，立即派人报告淦克鹤。淦克鹤亲自带着自卫军小分队赶了过来，把守好青楼的前后出口。没费多大的周折，就把王琴心从床上给抓捕了，然后关到省自卫军的牢里。

王济兼得知王环心派人去南昌抓了儿子，并且关在省里，心急如焚，立即找到已是江西省人民审判委员会主席的王枕心，请求他设法尽快保释王琴心。

王枕心是王德兼的大儿子，曾就读于江西省农业专门学校。从日本留学回来后，从事农林教育工作，后进入黄埔军校，先后担任军校政治部宣传股长、十四军政治部副主任等职务，成为黄埔军校政治部主任周恩来的直接部下，也结识了一批共产党要人。南昌起义前夕，周恩来有时就住在王枕心家里，两人感情很好。新中国成立后，周恩来还做过王枕心女儿王书曼的媒人。同时，王枕心与熊式辉等国民党高层人士关系甚密，连蒋介石都为其父王德兼的葬礼送过挽联。

北伐军光复南昌后，王枕心历任江西省农林局长、国民党江西省党部常务委员等要职。后来，王枕心与著名民主人士谭平山等人组建中华革命党。1930年，又与邓演达等人一起，将中华革命党改组为中国国民党临时行动委员会（中国农工民主党的前身），并成为中央负责人之一。抗战胜利后，王枕心当选为江西省参议长。1947年因带头反对蒋介石"全国粮食征实征借"，使蒋介石亲自主持的会议不欢而散，从而惹恼了蒋委员长。本拟当晚扣留王枕心，后经蒋介石身边人的一再解释说情，才幸免一难。由此可见，王枕心在国民党高层的人缘。不过从此以后，他不敢再有异议了。王枕心也因此受到国民党特务的秘密监视。后因担心蒋介石的加害，他干脆逃到香港躲起来。新中国成立后，王枕心应邀从香港赴京参加全国政治协商会议，担任农业部宣教总局专员、政协委员等职务。1967年，他病逝于北京，享年七十五岁。

王枕心（左）和王环心（右）兄弟

王枕心是王环心的亲哥哥，也是王琴心的堂兄。尽管王家东、西两屋关系并不融洽，但碍于伯父王济兼的说情，同时也想化解两家的隔阂。因为人是王环心派人抓的，如果王琴心真的有个三长两短，那么东屋和西屋的矛盾就会更加激化，于是，他动用了自己的权力和关系，将王琴心保释出来了。

然而，王枕心这次化解调和，并没有解除王琴心对西屋的怨恨，甚至对王枕心也没有太多的感激之情，以致新中国成立后他被捕时，在交代材料里，出于对东屋的憎恨还污蔑王枕心，说王经燕的被捕就是由王枕心出卖的。而他与王环心更是有着不共戴天之仇，这也为王环心之死埋下了一大隐患。

167

第十六章　血染古庙

　　柘林地处永修的西部，崇山峻岭，属于山区地带，与武宁县交界，修河纵贯全境。在柘林与艾城之间，有一个重要的交通枢纽集镇——虬津。

　　长期以来，柘林和虬津两地区分别被吴廷桂、吴廷栋、彭立生、江芹香等恶霸控制、蹂躏。吴氏兄弟借助母舅当大官的势力，横行乡里，无恶不作。彭立生和江芹香则巴结吴氏兄弟，在当地搜罗一些亡命之徒组成地主武装，成立保安团欺压百姓，对抗农民协会。

　　不过，吴家在清末时期还是一个贫苦人家。吴廷桂的父亲吴道南早年是一个炸油饼的，读过几年私塾，能说会道，头脑灵活。经过十余年的资金积累，吴道南在镇上开了一家日杂商店，在柘林这个偏僻的山镇，算有点名气，但也只是一个小康家庭而已。后来，发生了一件事情，让吴家暴富起来。

　　当地有一位农民叫余九增，有一次在自家屋后挖菜地，挖出了一个瓦罐子，里面有七块似铜非铜、似铁非铁的东西。余九增不知道是什么玩意，还开玩笑地对老婆说："会不会是金子？"

　　老婆见是一些破铜烂铁，对丈夫责骂了一顿："你是不是想钱想疯了，金子是闪闪发光的。"

　　余九增没趣地不再吱声了，随手把这些东西扔到菜地角落里。

　　时至年关，家里还没有像样的年货，余九增想到镇上转转，临行时想起了地里那几块破玩意，顺手捡起扔到袋子里，想想还是请懂行的人看看。于是，他想到了吴道南，觉得吴老板见多识广，加上经常去他店里买东西，彼此也熟，何况自己有一个族间兄弟在他店里做伙计，想必不会诳自己。

　　余九增拿着七块"铜疙瘩"找到吴道南说明来意。吴道南接过用手掂了掂，互敲了几下，声音沉闷而无回音，又吐了一口唾沫，用布擦了擦，心里便有了数，知道是金子。但他不露声色，装着生气的样子，把那几块"铜疙瘩"往天井的水沟里一扔，责备道："你是不是想钱想疯了，金子是闪闪发光的。"

余九增的脸一红，差点叫出声：怎么跟我老婆说得一模一样。

"你不会是故意来骗我的吧？"吴道南面带嗔色，拍了拍手上的尘土，随即缓和了口气关心地说，"我看你平时是个老实人，是不是遇到什么困难啦？年关到了，需要什么，到我店里尽管拿，记个账，有了钱再还。"

余九增羞愧难当，想好好解释一下，可笨嘴拙舌地不知如何辩解，正要说些什么。只见吴道南把余九增的族兄弟叫了过来，吩咐道："九增老弟手头困难，都是自家兄弟，去店里点一些年货，按进货价记个账，有钱再还，先好好过个年。"

余九增被这一套组合拳打得晕头转向，既尴尬又感激不已，早巳忘记了扔在天井沟里的那些"铜疙瘩"，跟着自家兄弟去店里赊了一些年货，然后开开心心地回家了。

余九增走后，吴道南立即从水沟里把"铜疙瘩"捞起来，心里狂喜而又感到不踏实，连忙跑到虬津的铁匠铺里——不敢在当地找铁匠铺，按照那金块大小模样复制了七块"铜疙瘩"，然后偷梁换柱地扔到了天井水沟里。

次日，余九增在家里越想越觉得哪里不对，心想：自己与吴道南只是认识，又没有交情，他凭什么对我这么好，主动赊货，还按进货价。于是，找到自家一位堂叔把经过一说，堂叔也觉得蹊跷。他们立即赶到吴家，只见吴道南正躺在摇椅上哼着小曲。他见余九增又来了，急忙起身。堂叔说明来意，吴道南故作惊讶，叫伙计拿火钳来，满不在乎地说："那东西还在天井沟里，没事的，飞不了。"

伙计把七块复制的"铜疙瘩"捞出来，洗了洗交还给余九增。余九增拿着一看，心里知道调了包，但又没有证据，只好哑巴吃黄连，懊悔不已地走了。一到家里，余九增把老婆狠狠地臭骂了一顿，骂得女人莫名其妙。

从此，吴道南的生意越做越大，涉及的领域也越来越广，买田置地，造洋房建花园，广交官府，雇养家丁。不出几年工夫，吴家财富猛增，良田千亩，山林万顷，整个柘林镇上的半条街铺都是吴家的，被当地百姓称为"东有蔡锡侯，西有吴道南"。

蔡锡侯是三角乡人，永修的老牌大财主，在光绪时期就拥有大量财产，主要靠放贷收租获利，民国后，家业依然在淳湖王家之上，只是王家的地位和势力远超蔡家。后来，蔡锡侯和王济兼同为省参议员。

有了钱的吴道南很注重子女培养，几个儿子不是习文，就是练武，家运更加兴旺。二儿子吴廷桂留学日本，三儿子吴廷栋就读黄埔，五儿子吴廷枢求学省城。另外，有省里做大官的母舅做靠山，吴家威震永修、武宁两县，称霸一方，吴廷桂和吴廷栋兄弟更是恶名远扬。

1927 年 3 月初，在方志敏和淦克鹤领导的全省第一次农民代表大会成功召开之后，王环心和张朝燮在艾城召开了全县第二次农民代表大会，大会选举曾去非、曾文甫为正副委员长，并通过了四项决议，其中决定：发动群众斗争，建立农民自卫军常备大队，对不法土豪劣绅给予逮捕、严惩。

其实，皮述印就是在这次会议之后被枪毙的。当时，还抓捕了右派分子张朝曦、徐冠南等人。张朝曦是张朝燮的堂兄弟，考虑到张家在艾城的势力很强大，担心张姓家族的反击而不敢杀他，只没收了张朝曦的部分家产，不许他乱走乱动，只准他待在家里被严加看管。

虬津区委书记司朝吉在这种形势鼓舞下，也决定逮捕彭立生和江芹香两个地方恶霸，并向县里汇报。王环心和张朝燮认为很有必要，它不仅为虬津一带百姓除了二害，而且也为将来铲除吴氏兄弟扫除障碍。因为虬津是柘林的门户，要打掉吴家堡垒，必须先拔掉彭立生和江芹香两个爪牙。但是，这两个人进出身边不离保镖，且枪不离身，因此一直没有下手的时机。

有一天晚上，一位农会委员跑来向司朝吉报告，说江芹香正在一个姘头家里过夜，身边没有保镖。司朝吉立即召集十几个身强力壮的青年自卫军队员，拿着刀棒绳索，等到半夜悄悄潜伏在江芹香姘头家的房子周围。

考虑江芹香枪不离身，担心他负隅反抗，司朝吉待两个狗男女翻云覆雨之后进入了熟睡状态，便用刀片轻轻拨开门闩。七八个壮汉小心翼翼地摸到床边，突然猛地扑上前，将睡梦中的江芹香摁住，并死死控制住他的两只手，防止他摸枪。江芹香拼命地挣扎，大喊大叫，想拿枪反抗，已无济于事。江芹香就这样被五花大绑，捆得结结实实。

司朝吉怕夜长梦多，连夜将江芹香押送到艾城，关押在县政府的大院里。这时的县长是国民党右派分子卢翰，外号卢麻子。他起初不想接收，但迫于县农会的压力，就把江芹香关在一间临时的看押房里，大院里有七八个农民自卫军队员把守。

司朝吉立即返回虬津，想趁热打铁把彭立生也抓起来。于是，召集了所有农民自卫军包围了彭府。彭府的家丁不但没做任何抵抗，反而打开大门，让农会的人进来。司朝吉进屋到处搜查不见彭立生的影子，只有彭立生的老婆在家，一问三不知，才发现彭立生跑了。

第二天，隔壁德安县委书记杨超派人给王环心送来一封信，说彭立生被他们抓到了，并马上押回永修。大家一听都喜出望外。

原来彭立生得知江芹香被抓，意识到自己也不安全了，便带着保安团副团长、几个小头目连同平日里搜刮来的钱财逃之夭夭。他们走到德安境内时，看到德安县也到处在闹革命，考虑人多行动不便，决定分散暂避风头。彭立生与副团长因分钱不均发生争吵。平日里，两人就有矛盾，一直面和心不和，这次导火线的点燃，彻底破裂了两个人的关系。当天夜里，副团长与自己两个亲信把在睡梦中的彭立生缴了械，并捆绑起来押送给了德安县农会。彭立生做梦也想不到自己会被手下人出卖。

杨超，河南新县人，1904 年 12 月生，自幼随父母迁居德安。在南昌读书期间，他与王环心有过一面之交。后来，王环心去了上海，杨超考入北京大学。两个人都先后加入了中国共产党。1926 年夏，他们同为中共江西地方执行委员会委员，几乎同时被党组织派回家乡担任县委书记，以策应国民革命军北伐。

王环心比杨超大三岁。两人个头都不高，王环心清瘦，性格偏内向，杨超身体结实，为人随和。两个人在工作中常来常往，经常一起参加会议，彼此交流经验，建立了深厚的革命情谊。

王环心接到杨超的信后，立即召集大家商讨如何处置彭立生和江芹香。张朝燮提议立即枪毙，有少数人认为眼下形势复杂，不宜枪毙，先严加看管再说。

县长卢翰起初坚决反对枪毙，见王环心等大多数人都主张处决，便改口说："要枪毙，也要等开了群众公审大会后。"

于是，县农民自卫军把彭立生和江芹香临时关在一间房间里，同时关押的还有准备第二天陪斗的张朝曦、徐冠南等人。他们一起被关在同一间房子里，等待明天开公审大会。

当天下午，卢翰把一个亲信叫到跟前，在他耳边一阵嘀嘀咕咕。那亲信眯缝着眼睛连连点头，一场阴谋就这样悄悄地展开了。

171

1927 年 4 月 14 日的黄昏，夕阳像燃烧了一样特别火红，幕阜山脉仿佛披上了一层金装，修河水奔腾东流，也被映照得血红血红的。

张朝燮夜间要开会，晚饭前有点空隙时间，突然特别想回家看看孩子们。自从张朝燮回到家乡，与王环心一起领导全县工农运动而繁忙地工作着。虽然家近在咫尺，但他很长时间没有回过家。儿子廷璐和女儿廷纯看到父亲回来了，高兴地扑在张朝燮怀里。张朝燮一手牵着廷璐，一手抱着廷纯，保姆小菊也闻声抱着廷锡出来，大家非常开心，其乐融融的，一家人很少这样开心过。张朝燮笑着问廷璐功课如何？廷璐歪着头说："我会背《三字经》了。"

"哦，真不错！"张朝燮抚摸着廷璐的头鼓励道，又低头亲了一下女儿，"你认字了吗？"

"妹妹会写自己的名字啦！"廷璐咯咯地笑着替廷纯回答。

这种快乐时光对孩子们来说，真是少有的幸福。廷璐拉着父亲的衣襟说："爸爸，晚上给我讲'周处除三害'的故事。"

张朝燮笑了笑："爸爸晚上还有事，马上就要走，下次给你讲一个新故事。"

母亲袁氏听说儿子刚回来又要走，便上前关切地说："现在外面很乱，你可要小心呀。"

"妈，放心吧，我没事的。"张朝燮安慰母亲说，"您也要注意身体。"

"在家吃个晚饭吧。"母亲用渴望的目光看着儿子劝道，"给你爸一个笑脸，他老担心你的安全。"

张朝燮很孝敬母亲，也心疼母亲在家里任劳任怨，还总受父亲的气，听到母亲希望自己留下来吃晚饭，便点点头应诺了。廷璐见爸爸答应留下，高兴得跳起来，立即跑到厨房跟厨姨说："我爸爸今晚在家吃饭，弄最好吃的。"

全家人难得围坐在一张桌上吃晚饭，这种天伦之乐在张家已很少出现了。张文渊知道儿子干的事他已无法阻止，对于儿子，除了不要有个三长两短外，其他的事他都不关心了，他把所有的希望与快乐都寄托在孙辈们身上。张文渊独自一人喝着酒，袁氏对着张朝燮使了一下眼色说："燮儿，你难得回来吃饭，陪你爸喝一杯。"说着，要给儿子倒酒。

张朝燮急忙从母亲手里接过酒杯，给自己倒了一杯，发现父亲两鬓出现了白发，心里有一种莫名的愧疚，举起酒杯对父亲说："爸，您保重身体！"

张文渊有些受宠若惊，默默地点点头，也举了一下杯子，一饮而尽。

张朝燮又连倒了两杯酒，端起一杯递到母亲跟前说："妈，也敬您一杯，以后家里的事少操心，我不在家，您多保重！祝您健康长寿！"

袁氏双手颤巍巍地接过杯子，先抿了一口，随后也一饮而尽。放下酒杯时，她眼睛有些湿润，掀起衣襟擦了擦眼角上的泪花，长长地叹了一口气。

天黑了，木根点亮了油灯。

张朝燮发现时候不早了，匆匆吃了一碗饭，放下筷子对大家说："我该走了！"

廷璐急忙拉着父亲的衣角，仰着头问："爸爸，你什么时候回来呀？"

"乖，爸爸过几天会回来的。"张朝燮抚摸着儿子的头说，突然特别想抱一抱三个孩子，他蹲下身子把廷纯和廷锡拥进怀里，嘱咐道，"别想爸爸，听爷爷奶奶的话。"说完，张朝燮站起身，头也不回地走出大门。廷璐站在门口失望地目送着父亲离去的背影，只见父亲很快消失在浓浓的黑夜里。

城隍庙位于县城北面，庙门两侧分别挂着两块竖牌，蓝底红字，右侧是"中国国民党江西省永修县党部"，左侧是"永修县农民协会"。这时，庙里已掌灯了，油灯忽明忽暗，人影在墙面、屋顶晃动。张朝燮、王环心和八名农民自卫军队员正围在一起讨论明天的公审大会。正巧，刚被省委调往石城县工作的曾去非回来了，也住在庙里。其他房间还住着三十多位支援北伐军的运输队员，他们也是下午从南京回来的，大部分人下了火车就直接回家了。这些人因为离家路远，故先在县城住一宿，准备第二天再回去。路途疲劳使他们很快进入了梦乡，但谁也没有意识到有一双黑爪正向他们伸来。

卢翰派出去的亲信一路狂奔到虬津，找到彭立生的老婆，告诉她快去报告吴廷桂和吴廷栋兄弟，让他们今晚带人把彭立生和江芹香救出来，县政府里有卢县长做内应，否则明天开公审大会就迟了。

彭立生老婆一身肥肉，跌跌撞撞地赶到柘林街的吴家洋房"思退斋"，气喘吁吁地把卢翰县长的劫狱计划一说。吴氏兄弟不加思索，立即带领四十多名家丁乘舟而下。彭立生的儿子把在家的保安团团丁也组织起来，两支人马会合成一支七八十人的队伍，趁着夜色向艾城进发。

当吴氏兄弟带着队伍到达艾城县政府时，天已蒙蒙亮，县政府的自卫军看守麻痹大意，关押房门口没有放哨，七八个自卫军队员在另一个房间里睡觉。卢翰让亲信打开房门，把彭立生、江芹香和徐冠南等人放了出来，并轻而易举地将县政府大院里的几个农民自卫军队员在梦乡中捆得扎扎实实。随

173

后，彭立生一马当先带着人马向城北冲去，悄悄地包围城隍庙。

这时，炊事员老蒋早已起床，他忙了一阵子，见水缸里水不多了，便打开庙门去庙前湖边的水井挑水。当他走到井边，发现前方有不少人影晃动，定神一看，那些人手持长枪向这边扑来。他惊骇不已，扔下水桶就往庙里奔跑，大喊："土匪来了！"

王环心闻声从床上一跃而起，一个箭步冲到门口，前方黑压压的一片人影朝城隍庙包抄过来。他急忙拉着老蒋回到庙里，转身堵上大门。顿时外面枪声大作，子弹"砰砰"打在门窗和外墙上。尽管屋里有四十多个人，但只有七条长枪和王环心一支短枪，其中四支长枪是坏的，还没有修好不能射击。只有四支好枪从窗户与外面的敌人对射。不少运输队员想从后门冲出去，王环心见后面也有敌人，立

张朝燮牺牲地

即拦住了他们。张朝燮急匆匆对王环心说："双方力量太悬殊了，我们不能坐以待毙，一定要有人冲出去搬援兵。"

当时，在离艾城不远的杨柳津附近有国民革命军的驻军，张朝燮首先想到的就是立即向驻军求援，他不顾个人安危向外面冲去，没等王环心说现在出去危险。张朝燮已打开厨房耳门，飞快地跑了出去。王环心用手一拽没有拉住他，曾去非也跟随其后。张朝燮穿着一身泛白的长衫，像一匹飞快的白色战马，在朦胧的晨曦里特别显眼。他动作敏捷，直向后山上的孔圣殿方向奔跑。

城隍庙距孔圣殿只有百余米，当张朝燮快到孔圣殿时，突然从殿里冲出五六个端枪的匪徒，拦住了他的去路。张朝燮猛地一拳将冲在前面的匪徒打倒在地，弯腰捡起地上的枪。有一个匪徒见张朝燮要夺枪，急忙对着他开了一枪，张朝燮立即感到一股火焰穿过身体，猛地栽倒在地。他强忍着疼痛在地上一个侧翻，顺手抓住枪仰坐起来，对着那个开枪的匪徒扣动

了扳机，可惜子弹从那家伙的头皮上擦过，吓得那匪徒抱头逃窜。张朝燮拉开枪栓正要继续反击，另外一个匪徒冲上来朝他的胸部开了一枪，张朝燮举枪的手慢慢松开了，身体轰然倒了下去。其他几个匪徒生怕张朝燮没死，又上前补了几枪。

曾去非视力不好，跑得慢些，看见张朝燮中弹倒下了，赶紧又缩了回去，子弹在他头顶上"嗖嗖"飞过。

王环心见曾去非被打回来了，急忙问："淡林冲出去没有？"

"淡林中弹了。"曾去非难过地说，"我们前后都被包围了。"

王环心见此情景，立即命令大家停止射击，不要轻举妄动，并用屋里的桌椅、板凳等什物堵死厨房耳门，拿着枪对着大门，等敌人闯进来了再开枪。吴氏兄弟和彭立生见庙里没有了枪声，误认为里面的人没有了弹了，就拿来煤油泼在大门上，然后点着了庙门；同时从北边窗户往里扔点着了的煤油瓶子，煤油瓶扔在厅堂中央，火一下子燃烧起来了。

自卫军队员江隆滨赶紧拉起被子铺盖在上面，并浇上水，火焰立即被扑灭了。王环心看见敌人又要往窗户里扔煤油瓶，抬手一枪，打得敌人不敢再扔了。

大门很厚实，烧了好一会儿，也没有烧穿，敌人就搬来一块大石头"咣咣"砸门。王环心沉着冷静，低声地对大家说："沉住气，等敌人冲进来再开枪。"

突然，"咣当"一声巨响，大门倒了，几个匪徒冲了进来。王环心大喊一声："打——"

四支枪齐发，敌人被打得"嗷嗷"直叫，立即倒下两个，后面的人见状拔腿就跑。在乱枪之中，江隆滨的胳膊也中了一枪。

这时，天已经大亮了。江芹香见一时攻不下来，跑到吴廷桂跟前说："天大亮了，我们不能恋战，枪声会惊动周边的自卫军和驻军，他们若赶来增援，我们就麻烦了。"

彭立生得知张朝燮已被打死，大功告成，也附和着："江老弟说得对，我们要赶快撤离。"

吴廷桂点点头，下令兵分两路撤退。吴氏兄弟的人马迅速乘船向柘林撤回；虬津的人马由彭

吴廷桂（1891～1950）

175

立生的老婆与儿子带领从陆路撤去。彭立生和江芹香为表达感谢吴氏兄弟的救命之恩，也跟上船护送他们。两个人在吴氏兄弟跟前齐刷刷地一起跪下叩首谢恩。吴廷桂和吴廷栋开心地哈哈大笑，把两人一一扶起来。吴廷桂客气地说："要谢，还要谢县长大人，只可惜我们死了两个弟兄。"

彭立生立即表态说："我们一定重重抚恤家人，这些账迟早都要算到那些穷鬼子身上的。"

"特别是那个司朝吉，这次回去，就跟他算账。"江芹香恶狠狠地说。

一提到司朝吉，彭立生也咬牙切齿。他想了想对江芹香嘱咐："老弟，现在农民自卫军也有枪，杀司朝吉不能硬来，要智取人头。"

"智取人头？"江芹香有些疑惑，不解地问："怎么智取？"

彭立生在江芹香耳边一阵嘀咕。

"妙，妙！"江芹香连连点头，差一点把竖起的拇指点到了彭立生的鼻尖上。

船到虬津张公渡，彭立生和江芹香告别吴氏兄弟上了岸，立即开始实施诱杀司朝吉的计划。

这时，彭立生的儿子带着保安团的人，也刚刚到家。原来在他们撤离不久走到马湾时，发现有驻军追过来，保安团的人见状撒腿就跑。驻军追了一会儿，放了一阵枪，打死了一个跑得慢的团丁后就停止追赶了。

彭立生听说此事，吓出一身冷汗：幸亏撤离得早，再晚一步，后果不堪设想。

江芹香按彭立生的计谋，找到一位司朝吉平日里比较信任、同时与他关系也不错的农会会员，外号叫刘驼子，此人视财如命。他一见到江芹香大为惊讶："这么快就出来啦？"

江芹香鄙夷地微微一笑，没有回答他的问话，从衣兜里掏出一摞银圆，轻轻往桌子上一放。刘驼子的眼睛随之放着光，忙问这是什么意思？江芹香压低声音在他耳边一阵嘀咕。刘驼子心里一惊，胆怯地直摇头。江芹香把银圆往他眼前一推，说："又不要你动手，你只要把他带到河边就行了。"

刘驼子两只眼睛盯着那一摞银圆，陷入沉思。江芹香在一旁怂恿着，说只要按他说的去做，这些银圆全是你的，并且神不知鬼不觉。

江芹香拿起一块银圆敲打着另一块，发出清脆诱人的响声。刘驼子脑子飞快转动，尔后吞了一口唾液，狠了狠心收起银子，猛站起来把杯子里的茶水一口喝干，伸着头向司朝吉家走去。

刘驼子来到司朝吉家时，司朝吉正在吃早饭。他看到刘驼子神情慌张的样子，忙问："出了什么事啦？"

"出大事了。"刘驼子佯装害怕的样子说，"彭立生和江芹香昨晚被吴廷桂从牢里劫出来了，他们马上要来杀你，你快跑吧！"

司朝吉听了大吃一惊，急忙说："快去召集自卫军。"

"来不及了，你还是先躲一躲。"刘驼子摆摆手，焦急地说，"我有条船停在河边，快上船去县城。"

司朝吉虽然觉得有道理，但没有立即跟刘驼子走的意思。这时，司朝吉的老婆也慌慌张张地从外面跑回来，大惊失色地说："彭立生和江芹香回来啦，正要找你，快躲一躲。"

司朝吉知道躲是没有用的，只有先跑了再说，也根本没有往其他方面想，随手拿起衣服跟着刘驼子从后门向修河岸边跑去。

两人一前一后跑到河边，司朝吉没有看见船只，便问："船在哪里？"

刘驼子往下游一指说："还在下面，快到了。"说着，加快了步子，往一片芭茅丛里跑去。

司朝吉紧跟其后，心里正纳闷。突然，从草丛里蹿出五六个大汉，他来不及躲闪，一把长刀从背后砍来，司朝吉应声倒下，紧接着他被一阵猛砍，鲜血喷涌而出染红了沙地。一位共产党员就这样牺牲在敌人的乱刀之下。

这时，江芹香从芭茅丛后面走出来，得意地哼哼冷笑，来到司朝吉的身体旁。他蹲下身子一把抓住司朝吉的头发，把他的脸对着自己，只见司朝吉死未闭目，两只眼睛睁得大大地盯着他。

江芹香恶狠狠地说："嘿，还认得我么？"说着，江芹香对着司朝吉的脸吐了一口唾沫，"呸"的一声站起来，又用脚踢了一下尸体，见司朝吉真的死了，命令手下把尸首扔到修河里去。

顿时，河水一片血红。司朝吉的尸体漂浮着顺流而下，一条鲜红的血带在水中弥漫开来，越来越长，越来越宽，就像一面展开的巨大红旗在修河里飘荡。这时，天空露出了一片朝霞，仿佛也是被血红的河水映红似的。

第十七章　报仇雪恨

　　王环心见庙外没有了动静，估计敌人撤退了，打开庙门立即冲出，跑到张朝燮身边，看到张朝燮面朝上仰倒在地。王环心急忙蹲下把张朝燮抱在怀里，只见他的左胸部有一个弹孔和一片血迹，身体其他地方有三四处枪伤。他连叫了几声"淡林"没有反应，又用手背在鼻孔前试了一下，已经没有了气息。这时，曾去非等人也跑了过来。大家把张朝燮抬到城隍庙里，放在一块门板上。

　　这天凌晨，张文渊和袁氏在睡梦里被一阵激烈的枪声惊醒，他们不敢出门，来到后院辨别枪声从北门方向传来，一种不祥的预感涌上心头。袁氏把年幼的廷璐叫醒穿好衣服，紧紧地搂在怀里。小廷璐不知道出了什么事，两只眼睛紧紧盯着大人，看着爷爷奶奶忧郁的脸色越来越沉重，预感有不寻常的事将要发生。

　　天大亮后，突然，有一个人慌慌张张跑来敲门，说张朝燮出事了。张文渊和袁氏顿感天塌地陷，急忙跟着来人往北门跑去。张文渊在前面疾步如飞。袁氏拉着廷璐的手，一路上呼天喊地，一双小脚跟跄不稳地奔跑着。来到城隍庙时，大门口已聚满了人，人们看见张朝燮父母和儿子来了，都自动默默地让开一条道来。

　　三个人迈过被烧焦的门槛，看见庙里一片狼藉，张朝燮的遗体被安放在门板上，长衫沾满了血迹和泥土，脸面上仰，双眼紧闭，像是睡着了一样。王环心、曾去非等七八个人默默地围在遗体旁，脸色凝重而悲痛，谁也没有说话。大家见张文渊和袁氏带着廷璐走进来，急忙迎上前扶着老人。两位老人怎么也想不通：昨天晚饭时还是好好的，怎么一下子就阴阳两隔了。张文渊呆若木鸡，两行老泪默默地流下。袁氏则号啕大哭，一下子扑到儿子的遗体上，哭得死去活来。

廷璐一路上不知道发生了什么事，只听奶奶哭喊着父亲的名字，猜测父亲出事了。来到庙里，看见父亲静静地躺在那，奶奶悲痛欲绝的样子，意识到父亲死了，也"哇哇"地大哭起来。他趴在父亲身上拼命地摇动着他的躯体，像是要把父亲摇醒似的，大声地哭喊着："爸爸，你说话呀，为啥不作声？爸爸呀，快醒醒！"

可廷璐怎么摇动父亲都没有反应，他知道父亲再也不会醒来了，于是哭得更加伤心，更加撕心裂肺，声音越来越大。

过了许久，王环心抱起廷璐悲愤地说："孩子不哭，舅舅给你报仇！"

"舅舅！"廷璐紧紧地抱着王环心的脖子，边抽泣边断断续续地说，"爸爸答应过，要给我讲新故事的。"

站在一旁的人听了，无不潸然泪卜。

当天中午，又传来一个消息：司朝吉也遇害了。人们义愤填膺，立即召集了县农会会员与工人纠察队，分别在曾文甫和王经畎的带领下，浩浩荡荡地开往虬津，要替烈士报仇。一路上，人们情绪激昂，不时地高呼替张朝燮和司朝吉报仇的口号，队伍所到之处，不时有群众自发地随队加入，队伍拉得越来越长，声势浩大，多达万余人。

傍晚时分，队伍到达虬津，把彭立生的家院包围起来。但彭立生和他们的武装人员早已逃之夭夭，只剩彭立生的老婆在家。曾文甫上前质问："彭立生哪去啦？"

彭立生老婆自以为农会不敢对她一个女人怎么样，不但不说，反而态度恶劣撒起泼来，滚动着一身肥肉，不停地甩手跺脚，又拍屁股又拍脸，还骂骂咧咧地叫嚣道："我丈夫好好的，被你们抓去了，现在倒反问我要人，天底下哪有这样的道理？"

曾文甫命令大家在村里四处搜索，结果没有发现彭立生和江芹香的影子。王经畎对曾文甫说："估计是躲到柘林吴氏兄弟那里去了，他们一联合枪多势众，要铲除吴氏兄弟还要从长计议。"

曾文甫见天快黑了，准备返回。但大家一路兴师动众地过来，大仇未报，无功而返，心里很不舒服，都窝着一肚子气。偏偏这时，彭立生老婆还在那里喋喋不休，哭着喊着向农会要丈夫，说死要见尸，活要见人。

一位年轻自卫军队员实在气愤不过，心里一股恶气正没有哪里出，举起枪"啪"的一声，将彭立生老婆给毙了。

大家一听见枪声，群情激昂，每个人心里都憋着一股怒火，众人趁势把彭立生家院砸了个稀巴烂，最后把整栋房子也推倒了，夷为平地，似乎这样才缓解了一口恶气。

第三天，在艾城东门外的草洲上，中共永修县地方执行委员会为烈士张朝燮和司朝吉举行了隆重的追悼大会。张朝燮的灵堂搭建在会场中央，供社会各界群众瞻仰，参加追悼会的有两万多人。当人们从张朝燮的遗体边走过，看到年仅二十五岁的鲜活生命就这样倒下了，无不伤心落泪。

王环心、曾去非、曾修甫、程时飞等人与张朝燮遗体告别

追悼会上，王环心号召大家团结起来，反击国民党右派的进攻，为死难的烈士报仇雪恨。会后，数万人举行了声势浩大的示威游行，高呼"为烈士报仇雪恨""打倒反革命分子""赶走卢麻子"等口号。

为了永远怀念战友，记住这个深仇大恨，王环心请来艾城照相馆的摄影师，照了一张部分永修县共产党员与张朝燮同志遗体的最后合影。张朝燮安详地仰躺在中央，双手平放在胸腹之间，像是睡着了似的，大家围绕着他，或坐或站，悲愤地目视前方，唯有王环心两眼低垂，看着倒下的战友，好像在说着什么话。这张照片历经风雨侵蚀与岁月磨损，永远定格在历史的时光里。

随后，王环心指示曾文甫带着农民自卫军包围县政府，把卢翰赶走。曾文甫提着枪直接闯进了县长官邸，不费一枪一弹就解除了县政府的卫兵武装，把卢翰和姨太太从床上拉出来，两个人吓得浑身发抖。曾文甫大声喝道："卢麻子，限你马上离开永修！"

卢翰从惊慌中故作镇静，对曾文甫威胁道："我是省党部任命的，你们没有权力赶我走，我如有个闪失，你要负责。"

"哼——"曾文甫鄙夷地一笑，警告道，"你不走可以，但我作为县自卫军队长正式通知你，因为你的所作所为，我无法保证你在永修境内的狗命安全。"

卢翰坑坑洼洼的麻子脸上，一阵红一阵白，看到曾文甫身后站着一群义愤填膺的自卫军，个个对他怒目相视。他心里十分恐惧，几乎用哀求的口吻说："曾队长，看在同事一场的分上，容我收拾一下东西再走吧。"

"那些东西都是永修百姓的民脂民膏，不许带走。"曾文甫态度坚决地说，"你必须立即滚出县署，否则，后果自负。"

卢翰心里清楚，自己对张朝燮的死负有不可推卸的责任。今天他没敢参加追悼会，而是远远地张望了一下会场，看到了追悼会上人们的悲愤，知道众恕难犯，内心充满恐惧。因此，他不敢再提半点要求，保命要紧——留得青山在，不愁没柴烧。于是，卢翰拉着姨太太向涂家埠火车站仓皇逃去，不敢走大路，生怕被人认出，连他平日里出入骑的白马，也不敢骑了。

张朝燮牺牲的消息很快传到省里，人们惊愕而又悲痛。南昌各界群众举行了悼念张朝燮烈士的追悼大会，与会的许多青年同志都听过张朝燮的演讲，有的是他的学生，与张朝燮感情深厚。人们满腔悲愤，含着热泪挥拳向烈士的英灵宣誓：一定用实际行动为烈士报仇，用胜利来告慰烈士的在天英灵。

此前，赣州总工会委员长陈赞贤被反动派杀害；九江左派党部被蒋介石卫士队捣毁，吴季冰等数人被打成重伤；吉安、永丰、鄱阳等地也相继发生了流血事件。

1927 年 4 月 24 日，中共江西区委和青年团执委会联合在《红灯》周刊上，以"悼我们死难的同志"为题，为赵醒侬、张朝燮等人发表悼念文章，从而大大激发了广大革命青年的愤恨与斗志，使江西各地又掀起了一次反对国民党右派猖狂屠杀工农、破坏革命的浪潮。

文章这样写道——

你们先我们而死了！

何以追悼你们，安慰你们？

只有用我们的血，我们力，把你们的担子担起来，加紧地向前奋斗，我们是不哭的，我们的眼泪是不流的。

181

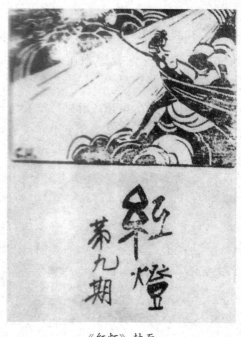

《红灯》封面

从今天起，我们一致宣誓：我们要革命！我们要打倒反革命！我们要领导所有革命的同志，革命的群众，向反动的营垒冲去！我们的血，要和你们的血流在一起！并把所有的反动派完全消灭，我们决不吝惜我们最后一滴血。我们要奋斗到底！革命到底！

资产阶级恨我们，资产阶级因为中国经济落后的缘故，自身软弱而无力，以致于恐慌革命，勾结所有的封建的残余势力，向革命的势力进攻，尤其是对于我们无产阶级的战士，他们的刀，他们的枪正在毫不迟疑地向我们杀来！他们决不会稍有仁慈的，他们正在痛饮我们战士的血而狂笑！

我们决不会恐惧退让，血钟已经响起，我们只有一致向着红光中前进！用我们的刺刀和枪炮开我们自己的路，我们决不会仁慈，对待资产阶级是没有仁慈的，我们对于反动派，对于我们阶级的仇敌，只有一个口号："杀！杀！杀！"

你们死了！但是我们还没有死，对着我们的仇敌，我们要一致大叫，"我们在这里！"

放心吧！已死的你们！你们的血是不会白流的！

面对如此严峻形势，中共江西区委决定举行一场声势浩大的游行示威活动，由袁玉冰同志担任总指挥。南昌的青年学生和革命群众把"AB团"掌控的省党部砸了个稀巴烂，将那些作恶多端的头目一个个抓了起来，诸如程天放、熊育锡、曾华英、王冠英等人，戴上高帽，游街示众，并由人民裁决委员会当场公审，判决监禁。大头目段锡朋和周利生等人躲过搜捕，逃往了南京，从而狠狠地打击了反动派的嚣张气焰。

同年5月20日，在方志敏等人的积极筹备下，重新举行了国民党江西省第三次代表大会，革命左派重新掌握了省党部的领导权。这天离张朝燮牺牲仅一个多月，人们更加怀念前任工人部长。

方志敏得知张朝燮遇难，悲痛万分，想起俩人并肩战斗的日日夜夜，想起张朝燮经常用自己的工资救济困难同志的点点滴滴，想起他们在赵醒侬牺牲的地方共同发誓"要做第二人、第三人"的情景，不由义愤填膺、潸然泪下。

方志敏立即找到淦克鹤，只见淦克鹤按捺不住内心的悲痛，失声痛哭，泪流不止。未等方志敏开口，淦克鹤就向他请求说："让我带自卫军大队去永修，清剿吴廷桂那帮反动派吧！"

"我找你就是为了这事。"方志敏强忍着悲痛说，"淡林是我们的好同志，血债一定要用血来还！"

淦克鹤紧握拳头坚决地说，"这个仇一定要报，替淡林、替醒侬、替所有倒下去的战友报仇！"

"醒侬是江西革命牺牲的第一人，那次我们一起宣誓要做第二人、第三人，没想到淡林先我们一步。"方志敏痛心疾首，看到淦克鹤又要出发了，担心地嘱咐道，"听说吴氏兄弟很猖獗，你要加倍小心！"

"请放心！"淦克鹤紧紧握住方志敏的手说，"永修我很熟悉，加上有王环心和曾文甫他们在，这次去一定荡平吴家反动派的老窝。"

第二天上午，淦克鹤和丘倜带领一百多名训练有素的省自卫军队员，调了一列专车开到涂家埠。王环心和曾文甫等人早已到车站迎接。队伍在涂家埠下车未做休整，直奔柘林吴氏兄弟的住处。

吴府是一座三层楼的洋房，建有一个大花园，种植了许多名贵花木，美其名为"退思斋"。自卫军到达吴府时，已人去楼空，吴氏兄弟及其跟随者早已闻风而逃，并且家里的粮食等什物财产都被转移匿藏了。

当地百姓说，吴氏兄弟很有可能躲到武宁去了，他们不仅在武宁县城有多处商铺和住房，在武宁境内修河岸边的凤凰岭，还有一栋名为"啸月楼"的别墅，专门供避暑用的。淦克鹤一边派人打听吴氏兄弟去向，一边将"思退斋"洋房和花园夷为平地，把吴氏兄弟从日本移植来的奇花异卉全部铲毁，只留下了一片废墟。周边的老百姓看到那曾经不可一世的恶霸，被省农民自卫军吓得落荒而逃，无不欢欣鼓舞。

天黑的时候，有自卫军队员来报告，吴氏兄弟和彭立生、江芹香等人躲到了不远处一个村庄的大土豪家里。淦克鹤立即带着队伍迅速赶过去包围了那个村子，但鉴于天色已晚，黑灯瞎火的，村里的情况不明，自卫军围而不攻，等到天亮才冲进村庄，直捣那个大土豪家。可是，吴氏兄弟已借着夜色和熟悉的地形，在当地土豪的引领下，又一次逃脱。那户土豪也跟着跑了。

淦克鹤命令自卫军打开大土豪的粮仓，宰杀他家里的猪羊，连同屋里所有的东西分给村里的贫苦农民。还在村里召开了一次村民大会，号召大家团结起来，与土豪劣绅做斗争，宣传自卫军是农民自己的队伍。

平日里，受尽了村里这位大土豪欺负的贫苦农民，终于盼到了有人为他们出气的一天，尤其是看到自卫军里还有自己认识的永修人，更把自卫军当作自己的亲人。他们纷纷替自卫军出谋划策，通风报信。

有老乡向自卫军揭发说，在这家土豪的后院里，可能埋有金银财宝或其他值钱的东西。他在几年前的某个深夜，无意中看见这家土豪把东西埋在地里。淦克鹤命令自卫军按老乡的指引挖地三尺，结果金银财宝没有挖到，却挖出了几缸陈年老酒。打开酒坛，香气扑鼻，舀出一碗，只见酒水呈暗红色，清澈透明。

有人小心翼翼地抿了一口，不敢大饮，只觉得两腮生津，甘甜如饴，柔和淳厚，余味绵长，味道独特美好，不由得脱口而出："好酒！"

自卫军队员不放心，又叫来一位当地酿酒的老乡，让他品尝。那人端过碗一看，只闻了闻，便说："这是当地有名的'封缸洞藏红'，至少三年以上。"

众人一阵欢呼。

淦克鹤把美酒分给每家每户，并开心地对村民们说："让我们用土豪的酒，庆祝我们打土豪的胜利。"

那一天，整个村庄飘逸着一阵阵浓郁的"封缸洞藏红"酒香，人们喜气洋洋，像过年一样热闹欢喜。虽然省农民自卫军大队这次清剿没有抓到吴氏兄弟，但狠狠地打击了柘林、虬津一带反动势力的嚣张气焰，使那些大小头目四处躲藏，惶惶不可终日，同时发动了当地的农民群众，提高了他们的革命觉悟，为开展柘林地区的农运工作打下了良好的基础。

王环心看到了省农民自卫军的威力，尽管几天后淦克鹤带着队伍撤回南昌，但吴氏兄弟躲到山里不敢露面。于是，王环心决定借着当前的有利形势，派程时飞、毛希礼、曾义甫、廖运甫和吴远芬、沈云霞等五十多名县农民自卫军和工作人员，组成一支得力的工作队伍，开赴柘林地区开展农运工作，清剿土匪，建立人民政权。

5月10日，中共永修县柘林区委会正式成立了，程时飞任区委书记。一场轰轰烈烈的红色风暴席卷柘林地区，柘林街周边村庄的农民协会相继成立，茶叶工会、妇女协会等群众组织也纷纷挂牌，工作队与群众一起打土豪，剿土匪，减息减租等等。整个柘林地区出现一片热气腾腾的革命景象，劳苦大众终于扬眉吐气了。

一天，一位农民气喘吁吁地跑来报告，说看见江芹香带着一群土匪向山里搬运粮食。程时飞急忙问："有多少人？"

那位农民在心里数了数，肯定地说："有二十多个人，都带着武器。"

程时飞立即叫来曾义甫和廖运甫，商量如何抓住江芹香。俩人一听兴奋得跳起来，急忙集合所有白卫军。曾义甫是曾氏兄弟最小的弟弟，担任县卫军中队长，胆大心细。廖运甫是一位虎将，机智勇敢。这些自卫军队员也都是从全县选拔出来的，个个身强力壮。大家一听说发现了江芹香等土匪，人人摩拳擦掌，情绪激昂。

程时飞叫那位农民带路，亲自率领四十多名自卫军队员飞快地赶到一座小山谷，看见前面二十来个土匪每人挑着担子，担子上都挂着一杆长枪，正吃力地往前走着。江芹香挎着驳壳枪来回催促着大家快走，大声叫嚷着："弟兄们，快点，这里不能久留。"

程时飞立即命令队伍停下隐蔽，对大家说："我们要慢慢地接近敌人，不要过早地打草惊蛇，等走近了再出其不意，重点活捉江芹香，替张朝燮报仇。"同时，命令曾义甫带十几个人快步绕道赶在土匪队伍的前面，来个两面夹击，防止江芹香逃跑，以曾义甫的枪声为号，一举拿下。

曾义甫点了廖运甫等十几个跑步飞快的队员，迅速从侧面绕道跑到土匪队伍前头，拦住江芹香的去路。土匪们挑着重担行动缓慢，自卫军很快就布好了一张天罗地网，可土匪们还蒙在鼓里，"吭哧吭哧"地挑着粮食拼命往前赶。

突然，一声枪响，曾义甫和廖运甫威风凛凛地拦住了土匪们的去路。两边的自卫军队员一起呐喊着围了上去，把土匪死死地夹在中间。这些土匪挑着重担赶路已久，早已筋疲力尽，一看前后突然出现农民自卫军，没做任何对抗，扔下担子四处逃窜。

江芹香听到枪声不由大惊失色，拔出手枪胡乱地朝自卫军开了几枪，就拼命地往山上跑。曾义甫哪肯放过他，十几个队员一起追上前，也顾不上其他土匪了，直奔他而去，把江芹香死死地咬住。其他土匪趁机逃了一部分，跑得慢的都做了自卫军的俘虏。

江芹香知道无法逃脱了，明白自己血债太多，要是再次被自卫军抓住肯定是死。于是，他躲到一块岩石后面顽固抵抗。自卫军已对江芹香形成了包围，只要他一露头就可以将他毙命。但曾义甫示意队员们尽量抓活的，引诱他把子弹打完。江芹香借着岩石不停地朝自卫军开枪，手枪里的子弹很快就打光了。见江芹香那边没有了动静，曾义甫哈哈大笑地站起来，大声喊道："江芹香，把枪扔出来，否则乱枪打死。"

江芹香清楚再抵抗也没有用了，反正是个死，多活一天算一天，扔出手枪，束手就擒了。

这一仗干得非常漂亮，只用了半小时时间就结束了。不仅抓到了匪首江芹香和十多个俘虏，还缴获了一批粮食，而自卫军队员没有损伤一根毫毛。

消息不胫而走，柘林和虬津的百姓敲锣打鼓庆祝胜利，其他乡的群众也欢欣鼓舞，从而极大地振奋了全县上下的革命斗志；也让吴氏兄弟和彭立生胆战心惊，再也不敢轻易露头了，只往更隐蔽的武宁深山老林里躲藏。

王环心得知抓到了江芹香，立即指示程时飞把江芹香押回虬津公审。召开公审大会那天，会场上人山人海，十里八乡的百姓都赶来了，都想一睹这个恶贯满盈的匪首下场。

一声正义的枪声响起，终于为烈士张朝燮和司朝吉报了仇，雪了恨。

第十八章　黑云压城

风云突变，黑云压城。

1927 年春夏，蒋介石公开叛变革命，制造了"四·一二"等一系列屠杀共产党人的惨案。各地工农革命领导权被国民党右派篡夺，反动派组织力量反攻倒算，残害革命干部群众。躲在深山老林里的吴廷桂和吴廷栋兄弟，在反动势力大量武器弹药的援助下，召集了两百多名匪徒，杀气腾腾地扑向柘林。

5 月 28 日，那是一个漆黑的夜晚，月亮躲进厚厚的云层，连星星也不见了。柘林镇上静悄悄的，商家早已关门打烊，街上没有一个行人。偶尔，从远处山里传来饿狼的嚎叫，"呜呜"地划过夜空，让人不寒而栗。

在镇东北角的一栋平房里，从窗户透出一豆昏黄的灯光，柘林区委书记程时飞刚刚得到敌人要反扑的消息，正在和曾义甫、廖运甫、邓万友等人开会，商讨如何应对匪徒的进攻。

突然，外面一声枪响。程时飞急忙吹灭煤油灯跑出房屋，只见哨兵气喘吁吁地跑来报告，街上发现敌人。程时飞一惊，虽然他已命令全体自卫军集合待命以应不测，但没想到敌人来得这么快。他对曾义甫说："义甫，你带大部队往北边撤，小分队跟我阻击敌人。"

曾义甫不再坚持自己带队阻击的要求，刚才在会上他与程时飞已争执了一番，情况紧急，只有按照会议决定的方案执行。他与廖运甫迅速带领二十多名自卫军队员和十余名工作人员向北边小路撤退。程时飞和邓万友带着十多名共产党员队员冲向南街，迎头阻击敌人。

程时飞等人刚到南街，看见一群黑压压的人影在向前移动。他示意大家散开找好有利位置，对着前方大声喝道："什么人？口令。"

"他妈的，老子回来啦！"只听见一句骂声，枪声跟着响起，子弹"嗖嗖"地从程时飞身边飞过。

自卫军立即还击，一时间枪声大作。在激烈的对射中，敌人接连倒下好几个，自卫军也牺牲了两名。程时飞边打边鼓励大家说："同志们，我们多坚持一下，义甫他们就多一分安全。"

"放心吧，程书记。"邓万友边打边说，"只要我们人在，他们休想冲过去。"

尽管敌我双方力量悬殊，但匪徒们未能前进一步。可是，自卫军也接连受伤了几位队员。正在程时飞准备撤退时，突然，身后响起了枪声，又有两名队员倒下了。程时飞知道自己被包围了，已经陷入了背腹受敌的险境。他只好带着队员边打边往西撤，可没跑多远，西边也有敌人。队员们打光了最后一颗子弹，被一拥而上的敌人抓住了。

与此同时，曾义甫带着自卫军和工作队员往北撤去，还没有走出五百米就遭遇了敌人。顿时，枪声四处响起，匪徒从四面八方蜂拥而至，打着火把，大声叫喊着："抓活的，有赏啊！"

曾义甫和廖运甫立即分为两队组织抵抗还击。廖运甫带人冲锋在前，杀出一条血路；曾义甫阻击断后，狠狠地压住敌人的疯狂进攻，将那些没有武器的工作人员保护在中间。他们一路冲杀，拼命突围。但自卫军被困在一个小山坳里，完全处于劣势状态，终因寡不敌众，全部被俘。

天刚蒙蒙亮，浓雾笼罩着山镇。所有被俘的自卫军和工作队员被五花大绑地押在吴家祠堂里，曾义甫和廖运甫都身负重伤被捆绑在圆柱上，鲜血顺着裤脚流下，染红了地面，两个人已奄奄一息。

程时飞被倒吊在悬梁上，遍体鳞伤。他从昏迷中醒来，努力睁开被血块粘黏着的眼睛，模模糊糊地看到吴廷桂、吴廷栋和彭立生等人得意地向这边走来。吴廷桂狰狞地笑道："哼哼，程书记，好久不见啊，听说你到处抓我，怎么你自己落得如此下场？"

吴廷桂一把揪住程时飞的头发提起来，得意地向旁边的人炫耀道："瞧瞧，我们大名鼎鼎的程书记也有今天啊！"

"姓吴的，不要高兴得太早。"程时飞挣扎地把一口带血的唾沫"呸"到吴廷桂身上，咬着牙关说，"共产党迟早是不会放过你们的。"

"哈哈哈，死到临头还嘴硬。"吴廷桂狂妄地大笑道，"可惜啊，你死在我前头。"

吴廷桂转过身对着半昏迷状态的曾义甫讥讽道："曾家的小老虎，怎么也变成病猫啦？"

彭立生和王福生哈哈大笑起来。王福生手里拿着一根木棍走上前，对着曾义甫流血的伤口用力一捅，曾义甫痛得惨叫一声，又昏死过去。

吴廷桂踱着步子在被捆绑的人群面前走来走去，眯起眼睛像是在欣赏自己的战利品，看见吴远芬和沈云霞两个女人也被反绑着，便走到她们面前，假惺惺地说："哎呀呀，这事跟女人没关系，估计你们也是受人蛊惑。"

沈云霞昂着头，愤怒地说："要杀便杀，少啰唆。"

"找吴某人只坑女人，从不杀女人。"吴廷桂淫笑了一下，转身对身边的彭立生和王福田说，"把这两个女人松绑，放她们走，其他的就交给你们啦。"

王福田一身横肉，赤膊着上身，一副嗜血成性的魔鬼样子，撸着袖子说："请大哥放心，杀人是我的强项，留几个强壮的，我要亲自动手，摘几颗人心泡酒，其他的都拉出去砍了，省得浪费我的子弹。"

王福林用木棍敲了一下廖运甫的头颅，得意地说："这个身体壮，心一定大，中午来一盘辣椒爆炒人心。"

吴廷桂抬头望了望天井上空蒙蒙雾霭，对王福田恶狠狠地吩咐道："不要让他们看见今天的太阳。"说罢，吴廷桂匆匆走出祠堂大门，打着哈欠回家睡觉去了。

修河呜咽，群山肃立。烈士的鲜血洒在了柘林这片土地上，他们的确没能看到这天的太阳，也永远看不到了太阳，但是他们的鲜血却映红了整个朝霞，他们的名字永远飘荡在赤霞满天的天空中……程时飞、曾义甫、廖运甫、毛希礼、邓万友、方献章、戴文兰、朱衣皆、朱衣绿、徐自相、徐自道、徐美利、杨世凤、曾宪路、曾宪阳、曾贤章、曾庆信、曾衡生、淦礼之、淦克花、淦克棠、淦元金、淦礼文、淦传其、淦本信、黄耀灯、黄乔登、孟宋圣、吴远仁、吴家棉、熊沐柏、刘英浩等四十八名烈士，他们与山河共在，与日月同辉。

这次事件，史称"柘林惨案"。当时自卫军和工作队员共有五十三人，只有五人幸存，其中两位女性被释放；一位叫曾庆告的自卫军队员躲藏在粪窖里三天四夜，才侥幸逃生；还有两位是杨华松和黄光高。

在事发的前一天，杨华松的父亲杨和民得知吴氏兄弟要攻打柘林党部，便跑到黄光高家中将此事告诉了黄家人，商量如何救人。于是，他们立即派家人到柘林找到杨华松和黄光高，谎称家里出事了，要他们赶快请假回来，用欺骗的手段，把两个人叫回家，从而躲过了这次惨案，否则，民国期间永修县在位时间最长的县长就不是杨华松了。

事后，人们一直猜测老实巴交的农民杨和民是怎么得到如此机密消息的？同时，还责怪他知情不报，只顾救自己的儿子。坊间有多种传闻和猜测，可议论来议论去，都说是王德兼告诉他的，其中缘由也说法不一，甚至有人说杨华松是王德兼的私生子……但有一点是事实，王枕心娶了杨华松的妹妹杨翠娥为第二任妻子，王杨两家算是儿女亲家。

由于"四·一五"事件，艾城城隍庙被烧毁，县党部和县农会无处办公，就将办公地点迁移到交通便利、商业发达的涂家埠。县政府也暂时迁至王济兼的洋房里办公。可是不久，随着国共合作遭到彻底破坏，县政府又迁回了艾城。

6月初，江西省政府主席朱培德终于撕下了伪装的面纱，公开背叛革命，以"礼送共产党员出境"为名，打压共产党，下令查封各级总工会和农民协会，解散农民自卫军与工人纠察队，共产党组织活动被迫转入地下。与此同时，中共永修地方执行委员会改为中共永修县委员会，王环心任书记，并且秘密迁址到偏僻的九合河北淦家祠堂。

朱培德委派国民党右派分子李奇光到永修任县长，驱逐国民党左派县长周元鼎，使永修县党部和县政府的领导权又全部被国民党右派篡夺。

周元鼎是接替国民党右派县长卢翰来永修任县长的，虽然他在任上时间不长，但做了不少让土豪劣绅憎恨的事情。在他离开永修的那一天，王济兼得知消息，立即带着一帮人赶往火车站，企图将周元鼎扣留起来。

这天，周元鼎一个人来到涂家埠火车站准备坐火车回九江，他没有告诉任何人，突然看到自己的手下邓振宽急匆匆地赶来。邓振宽在县政府工作，平时两人接触密切，周元鼎还以为他是来送行的，便笑着问："你怎么来了？"

邓振宽神情慌张地说："我刚得到消息，王济兼要带人来抓你，正在路上，快躲一躲！"

周元鼎一惊，略微思考了一下说："我不能躲在永修，必须坐火车走。"

"可火车还没到，他们马上就要来了。"邓振宽着急地说。

"不要紧，火车站站长是我同学，我先去他办公室。"周元鼎淡定地说，"你设法找到张万新，把这里的情况告诉他，他会知道如何应对的。"

　　张万新是一位铁路扳道工，涂埠铁路工会的骨干分子。周元鼎与张万新曾有过几次交集，彼此都留下了深刻的印象。尽管工会已被解散，但只要他在，王济兼就不敢对自己怎么样。周元鼎见邓振宽匆匆找人去了，急忙来到站长办公室。

　　可是，站长办公室里空无一人。周元鼎问一位年轻的值班人员，站长在吗？他说站长刚出去了。周元鼎心里有些着急，对值班的说："我是站长的同学，有急事要见站长，麻烦你帮我找一下。"

　　值班的点点头，热情地说："我认识你，你是周县长，我马上去找。"说着，起身就要离开。

　　周元鼎又一把拉住他，吩咐道："我在站长办公室里等他，你在外面把门锁上，如有其他人找我，就说没看见，但不管站长找到找不到，去九江的火车到了，你一定要来开门。"

涂家埠火车站

　　"明白。"值班的小伙机灵地点点头，把周元鼎锁在站长办公室里，然后迅速地离开了。

　　小伙子刚走，周元鼎就听到外面一阵骚乱，从门缝向外看去，只见王济兼气势汹汹领着一帮人四处寻找，并大声叫嚷着："各个房间都看看。"

　　有两个人朝站长办公室走来，一看门上挂着一把锁，嘀咕了一句"站长不在，门都锁了"，便急急忙忙地向其他地方走去。

　　王济兼找了半天也没看见周元鼎，问身边的人："情报可不可靠？"

　　那人说："千真万确。"

　　王济兼一挥手，大声地说："去九江的火车马上就要来了，都到站台上守

191

着，决不能让姓周的上车。"

那一帮人"呼啦啦"地全部拥向了站台。

值班小伙子回来了。他看到眼前这种混乱的场面，心里知道这些人是来抓周县长的，便警惕地扫了一下四周，轻轻地打开门锁，焦急地对周元鼎说："站长没有找到，火车马上要来了。"

周元鼎一时不知所措，眼下只要一出去就会被发现，单枪匹马根本上不了火车。正在这时，邓振宽带着张万新等五六个人跑了过来。周元鼎大喜过望。张万新紧紧握着周元鼎的手安慰道："周县长，放心，今天我们就是拼了命，也要送你上车。"

张万新看了看窗外站台上的情况，回头对大家说："他们的人很分散，等火车进了站，快要开动的时候，我们几个人围着周县长一起冲出去。"

大家点头称是，都觉得这是唯一的办法。邓振宽把自己的帽子脱下，递给周元鼎说："这个你戴上，尽量不让他们认出来。"

周元鼎接过帽子戴在头上，看上去特别不协调，众人都不由得笑了。

不一会儿，火车进站了，上下车的人并不多，大家屏着呼吸等待张万新冲出去的指令。当火车快要启动的时候，张万新拉着周元鼎的手，说了一声"走"，一帮人前后左右围着周元鼎，以最快的速度向最靠近的车门冲去。站台上已没有什么人了，他们一出现非常显眼，立即被王济兼的人发现了，但是他们的人比较分散，有两个人站在周元鼎要上的车厢门口附近，见状立即冲了过来，企图阻止周元鼎上车，但被张万新等人一推，根本无法阻挡周元鼎的脚步。当王济兼的人一起围追过来的时候，周元鼎已经上了火车，几乎同时火车关门开动了。

王济兼气得直跺脚，两眼冒火，眼睁睁地看着火车离去。张万新是铁路工人，尽管王济兼的人多，但在车站地面上他不敢怎么样。王济兼只恶狠狠地指着邓振宽说了一句威胁的话："崽耶，你记得！"

王济兼气急败坏，无处泄愤，立即派人联络豪绅蔡笠亭，并纠结王、蔡两姓的爪牙打手上百余人，把设立在涂家埠张家殿的县总工会捣毁殆尽。不过，这时的县总工会已人去楼空，王济兼并无实质性的收获，只是尽情地发泄了一通愤恨而已。

赶走了周元鼎，李奇光做了县长。

李奇光带着王琴心回到永修，并任命他为建设局局长。王琴心回来后，耀武扬威。他这个建设局长从没想过如何搞建设，而是想方设法如何清算共产党人，明察暗探，只想抓住王环心，以解心头之恨。

李奇光虽然对王琴心抓共产党人并不反对，但对他只顾公报私仇，一心想抓王环心，不免有些微词。有一次，李奇光向他交底，冷冷地说："王局长，朱培德主席让你回永修，是想让你把王环心拉到我们阵营里来，而不是让你杀他的。这个人在全省都很有名望，如果能为我们所用，那就能以赤制赤，岂不是好事。听说前任省主席都很欣赏他。"

王琴心哭笑不得，心里说你哪里知道王环心是一个什么样的人，但奈何不了官大一级压死人，硬着头皮想说服李奇光，极力辩解道："县长大人啊，我和他一块长大，他这个人我是最了解的，你就是刀架脖子上，也改不了他的主义，而且软硬不吃。当年他做县长时，省主席写信向他示好，想调他去省里做官，因为信里说了共产党的坏话，他把信撕得粉碎。"

李奇光默不作声，面有嗔色。王琴心见状立即改口道："不过，请大人放心，我一定利用兄弟关系，尽量把他拉过来。"

"嗯——"李奇光听到王琴心的表态，心情有所好转，缓和了一下口气劝道，"古人云，小不忍则乱大谋。"

"不过，我有个想法。"王琴心知道自己说服不了他，突然冒出一个主意，唯唯诺诺地说，"我现在只是一个建设局长，做清党的事，名不正言不顺，是否可以成立一个清乡委员会，这样我就可以名正言顺地扫除乱党异己分子，为您保一方平安。"

"好。"李奇光觉得这个主意不错。他心里也明白，在永修要清除共产党，还得要靠王琴心这样的人。

随后，在王济兼、王琴心父子和吴廷桂、吴廷栋兄弟以及蔡笠亭、王洪慰等人的组织领导下，成立了永修县清乡委员会，并且还拉起了一帮地痞流氓组织了一支靖卫团，配备了枪支，为清乡委员会提供武力保证。

在白色恐怖之下，共产党员和参加过自卫军的以及当过各级农会委员长的人，不得不逃离家乡，四处躲藏。县靖卫团对当初闹革命闹得比较厉害的大路边曾村和廖坊淦村等地进行多次扫荡、洗劫，挖地三尺找共产党，杀的杀、坐牢的坐牢，甚至连家属也不放过。

各地土豪劣绅弹冠相庆，王济兼更是春风得意，心情格外舒爽。有一次，

193

他坐着轿子在涂家埠大街上游逛。突然，看见戴洪的父亲在前面勾着身子、低着头走路。戴洪是平民夜校的学生，跟着王环心当了自卫军队员。当年王济兼被游街，就是戴洪牵着绳子，像遛狗一样拉着满街转。

仇人相见分外眼红，王济兼立即叫轿夫落轿，拿着拐杖走上前，用拐杖敲打戴洪父亲的草帽，叫他站住。

戴洪父亲快七十岁了，家里早被靖卫团洗劫一空，儿子被抓去坐牢，生死未卜。前不久，老人救儿心切，托人找到一位"讼棍"。那人拍着胸脯，说自己能救他儿子性命，只要有钱。老人没有其他办法可想，相信了这位专门靠欺骗百姓打官司的"讼棍"，卖掉了仅有的田地，把银子送给了他。

可是，"讼棍"承诺放人的时间早过了，仍不见儿子回来。戴洪父亲平日里不敢出门，今天第一次硬着头皮上街，找到了那个"讼棍"问问情况。那"讼棍"满口雌黄，还表功地说："你儿子是枪毙的罪，我好不容易把他搞成'不死'，要放出来，恐怕还要等一等，除非你再花一笔大钱。"

戴洪父亲有一种上当受骗的感觉，但没有证据又不敢得罪他，心里还指望他能为自己出力，哭丧着脸说："我的田地都卖完了，哪里还有钱？"

"讼棍"见老人那副穷样子，估计是再也挤不出油水了，便摆摆手打发地说："那就回去等消息吧。"

老人想再说些什么，"讼棍"夹起公文包"啪啪啪"地拍着，像是天下的官司都要等着他去处理似的，很不耐烦地说："我很忙的，还有很多官司等着我呢。"说着，随手关上家门，匆匆离去。

老人没有办法，只得垂头丧气地走回家。他把草帽压得低低的，勾着身子沿着街边行走，生怕被人看见。可偏偏冤家路窄，还是被王济兼认出了。老人听到王济兼气势汹汹地叫他站住，吓得浑身颤抖。

"你今天走路，为什么要低着头？"王济兼用拐杖顶起老人的草帽，然后猛地一掀，把草帽甩得老远，嘲笑道，"你儿子搞共产的时候，你不是很威风吗？不是要打倒我们这些土豪劣绅吗？不是要开仓抢粮吗？不是要给我戴高帽子到处游街吗？"

戴洪父亲站在那里低着头不敢吱声，脸色苍白，四肢发抖。王济兼越说越生气，扬起拐杖朝老人的头部打去。顿时，老人满脸是血倒在地上，引来不少人围观。

有人大胆地站出来，指责王济兼不该打老人，说有什么仇找他儿子算账。

老人一听，急忙坐起来，冲着那位替自己说话的人使劲摆手说："使不得，使不得！"

老人拼命阻止那人说话，又转身向王济兼磕头求饶道："千万不要找我儿子麻烦，他已经坐牢了，求你放过他，要报仇就冲我来吧！"

王济兼举起拐杖还想抽打老人，遭到围观群众纷纷指责，他见势不妙，只好坐上轿子扬长而去。

戴洪的父亲被人送回家，伤痛加气愤使老人一卧不起。几周后，老人便含恨离世了。

清乡委员会和靖卫团到处抓人，残害工农，屠杀共产党人。白色恐怖的气氛压得人无法喘息，也摧残了不少人的精神。有的人意志消沉、颓废，甚至叛变了革命。

有位叫王三木的铁路工会成员，自南浔铁路总工会涂埠铁路分会委员长胡遂章被反动派暗杀，尤其是在王琴心的"清乡运动"之后，又看到一大批共产党人不是被杀，就是坐牢，对他的心理造成了巨大的伤害，曾经性格开朗的人也变得沉默寡言。有一次，他无意中听到人们传闻"柘林惨案"的细节，说匪徒王福田将程时飞和廖运甫两人的四肢钉在木桩上，活生生地剜出心脏。那两颗心脏放在盘子里，还在不断地跳动，惨无人道的匪徒竟将之切片爆炒，作为他们的下酒菜。王三木听了不由毛骨悚然，整个人的内心彻底崩溃了，那种血淋淋的画面挥之不去，常常从噩梦中醒来，直到某天突然就疯了。

从此，王三木逃离家门，四处流浪，饥寒不知。组织上派人找到他，他竟然不认识人，胡言乱语，最后惨死在异地街头。他年轻漂亮的妻子不堪打击，将两个孩子卖给别人后，也不知所踪。

清乡委员会和靖卫团不仅到处抓捕革命人士，还借机鱼肉百姓，增收杂税钱粮，加强对百姓的压迫和剥削。然而，有过革命斗争洗礼的广大群众，自觉组织起来反抗清乡委员会和靖卫团的欺压。

有一次，两位清乡委员和四名靖卫团团丁到思乐区收门牌捐，老百姓拒绝缴纳，并把他们驱赶出村子。王琴心得知此事后，十分恼火，感到自己清乡委员会的权威受到打击，大骂手下无能，便指派靖卫团第四队队长龙三凤，带领十几位荷枪实弹的团丁与几位清乡委员，再次上门收捐。

村民得知情况后，立即鸣锣示警，全村的老百姓纷纷拿起锄头、铁锹集合起来，挡在村口不让靖卫团的人进村。龙三凤见农民人多不敢贸然闯进，抽出手枪对天鸣枪，企图震慑住村民。可是，枪声不但没有吓住百姓，反而使周边村庄的村民也赶了过来，人越来越多，把团丁和清乡委员团团包围起来，吓得那些人浑身颤抖。龙队长最先抗不住恐惧，丢下部属自己带头逃跑。大家一看队长跑了，便一哄而散，各自逃命。村民们趁势追赶，抓住了两个清乡委员，并把他们捆绑起来，牵着他们到附近各村游行示众了一番后，才予释放。

　　村民们的这次自卫行动，狠狠打击了清乡委员会和靖卫团的嚣张气焰。王琴心脸面丢尽，气急败坏，把那位带头逃跑的龙队长撤职之后，再也不提收门牌捐的事了。

第十九章　铁军过桥

血淋淋的事实告诉共产党人一个真理：枪杆子里面出政权。要夺取中国革命的胜利，必须要有自己的武装力量，要建立一支中国共产党领导的军队。

1927年7月底，共产党联合国民党左派，在周恩来、贺龙、朱德和叶挺等人的领导下，决定举行南昌起义，反抗国民党反动派的屠杀政策，准备向敌人打响武装反抗的第一枪。

涂家埠火车站处于南昌与九江之间，是敌我双方必争之地，尤其是涂家埠大桥。这座铁路桥建成于1916年6月，最初是木桥，1923年改为铁桥，桥身全长三百八十六米、宽八米，有七座钢筋混凝土桥墩，是南浔线上最大的一座铁路桥，也是北方军队南下的必经之桥。

永修县委书记王环心接到上级党组织的指示：要保护好南浔沿途的路桥安全，保证贺龙和叶挺的部队顺利到达南昌。几乎与此同时，国民党右派县长李奇光也接到了另一个秘密指令：要求他把涂家埠铁桥炸毁，阻止铁军通过。于是，一场保卫和炸毁铁桥的较量，惊心动魄地开始了。

李奇光一接到密令，就十万火急地把王琴心找来商量对策。王琴心不知道发生了什么事，屁颠屁颠地跑到李奇光办公室，还以为是抓到了共党要犯。可一跨进门，只见李奇光在房间里焦急地走来走去，一见王琴心就劈头盖脸地说："你一个建设局长不搞建设，整天想着抓人，今天叫你搞一次反建设。"

"反建设？"王琴心没有听懂，莫名其妙地眨着眼睛问，"什么意思？"

李奇光连自己也不知道怎么会蹦出这么一个词来，没有直接回答他，而是急促地说："眼下南昌城内兵力空虚，贺龙叶挺的部队不听调遣，要私自开往南昌，省政府担心有问题，指示我们把涂家埠铁桥给炸了，不让他们过去。"

"这好办，把炸药包往桥上一放不就行了吗！"王琴心明白了李奇光说的

"反建设"就是搞破坏，十分有把握地说，"这事交给我。"

"事情没那么简单，我的王局长。"李奇光对王琴心脑子简单感到不满地说，"炸桥总得有一个理由，无缘无故把桥炸了，谁也负不起这个责任。"

"那怎么办？"王琴心有些不知所措，硬着头皮接话，"那就说不让部队通过。"

"人家可都是国民革命军，你有几个脑袋？"李奇光用手指点着王琴心不开窍的脑袋。

王琴心不再说话了，一头雾水地看着李奇光。

李奇光阴沉着脸，慢慢露出凶狠的目光："既然不能明炸，我们就暗轰。你带两个可靠的人，白天踩好点，晚上趁没人注意把桥炸了。"

"明白。"王琴心点点头，认为这不是问题。

这时，涂家埠火车站段站长急匆匆地闯进来，焦急地说："县长，不好了，张万新他们组织了一支护路队。"

李奇光立即从椅子上跳起来，叫道："铁路工会不是解散了吗！"

"工会和纠察队是都解散了，但他们自行组织护路，还没有理由阻止他们。"段站长一脸无可奈何的样子。

"那一定是共产党叫他们做的。"王琴心恶狠狠地说，"说明王环心没有走，还在永修。"

"别管王环心走没走，先想办法把桥炸了。"李奇光气急败坏地说，"今天晚上，我必须听到爆炸声。"

"晚上张万新也会带人巡逻，这个人不好对付。"段站长十分为难地说。

"干脆把他抓起来。"王琴心撸起袖子，一副不管三七二十一的样子。

李奇光气得直拍桌子，恨铁不成钢地教训道："我的王局长，你能不能多动动脑子，就知道抓人抓人，你抓了张万新还有李万新，要想个计策。"

段站长两只小眼睛滴溜溜地乱转，猛地一拍大腿兴奋地说："有了，我们来一个调虎离山。"

"说来听听。"李奇光用渴望的目光看着段站长，把头凑过去。

段站长压低声音把自己的计策慢慢道出，王琴心也竖起耳朵向他们靠拢，三颗脑袋贴得越来越近，最终碰到了一起，随后发出一阵阵狰狞得意的笑声。

李奇光边听边点头，嘴里不停地称赞道："好主意，妙！"

王琴心也对段站长竖起大拇指，拍着马屁说："段兄高明！"

王环心把中共县委机关秘密迁址九合的淦家祠堂，这里地处偏僻，远离县城和涂家埠，因为祠堂前有一条小河，淦家祠堂也叫河北祠堂。如果有人要来，则需摆渡过河。摆渡人是农会的人，所以河北淦家祠堂相对安全。

尽管清乡委员会到处抓人，但王经畯借着父亲王济兼的势力庇护，暂时没有离家出走。王琴心虽对他也咬牙切齿，可毕竟是亲兄弟，几次想拉拢弟弟，千方百计地向他打听王环心的下落，希望王经畯帮他抓住王环心。可王经畯装着不知道，说你有本事去武汉抓呀，气得王琴心直翻白眼。

王环心对外宣称逃到武汉去了。其实，他并没有离开永修。几天前，王环心和李德耀作为正式代表，秘密参加了在南昌省立女子师范学校举行的中共江西省第一次代表大会，会议代表共有六十名，永修还去了四位列席人员。会上，王环心被选为省委候补委员。会议主要是反对陈独秀的右倾机会主义。

根据省代会"严惩大劣绅"的精神。王环心派熊省修去九江抓捕潜逃的大劣绅蔡笠亭归案。可是，熊省修带了几个人去九江，连蔡笠亭的影子都没有找到，无意之中却联系上了叶挺的部队，并与先头部队一起返回永修。

中共江西省第一次代表大会会址

当时，他并不知道这支部队去南昌参加起义，只知道"铁军"要过桥。

在火车上，有一位姓窦的铁军股长与熊省修聊天，当他听说熊省修在九江没有抓到大土豪劣绅，便问熊省修："永修还有没有大劣绅？叫什么名字？"

熊省修回答说："有，叫王济兼。"

"那你们敢不敢带我去杀他。"窦股长两只眼睛盯着熊省修问。

熊省修不敢表态，推卸道："这要请示县委。"

火车到了涂家埠。熊省修下车时，正巧遇见了王秋心。这时，王秋心是县委宣传部部长。熊省修把窦股长要杀王济兼的事向他请示。王秋心不同意，明确地说："杀了王济兼，我们更站不住脚了。"

窦股长要杀王济兼的事，就这样被阻止下来了。

在中共永修县委接到了护路保桥的任务后，王环心立即派人找王经畯来商量对策。王经畯怕人跟踪，一路上拐弯抹角来到淦家祠堂。王环心把上级的意图传达完后，忧心忡忡地问："铁路工会解散了，县总工会也被砸了，护桥的事谁可承担？"

王经畯也陷入了沉思。自从涂埠铁路工会委员长胡遂章被反动派暗杀后，铁路工会的工作受到了沉重打击。尤其是王木林的悲惨遭遇，在不少铁路工会会员的心里投下了一个很深的阴影。

不过，王经畯在县总工会时结识了一大批铁路工人，虽然工会解散了，少数人也的确被白色恐怖吓坏了，但这更加激起了人们对反动派的愤恨。王经畯相信人心还在，特别是几个骨干分子，只要说这是县委的任务，一定能完成。

"我来想办法。"王经畯胸有成竹地说，"有一个叫张万新的人，虽然不是共产党员，但在工人里很有威望。我了解他，找他组织一个护桥队，确保26日晚铁军通过，应该没问题。"

"那太好了。"王环心听到王经畯的话，心里一块石头落了地。

这天晚上，张万新提着马灯在桥头巡视，昨天他接到王经畯的任务，说今晚有一辆重要的军车要通过铁桥，必须确保大桥通畅。尽管工会和工人纠察队被解散了，但张万新在工人里面仍然是一呼百应。白天，他叫了两个最可靠的工友老淦和小陈领班带人巡逻；晚上，他亲自值班。

张万新站在桥头上，环顾四周静悄悄的，心里正默算着火车通过的时间。突然，看见自己家的方向有一处火光，并隐隐约约传来"救火"的呼叫声。不一会儿，一个工友急急忙忙地跑来，大声地叫喊道："万新啊，你家着火啦！"

"啊！"张万新一惊，正要往家里冲，不由地停住了脚步，心想：怎么这样巧啊。

小陈着急地说："万新大哥，你快回去吧，这里有我们呢。"

"不行。"张万新肯定地说，"这里面一定有名堂，我不能走。"

这时，火光越来越大，呼喊声越来越急促。张万新问了一句来报信的工友："我家人怎么样啦？"

"人都逃出来了。"工友回答说，"再不灭火，东西就要烧完了。"

"不管它，反正家里也没什么东西。"张万新一摆手，坚定地说，"这里不能离开人。"

"你这个人，心怎么这么大，房子烧了住哪？"老淦也急了，一跺脚拉着小陈向万新家跑去，那位工友也跟着救火去了。

张万新一把没有拉住他们，只好无奈地看着他们离去的身影。

突然，张万新发现大桥二号桥墩的铁轨上有几个黑影晃动。他大喊一声："谁！"

张万新正要往前冲过去，只感到后脑被棍棒猛地一击，便昏了过去，什么也不知道了。

当张万新醒来的时候，发现自己躺在别人家的床上，周边围满了工友，大家见万新醒了，都高兴地围了上来。只见小陈眼泪兮兮地站在床边，自责地说："都怪我们警惕性不高，上了坏人的调虎离山计。"

"大桥怎么样啦？"张万新急切地问。

所有的人都低着头，默不作声。老淦上前难过地说："大桥被炸了！"

"啊，那还都在这里干什么？"张万新"噌——"地一下子坐起来，大声地说，"快去把所有工友叫来，抢修大桥。"

老淦一把扶住万新，担心地问："你没事吧？"

张万新用手紧了紧头上的绷带，毫不在意地说："没事，走！"

李奇光躺在县署里的太师椅上，听见远处传来一声巨大的爆炸声，心里别提多高兴了，上面交代的任务终于完成了，心里还想着如何去省政府领赏呢。想想王琴心这个建设局长从不搞建设，只知道到处抓人，搞起破坏来还真有一套，连自己都觉得建设局长的位置委屈了他。但是，这件不光彩的事不能让别人知道，要设法嫁祸于人。

李奇光立即派人叫县公安局局长赵相禄来县政府议事。赵相禄一进门，李奇光就故作震惊的样子说："听说涂埠大桥被炸啦？必须马上追查，保护好现场。"

赵相禄面无表情地看着他，冷冷地说："怎么保护现场？我听说军车等着通过，要马上组织抢修才是。"

"到底是谁搞的破坏？"李奇光假装气愤地说，"捉拿罪犯要紧，否则，我们两个人都逃不了干系，军车过不过是他们的事。"

世上没有不透风的墙。赵相禄对炸桥的事已有耳闻，见李奇光贼喊捉贼，

201

便话里有话地说："放心，要想人不知，除非己莫为，谁炸的桥，一定会水落石出的。"

李奇光脸色微微一红，有些心虚地说："好，一定要严查！"

这时，县长秘书带着一位国民革命军的军官走进来，向李奇光介绍道："李县长，这是叶挺部队的文参谋。"

文参谋表情严肃地责问道："李县长，大桥怎么被炸啦？你守土有责，必须马上组织人员抢修。"

李奇光心里非常紧张，生怕自己的行为暴露，当兵的可不讲道理，一句话不投机就拿出枪来，立即装出一副惊讶的样子说："我也是刚刚知道，正在和赵局长商量，如何尽快捉拿破坏分子。"

文参谋一摆手，厉声斥责道："少废话，当务之急是尽快抢修大桥，如果天亮之前，火车不能通过，我毙了你。"

说着，文参谋转身"啪——"的一声甩门而去，不给李奇光做任何辩解与讨价还价的机会。

李奇光吓得一身冷汗，想不到自己种下的苦果，还是要自己吞下。

赵相禄两手抱胸站在一旁，故意问："怎么办？"

"快组织人抢修呀。"李奇光无可奈何地说。

"不保护现场啦？"赵相禄又将了他一军。

李奇光有苦难言，摆了摆手，不耐烦地说："去吧，去吧，先抓紧时间抢修大桥。"

赵相禄原是南昌一位印刷工人，共产党员，担任过南昌印刷工会负责人。六月中旬，经共产党员、《贯彻日报》主编陈资始的推荐，由省民政厅委任他为永修县公安局局长。从时间上看，这显然是中共党组织事先有意安排的，为南昌起义部队顺利通过涂家埠铁路大桥而准备的。可当时，永修县委组织已转入地下，隐蔽到偏远的淦家祠堂，一时无法取得联系。当王环心从南昌参加省代会回来后，才知道赵相禄是我党派来的。

王环心得知铁桥被炸，心急如焚，立即叫熊省修主动与赵相禄同志对接。赵相禄紧紧握着熊省修的手，兴奋地说："太好了，你来得正是时候。"

赵相禄和熊省修连夜发动了数百人，带着各种工具、材料，打着火把向大桥集中。可到了那里一看，已经有上百人在桥上干得热火朝天了，只见张万新头上缠着白色绷带正在那里指挥抢修。

张万新看见赵局长和县总工会熊委员长又带来了数百人，信心满满地对身边的文参谋说："天亮之前，保证铁军的列车安全通过。"

修河江面上火把点点，如同白昼一般。工友们在被炸的大桥上下拼命抢修，周边的居民也睡不着觉，纷纷起来打着灯笼、火把为工友们照

涂家埠铁路大桥

明，帮着做一些力所能及的事。

直到东方微微泛白，厚厚的云层里孕育着一道喷薄而出的霞光。"呜——"一声长长的火车鸣笛声划破了天空，车轮缓缓地转动，伴随着"轰隆隆"的声音，列车徐徐开过涂家埠铁桥，越来越快地向南奔去，所有的人都跳跃欢呼起来，口号声响彻云霄。

多少人彻夜未眠，用胜利的欢呼迎接崭新的一天。但是，谁也没有想到几天后，这支军队打响了反抗国民党反动派的第一枪，并缔造出一支强大的人民军队。这支军队经过二十二年艰苦卓绝的斗争，开辟出一个崭新的红色世界。

不久，起义军撤出南昌。朱培德得知是赵相禄组织群众抢修涂家埠铁路大桥才使铁军顺利到达南昌的，立即下令捉拿归案。赵相禄得到消息后，被迫离开永修，踏上了新的征途。

然而，那一夜还有一个人躲在阴暗的角落里，也彻夜未眠。此人便是王琴心。他不明白为什么工会和农会都解散了，还有人能在一夜之间发动几百人，大桥被炸得那么厉害，却在短时间内修好了。他想来想去，百思不得其解，最后得出一个结论：中共永修县委还在，王环心没有走，他肯定躲藏在哪个偏僻的角落里，幕后指挥着这一切。

王琴心突然意识到清乡委员会和靖卫团只是清除了一些皮毛，根本没有伤到共产党的筋骨，必须采取更有力的措施打击共党分子，要把清剿的范围

进一步扩大深入，不能仅限于几个重点乡村，要辐射到全县每个角落。他断定王环心就躲在永修某个偏僻的地方，于是，他命令自己手下的探子把触觉伸到每寸土地，还要挖地三尺。

果然，几天后有探子来报，说王环心等人躲在河北淦家祠堂。王琴心一听乐坏了，说了一句："苍天终于不负我！"

王琴心立即与靖卫团团长王洪慰商量，如何将王环心的县委一网打尽。王洪慰信心满满，靖卫团有三十多人，都配有快枪武器。兵贵神速，接到任务后，王洪慰立即带着靖卫团一路奔跑，赶往淦家祠堂去抓捕王环心。

可是，当王洪慰走到淦家祠堂附近，被一条小河挡住了去路。虽然与祠堂只有几百米远了，甚至可以看到前院大门，可就是过不去。一位团丁指着对岸一条船，惊喜地说有人。王洪慰一看，摆渡人正在船上把帽子盖着脸睡觉，便大声呼喊："船家，过渡啰！"

摆渡人猛地惊醒，一看对岸三十多个人，人人背着枪，知道不好，是冲王环心来的。如果他这时立即去报告，对方一眼就看出来了；如果不去报告，王环心就有危险。正在他进退两难的时候，来了一对姐妹，说要过河。摆渡人认识两姐妹，不由喜出望外，立即上前轻声对两姐妹说："快装着害怕的样子跑掉，去跟祠堂的人说快跑。"

那两姐妹也认识王环心，与摆渡人更是老熟人。听摆渡人这么一说，心里全明白了，故意大叫一声："啊，妈呀，那些人有枪！"说着，撒腿就往回跑。

摆渡人大声叫喊着："不要跑，他们不是土匪。"

对岸的那些靖卫团员看到两姐妹慌张狼狈的样子，也都哈哈大笑起来。

摆渡人为了拖延时间，故意追了几步，然后慢腾腾地返回来，隔着小河跟王洪慰谈起摆渡的价钱，故意把价格抬得高高的，激起对方不满。王洪慰气急败坏地说："你少废话，快过来。"

"你不说好价，我不白干了吗？"摆渡人较起真来。

"好好好，你要多少给多少。"王洪慰心里说，反正我压根就没打算给。

摆渡人这才慢悠悠地上船，步步讲究地划着船桨，每个动作都是为了拖延时间。摆渡人把靖卫团送到对岸后，为了船钱的事，又大吵大闹了一番，最后被王洪慰踢了几脚，才不吱声了。摆渡人自认倒霉，气愤地说了一句："回家，不干了。"说着，摆渡人把船划走了。

王洪慰带着一帮人冲到祠堂前，见大门紧闭，令人翻墙入院打开门，里面静悄悄的没有一个人。四周角落搜了一遍，也没有发现有价值的东西，只有厅堂上方的牌位，一块块竖立在那看着这些不速之客。当他们一无所获，垂头丧气地返回河岸渡口时，摆渡人和船都已无影无踪了。

淦家祠堂前院大门

王洪慰气得直跺脚，不仅白跑了一趟，还被那个摆渡人耍弄了一番，绕了一大圈路才回到驻地。而最让王洪慰大为恼火的是谁也没搞清楚，到底是王环心跑了，还是那些情报根本就不准？他哪里知道，这时的王环心已经在去九江庐山的路上了。

原来，当两姐妹跑去报告时，祠堂里只有王环心和李德耀两个人。平日里，他们就做好了随时撤离的准备。一听说对岸来了扛枪的人，摆渡人叫他们快跑时，他们拿起早就准备好的布包，把前门一拴，从后门跑掉。等王洪慰带人到达，王环心和李德耀早已无影无踪了。

两人走出几里路后，才停了下来。王环心对李德耀说："我暂时去庐山脚下避一避，然后去九江或者武汉找上级组织，县委的事就由你负责，淦家祠堂已不安全了，可以转移到城山李家祠堂。"

李德耀点点头，与王环心互道珍重，握手告别。然后，俩人向着各自不可预测的方向走去。

第二十章　毅然回国

　　莫斯科的夏天，阳光柔和，微风舒爽。中山大学的校园里，绿树成荫，鲜花怒放。王经燕徘徊在校园的操场边，看着同学们无忧无虑地做着各种运动，心里很是羡慕，想到自己马上就要毕业了，要离开这生活学习两年的校园，感觉这时间又快又慢，这种自我矛盾的心情，只有她自己能够体会。

　　丈夫已经好久没有来信了，不知道他现在怎么样啦？王经燕手里拿着张朝燮最后的一封来信和不久前随信寄来的照片。照片上的丈夫的确有些憔悴，如他自己信中所说的"病一般的面目"，照片背后还题了一首七律诗——

　　　　犹有经年未断魂，一回相见一温存；
　　　　卿能忍死何须怨，我已伤心莫再论。
　　　　憔悴残花空有泪，思量逝水了无痕；
　　　　从今世世为夫妇，休说来生更报恩。

　　这首诗王经燕已经能够背诵下来了，可每次看到心里总有一种说不出来的滋味。她又展开来信，特别是在信的末尾又加了两句诗：昨夜闲潭梦落花，可怜春半不还家。王经燕心里"咯噔"一下，这是在什么心境下写的？似乎有一种莫名其妙的不祥征兆。

　　这封信与平常的来信不一样，信纸是一种粗糙的草纸，好像是随手拈来的，写字的笔也是一支脱了毛的枯笔，整封信的字迹潦草，排列不齐，看得出丈夫当时写信的环境极其糟糕，并且身心疲惫、焦虑不安，尤其是在落款的旁边，还有两滴血迹，像是咬破了手指滴的血。这一切，都给人一种不祥的预感。

　　王经燕再次把这封信从头到尾看了一遍，希望能找到丈夫更多的信息。

经燕亲爱的同志：

读了你的第一、二号来信，我已完全晓得你的最近生活情形。我并十分相信你说话态度的忠实。我并无所谓怀疑，更无所谓多心，只有对于你的怀念。这一次，因为数月断绝信息，所以怀念的表示更加迫切。

你要我详细的给你一个回信，然而，除了怀念你的话之外，千丝万缕中，叫我选择哪一段说起？我现在的生活，是劳苦的，是使身体一天一天向颓坏的方面走的；每日工作时间超过十二小时，每晚就寝总在十二点钟至一点钟，甚至二三点钟。但是无论吃苦，劳瘁，我决不放弃这种底层的基本工作，而另图所谓活动。在最短的将来，我决使永区的农运，从"有组织"进到"能行动"。

此时的我，脑府充满了人生所具有之感情，理智的门已无钥匙能开。我脑府中，充满了对于你的一个单纯希望，希望暑期中，你的回来能够实现。

我能吃苦，我能劳瘁，我能牺牲一切，我却只是不能忘掉你，我却只是不能抛离你。同志呵！我确实是有坚强之理智的一个青年，但是，理智之门现已扃闭了，要想再开，除非你亲手给我一个钥匙。

现在我只期望得你一个切实答复，就是暑假中能否回来？如不能，也要你告诉我一个确实着落。

同志！我现在的生活是如此的。在寥寥的这几行纸中，你要认识现在的我出来呵。

最后，我望你在千忙万忙之后，还要时时写信给我，因为我是最欢喜看你的来信的呀。

淡林

27/3　1927　晚一点半

昨夜闲潭梦落花，可怜春半不还家。

短短五百多字的书信，王经燕看了一遍又一遍，几乎可以背下来了，字里行间都是在呼唤她尽快回去。她强烈地感受到丈夫那种眷恋和急切要与她相聚的心情，似乎还有一种自己若再不回去就再也见不到了的感觉。

这封信是3月27日写的，屈指数来，三个多月没有收到丈夫的来信了。王经燕曾经有过两次回信，像往常一样诉说自己的离别之情，回答丈夫的疑问，报告自己的生活学习情况，以及毕业后立即回国与他并肩战斗的决定。可是，杳无音信，似乎石沉大海。

这时，王经燕听见有人在远处呼唤她的名字。她抬起头看见王弼、袁赋秋和夏建中三个人在操场另一头向她挥手。平时功课紧，大家各忙各的，难得聚在一起。王经燕看着三个人向她跑来，便高兴地迎上前，笑吟吟地说："今天怎么这么齐呀？"

王经燕还想说一句开玩笑的话，发现三个人神情凝重，立即觉察到出了什么事，急忙问："怎么啦？"

"我们刚到你寝室里找你。"王弼手里拿着一封信支支吾吾地说，"家里来信啦。"

袁赋秋用手捂着嘴，强忍着悲痛不让自己哭出声来。王经燕立即猜到了八九分，预感丈夫出事了。她一把夺过王弼手里的信。这是吴远芬写给王弼的，主要通报了国内严峻的形势，国民党反动派制造了一系列屠杀共产党人的惨案。当王经燕读到张朝燮牺牲的消息，两脚一软差点瘫坐在地上，袁赋秋急忙把她扶住，两人相拥而泣。

王经燕心如刀绞，她担心的事终于发生了。虽然她和丈夫不止一次讨论过"革命免不了流血牺牲，要用自己的血换来中国革命的胜利"，但是没有想到丈夫牺牲得这么突然，在自己即将"学成归来"的时候，他却走了。在他牺牲的十九天前，却还在来信期盼自己暑假回去。他明明在信里说"我能牺牲一切，我却只是不能忘掉你，我却只是不能抛离你"，可如今，他却抛离妻子和孩子们，一个人先走了，为了实现他"革命流血"的诺言，从此，阴阳两隔。

王经燕一时无法面对这残酷

莫斯科中山大学校园

208

的现实，只感到天崩地裂。两年来，她不止一次设想与丈夫重逢的情景，不止一次想象着全家人团圆的场面，尽管她也时常担心丈夫的安危，害怕他遭遇不测，但万万没有想到她的担心会成为现实。她的泪水夺眶而出，再也无法支撑自己沉重的身体。她慢慢蹲下，用双手捂住脸和眼睛，眼泪从她的手指间里流出。袁赋秋想把她扶起来，王弼阻拦说："让她大哭一场吧！"

王经燕大声痛哭起来，三个人站在一旁默默地陪伴着，不知道怎么安慰自己的战友，觉得这个时候所有语言都是多余的。

过了好一会儿，王经燕突然站起来，擦了一下眼泪，理了理散乱的头发，反过来安慰泪流满面的袁赋秋说："别哭了，淡林肯定不希望看到我们哭哭啼啼的样子，要革命就有牺牲。"

夏建中看了看大家，低声说："那我们先回寝室吧。"

"走！"王经燕从悲痛中抬起头来，对人家说，"我们商量一下回国的事。"

根据共产国际组织的安排，王经燕要随一支三十余人的队伍回国。

几天后，王经燕就要启程了，要告别这所难舍难分的学校，要与这些朝夕相处的同学和老师们说再见，她的内心充满了眷恋。但是，祖国的呼唤声从没有停止，张朝燮写给她的那首《念奴娇·送别》每个字都铭刻在自己的脑海里——猛进、猛进，学成归来杀贼！

由于国内形势非常严峻，这次回国不能取道海参崴，而要从外蒙古绕行，穿过茫茫戈壁滩，并且不能携带重要书籍和笔记，以随时应对各种盘查。王经燕在宿舍里整理行李，真舍不得扔掉那些书籍和笔记，可又不得不烧毁或送人。可是，她无论如何都不舍得扔掉张朝燮的信件与照片，小心翼翼地缝在行李包的夹层里。

正当王经燕忙碌的时候，班级书记带着一位陌生人进来，叫了一声王经燕的俄语名字，亲切地向她介绍说："加夫里若娃同志，这是共产国际的同志。"

王经燕立即迎上前热情握手。共产国际的同志见她正在准备行李，便笑道："看样子，归心似箭啊！"

"行李不能多带，真不好取舍。"王经燕无奈地笑道，见客人站在门边，急忙客气地说，"哦，请坐！"

共产国际的同志摆摆手，表情严肃地说："加夫里若娃同志，你丈夫的事我们都知道了，根据我们掌握的情况，现在中国国内的形势非常严峻，共产国际组织希望你能留下来工作，今天我是特意来征求你意见的。"

"不，谢谢共产国际对我的关心！"王经燕诚恳地说，"我一定要回去！"

"你可以再考虑一下，不必急于答复。"共产国际的同志见王经燕未加思索，便和蔼地说，"等你想好了，再告诉我，这可是一个非常难得的机会。"

王经燕十分清楚，她的选择意味着什么，留在共产国际工作，那是多少人羡慕的事，回国是一条艰难的道路，充满了风险，甚至要付出生命的代价。

"谢谢您，请代我向共产国际组织的领导表达谢意！"王经燕主动与共产国际的同志握手说，"我的祖国正在受苦受难，我没有其他选择。"

共产国际的同志被她的话所感动，也紧紧地握着王经燕的手，真诚地说："我理解你的选择，祝你一路平安！"

王经燕送走客人，她的心早已飞向了遥远的祖国。她知道祖国正生灵涂炭，民不聊生，共产党人血流成河，一批批优秀中华儿女前赴后继地倒在血泊里。她必须回去，必须立即回去，去完成丈夫没有做完的事业，把自己的血和丈夫的血，以及千千万万革命者的血汇合在一起，染红千里河山，映照万里长空，使乌云密布的祖国早日赤霞满天。

然而，回国的道路是那样艰辛。他们先坐汽车到外蒙古，再骑着骆驼到内蒙古。茫茫戈壁，浩瀚无垠。大家忍受着干渴和日夜温差变化，迎着飞沙走石艰难前行。这时的王经燕已不再是当年来莫斯科时的那个病弱的王经燕了，她坚强的意志和健康的体魄，面对这些困难已不在话下。她把失去丈夫的悲痛埋在心里，脸上始终带着自信的微笑，不时用乐观的语言鼓舞着整个队伍。

有一天，队伍在戈壁滩上宿夜，大家分男女各搭了一个帐篷，为防野兽侵扰，在帐篷周边点燃了几堆篝火。无边无际的戈壁滩上一片漆黑，只有这几点篝火与遥远闪烁的星光相呼应。王经燕帮助大家铺好床被，笑道："地作床，天为帐，一觉睡到大天光。"

大家一阵哄笑。有人提议说："若娃同志，给我们唱一首歌吧。"

所有人都热烈鼓掌，只有袁赋秋阻止说："走了一天的路都累了，还是早点休息吧！"

这些人哪里知道，乐观的王经燕正在承受着刚刚失去丈夫的痛苦。王经燕明白袁赋秋的意思，但她不想让大家失望，爽快地答应道："好啊，给大家唱一首《卖杂货》吧，这是我们家乡的民歌。"

当年，王经燕经常把这首永修民歌唱给丈夫听，后来，连张朝燮也会唱了。她望着星空，心想：或许丈夫在天上也能听得到。王经燕稍稍酝酿了一下情绪，然后放声唱起来——

　　离别家乡五六春，

　　到处有亲人。

　　爬山过水卖杂货，

　　挑的么，小营生。

　　走了一程又一程，

　　前面又一村。

　　大叫三声卖杂货，

　　要买么，莫错过。

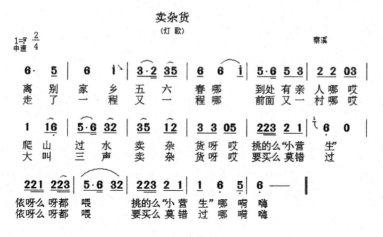

灯歌曲谱

王经燕仰头对着璀璨的夜空唱着，仿佛看见张朝燮的笑脸，像当年一样在那倾听自己的歌声……歌还没唱完，王经燕已经泪流满脸，只是黑夜里没有人发现，只有袁赋秋看见她在偷偷地擦眼泪。

就这样，这支回国的队伍经过三个月的艰难跋涉，终于穿过戈壁沙漠，又几经辗转，至甘肃、河南、汉口，回到九江。

1927年10月上旬，中共江西省委机关首次遭到破坏，被迫迁址九江。而当王经燕一行人到达九江时，已由陈潭秋接任省委书记，省委机关又迁回了南昌，形势极为严峻。

当时，只有王经燕、袁赋秋和夏建中三人回到九江。王弼没有回来，继续留在苏联深造，从中山大学转学到列宁格勒空军地勤学校学习航空机务。

王经燕在九江的一处地下招待所遇到了正患眼病的淦克鹤，从他那里得知了张朝燮遇难的具体经过。在众人面前，王经燕强忍着悲愤，但两行热泪还是顺着脸颊默默地流下。她擦了擦眼泪，咬紧牙关，字字有力地说："血债一定要用血来还！"

淦克鹤告诉大家："现在永修去不得，环心走了，据说隐蔽在庐山脚下，县委也转移了，暂时由李德耀负责，建议你们去南昌。"

"环心找得到吗？"王经燕急切地问。

淦克鹤用手揉了揉通红的眼睛，摇摇头："很难找，也有人说他去了武汉，化名吴毓芳。"

"怎么取了一个女人的名字？听起来跟堂嫂像是姐妹。"袁赋秋笑道。王经燕三哥会心的妻子叫吴毓秀，估计王环心是有意这样取的。

"女人名字好隐蔽些，也让自己人好找。"淦克鹤也笑了一下说，"他要是知道你们回来了，一定会去找你们的。不过，你们还是先去南昌吧。"

"我们肯定要先找到省委报到，看组织上怎么安排工作。"王经燕点点头说，"那你怎么打算？"

淦克鹤眨了眨眼睛，坚定地说："等眼睛好了，我还是要回永修的，听说曾修甫和邹敬国在云山里面打游击，我们必须要建立一支自己的武装。"

"说得对，我们现在为什么东躲西藏，就是手里没有枪。"王经燕完全赞成淦克鹤的观点。

第二天，王经燕和袁赋秋坐火车直接去了南昌，夏建中在涂家埠下了车。在南昌，她们俩居住在侄儿王书帅家里，然后找到了地下党员刘振邦。由刘振邦领见当时负责省委机关工作的省委常委兼秘书长冯任，请求他安排工作。

冯任激动地握着王经燕的手说："现在革命处于低潮，你们这个时候回来，我们深受鼓舞，不过要注意安全，敌人像发了疯一样，不少同志都牺牲了。"

"我们既然回来了，就不怕牺牲。"王经燕目光坚定地说。

袁赋秋请求道："我们希望能留在南昌工作。"

冯任想了想，摇摇头对王经燕说："不，你们还是回永修，永修有很好的群众基础，也更需要你们，目前南昌的形势很严峻，你们回永修多少可以借王家的势力作掩护。对你的安排，组织上已有考虑，增补你为中共赣北特委委员、永修县委组织部部长。"

王经燕紧咬嘴唇，略有所思地点点头。

这是一个晴朗的冬日，张文渊正在私塾教室里给几个孩子上课，王济兼的管家细毛跑来报告，说王经燕回来了，刚下火车，准备先在娘家住一天再回张家，但很想现在就看看孩子们。

张文渊立即吩咐木根准备轿子，让袁氏带着孩子们一起去王家。廷璐和廷纯听说妈妈回来了，高兴得跳起来，催促大家快点动身。廷锡快三岁了，虽然对妈妈没有什么印象，但看到哥哥姐姐升心的样子，也嚷嚷着要见妈妈。

袁氏带着小菊和三个孩子急匆匆地向王家赶去。快到王家门口时，袁氏抱着廷锡下了轿，小菊急忙上前接过廷锡。廷璐欢快地跑在最前面，远远地就大声叫喊着"外婆——"，熟门熟路地冲上前"啪啪"敲门，妹妹廷纯乖巧地跟在后面。只听见院子里立即传来欢喜的回答声"哦，来了来了"，大门一下子就打开了。

王经燕闻声从里屋快步走出，看见廷璐朝自己跑来，只听见他带着哭腔叫了一句："姨耶——"

王经燕的眼泪一下子涌了出来，激动得一把紧紧地抱起廷璐。她已经两年没有听过这种当地人对"母亲"的称呼了，泪水怎么也控制不住，激动地抱起儿子问："曾诒乖崽，想姨了吗？"

廷璐紧紧地搂住妈妈的脖子，在母亲怀里撒娇，开心地笑道："天天想。"

王经燕在儿子脸上亲了一口，放下廷璐转向女儿，看着廷纯两只眼睛怯怯地盯自己，脸上一副陌生的样子，袁氏急忙拉着廷纯的手鼓励道："快叫姨。"

王经燕蹲下身子，把女儿揽进怀里，轻轻地抚摸着女儿的头，只听见廷纯细细的声音叫了一句："姨耶——"

"来来，快叫姨。"小菊牵着小儿子廷锡走过来，廷锡一个劲地往后躲，不敢上前。

王经燕伸出双手示意小廷锡，可廷锡完全不认识眼前这个人，他抱着小菊的大腿往后躲闪，拒绝王经燕的拥抱。王经燕笑着上前强行抱过廷锡，廷锡在她怀里挣扎着，撇过头哭着要回到小菊的怀抱。小菊只得抱过廷锡，大家都无奈地笑了，王经燕心里一阵难过，两年的分离，连儿子都不认识母亲了。

王经燕擦了一下脸上的泪珠，转过身对袁氏感激地说："婆婆，这两年您辛苦了，孩子们都长高了。"

袁氏也眼泪兮兮的，用手背擦了擦眼角，叹了一口气说："你回来了，就好啦！"

王经燕一手牵着廷璐一手抱着廷纯走进屋里。大家围坐在八仙桌四周，天南海北地聊着彼此这两年的变化和发生的轶事。

廷璐靠在妈妈怀里，仰着头好奇地问："姨耶，莫斯科有多远？坐什么回来的？"

"好远好远，上万里路。"王经燕笑着，用手一比画说，"坐骆驼回来的。"

大家一阵哄笑，都以为王经燕在说笑话。王经燕认真地说："真的是坐骆驼回来的，这一趟走了几个月，人全晒黑了。"

小菊仔细端详着王经燕，见她确实皮肤黝黑，巧嘴夸奖道："太太皮肤是黑了，但身体看上去比走的时候好多了。"

大家开开心心地聊了一会儿。袁氏见天色不早了，提出要回去。段氏热情地留亲家吃晚饭，可怎么也留不住。袁氏说，要趁天黑前赶到家，晚了走路不方便。段氏不再强留，拿了一些干鱼咸肉送给亲家。袁氏推辞着，自责地说："唉，只顾带孩子过来，都忘带东西了。"

王经燕对婆婆说："曾诒和麟趾留下来过夜，我明天回去，带他们去淡林坟头烧个纸。"

袁氏难过地点点头，一改刚才喜悦的表情说："那好，明天叫木根准备一些祭品"说着，抱着小廷锡坐上轿子走了。

这天夜里，王经燕睡在娘家一张宽大舒软的床上，心里感到特别踏实，一种久别了的幸福暖遍全身。两个孩子躺在她的两侧，抢着问异国他乡的事。王经燕把那些天方夜谭般的故事讲给孩子们听，直到他们慢慢进入了梦乡，发出均匀的鼻息。可两个孩子一边一只小手紧紧地抓拉着王经燕的睡衣不放，生怕母亲又不见了。

王经燕左右来回端详着儿子和女儿的模样，似乎要从他们的脸上看到丈夫的影子。往日的那一幕幕情景又浮现在眼前，耳边响起张朝燮那句"猛进、猛进，学成归来杀贼"的声音，仿佛看见丈夫微笑着向她走来，听见他对自己说，玉如，你怎么才回来呀？王经燕无以作答。又听见张朝燮说，玉如，照看好我们的孩子呀！往事一桩桩像电影里的镜头切换而过。他们结婚八年，离多聚少，真正在一起的时间加起来也只有两年多。张朝燮在武昌读书近四年，只有寒暑假回来，她去苏联留学两年整。但是，她又感觉俩人从来没有分开过，生活中他们以姐弟相称，彼此牵挂，相互勉励，崇高的爱情和共同的理想把两个人紧紧地连在一起……

王经燕久久无法入睡，直到五更鸡鸣，才迷迷糊糊地睡着了。

张家的祖坟山在艾城北关外桂垅，离县城不远。一出北门，往东北方向走两三里路就到了。说是山，其实是一片隆起的丘陵，树林茂盛，站在高处向东南望去，透过稀疏的林木隐约可见一片田园风光，即所谓"海昏八景"之一——郭东农耕。

王经燕一身素服，头上缠着白带，领着三个穿着孝服的孩子来到张朝燮坟墓前，只见一堆隆起的黄土包上，插满着各色纸旗。经过风吹雨打，纸已散落，只剩下几根细瘦的篾杆参差不齐地竖立在那。坟前立了一块青石墓碑，上面写"张公朝燮之墓"。王经燕用颤抖的手抚摸着墓碑上的字，热泪夺眶而出。

王经燕叫孩子们跪下，连最小的廷锡也乖乖地学着哥哥姐姐跪在墓前。王经燕深深地拜了三拜，终于忍不住放声大哭起来。几个月以来，她把悲痛埋在心里，内心的痛楚无处诉说，也不轻易在他人面前流露。只在夜深人静的时候，才会躲在被窝里偷偷地流泪，回忆与丈夫在一起美好短暂的时光，或者独自一人拿出他的书信反复阅读。今天，她要把积聚在内心深处的所有悲痛都掏泄出来，对着这无言的墓碑和泥土里静静躺着的丈夫，对着这湛蓝的天空和清风吹过的丛林。王经燕号啕大哭，三个年幼的孩子从来没有见过母亲这样悲痛欲绝，也跟着哭起来。哭喊声惊动了附近树林里的飞鸟，"扑扑"地飞向天空。

张文渊和袁氏默默地站在一旁，并没有劝阻母子的哭泣。张文渊对着坟包唉声叹气。他曾经把张家的希望全部寄托于这位聪明好学的大儿子身上，从小学到大学，不知花去了他多少银两。可儿子走上了一条不归路，别说光宗耀祖，连命都没了。他悲愤地拿起手里的拐杖敲打着儿子的墓碑，心痛地喃喃自语："人财两空，人财两空啊！"

袁氏的泪水早已哭干了，嘴里嘀嘀咕咕地与儿子说着话，告诉儿子玉如回来啦，让他不要担心，在那个世界里保佑全家人平平安安。

215

过了好一阵子，小菊上前扶起王经燕劝道："太太，别哭坏了身子。"说着，又把三个孩子一一扶起来。

　　王经燕停住了哭泣，从地上捧起一把泥土，轻轻地撒在坟头。

　　张文渊走过来劝道："人死了不能复生，多想想孩子吧，保重自己。"

　　王经燕擦了擦眼泪，对着墓碑咬紧牙关地说："淡林，我一定会为你报仇的，你的血不会白流！"

　　张文渊本想劝她几句不要再闹革命了，好好把孩子抚养成人，但听见王经燕坚定的声音和那眉宇间一股复仇的杀气，他知道说什么也没有用，只深深地叹了一口长气。

第二十一章　环心被捕

自从儿子张朝燮牺牲后，张文渊便不再参与地方事务，赋闲在家办起了私塾，主要是教张家的孩子们读书。张文渊的学问是全县公认的，因此经常有外姓人家的子弟要求入学，可他总以各种理由拒绝，有的实在抹不开面子，也只好接纳下来。

私塾里，有一个学生叫袁自增，是老夫人三角乡袁家一大家子的人。不过，已出了五服。其父袁瑞云为了让儿子读张文渊的私塾，跑了好几趟，夫人也帮着说话，张文渊只好收下。艾城离三角比较远，小自增就吃住在张家，和张文渊的孙子孙女一起上课、吃饭、睡觉，张家好像多了一个孙子。为此，袁瑞云心里非常感激。

王经燕回国后，在娘家待了两天便住到了张家，与三个孩子度过了一段难得的美好时光。这天，王经燕牵着廷璐来到后花园里，看见当年张朝燮刻下"连理"两字的柿子树依然挺拔屹立，睹物思人，感慨万千，不由潸然泪下。她反复抚摸着那两个斑斑痕痕的字迹，强露一丝笑容告诉儿子："这是你爸爸刻下的。"

廷璐不知道这两个字的含义，扬起头问："连理什么意思？"

王经燕指着柿子树和旁边的一棵柏树说："你看这两棵树是不是一样的？"

廷璐摇摇头。王经燕继续说："它们在地面上各长各的，是两棵完全独立的树，可它们的根在地底下却连在一起，你缠着我，我绕着你，谁也离不开谁。"

廷璐似懂非懂，看到妈妈眼里含着泪花，便不再追问了，拉着王经燕的手说："我想爸爸了。"

王经燕蹲下身子，深情地捧着儿子的脸说："我也想，但人活着，有些事比想念更重要。"

廷璐懂事地点点头。其实，他根本没有听懂母亲的意思，只是不想让妈妈跟自己一样难过。

这时，木根走了过来，对王经燕轻声地说："太太，有客人找您。"

王经燕立即擦了擦眼角，拉着廷璐来到厅堂，只见夏建中正在厅堂里等她。她轻声对儿子说："乖孩子，到外面玩去。"

木根带着廷璐出去了。王经燕急忙问："找到李德耀了吗？"

"打听到了，不过他行踪不定，这几天他在三角树下袁瑞云家。"夏建中回答道，接着把自己所掌握的情况，一五一十地说了一遍。

王经燕思考了片刻，说，"我马上去三角袁家，你再跑一趟云山找到邹敬国，听说曾修甫也在那里，我们要尽快和这些人联系上。"

"好的，那我先走了。"夏建中立即起身走出大门。

王经燕边送夏建中出门，边再三嘱咐注意安全。夏建中点点头，急匆匆地走了。王经燕送走客人，回过头喊了一声"小菊"。

小菊急忙跑过来问："太太，什么事？"

王经燕吩咐道："帮我找一套旧衣服，我要出门。"

小菊明白太太的意思，找了一套平日里干农活穿的旧衣裤。王经燕穿上还挺合身，随手拿起草帽笑着问小菊："像干活的吗？"

小菊抿着嘴直乐："谁也不会想到您是留苏的千金小姐。"

这时，婆婆袁氏走了过来，看见王经燕这种打扮，不由得一愣，疑惑地问："这是干嘛？"

王经燕笑道："婆婆，我要出去一下。"

袁氏心里明白了，媳妇又要去做和儿子一样的事情，知道怎么劝也没有用，担心地说："现在外面这么乱，三个孩子已经没有了父亲，你要是有一个闪失，他们可怎么办？"

"婆婆，放心吧，不会有事的。"王经燕上前安慰道。

"外面都在传，说去苏联读书的回来了，搞地下工作，抓不到县委书记王环心，就抓他们去拷问。"袁氏把自己在街上听到的传言说给王经燕听。

王经燕毫不在意，鄙夷地笑了笑说："即使有事，也顾不了那么多啦。"

廷璐和廷纯闻讯赶来。他们拉着妈妈的衣袖，不肯让她出门，生怕母亲和父亲一样，走了就回不来了，乞求道："妈妈，你不要走嘛。"

"妈妈过两天就会回来的。"王经燕蹲下身子抚摸着两个孩子的头，嘱咐说，"听爷爷奶奶的话。"

袁氏把廷璐和廷纯拉到自己身边，对王经燕挥挥手："去吧，早点回来，路上小心！"

王经燕起身扭头离去。廷璐站在门口看着母亲迅速消失在视野里，油然想起父亲那天晚上，也是这样匆匆忙忙的步伐，这样瞬间离去的背影。

王经燕雇了一条小船，到了三角圩上岸，又走了一段路，才来到袁瑞云的家。袁瑞云看见王经燕皮肤晒得黝黑，一身农妇打扮，又惊又喜，急忙热情地把她迎进屋，压低声音问："什么时候回来的？"

"有些天了。"王经燕笑道，"听说李德耀在这里。"

袁瑞云一边倒开水，一边笑道："你一进门，我就知道你是来找他的，他来去不定，估计明后天会来，我这里很安全，放心吧，来了就多住儿天。"

"谢谢你为我们提供这么好的地方。"王经燕客气地说。她知道袁瑞云虽不是共产党员，但非常愿意为革命出力，人很热情，在村里很有威望，所以选在他家里接头比较安全，他的家也几乎成了永修县委的交通站之一。

袁瑞云笑了笑："说这话就见外了，我儿子不是长期住在你家吗？张老先生特别喜欢他，当成了自家孙子，据说搞得曾诒和麟趾还有些吃醋呢，哈哈哈！"

"你儿子自增人聪明，长得又可爱。"王经燕笑道，"你要是不嫌弃，就把我家麟趾给你做儿媳妇好了。"

"你这话可要当真。"袁瑞云一副求之不得的样子，惊喜地说，"那我袁家就高攀了。"

"唉，什么高攀！"王经燕摆摆手说，"我的三个孩子都是苦命，父亲没了，母亲也随时可能没有，你老袁家要肯娶她，那是她的福气。"

"一言为定啊！"袁瑞云按捺不住喜悦，兴奋地说，"过几天，我们就上门把婚订了。"

"好啊！"王经燕说完，两人都哈哈大笑起来。

王环心在九江听说王经燕回来了，还得到陈潭秋请人带的话，指示自己回永修开展工作。十一月中旬，王环心秘密回到淳湖王家，通过堂弟王经畯和兄嫂张廷菊与外界联系，试图借着王家势力做掩护，把县委组织恢复起来。

有一天，袁瑞云满面春风从外面回来，压低声音对王经燕神秘地说："环心回来啦！"

"真的！"王经燕喜出望外，急切地问，"现在哪里？"

"在王家。"袁瑞云肯定地回答。

当天下午，王经燕就从三角树下村返回淳湖娘家，见到堂兄王环心格外激动，分别了两年多时间，两个昔日里的亲密战友在各自经历了艰苦的磨难之后，又并肩战斗在一起了。两人的重逢都感觉彼此有了依靠，就像两只曾经分飞的孤雁，在茫茫的夜空里相遇，相互温暖，彼此呼应，心里装有目标，向着同一个方向飞翔。他们来不及倾诉离别之情，立即全身心地投入到恢复遭受敌人破坏的县委组织工作上。

几天后，不少一度失散的共产党员逐渐联系上了，大家都纷纷向淳湖王家聚拢。为安全起见，在曾村大路边的榨油坊设立一个秘密联络点。它离王家不远，可随时彼此接应、联络。

正当组织工作恢复初见起色的时候，王经燕听说二哥王琴心在到处打听王环心的下落，经常跑回王家刺探，不少隔壁邻居也知道王环心回来了。王经燕对堂兄的处境非常担忧，几次提醒他说："你在永修很不安全，是否向省委提出把你调走，至少你不能再待在王家了，琴心像发了疯一样到处找你。"

王环心淡淡地一笑，毫不在意地说："干革命哪里都有危险，到处都是王琴心、李琴心。"

王环心白天躲在可靠的邻居家里约见人，晚上悄悄地回到家中休息。这时，妻子淦克群已有身孕，行动不便，无法外出帮丈夫联络同志，只在家里照顾王环心的生活起居。

一天，淦克群看到丈夫那件长衫好久没有换洗了，便给王环心换了一件干净的，把那件长衫给洗了，挂在吊楼上晾晒，就是这么一个小小的失误，酿成了一场大祸。

正巧这天下午，王琴心又鬼鬼祟祟地回到王家，早听说妹妹王经燕回来了，可一直没有见着。前段时间，他向父亲打听妹妹的下落，说是回张家了，可到张家一看，也没有人。王琴心想找到妹妹，倒并不是要与她过不去。他只是心里琢磨着：王经燕一回来了，王环心一定会露面。他希望从妹妹嘴里打听到王环心的一些蛛丝马迹。

王琴心进屋后，前前后后转了一圈，不见王经燕的影子，便走到吊楼上东张西望。他朝西屋看去，发现西屋的吊楼上晾晒着一件长衫。这件长衫显然不是王德兼的，王枕心又不在家，更不会是王家下人的衣服，哪来的男人长衫？他断定王环心回来了，心中不由得一阵狂喜。

王琴心急忙跑下楼，慌慌张张地冲出门去，差一点与正要进门的母亲撞个满怀。

"赶死呀！"段氏不满地骂道，见儿子刚回来又要出门，追问了一句，"晚上回来吃饭啵？"

"不回来。"王琴心头也不回地答道，一溜烟地不见了。

王琴心吸取了上次靖卫团抓王环心失败的教训，认为靖卫团靠不住，这次决不能再失手了。于是一口气跑到驻县军营，驻军有一个营的兵力。王琴心急忙报告了罗营长，请求他出兵捉拿全省通缉的共党要犯。

罗营长听说有王环心的下落，认为自己守土有责，准备马上集合部队。王琴心摆摆手说："白天不行，他们眼线多，我们人还没到，他就跑了，等天黑了，半夜偷偷地绕道进村，再把房子包围起来，叫他插翅难飞。"

"言之有理！"罗营长点点头。

那天晚上，王环心、王经燕和袁赋秋等几个人在王家开会，商量第二天在王家祠堂召开县委会议，并派张廷菊通知当时隐蔽在曾家榨油坊的李德耀和曾文甫等人。张廷菊是王枕心的第一任妻子，大革命时期，曾担任过涂家埠公安局局长，对周边的情况非常熟悉。

 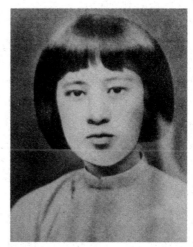

王环心和淦克群夫妇

会议开得很晚。散会后，王环心回到自己卧室，淦克群还没有睡。她看

221

见丈夫进来，突然想起晾在吊楼上的长衫，起身上楼收拾衣服。淦克群来到吊楼上，看见房前屋后人影憧憧，心想不好，急忙跑下楼，几乎同时听见院子外面的敲门声。淦克群跑进卧室对王环心说："房子被人包围了，快躲起来。"

王环心环顾了一下房间，只有宁波床顶上可以藏人。他踩在桌子上，一手拉住床顶的边角柱，一使劲人就上去了。这种宁波床像一间小屋子，顶上铺了一层厚板，上面四周有边沿遮挡，王环心个子不大，人趴在上面，下面的人看不到。

王环心刚藏好，外面的人已经进了院子，人声杂乱，"啪啪啪"急促地敲打房门。淦克群上前打开门，七八个当兵的一下子拥了进来，外屋还站满了全副武装的人。县财政局长蔡文林也在人群里，显然是他带的路。这些当兵的不由分说，把屋里搜了个底朝天，见卧室里没有人，又到其他地方搜查去了。

淦克群机智地走出卧室，想把敌人的注意力引开。

罗营长身材高大肥胖，走到淦克群面前，气势汹汹地问："王环心藏到哪去啦？有人看见他了。"

"胡说！他根本就没回来。"淦克群一扬头，鄙夷地一笑，"有本事去武汉抓。"

"那你跟我们走一趟。"罗营长见里里外外都搜遍了，也没有找到人，便一挥手把淦克群带走了。

淦克群也希望他们尽快离开房子，以免夜长梦多。她没做任何反抗，顺从地跟着他们走出院子。

来到小河岸边，淦克群看见王琴心站在圩堤上，正焦急地朝队伍张望，心里全明白了：原来是这个家伙告的密。她走到王琴心身边，狠狠地把一口唾沫"呸"在他脸上。王琴心躲闪不及，被喷了一个满脸开花。王琴心摸了一把脸上的唾沫星，顾不上与淦克群计较，一双贼眼在人群里寻找王环心的身影，可队伍里没有王环心，急忙跑到罗营长跟前问："怎么没有抓到王环心？"

罗营长生气地责问："你的情报到底准不准？"

王琴心的嘴里像是含了无数句辩解的话，拥挤在口腔里都想往外冲，可不知道先说哪一句，犹如满筐的螃蟹彼此纠缠在一起，谁都想先爬出去，却全挤在里面出不来，急得他张着嘴就是出不了声音，只好用脚跺出声音来。一急之下，他猛地狠拍了一下胸脯，像是被手强行拍出来似的，终于蹦出了一句话："王环心一定、一定在家里，我带你们去搜！"

这次抓捕王环心，王琴心开始有所忌惮，毕竟是要抓自己的堂弟，王家人如果知道了是自己带队进村抓人，肯定不会放过自己。上次去河北淦家祠堂抓王环心，自己也没敢亲自去，而叫王洪慰带着靖卫团去抓人，结果让王环心跑了。这次他请来驻军部队，并叫上了蔡文林。为做到万无一失，不被王环心的人发现，王琴心带着部队偷偷地从杜家埠绕道过河。可走到村头，他犹豫起来，让蔡文林带路进去，自己站在圩堤上等待好消息。然而，弄了半天，人还是没有抓到，自己也暴露了，这下他顾不了那么多，一个人冲锋在前，一路小跑。

罗营长见王琴心如此信誓旦旦的样子，一挥手命令部队掉头跑步前进，再　次包围了王家西屋。

王环心藏在宁波床顶上，听到外面没有什么动静了，就缓慢地爬下来，可刚一站稳，外面就传来一阵嘈杂的声音，他又急忙爬了上去。不一会儿，只听见一帮人再次闯进卧室。

王琴心提着马灯四处照，突然看见桌面上有一双隐约的脚印。他抬头往床顶上一看，只见床顶的边缘上露出一角布头，那分明是一块衣角。王琴心喜出望外，断定王环心就在上面。他激动地对罗营长用手指了指床顶，自己不敢面对王环心，心虚地迅速溜出门去。

罗营长一看就明白了，顺手拿起一根棍子对着床顶捅了捅，大声说："王环心，下来吧，我们已经看到了。"

王环心知道已躲不过去了，猛地跳了下来，从容地说："走吧。"

这时，王经燕和袁赋秋都在隔壁东屋，眼睁睁地看着敌人把王环心带走，心急如焚。王经燕冷静地对袁赋秋说："我马上去大路边的榨油坊，德耀他们都在那里，看有没有办法救人。"

"注意安全啊！"袁赋秋担心地嘱咐着，又突然想到什么似的说，"哦，王环心家里的文件不知搜走了没有，我过去看看。"说着，两个人飞快地分了手。

袁赋秋迅速来到西屋，只见王环心的母亲徐氏在那里哭哭啼啼，大媳妇张廷菊和几个佣人在一旁陪伴着。王德兼在涂家埠的洋房里打麻将，家里已派人叫去了，还没有回来。袁赋秋急急忙忙连招呼也没有打，提着马灯直奔王环心卧室，很快找到了那些文件，包括准备明天开会的材料和人员名单。

袁赋秋拿起这些文件跑到厨房扔进灶里，一把火全部烧掉了。文件刚烧完，又听见有人敲门，打开门一看，是几个当兵的。他们二话没有说，直奔王环心的卧室，又是一通翻箱倒柜，一无所获后，问袁赋秋："看到过一些材料吗？"

袁赋秋摇摇头。这些当兵的见黑灯瞎火，也就没有继续寻找，不满地骂了一句："这个王琴心，早不说搜文件，让我们多跑了一趟。"说着失望地走了。

袁赋秋（左）和张廷菊（右）

袁赋秋一听，吓出一身冷汗，不由长长地舒了一口气，幸亏自己抢先一步，否则，后果不堪设想。

这时，王经燕飞快地朝大路边的榨油坊跑去，天黑看不清道路，连摔了好几次跤，爬起来又往前冲。正值冬季，王经燕跑到小河边，河床很浅，原本需要摆渡的小河，眼下可以蹚着水走过去。虽然河水不到膝盖，但冰冷刺骨。王经燕不顾一切地冲下河，迅速跑到对岸。当她气喘吁吁地跑到曾家榨油坊时，看见李德耀和曾文甫等人都在，这些人原本都是准备参加明天会议的。

王经燕急忙把王环心和淦克群被抓的事告诉了大家，所有人都惊诧不已。

"他们来了多少人？现在关在哪里？"曾文甫急切地问。

"少说有百来人，刚抓走，不知道关在什么地方？"王经燕着急地说，"要尽快派几个人出去打听一下。"

"好的，我来安排。"曾文甫说着，急急忙忙出了门。

李德耀一直在低着头思考着，自言自语地说："若要虎口救人，首先要摸清敌人的情况，决不能拿鸡蛋硬碰石头。"

王经燕分析道："我估计天亮后就会押走，要么南昌，要么九江，不会关在艾城。要救人只有在上火车之前下手。"

其他在场的同志也你一句我一句，可谁都想不出一个可行的救人办法。

天亮的时候，曾文甫回来了。他告诉大家已经联系上了二十多人，七八条枪，并且打听到了明天王环心要被押送到九江去，从杨家岭站上车，现在两人关在军营里。

"这就复杂了。"李德耀担心地说，"杨家岭是一个兵站，火车站上是没有办法下手的。"

"不过有时候兵站是空的。"曾文甫说，"只是不知道现在兵站有没有兵力？"

"还要看有多少人押送？"李德耀用目光扫了一圈屋里的人。

大家都默不作声，陷入了一片沉思。

王经燕见众人一筹莫展，打破沉寂说："救人必须要有一定的把握才行，否则不但没有救成，反而把人家都搭进去了。今人上午有一列火车去九江，我们不妨带人去车站看看，见机行事，如果没有把握就撤。"

正在这时，张廷菊气喘吁吁地跑来，告诉大家王德兼得知儿子和儿媳被抓后，也心急如焚。虽然他恨透了这个儿子，但毕竟是自己的亲骨肉，何况儿媳淦克群还怀着孩子。他召集了三十多名家丁，也准备武力抢人，并派张廷菊前来联络王经燕，希望与县委的人联合起来。大家一听，大为振奋。两股力量合在一起，就增加了胜算。

原来昨天晚上，有人知道王琴心告了密，并告诉了正在涂家埠洋房里打麻将的王德兼，说，"德公，今天晚上可能要出事，有人要抓王环心。"王德兼一心打牌，手气正背，没把那人的话放在心上，更没有细想，何况那个败家儿子让他伤透了心，不由脱口而出："抓走了省心。"直到下半夜家里人跑来报告，说儿子儿媳被驻军抓了，才猛然醒悟。

李德耀听完张廷菊的叙述，沉着地说，"我们抓紧时间商量方案，尽快与王德兼的人会合。"

这时，一位派出去打听消息的人急匆匆推门进来报告："敌人改变了上车路线，要从涂家埠车站上车。"

曾文甫一听，高兴地一拍大腿："那太好啦！"

李德耀却冷静地说："不要太乐观，我们还是要见机行事，如果押送的兵力不多，那就动手救人。"

当天上午，涂家埠火车站上像往常一样人来人往。李德耀和曾文甫带领包

225

括王德兼的人在内的五十多人装扮成旅客，各自暗藏着武器散布在车站周围。

不一会儿，一支百余人的队伍，荷枪实弹，押着一男一女向火车站走来。只见王环心和淦克群被五花大绑，从容不迫地迈着大步走在队伍的中间。道路两旁站满了看热闹的群众。王环心大义凛然，一路上大骂国民党反动派，号召大家团结起来和他们做斗争。

快到火车站时，王环心发现人群里有几位自己的同志，再仔细一看李德耀和曾文甫装扮成农夫模样，王经燕也在人群里。他明白了同志们想要解救自己。王环心十分清楚自己人的实力，面对如此强敌，这无疑是鸡蛋碰石头，他必须制止他们的冒险行为。王环心走着走着，故意突然停下脚步，后面当兵的推了他一把，催促着："快走！"

王环心勃然大怒，冲着李德耀那个方向大声叫道："你们不要动我，不要动！"

这叫喊，声如洪钟，所有人都听得清清楚楚。李德耀知道这是王环心说给自己听的，让他们不要轻举妄动，他在担心同志们的安全。面对数倍于自己全副武装的强敌，李德耀只得发出撤退的指令，含着眼泪望着战友被敌人押上了火车。

第二十二章　临危受命

王环心夫妇被抓走的当天下午，王经燕与李德耀商量到夏建中家里开一个紧急会议，以研究当前的对策和今后县委的工作。为避人耳目，曾文甫、刘盛福和王经畯等人，陆续分头赶往察溪夏建中家里。

夏建中的家是一个小富农家庭，家里有几亩地，父亲在县城里租开了一间店面，做些小本生意，并不十分富裕。夏建中和张朝燮私交很好，也是受张朝燮的影响参加革命的，并由张朝燮介绍加入了共产党。但这个人性情散漫，粗心大意，缺乏主见。读书时，成绩也不好，在省立第一师范学校还留了一级。参加革命后，一直没有什么突出表现。让夏建中去苏联留学，也是张朝燮希望以此来提升他各方面的能力。

察溪村地处艾城的西南方，离云居山不远。王经燕快到夏家门口时，远远地看见夏建中正在那里张望，像是特意出来迎候自己。这时，走来一位村民，夏建中主动大声地与那人打招呼，并递给他一根从苏联带回的香烟。那人接过香烟与夏建中攀谈起来。看见王经燕过来了，夏建中说了一声"我表姐来了"，急忙上前迎接王经燕。那人叼着香烟打量着王经燕，目光好奇地说："建中啊，今天家里客人好多耶。"

"哦，都是表姐家的亲戚。"夏建中说着，将王经燕让进屋。

王经燕快步走进大门，转身把门一拴，看到大家都到齐了，警惕地问夏建中："刚才那个人是谁呀？"

夏建中满不在意地说："隔壁邻居，小时候一块长大的。"

"他怎么知道你家里客人很多？"王经燕十分生气地说，"你刚才递给他什么烟？怎么改不了你这种大大咧咧的习惯。"

夏建中尴尬地挠了挠头皮，但似乎并没有太在意。王经燕环顾了一下所有人，表情严肃地说："同志们，现在革命处于低谷，不是当年轰轰烈烈的时候，我们任何一个小小的错误，都有可能造成重大损失。这里已经不安全了，我们要换一个地方开会。"

"没那么严重吧。"夏建中弱弱地说了一句。

王经燕本来就非常生气，听到夏建中还没有认识到自己的错误，加上王环心被捕使她的心情糟糕到了极点，实在按捺不住内心的气愤，猛地一拍桌子："你这样下去，总有一天要出大事的。"

在座的从没有见过王经燕发这么大的火，夏建中低着头，不敢吱声了。

李德耀叹了一口气，沉重地说："环心被捕是一个沉痛的教训，要处处多一个心眼，我们再也经不起这样的损失啦！"

"那我们转移到哪儿呢？"曾文甫自问自答地说，"只有往云山里面去了。"

"可以，最好找一户有势力的人家。"王经燕看着曾文甫说，指望他想出好办法来。

"那就到云居山脚下的红莲吴村，有一大户人家，主人叫吴大鹏，我很熟，人绝对可靠。"曾文甫很有把握地说。

"还有谁熟悉的？先打个头站，其他人等天黑了过去。"王经燕特别慎重地问曾文甫。

刘盛福接过话说："那里我熟悉，吴大鹏跟我还有点远亲，我先去打个招呼。"说着，就要往外走。

王经燕急忙拦住刘盛福嘱咐道："你去的时候，先把村里周边的情况都了解一下。"

"晓得。"刘盛福点点头，快步出了门。

其他人等待天慢慢黑下来了，才由曾文甫领着向红莲吴村走去。

吴大鹏的家靠在山边，房屋居高临下，前面有一个院子，可以俯瞰整个村庄。吴大鹏见曾文甫带着七八个人进来，热情地低声打着招呼。由于刘盛福提前做了通报，吴大鹏已腾出一间房子，摆好了桌椅，沏好了茶。

"你在云山的群众基础不错嘛。"王经燕环顾了一下四周，感到非常满意，笑着对曾文甫说，"这里可进可退，将来可以作为我们一个据点。"

大家点头称赞，都认为这是一个好地方。

那天晚上的会，开得非常热烈，经过反复商讨，最后做出了三个重要决定：一是积极筹备召开县委会议，地点放在城山李家祠堂。二是派刘盛福前往九江找到赣北特委，报告王环心被捕与永修目前的情况，同时报请李德耀为县委书记。三是积极组建游击武装，尽快找到淦克鹤和其他失联的同志。

一提起淦克鹤的事，曾文甫便把自己所知道的一些情况告诉了大家：淦克鹤化名帅贤祖，前一段时间，在小坑一带活动，以拜师学武为名，广交朋友，还结拜了一位武艺高强的干爹，拉起了一支十来个人的队伍。其中有一位队员叫帅木狗，他爱人戴七秀在滩溪大恶霸蔡必辉家里当奶妈。蔡必辉无恶不作，横行乡里，称霸一方，百姓怨声载道。一天夜里，淦克鹤带着队员与戴七秀里应外合，把蔡必辉杀了，为当地除了一害，还缴获了十余支长枪，极大鼓舞了周边群众的士气。

会议一直开到天亮，大家精神抖擞，没有一点睡意，直到吴大鹏端上一大锅红薯稀饭、两大盘香喷喷的猪油渣炒萝卜干和一大碗腌菜，才感觉到肚子饿了。

城山李家祠堂坐落在南乡小港李村，是磨刀李后人的一座庙堂。

相传，唐代朱温叛乱，唐昭宗被逼迁都洛阳。昭宗知道此去凶多吉少，途中，叫李衔带着部分皇室宗亲逃离他处，以保李氏血脉。李衔带着弟弟李术等人趁乱向南而逃。他们辗转千里，行至永修横山一个叫磨刀村的地方，见这里地处偏僻，山清水秀，犹如世外桃源，便在此安顿下来。不久，唐昭宗及李氏族人全部被朱温所杀，只有李衔这一脉幸存下来，此后开枝散叶，繁衍生息，从磨刀村迁徙四方，遍布世界各地。

李衔是唐太宗李世民三儿子吴王李恪的第十一世孙，这一支李姓因此被称为磨刀李。小港李村离磨刀村有百来里路，村民大都属于磨刀李后人。其始祖李伯琦从小就练燕青拳，且代代相传，因此，小港李村百姓一直都有习武练拳的风气。农活之余，大家在一起切磋武艺，防身健体。

李德耀的父亲李晓文生了九个子女。李德耀为长子，生于1906年，在南昌省立二中读书时，积极参加学生运动。1926年由张朝燮介绍加入中国共产党。他机智勇敢，稳健多谋，大局观念强，毕业后从事地下工作，担任过赣北地下联络站站长，大弟弟李德辉一直协助他开展工作。

李德耀和李德辉兄弟从小也学拳练武，参加组织后，便以练武为名，有意接触武艺好、思想进步的人，启发他们参加革命，并逐渐扩展到其他村，为后来组建农民自卫军打下了良好基础。

城山李家祠堂

王经燕把这次县委会议放在城山李家祠堂召开，主要考虑这里的群众基础好，远离县城，又是李德耀的家乡。在白色恐怖笼罩的背景下召开的这次会议，前期筹备工作极为艰难，不少党员同志要么无法通知到，要么通知到了却不敢前来参加。最终，会议共有四十多位党员参加，历时四天，取得了一系列重大成果，史称"城山会议。"

会议召开前夕，李德耀找到王经燕，诚恳地说："虽然刘盛福上次去九江报告，赣北特委批准我为县委书记，但我考虑再三，这个书记还是你来当，不管是学识资历，还是威望能力，你都比我强，这样对工作开展更有利。"

"南乡的情况你更熟，你当书记怎么不合适？"王经燕笑道，"我们共产党的官只有责任和重担。"

"不是我不愿意承担，我协助你更合适。"李德耀再三推辞说，"在此危难关头，你领着我们干吧！"

王经燕见李德耀如此真诚，便诚恳地说："那就交给会议选举吧，我服从党的安排。"

李家祠堂周边都是稻田，站在祠堂高处，四周一览无遗，为确保会议安全，在几条进村的路口都放了岗哨。

这天，李家祠堂里摆满了桌椅板凳，大家围坐在一起，就如何在当前的形势下坚持斗争，展开了激烈讨论。有人提出要集中力量在县城组织工农暴动，像北伐胜利时期那样建立县政权；也有人认为眼下敌人力量强大，不可能夺取政权，县委组织暂时解散，各自隐蔽起来，等待时机；还有人认为大家一起投奔红军队伍，参军闹革命。

王经燕在会上严厉批评了悲观失望和冒进蛮干的两种错误思想。会议决定将革命斗争实行战略转移，即由城镇转入农村，由公开转入地下，由丘陵、湖区转入山区；同时决定将原来的农民自卫军改编为永修游击大队。

230

会议改选了中共永修县委，王经燕为书记，李德耀为组织部部长，夏建中为宣传部部长，曾文甫为农民部部长，刘盛福为青年部部长，沈云霞为妇女部部长。

为了保持新的永修县委党员队伍的先进性和纯洁性，会议还决定开展一次"清党"运动。把那些意志不坚定、长期脱离党组织和被白色恐怖吓倒了的各种不合格的党员清除出队伍。当时全县注册共产党员有四百多人，通过党员队伍整顿，最后只剩下了二百余人；与此同时，吸收了优秀分子加入共产党。不久，党员人数又很快恢复到原先的数量，其战斗力成倍地增强了。

王环心夫妇被押送到九江后，不久又转押到南昌监狱。在王环心关押期间，最为紧张害怕的要数王琴心。他上蹿下跳唯恐王环心不死，担心被人保释或者从轻发落。这对他来说，那简直是噩梦。于是，他纠集吴廷桂、蔡文林、王洪慰等人组成"控告团"，一边收集编造王环心的各种"罪行"到处告状，一边主动在法庭上当堂对质，非置王环心于死地不可。

王环心从容应对，义正词严，把法庭变成了揭露和审判敌人的审判台，无奈政权掌握在反动派手里，最终王环心被判了死刑，妻子淦克群被判八年徒刑。

对于自己的死，王环心早有预料。听到反动法官的宣判时，他毫不畏惧，大声地说："我们共产党人是杀不尽的，后面还有无数的共产党员，最后胜利是属于我们的。"

回到监狱，王环心给儿子王书浴留下遗嘱，嘱咐儿子长大后，一定要加入共产党，继续闹革命。

1927年12月27日，乌云低沉，寒风呼啸。王环心、袁玉冰、杨超、谢率真等四人从不同的牢房里走出。他们一起被带押到南昌德胜门外下沙窝。吴廷桂和王琴心按捺不住心中的喜悦，早早地来到杀人刑场，他们要亲眼看到仇人被杀的下场。王琴心有些心虚，远远地站着不敢走近。吴廷桂看见王环心被捆绑着走来，急忙挤上前对着王环心得意扬扬地冷笑道："王环心啊王环心，你也有今天。"

王环心怒目以对，狠狠地朝他吐了一口唾沫，破口大骂："走狗，无奈时间太短，否则把你们消灭得一干二净！"

这天下午四时，天空突然飘落起雪花，洋洋洒洒，越下越大，猛然间，整个大地白茫茫一片。四位昔日的战友相互搀扶着，迎着刺骨寒风走向刑场。

王环心仰天长笑，大声喊道："哈哈，好大的雪呀！我生自有用，且将头颅击长天。"

袁玉冰（左）和杨超（右）

杨超跟着引吭高诵："满天风雪满天愁，革命何须怕断头；留得子胥豪气在，三年归报楚王仇。"

袁玉冰神态自如，高声笑道："为民众谋利、社会造福而死，我心甘情愿！"

他们慷慨激昂，视死如归，最后齐声高呼"中国共产党万岁"，把满腔的热血洒在赣江岸边，染红了洁白的雪地。

噩耗传来，王经燕悲痛万分。亲人和战友一个个被敌人杀害，丈夫的旧恨未报，堂兄的新仇又来了。这次她没有流泪，只有新仇旧恨的烈火在胸中燃烧。她向同志们发出铿锵有力的誓言：欲志伤心惟努力。

几天后，根据城山会议的决定，在滩溪甘棠村赵家祠堂成立了一支一百八十余人的永修县游击大队，包括土铳在内有一百一十多支长枪。淦克鹤任总指挥，曾文甫任大队长，下设两个中队：一中队队长淦元江，指导员曾修甫；二中队队长邹敬国，指导员由淦克鹤兼。另外，还设有宣传组、侦察组等，使整个队伍建制更加完善规范。

改组前的农民自卫军队员分两种：一是常备队员，大多由青年党员组成，集中驻营；二是后备队员，平时分散在家生产，战时集合，队伍纪律比较松散，缺乏凝聚力。改组后，游击队员一律驻营，统一训练，统一行动，有时还发微薄的军饷。

为了打造出一支强有力的工农武装，王经燕十分重视游击队战士的思想政治工作和军纪要求。首先解决队员们为谁打仗的思想问题，在集训前宣布了七条规定，教育官兵团结和睦，不打骂士兵，要不怕死，不爱钱，不倒戈，不投敌。对于经常发生开小差的现象做出具体规定：第一次教育，第二次处罚，第三次或者带枪支武器开小差者，就地枪决。严明的纪律，使整个游击队伍的精神面貌焕然一新。

后来，王经燕把这些规定进行完善，制定出永修县游击队六大纪律，贴在墙上，并要求每个人都能背诵，时刻牢记心中。

（1）游击队是劳苦民众的军队，为保护劳动阶级利益而奋斗。

（2）爱护人民，灰尘不染，鸡犬不惊，不要老百姓一针一线。

（3）买卖公平，说话要和气。

（4）勇敢杀敌，不倒戈，不投敌。

（5）忠诚于党，遵守军纪，永不叛变。

（6）官兵一致，军民团结、平等相待。

这六条纪律宣布于1928年初，比工农红军最早的"三大纪律六项注意"还要早。可见，中共永修县委在白色恐怖之下，仍然保持着清醒的头脑和长远的眼光。

游击队成立后，立即进行了"甘棠集训"，队部设在赵家祠堂。主要开展政治纪律教育和军事培训。政治教育由王经燕亲自授课，主要讲解革命道理和游击队颁布的六条纪律等，把在苏联学到的革命理论知识传授给大家，激发队员们的革命斗争意志。军事科目授课训练主要以军事技术为主，射击、搏斗、列队

甘棠赵家祠堂

233

敬礼等。

省委对永修县委刚刚成立的游击大队非常重视，先后派了两名黄埔军校毕业的军事教官，讲授军事知识和各种训练。淦克鹤和曾文甫亲自示范；王经燕从苏联学到的军事技能也派上了用场。经过一段时间的集中受训，队伍的整体素质得到很大提高，但也有少数人违反规定，甚至背叛组织的。

有位叫刘世仁的队员，人很机灵，枪法准，手里一把快枪指哪打哪。不少新队员跟着他学射击，经他手把手一教进步很快，但他每教一个人都要对方暗地给"烟钱"，否则学不到真本事。淦克鹤知道后，找他谈话，给他讲"六条纪律"，说游击队员要"不爱钱"。刘世仁表面答应，心里却很不服气。

刘世仁在花垅村有一个相好的，名叫柳春燕。这女人刚死了丈夫不久，生了一个男孩被丈夫家人抱走了。她年纪轻轻的一个人在家难守寂寞。有一次，刘世仁独自一人扛着枪路过柳春燕家门口。她见刘世仁一表人才，便主动请他进屋喝茶，两人眉来眼去，很快就粘到了一起。从此，刘世仁经常出入柳春燕的家。

这天，刘世仁被淦克鹤批评后，心里很不爽快，不由自主地又来到柳春燕家。柳春燕见他闷闷不乐，便做了几道好菜，两人喝起酒来。当柳春燕得知刘世仁为"烟钱"的事挨批时，打抱不平地说："像你这样有本事的，到哪没饭吃，游击队不容你，你远走高飞呀！"

刘世仁沉下脸呵斥道："不许乱说，开小差是要被处罚的。"

"你人都走了，他们到哪儿去处罚你？"柳春燕不屑一顾笑道，"游击队纪律这么严，又没有什么好处，不如另寻出路。"

刘世仁低头不语，猛地将一杯酒一饮而尽。

"平日里想跟你见个面，你总不自由。"柳春燕开始埋怨起来，随后眼珠子一转，"要不，你偷几支枪卖了，我们去外地过神仙日子去。"

刘世仁依然默不作声，显然在激烈地思考着，过了许久，喃喃自语道："一旦发现了，那是要掉脑袋的。"

"英雄走险路，我们远走高飞，谁也管不了。"柳春燕又给刘世仁加满了酒，连同教唆一起加了进去，撒娇地说，"有我春燕相陪，你还有什么不满足的。"

刘世仁端起酒杯又一扬头，下定决心似的说："这几天，你收拾好东西，在家里等我，哪儿也别去，我随时带你走。"

"这才是我心中的大英雄。"柳春燕兴奋地扑到刘世仁怀里,轻轻地舔咬了一下他的耳垂,一股醇香的酒气挑逗着男人的欲望。

刘世仁英雄难敌美色,顺势抱起女人走进卧室,借着酒力一阵巫山云雨。

几天后,刘世仁带着两支枪投奔安义县保安团。保安团见他枪法准,又带枪来投靠,给了他一笔赏金。刘世仁用这钱在安义县城安了一个家,和柳春燕过起了夫妻生活。

此事在游击队里引起了强烈震动,大家纷纷要求惩治叛徒。王经燕和淦克鹤商量:刘世仁已不是一般的开小差,而是投敌了,必须严惩,否则会造成人心涣散,影响整支队伍。于是,命令淦元江带几个人去安义将刘世仁抓回来。

淦元江等人乔装打扮,事先摸清了刘世仁的住处。深夜里,他带人突然闯进刘世仁的家,把睡梦中的刘世仁制服后,装进麻袋,放在马背上扛回来了。

当天上午,召开了全体游击队员大会,刘世仁被当众枪决,给队员们上了一堂活生生的军纪课。

在受训期间,周边不少农民前来要求参加游击队。王经燕十分慎重,向淦克鹤反复交代要把好关,宁缺毋滥,尤其要提高警惕,防止敌人渗透。

有一天,来了一位姓蔡的年轻人,说自己也是穷苦人家,被土豪劣绅逼得走投无路了,要求参加游击队。中队长邹敬国找他谈话,那人说得天花乱坠,反复表决心。邹敬国见他行为不检,举止轻浮,夸夸其谈,不像贫苦农家孩子,就派人外出调查,果然发现情况与他说的不符,于是,将他捆绑起来审问。原来是新县长蔡澄派来打探游击队情况的。那人一看露馅了,急忙下跪求饶,结果,被游击队员一枪打死了。

在永修县委的领导下,这支在农民自卫军基础上改编的游击大队,逐渐锻炼成为一支纪律严明、英勇善战的队伍。在极其恶劣的形势下,游击大队进行了艰苦卓绝的斗争,开辟出一块赣北地区革命根据地。中共江西省委在1928年给中央报告工作的时候,明确指出:省委机关"在必要的时候,可以暂退至永修我们有组织的地方"。

后来,游击队大队长曾文甫也因为永修游击斗争的出色成绩,以江西代表团书记的身份,赴苏联参加中国共产党第六次全国代表大会,并被选为大会主席团成员。

甘棠集训完毕后,王经燕与淦克鹤商量,如何在游击队成立之初,做一

235

件有影响力的事，以鼓舞人心，提振白色恐怖以来人们低落的士气。县委决定从减租减息、没收阎王债、借粮救济等下手，并先由农会出面与当地的豪门地主交涉，对于不服从的土豪劣绅，尤其是恶霸给予严惩。

滩溪有一个大地主叫蔡鹏九，爱财如命，贪图暴利，且心狠手辣，到处放阎王债，养了一帮地痞流氓。这种阎王债利滚息，息滚利，一旦借了，让人无法算得清。如果借钱人还不起，他就叫那些流氓无赖上门逼债，使欠债人走投无路，不得不卖儿卖女，不少人因此家破人亡。

当农会上门要求"减租减息"、放弃"阎王债"时，遭到蔡鹏九的蛮横拒绝。他顽固不化，以为如今已不是共产党的天下，也不把游击队放在眼里，态度十分猖狂，但慑于自己的力量还无法与游击队抗衡，就和堂弟蔡云卿一起连夜冒雨跑到县城去找自己的本家、刚上任不久的县长蔡澄，乞求蔡县长派保安团前去，消灭这支成立不久的游击武装，以除后患。

蔡澄是由省政府派来接替李奇光的，也是一位反动县长。他听了蔡鹏九的报告，虽然心里更加痛恨游击队，恨不得马上把他们剿灭，但自己刚上任不久，情况还没有摸透，前些日派出的奸细都被游击队杀了，因此不敢轻举妄动，只是面子上敷衍了一下蔡氏兄弟。

游击队听说蔡鹏九跑到县城搬兵去了，个个义愤填膺，立即闯进蔡家开仓放粮，把五百多担谷子全部分给了贫苦农民。消息传到身在艾城的蔡鹏九耳朵里，他痛心疾首，像是要了他的老命一样，对前来安慰自己的堂弟蔡云卿伸出一只颤抖的手掌，哭泣道："五百，五百担谷子啊！"

当天夜晚，蔡鹏九不顾蔡云卿的劝阻，偷偷摸摸地潜回家中，去查看粮食到底少了多少。蔡鹏九到家已是半夜，轻轻的敲门声被正闹肚子起来上厕所的蔡家佩听见了。蔡家佩是一位共产党员，警惕性很高，听见这么晚蔡家有人敲门，便提着裤子摸过去，正好看见里面的人提着马灯出来开门，在打开门的一瞬间，灯光正好照着蔡鹏九那张慌慌张张的脸。

蔡家佩不顾病体急忙跑到淦克鹤的住处报告。淦克鹤立即将此事与王经燕商量。他们当机立断，命令邹敬国连夜带领二中队把蔡鹏九家包围起来，捉拿蔡鹏九。

天刚蒙蒙亮，邹敬国带着二中队的人赶到蔡家。他悄悄地翻入围墙打开大门，当游击队员们一起冲进里屋时，蔡鹏九还在空空的粮仓里，一把鼻涕一把眼泪地号啕大哭："谷子啊，我的谷子啊！"

蔡鹏九就这样被活捉了。

当天上午，王经燕召开了群众公审大会。在大会上，蔡鹏九被五花大绑，村民们群情激昂，控诉蔡鹏九的种种罪恶，尤其是用阎王债逼死人命的罪行，激起了人们极大的愤慨，纷纷要求镇压这个恶霸地主，大会最终决定枪毙蔡鹏九。在押往刑场的路上，蔡鹏九嘴里似乎还在"谷子谷子"地念叨，一声枪响，才没有声音了。

这一声枪响，也惊醒、鼓舞了周边的群众。自从"柘林惨案"之后，吴廷桂和吴廷栋兄弟变本加厉地欺压当地百姓，人们敢怒不敢言，柘林一带的百姓都盼望着共产党领导的自卫军再来扫平吴家大院。当听说滩溪甘棠农民暴动，县委成立了游击队，杀了罪大恶极的蔡鹏九。柘林和武宁箬溪的农民深受鼓舞，他们自发地联合起来，组织了五百多人拿着梭镖、锄头、棍棒等武器冲向吴家大院。

吴廷栋自以为受过黄埔军校的训练，手下有六十多名持枪的家丁，没把这些泥腿子放在眼里，认为他们是一群乌合之众，只要稍稍镇压就会四处溃散。于是，吴廷栋叫嚣着，极力组织人员抵抗，但那些家丁被农民势不可挡的气势吓得各自逃命，没有人听他的指挥。

吴廷栋一个人无力回天，等他再想逃跑时，已来不及了，被愤怒的农民追到一个山坳里，用锄头当场打死。其兄吴廷桂跑得飞快，逃过了一劫。

随后，农民们开仓分粮，又把柘林街上所有的吴家铺子一扫而空。这次暴动狠狠地打击了吴氏家族的势力和嚣张气焰，从此，单枪匹马的吴廷桂收敛了许多，直到1931年出任永修县县长。可不到一年，便下台了。后来，他干脆在艾城西门买了宅院，躲到县城里，一度还开起了西医诊所。

第二十三章　游击斗争

得知堂兄蔡鹏九被杀，蔡云卿气得咬牙切齿，扬言要为蔡鹏九报仇。可自己手里只有一些流氓地痞，根本无法与游击队对抗。他既恨又怕，连家都不敢回，只能躲在县城里，要报仇还得靠本家县长。可是，前几天请求他派兵清剿遭到婉言拒绝，心里不免一阵失望。蔡云卿辗转反侧一个晚上，终于想到一个主意。第二天一大早，他提着一袋银圆又上县署找蔡县长。

蔡澄是新建县人，与蔡氏兄弟根本不是什么亲戚，只是同个姓而已。他刚上任那天，蔡氏兄弟就厚着脸皮前来自报家门祝贺道喜，并拿出祖谱说滩溪蔡家与新建蔡家的渊源关系，极尽谄媚地攀附县长大人。虽然蔡澄的年龄比蔡氏兄弟要小，但按谱上的辈分蔡氏兄弟要称他为太公，于是，蔡氏兄弟就太公长太公短叫起来。蔡澄一个外地人来永修当县长，也希望得到地方豪绅的支持，就顺着蔡氏兄弟的话，笑呵呵地默认了。

"太公耶——"蔡云卿一见到蔡澄就跪了下来，大声哭喊道，"太公，你可要为孙儿做主啊！"

蔡澄一惊，急忙问："出了什么事？"

"鹏九被杀啦。"蔡云卿号啕大哭起来。

"啊，什么？快起来！"蔡澄有些不敢相信，急忙扶起蔡云卿大惊失色地说，"前天不是好好的，谁那么大的胆？"

"游击队干的。"蔡云卿边哭边从地上爬起来，把蔡鹏九被杀的经过说了一遍。

蔡澄听了不由紧皱眉头低头沉思。他越来越觉得这支游击队将是一大祸患，必须趁它羽毛未丰之前铲除干净，把他们扼杀在摇篮之中，否则，将来不可收拾，甚至连自己这个县长的位子都坐不稳。

蔡云卿见县长大人默不作声，小心翼翼地把手里那袋银圆放在办公桌上，哈着腰说："太公，这是孙儿孝敬您的！"

蔡澄听见银子放在桌上发出"哗哗"的声音，便从思绪中惊醒过来，瞟了一眼银袋子，满意地拍了拍蔡云卿的肩膀说："放心，这个仇我来替你报。"

蔡云卿要的就是这句话，又"扑通"一声地跪下，感激涕零地说："要是灭了这股共匪，太公您功德无量，那真是全县百姓的福分啊！"

"保一方平安是我的职责所在，不必客气。"蔡澄示意蔡云卿起身，信誓旦旦地说，"过几天我亲自带人进山剿匪。"

几天后，蔡澄从各乡保安团调兵遣将拼凑了一支两百多人的队伍，由蔡云卿引路气势汹汹地向滩溪云山一带进剿，以图一举歼灭这支成立不久的游击队。

黄昏时分，保安大队走到一个山冈前，远远看去前面有几户人家，队长王连财跑到蔡澄面前说："县长，前面有人家，弟兄们早饿了，是不是吃了晚饭再走。"

蔡澄回头征求蔡云卿的意见。蔡云卿也饿了，有气无力地说："中午只吃了点干粮，夜里还要打仗，让弟兄们吃饱点，反正按计划是半夜包围甘棠村，离那边远一点吃饭也好，以免走漏了风声。"

王连财见县长点头同意了，便加快步伐向山冈走去。走近路边一间茅棚，里面传来"叮叮当当"的敲打声，原来是一间铁匠铺。

只见一位身体壮实的中年汉子，一手持住夹着通红铁块的火钳，一手抡着锤子敲打，他的对面是一位妇人，双手紧握铁锤跟着男人的节奏挥舞着。这位铁匠叫陈予芳，那妇人是他老婆。

看到王连财带着一帮人进来，铁匠夫妻没有理会继续敲打。王连财大声地说："别打了，给我们煮饭去。"

陈予芳放下锤子看了看门外闹哄哄的，为难地说："这么多人，没米没菜的怎么做？"

"没米去村里借呀。"王连财显得不耐烦，挥挥手说。

陈予芳把铁锤往旁边一扔，没好声气地说："这年月没有钱，谁借米给你。"

王连财骂道："老子替你们剿匪，吃你一口饭还啰里啰唆。"说着，正要发邪火，蔡云卿带着蔡澄进来了。

陈予芳一看是蔡云卿，两个人认识，不过后面跟着进来的那个人面生，

239

可那气派比蔡云卿和王连财大。陈予芳心里琢磨着：听说来了一位新县长，会不会就是他？

"哦，是老陈啊，吃饭给钱，天经地义。"蔡云卿装出一副和蔼的样子从口袋里拿出几块银圆递给陈予芳说，"去街上买些米和菜，给弟兄们做一顿饭。"

陈予芳很不情愿地接过银圆，假装无意地问："你们去哪儿呀？"

"少啰唆，快去卖，吃了饭我们还要赶到滩溪呢。"王连财大大咧咧地说。

蔡云卿暗暗地踢了王连财一脚，急忙纠正说："哦，我们去燕山。"

蔡云卿的小动作尽在陈予芳眼皮底下，他看得明明白白。只是他们哪里知道这间铁匠铺正是游击队的交通站，陈予芳是一位地下党员。

陈予芳故意对老婆大声说："你去烧火煮饭，我去街上买菜买肉。"说着，挑起一担空箩筐往外走去。

蔡澄站在一旁没有吭声，看到陈予芳出了门，向王连财使了一个眼色。王连财心领神会地跟了出去，立即叫过来两名队员，对他们嘀咕了一阵，然后大声地对陈予芳说："让他们跟你一起去买东西，快去快回。"

陈予芳心知肚明，冷冷地一笑："还怕我跑啦。"

三个人很快到了集镇，买好了菜。路过一家药店，陈予芳对那二位说："我去买点药。"说着走了进去。

药店老板叫刘列生，也是游击队的联络员。陈予芳进门放下担子，冲着柜台大声打着招呼："老板，有没有万金油啊？"说着，冲刘老板使了眼色，示意自己身后跟着两条"狗"。

刘老板一副和气生财的笑容，热情地说："有，有。"随手从药柜里拿了一盒万金油递给他。

陈予芳接过万金油付了钱，问："老板，哪里有厕所，尿急死了。"

"哦，在后面。"刘列生心领神会道，"我带你去。"

两个人一下子溜进了后屋，陈予芳压低声音说："快去报告游击队，蔡云卿带了二百来人要去滩溪，现正在我那里做饭吃。"

那两个保安队员见陈予芳和老板都不见了，等了一会儿还不见出来，其中一个不放心地要跟进去，刚一推门，刘列生掀开门帘从里面走出，两人差点撞了满怀。刘列生故意问："你也要上厕所啊？稍等一下，里面只能蹲一个人。"

那位保安队员迟疑了一下，陈予芳就从后面出来了，笑着说："哎呀，人生最大的快活就是尿憋久了，再一泻千里啊！"

大家一阵哄笑。

陈予芳提了提裤带，挑起担子急匆匆地朝家里走去。

王经燕和淦克鹤得到刘列生的报告，马上集合队伍，决定在牛婆地打它一个埋伏。

牛婆地是云山去滩溪甘棠村的一条必经之路，两边都是小山包，形成一个小隘口。游击队分两路埋伏在两侧山包上，等待敌人进入伏击圈。

天完全黑了，牛婆地静悄悄的，四周没有一点动静。有的人沉不住气了，轻声问淦克鹤："他们会来吗？"

"别急，他们是想深夜包围我们，不会这么早到的。"淦克鹤十分有把握地说。

又过了一小时左右，山路上隐隐约约地出现一群人。淦克鹤借着朦胧的夜色一看，只见一支队伍偷偷摸摸地往前走。当队伍全部进入埋伏圈时，淦克鹤一声令下，乱枪齐发，快枪、土铳伴随着呐喊声，震天动地。毫无防备的保安团被这突如其来的子弹打得措手不及，慌作一团。他们两侧受敌，不知枪声从哪里来，加上这支队伍是临时拼凑起来的，几乎没有组织反击的能力，只顾往后撤退，拼命地逃跑。

蔡澄和王连财一下子蒙了，这突如其来的枪声完全不在自己的计划之内，也想着先保命要紧。蔡云卿更是比谁都跑得快。

游击队呐喊着，追了一阵子就不再追赶了，回头一打扫战场，缴获了十三支步枪和一些子弹。

游击队初战告捷，极大地鼓舞了队员们的士气。消息很快传遍了全县，在大街小巷里传得神乎其神，还被老百姓添油加醋地演义一番，一扫几个月来白色恐怖下的阴霾，也给那位新上任的蔡县长当头一棒。

游击队的胜利，使滩溪、云山地区周边的百姓纷纷要求参加队伍。可人多了，枪支弹药没有增加，不少游击队员只能拿着梭镖、大刀，有枪的队员也为子弹只减不增而发愁。

城山与熊式辉的老家安义县相邻，两地百姓互通婚姻，亲戚来往频繁。机智灵活的李德辉无意中得到一个消息，说时任国民革命军第十三军副军长兼第一师师长和江西省政府委员的熊式辉，要调任淞沪警备司令，临走前，给安义县保安团送一批武器弹药，并且在某日将这批武器弹药用军车运输到安义县。这真是天大的好消息，县委立即召开"诸葛亮"会议，商量如何抢夺运输军车。

安义的马源和龚家站之间有一段没有人烟的公路，也是汽车从南昌到安义的必经之路。淦克鹤和李德耀带着游击队员提前赶到那里，选了一个拐弯处作为埋伏点，那段公路正好有一个上坡。根据掌握的情报，共有两辆运输车。淦克鹤与李德耀决定各自带一支人马对付一前一后，并事先锯了一棵大树横在公路中间，以迫使汽车停下，然后大家一哄而上。

临近中午，派出去的前哨骑着快马赶过来报告，说敌人快到了，有七辆运输车。淦克鹤一惊，与先前的情报有差，必须立即改变原有计划。淦克鹤当机立断，采取"放六打一"，也就是放走前六辆车，专打最后一辆。

李德耀担心地说："放六打一倒是个办法，但如果车辆靠得很近，枪声一响，那就麻烦了。"

淦克鹤和李德耀反复察看了地形，快速做出调整：人员还是分成两队，等第六辆车一转弯，一队拦下最后一辆车，另一队阻击增援的敌人，速战速决，抢到武器就往树林里跑。

游击队员立即进入新的作战位置，等待敌人送货上门。

不一会儿，第一辆运输车出现了，呜呜地慢慢上了坡，一拐弯不见了，随后一辆接着一辆开过，大家的心也随着紧张起来。当第六辆车来了，看到与后面的一辆车拉开蛮长的距离时，淦克鹤心里暗自高兴，眼睛不眨地盯着第六辆车慢慢地爬上坡，待那辆车子一拐弯，也消失在视野里，就立即向身边几个队员一挥手。他们扛起一棵早已准备好了的树木冲向公路，往路中央一扔，最后一辆车被迫刹住了。

淦克鹤带领的一支队伍从树林里冲出来，一下子把车子围住了，大喊："不许动！"

游击队本不希望开枪，以免惊动前面车上的敌人，但一个军官头目见状拔出手枪正要射击，淦克鹤眼疾手快一枪毙命，其他五六个押车的见头头死了，都不敢反抗了，主动缴械投降。大家迅速上车卸下武器跑进树林。

另一支队伍由李德耀和李德辉兄弟带领，埋伏在公路的拐弯处，严密注视着第六辆车的动静。刚才一声枪响，那辆汽车停了一下，好像在观察什么动静，听听没有声音，就开走了。走了一段路，可能是发现后面的车没跟上来，感觉不对又停住了。从车上下来五六个当兵的，朝这边走来。

李德耀（左）和李德辉（右）兄弟

埋伏在道路两旁的游击队员等他们一靠近，就同时开了火。那些当兵的一看中埋伏了，撒腿就跑。游击队员呐喊了几声并没有追赶，看见车子开跑了，也立即撤退。等第六辆车子追上前面的车子报信，并组织大队人马追杀过来时，游击队早已无影无踪。

这场抢夺军火运输车的战斗，不到一个小时，就取得了游击队员无一人伤亡的胜利，缴获了步枪五十二支，机枪两挺，手榴弹三十箱，子弹若干箱，大大增强了游击队的战斗力。

游击队接二连三的胜利，让土豪劣绅们十分恐慌，蔡云卿更是坐立不安。堂兄的仇没有报，差点把自己的命也搭上了。他彻底明白了，尽管自己有那么大的家产，但如果没有武力保护就可能不是自己的，甚至连命都保不住。蔡云卿狠下心来纠集滩溪当地的一批土豪劣绅出钱出人，在县长蔡澄的支持下，成立了靖卫团。

靖卫团做的第一件事就是抓捕共产党员蔡家佩，将他押到涂家埠游街示众，公开残忍杀害。随后，蔡云卿还把蔡家佩的头颅割下，提到蔡鹏九的坟墓前祭祀，气焰十分嚣张。

不久，不甘失败的蔡澄坐镇县城，命令虬津保安团团长彭立生组织三百多人，联合靖安县和安义县的保安团，共六百余人进行三县会剿，由彭立生统一指挥，从三个方向朝游击队活动区域合围过来，企图一举消灭永修游击大队。

当时，山里的游击队不到三百人，其中快枪也只有两百来支。游击队采取"打得赢就打，打不赢就跑"的灵活战术。当敌人进攻时，游击队把守主要进口山头，埋伏不动。敌人打枪时，也不反击，等对方冲到眼前，冷不丁冒出来一起开火，打得他们措手不及。等他们重新组织队伍进攻时，游击队早已撤出阵地，不见踪影。敌人吃尽了苦头，又一无所获。

于是，保安团采取步步为营，通过烧山、封锁道路、切断粮食盐油等物资运输的办法，想把游击队困死在山里，游击队的活动范围被围得越来越小。由于敌我力量悬殊太大，游击队尽量与敌人避免正面接火，经常分成多股小分队，同时在不同的地方深夜袭扰敌人。

游击队摸清了"三县会剿"的三个扎营地，白天分散隐蔽休息，晚上兵分三路潜伏到敌人营地附近，在敌人睡得最香的时候，三支队伍按约定的时间同时向敌人袭击，不等他们穿好衣服起来组织应战，游击队迅速撤出，借着熟悉的山林道路消失得无影无踪。

过了一个时辰，待敌人刚睡下，游击队又冲过来一阵骚扰。如此这般，一个夜晚好几个来回折腾，弄得保安团整夜不得安宁，疲惫不堪，敌人根本摸不清游击队主力到底在哪里，有多少人马？

为了加快打退敌人的包围，游击队制造虚假信息扰乱敌军，夜间派人在路边张贴标语，说有大批红军要来打永修，甚至县城里也出现了传单。用真真假假的信息扰乱保安团的军心，也使蔡澄十分担心害怕。

正在这时，淦克鹤得到一个消息，说杨家岭兵站的士兵大多被抽走了，站上只有一个班的兵。淦克鹤当机立断，决定带十余名队员趁夜跳出保安团的包围，去攻打杨家岭的兵站，给蔡澄造成更大的恐慌，迫使他撤兵。

那天夜里，没有月亮，连星星都被云层遮盖了，伸手不见五指。淦克鹤带着淦元江和胡祖醒等人偷偷来到修河边，弄到了一条船顺流而下，从东马湾进入小河口，靠近杨家岭上了岸。然后大家在干稻田里睡了一下，等到凌晨两点钟，也是敌人睡得最香的时候，淦克鹤带着队员悄悄地摸到兵站附近。淦克鹤对淦元江和胡祖醒做了一个示意，两个人按原先计划迅速进入指定位置。

兵站营房前门有一个哨兵，扛着枪、提着马灯正无精打采地来回走着。淦元江偷偷地摸到墙角边，等哨兵转身走过去时，猛地从其身后一刀砍去。那哨兵只发出"呜"的一声，就倒地没气了。

胡祖醒迅速冲到铁路旁的一根电线杆下，"蹭蹭"像猴子一样敏捷地爬了上去，拿出大剪把电话线剪断。与此同时，淦克鹤带着其他人一起冲进营房，此时，敌人正在睡大觉，没弄明白怎么回事，只见乌亮亮的枪口对着自己。有两个敌人想拿枪反抗，被当场打死。其他人的枪全部被收缴了，乖乖投降做了俘虏。游击队员把俘虏一个个捆绑起来，关在一间房子里。淦克鹤要求大家速战速决，把能带走的枪支弹药都带上，趁着天未亮迅速离开。

　　临走之前，淦克鹤让人故意在房子外"营长""连长"地喊叫，并在墙上张贴"红军万岁"等之类的标语，造成一种红军部队路过这里的假象。最后点燃了一栋库房，乘着火光消失得无影无踪。

　　第二天，蔡澄得知杨家岭兵站被袭击，不由大吃一惊，但不知道是谁干的。他万万想不到是淦克鹤的游击队夜袭兵站，认为他们被围困在深山里自顾不暇，兵站被烧一定是外来的共产党武装干的。艾城离

南浔铁路杨家岭段

杨家岭只有十来里路，蔡澄心里十分慌张，确信"红军来了"的传闻不是谣言，急忙派人给彭立生送信，让他尽快把保安团撤回来保护县城。

　　这时，彭立生正加紧对游击队的攻势，安义和靖安两县的保安团也趁势围扑过来，眼看包围圈越缩越小。就在这时，彭立生接到蔡澄撤退的命令。他犹豫不决，游击队已陷入包围，消灭游击队近在咫尺。若这个时候撤退，岂不前功尽弃？但是如果不撤，万一县城出了什么事，自己担当不起。他左右为难，终于想出了一个两全其美的办法：自己带一部分人走，留一部分人在这里继续围剿，借靠兄弟两县保安团的力量来消灭游击队。

　　为了稳住靖安和安义两县保安团的军心，不能把实情告诉他们，彭立生偷偷地撤走了一半人马，留一半人交给副团长指挥。刚开始其他两县的保安

团还蒙在鼓里，拼命地向游击队发起进攻。游击队通过内线得知彭立生带人撤了，便派出队员到处放风，说彭立生跑了，让靖安、安义的人去当炮灰。

那两个县的保安团听说彭立生跑了，最初并不相信，以为是游击队在使离间计。可事情越传越凶，不由半信半疑，就派人去永修保安团的驻地察看，果真发现少了一半人，彭立生也真的不见了，只有副团长带着一部分人在围剿。两县的保安团头头不由大为恼火，大骂彭立生太不仁义：老子来帮你们剿匪，你却逃了。于是，一声令下，把各自的队伍都往回撤。永修保安团一看兄弟县的人全撤出了阵地，生怕自己被游击队集中力量打击，也匆匆撤离了。

邹敬国得知靖安县保安团的回撤线路后，立即带着游击队绕过一个山头，提前赶到在他们回撤的路上，借着有利地形，狠狠地打了个埋伏。靖安县保安团被这突如其来的子弹打得晕头转向，不敢应战，丢下几具尸体和枪支落荒而逃。

从此，靖安县保安团再也不敢进入永修境内，与永修游击队交锋，甚至几年后，红军十六师师长徐彦刚率领部分红军转战永修、靖安边界一带打游击，永修县保安团再次向靖安县提出联合围剿，靖安县保安团就是不肯出兵，理由是永修保安团太不讲规矩了。

永修游击队就这样一次又一次地粉碎敌人的围剿，在艰难困苦中，顽强地坚持游击斗争。

第二十四章　化名若霞

1928 年的春节即将来临，南方的天气特别阴冷，潮湿。城山李家祠堂的一间偏房里，燃着一盆红红的炭火。王经燕和李德耀、夏建中三人正围坐在火盆旁商量着山里游击队的供给问题。敌人围剿不成，便进行粮食封锁，对老百姓的生活必需品严加管控，尤其是食盐。

立冬之后，当地农民历来有腌制猪肉、蔬菜等食物的习惯，以备年关和青黄不接的时候食用，故需要大量的食盐。可自从食盐按人头分配后，百姓连平日里的用盐都紧张了，更没有富余的供山里的游击队。王经燕十分焦急，眼看要过年了，别说让同志们大鱼大肉地吃顿好年饭，现在连食盐都吃不上，哪来的力气打仗？

"是不是考虑抢夺一次食盐公卖处。"李德耀用火钳拨了一下炭火，用征询的目光望着王经燕说，"年边上，那些公卖处擅自提高盐价，老百姓早就怨声载道了。"

王经燕摇摇头说："春节前后，各地都加强了防备，并且食盐大都集中县城，各分店里的食盐也很有限，这样做不合适。"

夏建中同意王经燕的分析，附和着："虽然食盐控制得紧，但还是有漏洞的，再想想其他办法。"

正说着，只听见祠堂大门外传来二短一长的敲门声，一听是自己人。夏建中急忙起身穿过厅堂打开大门，看见李德辉提着一袋东西，满面春风地走进来，向王经燕住的偏房径直走去。王经燕见李德辉笑吟吟地推门而进，便笑着问："什么好东西？这么高兴！"

李德辉把袋子往桌上一放，拍了拍手上的灰尘，神秘地一笑："猜猜看。"

王经燕用手一摸布袋，满是硬邦邦的颗粒物，兴奋地说："不会是盐吧！"

夏建中跟随其后，一听说是盐，急忙打开布袋，激动地捶了李德辉肩膀一拳："真有你的，哪来的？"

李德耀也兴奋地站起来，伸手抓起一把食盐问："哪来的？"

李德辉笑着搓了搓手，挨着王经燕身旁，双手十指伸开对着火盆坐下，然后慢条斯理地把经过说了一遍。

原来李德辉和哥哥李德耀曾经在永修与安义两县的边界附近做地下交通站工作，对这一带情况非常熟悉。在安义境内有一座小庙叫甘竹庵，庵里有两位尼姑，一老一少，香火并不旺。李德辉为掩人耳目经常进庙里烧香拜佛，与两位尼姑相识得很熟。李德辉年龄小，长得惹人喜爱，嘴也甜，又有文化，与两位尼姑聊多了，对佛教知识懂得不少。

有一天，李德辉在甘竹庵遇见一位少妇。她也在那里烧香拜佛，并拿了一小袋东西递给老尼姑。老尼姑双手合十表示感谢，少妇急忙回礼说："用完了，我下次再带些来。"

李德辉好奇地问小尼姑那是什么？小尼姑轻声地在他耳边蹦出一个字"盐"。李德辉心中一喜，从外观打扮和谈吐气质看，这位少妇不是普通人家的女子，能买到食盐更是不简单。当听到老尼姑留少妇吃斋饭时，李德辉佯装出着急埋怨的样子，自言自语地说："明明约好了的，都快吃午饭了，还没来？"

"你是不是等人？"小尼姑热情地邀请说，"那就一起用斋吧。"

李德辉等的就是这句话，半推半就地留了下来。

李德辉与那位少妇同桌吃饭，一顿斋饭下来，俩人就熟悉了。

这位少妇名叫慧莲，是安义县食盐公卖处熊老板的二姨太，每逢初一十五都来甘竹庵烧香拜佛。慧莲见李德辉相貌俊朗，谈吐儒雅，他说的不少佛教典故连自己都感到新鲜，不由对他产生几分好感。

闲聊之间，李德辉掌握了慧莲来庵里烧香拜佛的时间。此后，他故意与慧莲"巧遇"了两次，彼此贴近了许多，加上两人有不少共同的佛教语言，感情又加深了几分。第三次见面时，李德辉一副腼腆的样子向她提出帮忙买盐的要求，说自己家里是做腌制品买卖的，需要大量食盐，如今食盐控制得太紧，生意没法做了，一年就指望过年的生意。李德辉还专门买了一刀腊肉送给她，说是自己家里做的，请慧莲尝尝他们家的手艺。

慧莲感到有些为难，随后想了想，诚恳地说："我尽量想办法吧，但腊肉不能收。"

李德辉一张抹了蜜一样的甜嘴，姐姐长姐姐短地叫得慧莲如春风拂面，硬是让吃素的慧莲收下了那刀腊肉。几天后，慧莲花了很大力气，终于弄到了这么一袋食盐。

大家听了一阵哄笑。

"这下可解了我们的燃眉之急。"王经燕如释重负地扫了在座的人一眼说，"谁送？"

"我去吧。"夏建中抢先请缨，"我马上跑一趟罗神殿。"

王经燕同意地点点头，嘱咐道："路上小心，快去快回！"

夏建中兴致勃勃地提起食盐袋就要往外走，被王经燕拦住了。她找来一个大竹篮子把盐放篮子里，然后盖上一些蔬菜。夏建中不以为然地笑了笑，心里说女人就是太谨慎了，但没敢说出口，只是站在一旁，看着王经燕把篮子伪装得天衣无缝，再交给自己。

云山罗神殿有一家奉新人开的饭店，兄弟俩既是老板，又是伙计。哥哥叫黄育生，弟弟叫黄育林，都是地下共产党员。这家饭店也是游击队的交通站，山里与外界的联系以及重要物资和情报都是通过这个渠道送进去的。

夏建中提着篮子匆匆朝罗神殿走去，走了两三个时辰，才到了黄氏兄弟开的饭店。黄育生见夏建中提着一篮子东西进来，警惕地把他让进里屋，轻声地问："什么东西？"

"盐。"夏建中神秘地一笑，把面上的蔬菜拿开，露出一个小布袋。

"太好了，我正为这东西发愁呢！"黄育生高兴地拍了一下夏建中的肩膀说。

"山里的人还好吗？"夏建中关切地问，"过年了，还有什么需求没有？"

"都挺好的，有了这盐，比什么都好。"黄育生感激地说。

兄弟俩让夏建中匆匆吃了一顿饭，便把不宜久留的他送到门口。

为了能搞到食盐，黄氏兄弟曾经绞尽脑汁。前不久，他们为此还大闹了一次靖安县的仁首街。

那天，兄弟俩听说靖安县仁首街有盐卖，未加思考就前去购买。食盐公卖处设在区公所里。不料，这是敌人设下的圈套，故意放出风声有盐买，引人上钩。哥哥黄育生走进食盐公卖处，刚说要买盐，就被保安团的便衣抓住。弟弟黄育林因上厕所迟了一步，发现情况不对，迅速跑了出来，立即报告了山里游击队。

邹敬国得知情况后，精选了一百余队员，连夜赶往仁首街。到了区公所天刚刚亮，几个保安团员还没有起床。游击队出其不意，猛地冲进院子。可敌人睡觉的房门关得死死的，冲不进去，关押黄育生等人的房门也上了锁，游击队就破窗把里面的人都救了出来。

　　惊慌失措的敌人架起机枪从窗户向外扫射，游击队员急忙躲避，一边与之对射，一边把干柴堆在门口点燃，房屋迅速着火，一时间烈焰腾空，浓烟熏得敌人无法抵抗。里面的人只好破墙往隔壁房里跑，被游击队一阵扫射退了回去，最后他们躲到柜台底下，游击队员冲进去击毙了两个顽固抵抗的，其他人都缴了械。

　　邹敬国本想趁机抢夺一些食盐，可里里外外搜遍了，也不见一两盐。因担心敌人增援赶到而不敢久留，就把没有烧毁的区公所和食盐公卖处砸了一个稀巴烂，便迅速撤离了。

　　果然，在回撤的路上，靖安县保安团追了过来。游击队一边阻击，一边往永修境内撤走。在双方激烈的战斗中，敌人没有捞到任何便宜，追到永修境内怕有游击队埋伏，就不敢再追了。

　　这次夏建中送来食盐，真可谓是雪里送炭。

　　夏建中吃饱肚子告别了黄氏兄弟走出饭店，浑身一下子轻松了许多，刚才在路上多少还是有点紧张，毕竟任务在身，如果遇上了保安团盘查，发现拿着一袋食盐往山里走，那就麻烦了，所以他听从了王经燕的话，避开主道走小路。终于把食盐顺利送到了目的地，想到山里的游击队不再为食盐犯愁了，自己两手空空如释重负，心里格外舒畅。

　　夏建中本来应该立即返回的，但他好久没有来罗神殿街市了，想逛逛街再回去，脚步情不自禁地向更热闹的街中心走去。突然，前面传来一阵"当当当"的敲锣声，围着一大圈看热闹的人群。夏建中好奇地快步走了过去，只见一位中年人手里牵着一根长绳，绳子那头拴着一只小猴。那猴子调皮机灵，按照主人的指令翻滚跳跃，引来围观者一阵阵喝彩与哄笑，原来是在耍猴。

　　夏建中感到好奇，这么偏僻的地方也有耍猴的，不由得挤到人群里看起了热闹。然而，正当夏建中津津有味地看着别人耍猴，有人也眼睛不眨地盯着他，而他却浑然不知。

　　这个人名叫李根生，他老婆与夏建中是同一个村的。他早就听老婆说过，她娘家村庄有一个叫夏建中的人去苏联留学，回来后到处闹革命，搞地下工作。有一次，李根生和老婆一起回岳母家，路上迎面碰到一个人。老婆俯耳告诉他，说这个人就是夏建中。李根生当时就记下了夏建中的相貌，不料今天在这里遇见，真是自己发财的机会到了。他见夏建中那副全神贯注的样子，估计他一时半会不会离开。于是，他不露声色地退出人群，然后撒腿就往不远处的云山靖卫团驻地跑去。正好靖卫团副团长梁世曹在办公室，听说街上有共党要犯，立即拿起枪带着五六个团丁向耍猴点奔去。

李根生冲在前面带路，跑到耍猴的地方一看，夏建中不见了。他急得满头大汗，捶胸跺脚，有口难辩。梁世曹相信他不会骗自己，但自己和手下人都不认识夏建中，只好跟着李根生四处寻找。正在李根生急得满头大汗的时候，突然看见夏建中从附近的茅厕里提着裤带出来，他喜出望外，用手一指大喊了一声："就是他！"

梁世曹等几个人一拥而上，还没等夏建中反应过来，便束手就擒了。

夏建中先被押送到县署，后来转押到南昌。夏建中始终觉得自己没有暴露，也没有做过有影响力的事，只承认自己去过苏联留学，坚决否认是共产党员。

夏建中的被捕，让云山罗神殿交通站和城山李家祠堂县委所在地的安全变得极为严峻。尽管没有打听到夏建中变节的消息，但一片阴云笼罩在王经燕心头。为安全起见，春节期间，王经燕只好转移到三角树下村，依靠袁瑞云、王经峻与外界联系。李德耀兄弟等其他人则转移到了马口大安曹家。

元宵那天，省委机关的刘振邦提着拜年的点心，来到淳湖王家找到了王经峻。他操着一口湖南口音，说要见王经燕。刘振邦来过王家几次，与王经峻很熟悉。王经峻觉得把姐姐叫到家里来反而不安全，就带着刘振邦装成拜年走亲戚的样子，来到树下村袁瑞云家拜年，见到了王经燕。

刘振邦向王经燕转达省委的决定：要王经燕立即去省委工作，永修县委书记由李德耀接任。王经燕向刘振邦打听夏建中的消息，刘振邦摇摇头说："他的情况打听不到，这也是我们担心的，省委认为你在永修很不安全了。"

第二天，王经燕与李德耀见了面，交代了一番工作，就坐上南去的火车，踏上了新的工作岗位。列车飞奔，窗外的景色不停地向后移动、变换着，那"轰隆隆"的声音给人一种催人奋进的感觉。王经燕心里十分清楚：更大更严峻的考验还在后面。

在南昌，王经燕化名贺若霞，对外的公开身份是家庭教师，大家都叫她若霞老师。

王经燕不再是一副农妇的打扮了，而是衣装整洁得体，或旗袍，或短袄长裙，举止落落大方，温文尔雅，一身知识分子的气质。在同志们中间，她总是笑容可掬的样子，平易近人，给人一种积极向上霞光般的温暖。

王经燕很快适应了省委机关的工作状态，起初在秘书处、妇女部工作，尔后调到组织部。但不管在什么岗位，她都能把工作做得有声有色，积极安抚烈士家属，设法营救被捕同志，利用自己曾经在省城读书时建立的一些人脉关系，想尽所有办法开展工作。地下工作本应减少抛头露面，但有些事需要她亲力亲为，她总是不顾自身安危，机智勇敢，冒着风险去做，深得省委书记陈潭秋的信任。

陈潭秋，湖北黄冈人，出身于书香门第。1916年考入武昌高等师范学院，五四运动时，领导学生上街游行。1920年与董必武等人创建武汉共产主义小组，是中国共产党的创始人之一。1924年潜回武汉，组建武汉地委，并担任主要领导。1927年7月因在鄂身份暴露，转赴南昌先后担任江西省委组织部长、书记。

1928年4月的一天，陈潭秋亲自找到王经燕谈话，充分肯定了她近期的工作，说能在短时间内把事情做得这么有起色不简单，组织上非常满意。他还开玩笑地说："留苏的就是不一样。"

陈潭秋（1896~1943）

王经燕被说得有些不怀好意，诚恳地说："谢谢组织上的认可，不少事情还是心有余而力不足。"

"你来省委机关时间不长，在目前这种艰难的形势下，已经做得很不错了。"陈潭秋真诚地说，"今天找你来有两件事，一是我们有位同志最近牺牲了，家里十分困难，你代表党组织上门慰问一下他的妻子和孩子们。二是省委常委兼组织科长的王凤飞同志要赴苏联参加中共六大会议，无法履行职责，组织决定组织科的工作由你代理。"

自从去年底省委再次改组后，根据形势变化需要，将组织部、宣传部等部一律改为科，这些科由秘书处直接领导。王经燕知道组织科长的担子很重，尤其在当前这种白色恐怖之下，党的组织工作更为艰难。

王经燕愉快而谦逊地说："第一件事没问题，我马上去办；第二件事我只担心自身能力有限而辜负组织的期望。"

"我相信你，若霞老师！"陈潭秋不容置疑地站起来握着王经燕的手，故意加重语气叫了一声她的化名，随后又心情沉重地说，"现在反动势力很猖狂，不少同志都倒下了，你的担子不轻啊！"

王经燕想起当年丈夫张朝燮从武汉毕业回南昌也是担任组织干事，协助书记赵醒侬工作，今天组织上又将同样的任务交给她，感觉自己是在接替丈夫未竟的事业，不由热血沸腾，她坚定地回答："请组织放心！我将全力以赴做好工作。"

第二天，王经燕找到了那位烈士的家。她轻轻敲门，一位满面愁云的少妇打开门，用疑惑的目光打量着王经燕，弱弱地问："找谁？"

"这是叶美华家吗？"王经燕见对方点头，又笑着问，"她在吗？"

少妇礼貌地说："我就是。"

王经燕自我介绍道："我叫贺若霞，是您丈夫的同事。"

叶美华一听说是丈夫的同事，立即警惕起来。她向门外四周看了看动静，急忙把王经燕让进屋。这是一位柔弱的漂亮女子，目光里还带着几分惊吓，眼圈红红的。王经燕走进屋，看见三个年幼的孩子正用恐惧的眼光打量自己，他们的脸上都有一种孤独无援的神情。

王经燕说明来意，对叶美华丈夫的牺牲转达组织上的慰问。叶美华忍不住失声痛哭起来，像是走丢许久的孩子终于见到了亲人一样，三个可怜兮兮的子女围在母亲身边，也跟着母亲哭泣。王经燕见此情景，心里十分难过。她也曾经有过这样的场景，情不自禁揽着叶美华瘦弱的肩膀不停地安慰着，想起自己的三个孩子，眼睛也不由得湿润了。王经燕极力地克制自己的情绪，安慰叶美华："不要难过，这个仇我们一定要报，把三个孩子好好养大，人民是不会忘记咱们的！"

"咱们？"叶美华擦了擦眼泪，不解地看着王经燕，"难道你也……"

王经燕点点头，平静地说："我也是三个孩子的母亲，他们的爸爸去年被反动派杀害了。"

叶美华紧紧地握着王经燕的手，感激地说："谢谢组织上还挂念着我们！"

253

王经燕从包里拿出慰问金递给叶美华说:"现在组织上很困难,这点钱只能表达意思。"

"我知道组织上困难,孩子他爸也经常说起过,这钱我不能收,我要是收了,他爸会责备我的。"叶美华推辞不收,诚恳地说,"你能冒着风险来看望我们,我们已经很感动了,下次不要来了,过几天我打算带着孩子们回吉安娘家。"

王经燕坚持要叶美华收下慰问金,笑道:"这是组织上交给我的任务,你要是不收,我这个任务就完不成了。"

叶美华还是不肯收,拉着王经燕的手,强忍着热泪说:"若霞同志,就算是孩子他爸最后一次党费吧。"

王经燕听了十分感动,这是一位有思想觉悟的革命家属。她不再坚持了,诚恳地说:"好,我一定替你们转交这份特殊的党费。"

王经燕坐了一会儿,把三个孩子揽在身边,抱了抱最小的,说了许多鼓励的话。孩子们都挺懂事的,这让王经燕感到很欣慰。当她准备告辞的时候,警惕地来到窗户边朝外看了看,发现有两个可疑男人正朝这边张望。王经燕觉得那两个男人有点面熟,便问叶美华:"那两个人是不是经常在这里?"

叶美华躲在窗帘后向外辨认,摇摇头说:"没有。"

王经燕突然想起来了,刚才来的时候,好像就是这两个人跟了自己一段路。当时她并没有发现异常,王经燕断定自己被跟踪了。她思考了一下,平静地对叶美华说:"我可能被跟踪了,现在还不能贸然出去。"

"那我出去把他们引走。"叶美华急不可待地说,"他们不会对我怎么样。"

"不行,你不能有任何闪失。"王经燕坚决反对,略做思考后笑道,"找一身男人的衣服,我装扮一下。"

叶美华从里屋把丈夫最好的一套西装拿出来,递给王经燕说:"你看看合不合身?"

王经燕穿上西装,打好领带,然后盘起头发戴上礼帽,英气逼人地站在叶美华面前。叶美华看着都惊呆了,除了裤腿长了一点外,西服非常合身。叶美华转到王经燕身后说:"从后面看,根本看不出是女儿身。"

叶美华立即拿来针线,按照王经燕的裤长把裤腿缝短了,然后递给王经燕笑道:"这套衣服是孩子他爸买了没多久,送给你了,也算是一个纪念吧。"

"谢谢!"王经燕也笑道,"我那身旗袍虽然旧了,也送给你做纪念,等革命胜利了，我们相会的时候，再物归原主。"

"一言为定！"叶美华能体会到这个约定，包含了多少美好的寄托和祝愿，她激动地紧紧握着王经燕的手说，"你来之前，我真的是心灰意冷，要不是为了孩子，我也随他而去，谢谢你的到来，给了我极大的鼓舞。"

女扮男装贺若霞

"一言为定！"王经燕充满信心地说，"我们都要活到革命胜利的那一天，但如果为了革命，要我们付出生命的时候，那也在所不辞。"

这时，王经燕感觉到叶美华与刚进门的时候判若两人，情不自禁与她轻轻拥抱，互道珍重。叶美华慢慢地开门，向外张望了一下，见没什么动静，回过头再次叮嘱了一句"保重"。王经燕点点头，侧身匆匆出门而去。

王经燕压低帽檐，走出院子，瞟了一下远处那两个男人。他们似乎也在朝这边张望，或许是因为在跟踪一个穿旗袍的女人，看到西装"男人"走出来，并没有引起重视。王经燕迅速转过身，消失在大街的人流里，走出数百米后，又向后张望一下，没有发现有人跟踪，便快速溜进一条小巷。

当王经燕走出巷子时，看见街对面有一家照相馆，橱窗里挂满了许多孩子们放大的可爱的照片。她不由得想到叶美华的三个孩子。他们与自己远在永修的三个孩子是多么相似。在她走进叶美华家里时，看见他们眼睛里那种无助的目光，心里特别难过，但现在一想起自己的孩子，又想到自己随时都有可能牺牲，感觉叶美华的那三个孩子比自己的孩子要幸福得多，至少他们有母亲时刻陪伴在身边。

王经燕莫名其妙地有一种不祥的感觉，心里泛起了一种愧疚。她想要为孩子们做点什么，不由自主地走进照相馆，除了给他们留一张照片作永久的纪念外，其他的似乎什么也做不到。于是，她拍了一张身着男人西装的照片，只见她目光坚定，英气逼人，让时间定格。她非常喜欢这张照片，一直带在自己身上。

第二十五章　经燕就义

王经畲，字耕心，前清秀才，是王经燕的大哥。他供职于江西省教育厅，曾赴日本考察教育，历任第三科科长、教育厅代理厅长、全省通俗教育会会长。先娶邓氏为妻，又娶了罗绮云。

罗绮云有一个哥哥叫罗少山，家住南昌火神庙。王经燕做家庭教师就是教罗少山的女儿罗小兰。罗少山虽然知道一些王经燕的底细，但还是接纳了她，也和大家一样称她为若霞老师，只是心里多了一些警惕，尤其是王经燕在家上课的时候，他进门出门总是先看看周边有没有可疑的动静。王经燕对外的通信联系地址也是用罗少山家的。邮差通常是在下午送罗家的信件包裹，为了能尽快收到各方面的来信，王经燕把给小兰补课的时间安排在下午。

1928 年 5 月，陈潭秋调往北方局任组织部部长，省委书记由陆沉接任。陆沉上任后，将组织科、宣传科等部门恢复为部。王经燕便成了中共江西省委组织部首任女代理部长。

不久，省委机关第二次遭到破坏。不少重要文件落入了反动派手里，中共组织在南昌的十余处联络点被破获，王经燕等一批共产党员的身份暴露。原本她应该立即撤离南昌，但有一封重要的信件要接收，王经燕不顾个人安危，依然前往罗少山家里取信。

这天下午，王经燕身着一件紫色绸缎旗袍，手挎小皮包，一身贵妇人打扮。她叫了一辆黄包车，警惕地观察着四周的动静，匆匆坐上车向火神庙驶去。她提前在一个拐弯处下了车，看了看身后有没有跟踪者，大街上如往常一样人来人往，她迅速走进一条胡同，敲开了罗家的门。

屋里只有罗少山的女儿小兰一个人，她看见王经燕一身漂亮打扮，惊喜地叫起来："老师今天真漂亮！"

王经燕立即关上门，摆摆手示意小兰不要吱声，急忙走到窗前观察外面的动静，见窗外似乎没有什么异常。王经燕这才回过头对小兰笑道："老师这身衣服好看吗？"

"真好看。"小兰说着，像往常一样主动拿出作业本交给王经燕检查。

王经燕心里只盼着邮差快到，匆匆翻了翻小兰的作业本，鼓励道："小兰真不错，继续努力。老师可能要出去一段时间，以后不能再教你了。"

南昌老街

"啊——"小兰不解地问："为什么呀？我要老师教，我要老师教。"说着，眼泪汪汪的。

王经燕把小兰揽在怀里，轻轻地替她擦去脸上的泪珠，笑道："小兰不哭，好好学习，过一段时间，老师会来看你的。"

话音未落，门外响起了敲门声，王经燕喜出望外，以为是邮差送信来了，立即起身开门。一打开门，只见三个陌生男人不由分说地闯了进来。一位高个子面无表情地对王经燕说："我们是卫戍司令部的，你叫什么？"

"贺若霞。"王经燕从容地回答，没想到自己被特务盯上了。

正在这时，邮差骑着自行车在门外喊道："贺若霞，有你一封信。"

王经燕一听，心里说"坏了"。一位特务闻声转身出门，上前一把夺过信件，王经燕看到他要撕开信封，就不顾一切地冲过去想夺过信件撕毁。那特务一转身，使王经燕扑了一个空，其他两个人立即把王经燕死死地控制住了。

那特务匆匆看完信，喜形于色，兴奋得大叫起来："哈哈，原来你就是王经燕，省委组织部部长，又是一条大鱼。"说着，一挥手要把王经燕带走。

小兰看见有人要把老师抓走了，哭喊着扑上前抱住王经燕的大腿不放。那位高个子上前猛地将她一拉，把小兰重重地摔倒在地上。

王经燕回过头大声喊道："小兰不要哭，要坚强！"

257

小兰从地上爬起来，眼睁睁地看着三个凶神恶煞的人把老师带走了。

在大革命运动失败后，中共江西省委机关曾多次遭受严重破坏。1928年6月初的这次事件，直接导致组织部代理部长王经燕、宣传部部长黄克谦等五十余名共产党员和一百三十余名革命人士被捕。

自从朱培德公开叛变革命后，在南昌成立了多个专门对付共产党的反共组织，其中有南昌审判共匪委员会，任王均为主席，熊育锡和胡曜为常务委员，还设立了特别法庭，其审判员由常务委员担任。

反动派当局得知王经燕的身份后，如获至宝。熊育锡亲自负责审理王经燕的共党案件，同时企图利用他特殊的身份，劝说王经燕投降。

熊育锡原本是一位教育家，创办过心远中学等学校，在江西近代教育界地位很高，早年思想比较开明，立志教育救国，不少学生走上了革命道路。他也曾经利用自己的人脉关系解救过一些进步人士，但后来涉足官场，思想右倾，反对共产党，成为一名学阀，一心想当官。他曾任江西省政府委员、国民党江西省监察委员会监委主任、中央监察院监察委员等职务。

熊育锡长期担任省立第二中学校长，学生很多。张朝燮也是他的学生，毕业后两人有过来往。同时，熊育锡与王耕心、王琴心、王经畯三兄弟都很熟悉。在张朝燮给王经燕的书信里，也提到过这个人。他在信中告诉王经燕一件事，说熊育锡曾经当面告诉张朝燮：王琴心对正在省立二中读书的弟弟王经畯很不满，专门向校长熊育锡告状，说王经畯"思想反动"等种种不是，希望熊育锡开除他。所以，熊育锡觉得自己与王家有着多重的关系，对劝降王经燕似乎很有把握。可是，信心十足的熊育锡与王经燕几次较量下来，便大失所望。

当时，熊育锡已六十岁了，还想借着审理王经燕的案件立一功。起初，他打着感情牌，把王经燕请到自己的办公室，摆出一副长者关心晚辈的姿态，以叙旧的方式开始他的诱惑与拉拢。他早就知道张朝燮一年前被国民党右派武装杀害，便把话题从这里切入。

"唉，可惜啊！"熊育锡装出一副很难过的样子说，"淡林年纪轻轻的就这样走了，他是我最有才华的学生。"

王经燕鄙夷地一笑，昂着头说："我丈夫死得其所，没有什么可惜的。"

熊育锡听了一愣，心想这个女人性格这么硬，不好对付。他的第一句话就被顶了回来，一时不知道如何继续下去，不由得尴尬地笑了笑，故意慢腾腾地倒了一杯水，露出一副关心的表情递给王经燕说："听说你们还有三个孩子？"

王经燕没有伸手去接，把头转向一侧不客气地说："有什么事直奔主题，没有必要拐弯抹角浪费时间。"

熊育锡原本准备好的一番话全用不上了，无趣地把水杯往桌子上一放，装出很宽容的样子，皮笑肉不笑地说："好，我就喜欢直来直去。想当年张朝燮搞学运、办教育改造团，我是支持的，青年人闹革命我并不反对，国民党领导的北伐军统一了中国，中华民国正沿着孙先生的三民主义道路前进，共产主义是没有前途的。你自己也很清楚，这次中共江西省委机关被破获，想东山再起恐怕很难了。"

王经燕义正严辞地大声说道："北伐胜利并不是国民党一党之功，旧军阀消灭了，产生了新军阀蒋介石，中山先生提出'联俄联共扶助农工'，你们破坏革命，屠杀工农，背叛孙先生，这次惨案又是你们的一个罪证。"

熊育锡无言以对，一张老脸涨得通红，强压着心里的怒气来回踱步，随后整理了一下表情，用利诱加威胁的口气说："我之所以跟你好好谈，是看在张朝燮和王耕心的面子上，只要你把中共江西省委的人员情况告诉我们，其他要求都好说，像你这样有文化的人，谋一个好位子不是问题。如果是执法处的人来与你谈，他们就没有这么客气啦。"

王经燕一脸鄙夷地哈哈大笑，慷慨激昂地说："既然你提到我丈夫，我就用他最喜欢的一句诗回答你，'剩好头颅酬故友，无损面目见群魔'，人落入群魔之中，无非一死，我早就准备好了，但是共产党人是杀不尽的，胜利最终属于我们。我倒是劝你好好做学问，保留晚节，不要认贼作父，替蒋介石反动派卖命。"

熊育锡气得脸色惨白，张口结舌，半天说不出话来，用颤抖的手指点着王经燕结结巴巴地说："你，你，你真是不识抬举。"

"不要白费心机啦，让他们来折磨我的肉体吧，谁也改变不了我的信仰。"王经燕站起来，从容地走到办公室门口，大声说，"叫人带路，送我去牢房。"

熊育锡的如意算盘完全打错了，此前绞尽脑汁的计划全成泡影，一无所获，只好叫手下人把王经燕关进牢里。王经燕走后，熊育锡似乎还能感受到她留下的怒颜和对自己鄙视的目光。

王经燕被捕后，大哥王耕心一直打听她的下落，并寻找各种关系设法营救。但是，人家一听说是共党的要犯，又是中共江西省委组织部代理部长，都感到爱莫能助。后来，王耕心得知是熊育锡负责这起案件，便试着找到了他。

民国早期，江西教育界有两大组织，一是熊育锡所主导的省教育会，另一是王耕心主持的省通俗教育会。他们俩可以说是当时江西教育界的领军人物，虽然两人年龄相差近二十岁，但关系还不错。所以，当王耕心找到熊育锡的时候，彼此没做任何铺垫，熊育锡就先开口说话了："你那个妹妹中毒太深了，我看得换一换脑袋，你做哥哥的要好好开导她。"

"信仰这东西，如同宗教，一旦迷信了，谁也拉不回。"王耕心一脸无奈地说，"今天来找纯如兄，希望能得到您的指点，有没有办法保释？"

熊育锡摇摇头，用毫无商量余地的口气说："这个案子是省主席亲自过问的，谁也说不上话，除非从上面打招呼，或者让你妹妹坦白招了，再写一份悔过书。不过我看这个比登天还难，每次提审你妹妹，要么默不作声，要么破口大骂。"

王耕心完全能够理解熊育锡说的话，知道这不是一般案件，对于保释也就不再坚持说什么了，便退一步说："我太太和我妹妹关系很好，她很想探望一下，麻烦你行个方便。"

"只要在我的权限范围内，你老弟开口了一定照办，虽然你妹妹把我骂得狗血淋头。"熊育锡大度地苦笑道，"也希望弟妹多劝劝她，不要一条道走到黑。"

王耕心长长地叹了一口气，也不知如何接过熊育锡的话，便起身告辞了。

一段时间后，王耕心的妻子罗绮云带着一些换洗衣服和吃的点心来到监狱里探望王经燕。两个多月没见面了，当罗绮云走进牢房，看见王经燕被折磨得不成人形，虽然两只眼睛依然炯炯有神，但脸色憔悴，衣衫褴褛，不由得失声痛哭，两个人一下子拥抱在一起。

罗绮云的小名叫银秀，与王经燕年龄相仿。王经燕拉着罗绮云的手，安慰道："银秀嫂，不要难过，干革命就有牺牲。"

罗绮云停止哭泣，擦了擦眼泪说："你要保重自己的身体，你大哥在外面设法营救。"

王经燕苦笑了一下，毫不在意地说："我这是死罪，大哥救不了我，从苏联回来的那一天起，我就准备随时赴死了。昨晚我梦见了淡林，他带我去看房子，我们很快就会住在一起了。"

"尽说瞎话。"罗绮云打断了王经燕的话，劝道："你要好好活着，总有办法的。"

"谁不想好好活着，但是他们要我背叛共产党，那样活着比死了更难受。"王经燕推心置腹地说："我坚守自己的信仰，共产主义就是我的生命。"

"我不懂你的信仰，但我理解你。"罗绮云点点头，鼓励道："只要你觉得对的事，就坚持吧！"

"嫂子，我别的什么都不牵挂，就是挂念三个可怜的孩子。"王经燕紧紧握着罗绮云的手，难过地说："他们已经没有了爸爸，我死了就都成了孤儿，麻烦你和大哥多关照他们。"说到这，王经燕声音有些哽咽，眼里闪着泪花，眼前浮现出孩子们可爱的笑脸，特别是懂事的廷璐，身体一直瘦弱，让王经燕格外牵挂。

"事情还没到这一步，不要乱想。"罗绮云眼泪汾汾的，用手擦了擦眼泪安慰道："孩子的事我们自然会照顾好的。"

王经燕欣慰地笑了，昂起头坚定地说："一个革命者顾不了这些，他们长大后会明白的，为了千千万万个孩子不成为孤儿，我愿意舍去这一切。"

来探监之前，罗绮云在家里翻箱倒柜，想找一件漂亮的衣服。她知道小姑子爱美，但没有拿颜色过于鲜艳的衣服，怕与这牢房环境格格不入，便选了一件素雅的湖蓝色的长袖旗袍。罗绮云从包里拿出来替王经燕穿上，看合不合身？王经燕脱去一件外衣把旗袍穿上，一下子像是变了一个人似的，浑身猛然增添了一种女人特有的韵味，掩饰住身体受刑而留下的斑斑血迹，突显出她玲珑有致的身段，优雅而知性，只是无法遮盖住她眉宇间的那股英豪之气。

罗绮云眼睛一亮，上下打量着王经燕，苦笑了一下，调侃道："人都坐牢了，还这么漂亮，真成了监狱一枝花。"

"但愿是杜鹃花。"王经燕也笑了笑，开心地展开双臂在罗绮云眼前转了一圈，听到嫂子说很合身真漂亮，便要脱下。

"不要脱，就这样穿着。"罗绮云立即阻止道。

王经燕带着一丝调皮的神情说："这么好的旗袍，我要留着上刑场的时候穿，平时穿着被他们打烂了，可惜！"

罗绮云的泪水夺眶而出，"哇"的一声痛哭起来。她一把抓住王经燕的臂膀，两人又紧紧地拥抱在一起。

"嫂子啊，别难过！谢谢您给我送来这件旗袍，让我走得更体面。"王经燕一边替罗绮云擦去眼泪一边说，而后平静而认真地嘱咐道，"嫂子啊，我死后和淡林埋葬在一块，坟墓前栽一棵柿子树，周围多种一些杜鹃花。"

罗绮云泪如雨下，只顾点头，一句话也说不出来。

敌人对王经燕多次提审，用尽了各种手段，百般威逼利诱，严刑拷打，不但没有丝毫收获，反而被王经燕驳得理屈词穷，无话应对。后来，敌人拿来笔和纸，要求王经燕书面交代犯罪活动和悔过认识。

王经燕回到牢里，借着灰暗的光线，提笔写下洋洋数万字的"悔过书"。她从自己出生的地主豪门家庭写起，写到与丈夫张朝燮如何一起走上革命道路，如何留学苏联，看到了十月革命后，社会主义国家人民的幸福生活；写到张朝燮、王环心和许许多多革命志士为真理和信仰抛头颅、洒热血以及自己如何从一个千金小姐成长为一名共产党员，并时刻准备为共产主义献身的坚定决心；同时狠狠批驳、揭露了国民党反动派倒行逆施、以人民为敌的滔天罪行，并预言他们终将会受到历史的审判。

"悔过书"交上去后，熊育锡看了大发雷霆，把"悔过书"撕得粉碎，大骂王经燕顽固不化。他本想通过审理王经燕这起案件立功受奖的，好让自己的仕途走得更远些，不料竹篮打水一场空。

正在熊育锡无计可施的时候，王琴心带着南京那边"打招呼"的条子找上门来了，两个人交换了意见后，熊育锡又似乎看到了一丝希望。

自从王环心牺牲后，王琴心迫于各方面的压力，离开了永修。次年，他考上了南京法官训练所。在南京受训期间，他得知妹妹王经燕被捕了。父亲王济兼多次致信王琴心能否在南京疏通关系保释王经燕，还寄去不少活动经费。虽然王琴心仇恨共产党，但毕竟关系到自己亲妹妹的生死。他的确做过一番努力，最终被告知：可以放人，但当事人必须在悔过书上签字。

王琴心带着一张已经写好了的悔过书，满怀欢喜地来到监狱，心想：妹妹有救了，自己为王家算立了一大功。当他跨进牢门，看到王经燕浑身上下血迹斑斑，伤痕累累，心里不由得泛起一丝难过。

看见王琴心走进来牢房，王经燕冷冷地问："你来干什么？"

"唉——"王琴心叹了一口气，略带责备的语气说，"老妹啊，你这是何苦呢，你革命我不反对，但不要加入共产党。当初你背着我们去苏联，我就知道没有好结果，这都是张朝燮和王环心害的。"

"你放屁！"王经燕打断了他的话，"你好意思提王环心的名字，环心和克群就是你害的，你有什么脸面来见我！"

"我和王环心的矛盾是你死我活的，我不杀他，他要杀我，述印老表就是一个教训。"王琴心强词夺理地辩解，而后调换了口气说，"妹子，不要因为这些事影响我们的兄妹关系。"

"哼——"王经燕鄙夷地一笑，"在革命和反革命之间，我们没有兄妹关系。"

"好，不说这些啦！你不看我是兄弟，我不会不把你当成妹妹。"王琴心知道自己说不过王经燕，强忍着一口气打起精神，表功地说，"你被捕后，家里人都非常着急，耕心大哥在积极奔走，我现在南京法官训练所受训，也有一些人脉关系，老爷子多次写信给我，要我疏通关节，我找了一些人，终于同意保释你了，但需要履行一些手续。"说着，王琴心从怀里掏出那张早已准备好了的"悔过书"递给王经燕说："只要你签个字，就可以马上出狱，也不需要你招供什么。"

王经燕一看上面开头是"悔过书"三个字，便连内容看都不看一眼，一把抓过来撕了个粉碎。王琴心大吃一惊，这张纸可是他费了九牛二虎之力才弄到手的，父亲还出了不少银两。他满脸涨得通红，气得说不出话来："你，你，你这是干什么呀？"

"你走吧，你永远无法理解共产党人的信仰。"王经燕把撕碎的纸屑朝他脸上一甩，压着怒气说。

"唉——"王琴心咬了咬牙关，一跺脚气冲冲地走到门口，忽然又停住了脚步，不甘心地转过身恳求道，"老妹啊，你可以不替自己想，但你不能不考虑三个可怜的孩子，他们已经没有了父亲，你总不能让他们再没有了母亲吧。"

一提到孩子，王经燕心如刀割，所有的愤怒一下子涌上心头，几乎无法控制自己，对着王琴心破口大骂："滚，滚出去！"

王琴心灰溜溜地退出牢房，感觉妹妹疯了。他怎么也理解不了，王经燕宁可去死，也不肯在悔过书上签字。回到家里跟父亲说，妹妹脑子出了问题，共产党就是一种邪教，中毒太深了。

王济兼听了，只有仰天长叹。

当局特别法庭为了彰显自己公正民主，公开审理了王经燕的"共匪"案。法庭之上，王经燕从容不迫，把法庭当作又一个战场。她慷慨激昂地陈述共产党的革命主张，用大量事实揭露国民党反动派犯下的滔天罪行；历数蒋介石反动派背叛革命、屠杀工农、祸国殃民的铁证。原本趾高气扬的法官们被王经燕嘲骂得无言以对，狼狈不堪，只得草草收场，另行宣判。

这是一个深秋的凌晨，天色灰蒙，乌云密布，落木萧萧。南昌监狱的铁门哗啦啦被打开了，一群军警闯了进来，杀气腾腾地站在王经燕牢门的两边，只听见一声吼叫："王经燕，出来！"

王经燕知道自己最后的时刻到了。她从容不迫地站起来，穿上罗绮云送来的那件旗袍，神态自若与同室的难友一一告别。有的年轻难友紧紧地抱着她失声痛哭，她笑着拍了拍她们的肩膀，鼓励她们要好好活着，坚持斗争，最后胜利属于我们的。随后，她毅然转身，昂首阔步地走出牢门，用俄语高声唱起《国际歌》，难友们也跟着一起唱起来，整个监狱上空响起了雄壮、豪迈的歌声。这歌声激荡着每一个人的心灵，也使反动派胆战心惊。

"不许唱！"一位军警歇斯底里地大叫着，没有人理会他的叫喊声。

王经燕被押到赣江边，乌云低垂，江水滔滔。一路上，王经燕昂首挺胸，高呼口号。一个军警从地上抓起一把沙土，塞进王经燕的口腔不让她出声。

张朝燮和王经燕合葬墓

王经燕的双手被反绑着，拼命地挣扎着把泥沙吐出，连沙带血喷吐在军警的脸上，继续呼喊"共产党万岁"。

另一位军警随手捡起一块铁块，强行将它塞进王经燕的嘴里，试图阻止她喊话。王经燕紧咬牙关反抗着，军警硬是将铁块塞入，以致王经燕的口腔舌头被撕烂，满脸血肉模糊，但她仍然发出含糊不清的怒骂声。

太阳还没有升起，东方微微泛白。一颗罪恶的子弹射出，王经燕倒下了，倒在滚滚东去的赣江岸边，倒在阴云密布、霞光未出的清晨，倒在她二十六岁美好年华的时光里。

烈士殷红的鲜血洒在大地上，渐渐地映红了欲晓的东方。太阳从乌云里挤出霞光，喷射出万丈光芒，片片霞云重叠在一起，越来越红，好像正在燃烧一样，满天的朝霞照耀着赣江两岸，江水泛着红光向东流去。一只孤雁紧贴着水面拼命地翱翔，只听见一声撕心裂肺般的尖叫，直冲云霄。

王经燕牺牲后，王经畯带人用一辆板车将姐姐的遗体拉回淳湖。王经燕仰躺在板车上，一身湖蓝色的旗袍遮掩着被酷刑摧残的躯体，胸前有两处弹痕和血迹，像两朵盛开的杜鹃花。

王经畯含着眼泪强忍悲痛，拉着姐姐，边走边喃喃地说："姐姐，我们回家，我们回家！"

王济兼把女儿的死归咎于张家，责怪张朝燮把女儿引上邪路，起初，不肯将王经燕与张朝燮安葬在一起，但拗不过张、王两家其他人的反对，才把这对红色伉俪埋葬在一起。从此每到春天，艾城北关外桂垅山坡上的红杜鹃格外鲜艳，一片片盛开，一簇簇怒放，艳如霞、红似火。当地人都说，那是烈士张朝燮和王经燕夫妻鲜血的颜色。

1946年，在王经燕牺牲十八周年之际，王秋心含泪写下纪念张朝燮和王经燕的长诗《东西劳燕哀歌》，记述了他们短暂而光辉的一生，其中写道：

生是劳燕东西飞，死后同穴终双栖。

碧血化作杜鹃花，映红故园尽朝霞。

第二十六章　朝霞满天

王经燕牺牲不久，永修县委遭到了严重破坏，游击队在强大敌人的多次围剿下，损失惨重，不得不转移到永修、靖安、安义三县边境的小坑一带活动，以保全实力。

1928 年 12 月初，九合圩有一位土豪劣绅叫李德生，在燕山走亲戚时，无意中听说永修游击大队驻扎在小坑。李德生曾经被农会减租减息，对共产党一贯不满，这下感觉自己立功的机会到了。他假装串门作客，进一步打听游击队的下落，摸准情况后，立即跑到县署报告了县长蔡澄。

蔡澄十分清楚，游击队经过几次被清剿和长期的物质封锁，已经伤了元气，再趁势一击，便可一举消灭。于是，命令县保安团倾巢出动，还请了当地驻军毛营长带兵协助清剿。

一个北风呼啸的天气，阴沉沉的天空下着雪籽，伴着凛冽的寒风打在人脸上有些刺痛。蔡澄和毛营长率领县保安团和两个连的正规军，由李德生带路，气势汹汹地向游击队的驻地扑去。他们首先占领了有利地形，把游击队包围起来，经过一番激烈的战斗，终因敌我力量悬殊，游击队伤亡惨重。

为保存革命种子，淦克鹤率领队伍撤离到一个叫帅雪坑的地方，召开了紧急会议，决定化整为零，分散突围。会上曾修甫说了一句"一天离了共产党，等于三岁孩儿没了娘"，让在场的人无不伤心落泪。

淦克鹤鼓励大家说："同志们，别泄气！虽然游击队暂时被敌人打散了，但共产党还在我们心里，我们要继续革命，大家多保重！"

随后，队员们分散行动，化整为零，结伴突围，各自寻找出路。他们面对层层包围的敌人，有的在突围中牺牲或者被捕；有的突围成功后，投奔共产党的部队或者跑到外地暂时躲藏起来；还有的没有突围，巧妙躲过敌人的搜捕，隐藏在深山里不出来……就这样，整支游击队伍被打散了。

小坑失败，标志着以王经燕为首的县委创建的永修游击大队，历时十一个月的艰苦斗争，在强大敌人的进攻下，最后以失败告终。但是，它所建立的赣北革命根据地，给永修乃至江西革命带来的功绩是不可磨灭的。

此后，永修人民从来没有停止过斗争，那些突围出去的同志以不同的方式继续革命，或投奔了红军，或转入地下斗争。他们前赴后继，顽强战斗，直到献出宝贵的生命。正是千千万万这样的中华女儿，才迎来了朝霞满天的新中国。而那些作恶多端的反动分子，也一个个得到了应有的下场。

帅式仁 小坑本地人，当年小坑游击队队长。他没有向外突围，而是借助自己熟悉山里地形，躲在一个不易被发现的角落里，搭起简易草棚住了下来。敌人知道他躲在山里，就是搜查不到，于是把小坑的村民抓起来，迫使村民上山寻找，并威胁说，如果抓不到帅式仁，就血洗小坑。帅式仁得知这一情况，为不牵连乡亲们，就主动走了出来，让村民将自己捆绑起来送去交差。当地的土豪劣绅对帅式仁既恨又怕，没有将他押送到县保安团，而是关在帅家祠堂，残忍地用带钩的梭镖刺进他的腹部。帅式仁毫不惧色，怒目圆睁，对着刺杀他的人大声叫喊："二十年后，老子再来找你们算账！"

敌人用梭镖反复刺入、拔出，肠子随着鲜血流出，帅式仁骂声不绝，直到被活活刺死。场面惨不忍睹，吓得那些土豪劣绅纷纷逃离现场。

帅式仁就这样倒在血泊里，终年不详。

淦元江 与淦克鹤一起从小坑突围后，筋疲力尽，饥寒交迫。两个人跟跟跄跄地走到一个村庄。淦克鹤早先曾在这一带活动，以拜师学武为名发展游击队员。正巧被村民帅贤良认出，他装作对淦克鹤很客气，热情地邀请两人到家里吃饭，还说自己很敬佩共产党，也想加入游击队。

淦克鹤和淦元江来到帅家，不等饭菜做好，饥不择食地拿起桌上的红薯干、冻米糖吃起来。帅贤良在厨房里对儿子"嘀嘀咕咕"一番交代，吩咐他把村里的"打师"帅贤高请来。

不一会儿，门外来了一位身材高大的壮年汉子，帅贤良对淦克鹤介绍说："这是贤高师傅，在村里教武术，也想参加革命。"

淦克鹤见来人一脸杀气，目光虎视眈眈，手里拿着一根手杖粗的旱烟枪，筒头有拳头大小，是金属铜制作的。淦克鹤也是练武之人，知道这根烟枪，既是抽烟用的，也可作武器，心里生起几分警惕。当帅贤高绕到他背后，举起旱烟枪向他砸来时，淦克鹤敏捷地溜到桌底，猛地掀起桌子扔向帅贤高，转身冲出后门，拼命地往山上跑去。帅贤高一路追赶。淦克鹤急不择路，脚步如飞，幸亏刚才吃了一些东西，否则哪有力气奔跑。

淦克鹤跑到一条山沟里，看见一座山涧小桥，便迅速躲在小桥底下。帅贤高追到桥边，看不到人影了，四处寻找了一番，也没有发现淦克鹤，心里还惦记着帅贤良家里另外那个人。于是，他急忙转身返回。淦克鹤见人走了，便迅速离开。

帅贤高回到帅贤良家，看见淦元江已被帅贤良父子打死。原来，在帅贤高动手的同时，帅贤良一把抱住了淦元江。淦元江猛地将他一甩，挣脱后往前门冲出。不料，帅贤良的儿子拿着一把铜守在门口，一铜打在淦元江的头上，立即昏了过去。帅贤良父子和帅贤高把淦元江的头颅割下，拿到永修县署领了赏。

淦元江悲壮地惨死在恶人手里，时年三十岁。

淦克鹤　从帅家逃出后，决定去弋阳县找方志敏和邵式平，但路途遥远，身无分文。深夜，他跑到一个叫长塘的地方，找到当年做过通讯员的农友余昌才。余昌才见状，立即把淦克鹤藏在家中休养了两天，同时将自己猪栏里准备养到过年的猪卖了，给淦克鹤作盘缠，还帮淦克鹤弄到了一身长袍和礼帽。

当时，永修城镇乡村、大街小巷到处张贴着"抓住一个共党，赏大洋二百，若抓住了共党头目，加赏一倍；有隐藏者，与共党同罪"的悬赏通告。淦克鹤不敢久留，化装成商人离开长塘。

这天，淦克鹤戴着墨色眼镜坐船到吴城，然后准备去弋阳。在船上，他被一个歹人认出。那人财迷心窍，想抓住淦克鹤去领赏，但又不敢轻易下手，一直跟踪淦克鹤。淦克鹤假装不知，船到了吴城上岸后，把他引到一个偏僻的草洲地里，突然一转身，一刀结果了那人的性命。得知淦克鹤在吴城杀了人，蔡文林立即带人前去抓捕，淦克鹤早已无影无踪。

1928年12月底，淦克鹤历经千难万险，终于找到了方志敏和邵式平领导的赣东北军。不久，他被安排在刚组建的一个连队任指导员。这支连队士兵大多是从国民党队伍里投降过来的，思想混乱，情况复杂。

1929年4月下旬，在弋阳县吴家墩，那个连发生了兵变。淦克鹤不顾个人安危，带着十八人前去做叛兵的思想工作。不料，顽固不化的叛兵开枪射击。淦克鹤等六人当场中弹牺牲，时年二十二岁。

曾去非　1927年初被省委派往抚州，化名于先。在张朝燮牺牲的前一天，他正好回到永修，亲身经历了那场事件。5月，他担任临川县委书记，积极开展了一系列艰苦卓绝的斗争。

当南昌起义部队在潮汕失利的消息传来，反动派弹冠相庆，气焰嚣张，我们有些同志也对革命失去信心。为鼓舞士气，打击敌人，曾去非组织了一次统一行动，在一夜之间，砍倒了临川境内所有通往外地的电线杆，破坏了敌人的通信设施，同时到处张贴标语，造成起义军打回来的假象，一时令土豪劣绅惊恐万状。后来，曾去非担任赣东特委组织部部长。

1929年5月，曾去非带着一位裁缝农友杨福喜前往各地联络工作。不料，遇到临川县保安队长傅培兰的盘查，当场从杨福喜的挎包里搜出党组织的重要文件。傅培兰大喜过望，料定抓到了共产党的重要人物。曾去非知道自己已无法逃脱，从容不迫地指着杨福喜对傅培兰说："我是共产党员，这个人是我花钱请来带路的，放了他。"

傅培兰冷冷一笑，怎么会轻易听信他的话，把两个人都带走了。几天后，由于杨福喜事先听到了曾去非说的话，就一口咬定自己是带路的。傅培兰没有真凭实据，只得将他释放了。而曾去非却受尽了酷刑，但敌人没有从他嘴里得到任何想要的东西。

同年9月，曾去非被五花大绑押向刑场。一路上，他须发怒张，瞪圆双眼，大骂国民党反动派，高呼口号。敌人用布条塞进他的嘴里，让他无法出声。他仍然跳起双脚，含糊不清地大喊大叫，路人见状，无不敬佩感动落泪。最终，曾去非被杀害于抚州曾家园，时年三十岁。

李德辉　1929年9月在马口大安曹家被捕，押送九江感化院。关押期间，他惨遭酷刑，受尽折磨，导致四肢瘫痪。李家花了不少钱打通关系，在李德辉奄奄一息之际，将他保释回来。

1930年6月，李德辉在家里病故，时年二十二岁。

269

邹敬国 从小坑突围后，逃到浮梁县，在那里潜伏了几个月。1929 年 3 月，邹敬国潜回云山，又联络上三十多个人，与时任县委书记曾文甫取得联系，恢复了云山区委，并担任区委书记。邹敬国重新在云山罗神殿一带打游击，让当地的土豪劣绅惶恐不安。

1930 年 6 月，云山靖卫团副团长梁世曹准备带人抓捕邹敬国，被邹敬国提前得知了消息。在梁世曹动手之前，邹敬国趁着夜色带着游击队摸进他家，反将梁世曹杀了。

此事轰动了全县，土豪劣绅谈"邹"色变。几天后，县长柳民钧派县府剿匪队队长王连财带着队伍围剿云山。在激烈的战斗中，队伍被打散了。邹敬国和邹护国兄弟被围困在一座寺庙里，打完了子弹。邹敬国让哥哥邹护国藏到菩萨像身后，自己突然从后门冲出来，不幸被捕。剿匪队多次吃过邹敬国的亏，对他恨之入骨，用铁丝穿过邹敬国双手的掌心，再把他捆绑起来。邹敬国面无惧色，一路上破口大骂。

王连财原本准备押邹敬国回县署领赏，但在押送的途中，有人提醒他，说邹敬国的母亲是一个很有能量的人，把邹敬国抓到县署后，会不会被人保释很难说。王连财生怕邹敬国不死，自己树了一个大敌，担心后患无穷。于是，邹敬国还没有走出罗神殿地界，就被枪毙了，时年二十六岁。

打死了邹敬国，剿匪队一阵狂欢，立即打道回府。邹护国乘夜色逃回家中，不料被歹人发现告发。王连财再次包围邹护国的家，将他抓捕押送县城，后送到南昌监狱关押。同年 9 月，邹护国被杀害于南昌下沙窝，时年二十九岁。

曾修甫 从小坑突围后，决定去赣东北找方志敏，但听说妻子沈云霞在突围中被捕了，就没有立即启程，打算回涂家埠打听一下情况再走。曾修甫躲到了思乐区北徐村姐夫家里，不料，被当地劣绅徐冠南发现了。徐冠南立即带人前来抓捕，曾修甫从后门逃出。徐冠南一路追赶至安义，不见人影。

后来，曾修甫在安义境内被人认出遭捕，并被押回永修。因案情重大，县署不敢滞留，立即将他转押到南昌军法处。曾修甫面对敌人的严刑拷问和逼诱，不屈不挠，视死如归。

1930年11月，曾修甫在南昌监狱惨遭敌人杀害，时年三十四岁。

淦克群 毕业于南昌女子职业学校，1925年加入中国共产党。北伐前夕，随丈夫王环心四处奔波，永修县妇女协会成立时，担任负责人。后来，她调到江西省妇女协会，任省妇女协会委员。在丈夫王环心被杀时，自己被判八年徒刑。

王环心和淦克群夫妇有一个儿子叫王书浴，他们被捕后，由王德兼夫妇抚养。入狱时，淦克群已有身孕，并快要临产。在监狱里，淦克群积极联络同志，与肖国华、沈云霞等共产党员成立了狱中党小组，开展监狱斗争，策划适时越狱。她利用保外分娩的机会，与王秋心所在的上海地下党组织取得了联系，把监狱的情况传送出去，并用诗歌表达自己的革命斗志和坚定信念。她曾写下"我有一片心，无人共与说，狱中生涯黑魆魆，思念乡国只有向明月"等诗句。这些诗歌在中共主办的《上海工人》等报刊上发表，极大地鼓舞了监狱外的同志。

女儿出生后，取名王书娟。淦克群带着婴儿重新回到牢房。监狱里一天两餐都是掺了沙子的臭米饭，淦克群没有奶水，女儿饿得拼

淦克群与儿子王书浴

命吸吮母亲的空乳头，有时被吸破了出血。同牢房的难友们省下口里的饭，用水浸泡后，把沙子沉淀下来，捞出米饭，再捣烂成米糊糊喂给小书娟。尽管监狱里条件恶劣，夏天蚊子臭虫叮咬，冬天寒冷刺骨，淦克群总是有说有笑，乐观开朗，抱着女儿对难友们说："我这个女儿不一般，一生下来就坐牢，我怎么也要把她养大，将来好替她爸妈报仇！"

1930年夏，整个南昌当局人心惶惶，风声鹤唳，到处传闻工农红军要攻打南昌城。消息传到监狱，监狱党小组积极密谋，准备里应外合暴动越狱。8月1日，红一军团派两个纵队攻打南昌赣江北岸的牛行车站，隔江向

南昌城鸣枪示威，以纪念南昌起义三周年。敌军不敢出击，红军也没有渡江攻打。他们完成了"八一"示威任务后，就撤离南昌近郊，转至奉新、安义地区。

然而，枪声惊动了监狱，大家欢欣鼓舞，按捺不住兴奋，在每个牢房门口点燃一支蜡烛，拍着手，唱起歌。因不知道红军已撤离，还积极准备趁势暴动越狱。国民党当局见此情形，惊恐万状，十分担心、害怕，立即下令将淦克群等一批共产党员处死。淦克群面对死亡从容不迫，视死如归。临刑前，她把两岁多的女儿交给狱卒。

当天晚上，没有枪声，没有血迹。淦克群和她同狱的四十多名共产党员被电击昏或触死后，装入麻布袋里，一车车运至抚河门外，抛入赣江毁尸灭迹。淦克群就此遇难，时年二十四岁。

王家人花了很多钱，把王书娟从狱卒手里赎回。女儿长得酷似母亲，漂亮的大眼睛，白皙的皮肤。后来，书娟和哥哥书浴由伯父王枕心抚养成人，兄妹两人分别读了交通大学和护士学校。

新中国成立后，王书浴和王书娟兄妹俩反复上诉江西省人民政府，控告造成父母被害的凶手王琴心，直到王琴心被捕、枪决。终于实现了淦克群的那句话，为父母报仇雪恨了。

王书浴一直在河北唐山工作生活，1976 年于唐山大地震中遇难。王书娟在党组织的培养下，成为一名儿科医生，任职于江西省儿童医院，直到退休。

李德耀　在王经燕调到省委后，接任县委书记。1928 年 5 月，县委通讯员李德立在敌人的威逼利诱下叛变，于某日凌晨三点带领一个连的兵力，包围了李德耀在马口大安曹家的住所。李德立在屋门外叫醒睡梦中的李德耀。李德耀听见是自己人的声音，便打开门一看，李德立身后站着一排陌生人，立即意识到不好，转身冲出后门，跃上围墙，却被李德立死死拖住裤腿。李德立竟然无耻地乞求道："德耀你不要走啰，你走了我怎么办呀？"

慌乱之下，李德耀抽枪连开两枪未打中叛徒，结果，被一拥而上的敌人抓住了。李德耀被捕后，被押送南昌卫戍司令部。敌人知道他是县委书记，问："你们有多少共产党员？"

李德耀大笑道："除了土豪劣绅，所有农民都是我们的人。"

1930 年底，江西省"剿共"总指挥张辉瓒对中央苏区进行第一次围剿，结果被红军俘虏。毛泽东曾写下诗句："雾满龙岗千嶂暗，齐声唤，前头捉了张辉瓒。"当时，国共双方达成了一个释放张辉瓒的协议，对方条件优厚，除给大量钱物外，还释放南昌所属监狱里在押的所有共产党政治犯。

1931 年 1 月底，正当国共双方高层谈判之际，苏区政府召开庆祝反围剿胜利大会，并要公审张辉瓒。由于这个外号"张屠夫"的剿共总指挥残害共产党员和革命人士手段残忍，血债累累，罪恶极大，因此控诉场面一度失控。群情激昂的赤卫队员和群众从红军手里抢走张辉瓒，拉出去用石头砸死了，并砍下人头，装进竹笼里，扔到江里任其漂流，一直漂流到吉安县城，被人捞起辨认，依稀认出是张辉瓒的头颅。

国民党方面得知此消息后，立即对苏区进行了疯狂报复，并在全国各地搜捕共产党人，对关押在南昌监狱的一百多名共产党政治犯进行清狱，全部用电击昏或触死，再装入麻布袋扔到赣江里。李德耀就在其中，时年二十五岁。

曾文甫 1928 年 5 月，以江西代表团书记的身份赴苏联参加中国共产党第六次全国代表大会。8 月份回国，这时李德耀已被捕，他被任命为永修县委书记。在滩溪甘棠，他将永修县游击大队整编为红军江西游击队第八纵队。

同年 12 月初，几乎在曾文甫刚离开游击队赴湖口县参加中共江西省第二次代表大会，并当选为江西省审查委员会委员时，蔡澄带着队伍前来围剿。而在他会后返回永修的时候，游击队已在小坑惨遭失败。

曾文甫只得将县委秘密迁址新建县瑶槽徐家，与新建县张爱水领导的游击队合并，称为永新边区游击队。张爱水任队长，曾文甫任政委。在两县边境地区和铁路沿线上，开展游击活动。

1930 年 5 月，边区游击队被新建县保安团打散，张爱水牺牲，曾文甫被迫将县委秘密撤回曾村，自己化名老杜。1931 年 2 月，思乐区委一位赵姓委员叛变，杀死了区委书记毛亦德。那人在德安边界有一个姘头，就在那里当了土匪。曾文甫得知后，派杨祚志带人前往德安处决了叛徒。不久，杨祚志也做了叛徒。曾文甫又派人去刺杀。与此同时，曾文甫受到严密通缉，自己无法在永修立足了，不得不独自潜入吴城丁家山，以教私塾为名，隐姓埋名潜伏下来，以待时机。

曾文甫走后，袁耀成继任县委书记，以教书、习武为名，开展地下工作。这年年底，省委派胡德昭任县委书记，袁耀成、邹文祖等人为常委。1934 年 2 月，县委再次遭到破坏，袁耀成被捕牺牲，胡德昭逃离永修，邹文祖叛变投敌。

1935 年初，曾文甫从吴城秘密回到大路边曾家，积极联系失散的共产党员，很快恢复了组织，成立北岸支部，曾文甫任支部书记。不久，叛徒邹文祖听说曾文甫回来了，便找到曾文甫家，谎称自己是省委特派员。

邹文祖掏出两份伪造的文件对曾文甫说："红军到了云山，省委派我来联系你们，商量如何配合红军作战。"

长期脱离了上级党组织的曾文甫急切想找到省委组织，他认定那两份文件是真的，兴奋地说："太好了，马上组织党员开会。"

当天晚上，曾文甫在邓万自家里，召集了四十多名党员开会。邹文祖把每位参会人员的名字一一记下，然后东扯西拉地讲了一大堆话，心里只盼着抓捕队伍快到。突然，门外一声枪响，曾文甫立即反应过来，把油灯一吹熄，一拳打倒了邹文祖，大家一起冲出门去。邹文祖紧紧地抱曾文甫的大腿不放，两人扭打在一起。七八十名海军陆战队员冲了进来，曾文甫和二十多位党员当场被捕。

次日，根据邹文祖记下的名单又抓捕了二十余人。就这样，四十多名共产党员全部被押送到南昌军法处，连曾文甫十几岁的儿子、儿童团长曾庆晁也没放过。

1936 年 12 月 26 日，曾文甫在南昌监狱里被杀害，时年四十九岁。

至此，始于大革命时期建立起来的中共永修县委及其基层组织，终因反动派的残酷镇压和叛徒的出卖而被彻底破坏，但它在中国共产党的历史上写下了光辉的一页。

刘盛福 小坑失败后，成功突围，逃亡上海。他到处寻找王秋心夫妇所在的地下党组织，但一直未能找到而流落街头，几至乞食。某日，在虹口公园偶遇王秋心，终于联系上了党组织。后来，他在沪西、闸北等地做过街道支部工作，写过不少革命文艺作品发表在《上海工人》上。

二十世纪三十年代，刘盛福以当事人身份写了许多有关永修革命事迹的文章，并将手稿交给袁赋秋保存，为地方党史研究留下了宝贵的一手资料。

上海地下组织遭到破坏后，刘盛福则去向不明。

王德兼　生于 1865 年，1939 年为躲避日军，逃难至于都县，同年因病而亡，终年七十四岁。抗战胜利后，其棺柩运回家乡安葬，蒋介石、熊式辉送了挽联，其文字刻在墓碑上。

王济兼　生于 1863 年，1947 年因病在家中去世，终年八十四岁。

张文渊，大约生于十九世纪七十年代后期，新中国成立前夕病死于家中，终年不详。

彭立生　湖南人，大恶霸地主，虬津联保保安团团长。他曾三次被白卫军或游击队抓获，三次逃脱。最后一次是 1934 年 6 月，尹泽南带领永修工农游击队抓获了彭立生父子，由于当时游击队缺乏武器弹药，有人提议释放其子，让他拿枪支弹药来赎其父。结果，彭立生的儿子纠结了一帮人，武装劫走了彭立生。

1937 年，彭立生因拥有大量武器，被柘林的土匪抓去杀了，终年不详。

吴廷桂　1891 年生，早年留学日本东京大学医学系。回国后，借助其家族势力称霸地方，制造了永修"4·15事件"和"柘林惨案"。1931 年任永修县县长。1941 年 7 月至 1946 年，经人推荐于流亡的浙江大学当校医。1946 年通过贿选手段当上了国大代表，并组建青年党永修县执行委员会，自任主委。

1950 年 9 月，吴廷桂被人民法院公审，处以死刑，执行枪决，终年五十九岁。

王琴心　1897 年生，曾留学日本早稻田大学法律系。在王环心牺牲后，迫于多方压力离开永修。1928 年，他考入南京法官训练所学习。结业后，在浙江、湖南、广西、广东等多地担任过法官、推事，直到 1934 年回南昌法院任法官，半年后调省高院。1946 年身体中风，留下跛脚。次年，任临川县首席检察官。新中国成立后，一度在江西省法院签到。

1950 年王琴心被捕，关押一年后，被人民法院公审，处以死刑，执行枪决。死后，无亲友收尸，终年五十四岁。

袁赋秋　苏联留学回国后，与王经燕一道协助王环心做地下工作。不久，丈夫王秋心被朱培德"礼送出境"，便与之一起流亡上海，在中共地下党上海总工会工作。后因总工会遭到破坏，她与党组织失去联系。新中国成立后，在江西文史研究馆工作。

1977 年 5 月，袁赋秋因病在三角乡树下袁家逝世，享年七十六岁。

王弼　与王经燕一起留学苏联，莫斯科中山大学毕业后，继续留苏进入列宁格勒空军地勤学校学习航空机务。毕业后，王弼留在苏联空军服役，任少校总检验师。1933 年，他又考入茹科夫斯基空军学校，学习了五年，成为我党最早掌握航空技术的专业干部。1938 年奉命回国，在新疆开设航空训练

班，担任训练班党支部书记。

1940 年回到延安，向党中央提议建设航空兵种计划，受到毛主席和朱德总司令的接见。

次年，成立了中央军委航空学校，王弼任校长。人民空军从无到有，克服了重重困难，取得辉煌的

晚年王弼

成绩。1943 年，王弼与杨光结婚，毛主席特题词祝贺：没有什么困难可以阻碍人们前进，只要奋斗加以坚持，困难就赶跑了。

1949 年 11 月，中国人民空军成立，王弼任空军副政委兼空军工程部部长，后改任为空军副司令员。1952 年，中央决定组建航空工业局，李富春兼任局长，王弼任第一副局长兼总工程师。

二十世纪五十年代末，王弼返回故里，寻找含英小学的同事黄实扶，当年他留学苏联无钱启程，黄实扶资助过他。当王弼得知黄实扶正在接受监督

改造时，便对地方领导说"黄实扶对革命是有功的"，从而解救了他。当王弼看到家乡的人吃水不洁，便自掏腰包在村里打了一口井。井水清澈甘甜，直到全村人装上了自来水，村民们都不舍得废弃。

1977年8月31日，无产阶级革命家、航空先驱王弼，因病在北京逝世，享年七十八岁。

沈云霞　人称四姑。早年随丈夫曾修甫一起积极参加革命。她为人豪爽，性格泼辣。淦克群调任省妇女协会工作后，一直由她担任永修县妇女协会负责人。在小坑突围中被捕，后转押南昌监狱。在梁云浩等七十余人联名担保下，最终被释放。出狱后，丈夫已被杀害，房屋被铲平，生活没有了着落，一度靠乞讨为生。后来，重新组建了家庭。新中国成立后，担任多届永修县政协常委，被人敬称为"老革命"。

二十世纪八十年代初，沈云霞因病在永修逝世，享年不详。

王秋心　1927年被朱培德"礼送出境"而流亡上海。在上海总工会秘书处工作，主编《上海工人》杂志。后因上海总工会遭受敌人破坏，与党组织失去联系。抗日期间，参加"自由大同盟"等进步组织。抗战胜利后，先后任南昌中学、永修中学校长，并组织建立中国民主同盟江西民盟小组。

新中国成立后，王秋心先后担任江西中苏友好协会理事、副秘书长，民盟南昌市委会主委，南昌市政协副主席等职务。晚年双目失明。但作为永修县早期革命的亲历者，留下了许多纪念烈士文章和采访回忆记录。

1986年1月14日，王秋心在南昌逝世，享年八十七岁。

晚年王秋心

王经畯　在姐姐王经燕牺牲后，与党组织失去联系。1929年他考入南京

中央大学机械工程系。毕业后，先后在湖南、重庆、贵州等地从事技术工作，抗战胜利后，曾任中央驻日代表副团长，检查日方赔偿工厂设备情况。新中国成立后，历任武昌车辆厂车间主任、第一工业部制造局设计科机械组组长、大连铁道学院汽车车辆系主任、教授等职务，在学术上，取得了一番成绩。生有三子三女，子孙满堂。

1987 年，王经畯因病在大连逝世，享年七十九岁。

张朝燮和王经燕牺牲后，留下的三个孩子，大儿子张廷璐，女儿张廷纯和小儿子张廷锡均由张文渊和袁氏教育抚养成人。

晚年王经畯

张廷璐出生于 1920 年，自幼跟学祖父张文渊的私塾，后就读于修水县散原中学。1934 年考入省立第一中学。1945 年毕业于国立浙江大学化学系，被派往云南昆明为美国空军做翻译。不久，日本投降了，翻译机构被遣散。他的上司希望他留下来，加入国民党。但是，他想起父母都是共产党员，便回到南昌从事教育工作。新中国成立后，他先后任华中医学院化学教研室助教、第六军医大学讲师。1958 年加入中国共产党，历任第三军医大学副教授、教授兼化学教研室主任。2014 年，张廷璐因病于重庆逝世，享年九十四岁。

张廷纯出生于 1921 年。王经燕回国后，为躲避反动派的抓捕，一度居住在三角乡袁瑞云家里。王经燕与袁瑞云的一句玩笑话，订下了一对娃娃亲。长大后，张廷纯与袁瑞云的儿子袁自增缔结良缘，并子孙满堂。1990 年，张廷纯于永修县三角乡树下村因病逝世，享年六十九岁。

张廷锡出生于 1925 年，自幼受教于祖父张文渊，后在南昌读书。新中国成立后，他被党组织保送北京师范大学，毕业后曾在多所中学任教，因性格内向，终身未娶。2007 年因病于永修县第二中学教师宿舍逝世，享年八十二岁。

张廷锡死后，因考虑他没有后嗣，故将他安葬在父母身边，让他永远与爸爸妈妈在一起。

如今，在艾城北关外张朝燮和王经燕烈士的合墓旁边，静静地躺着儿子张廷锡。两座坟墓朝南并排挨着，前面是一片开阔的郭东田园，一条高速公路从中穿过。

朝霞满天照修河

每天清晨，当一轮红日跳出鄱阳湖水面，最早的一缕霞光透过稀疏的松林照在墓碑上，随即天空慢慢布满朝霞，阳光从云层里喷射而出，照耀着修河两岸。这时，不禁使人想起烈士淦克群在监狱里写给王秋心的信，她深情地说："时代是不会辜负我们革命者的苦志的，我们终有一天会在赤霞满天的祖国大地上相见。"

是的，这一天早已到来了！

2020 年的春天，在张朝燮和王经燕诞辰一百一十八周年之际，有几位当地人，因长年寻觅烈士足迹，演绎红色历史，再现英雄风采，感动于他们的信仰故事与精神，在这对碧血伉俪的坟墓前，反复播放烈士夫妻生前共同

在烈士墓旁栽下柿子树

创作的歌曲《我和你》，在悠扬的音乐声中，栽下了一棵见证过他们爱情的柿子树。那株一米多高的树苗，刚刚冒出嫩芽，于朝霞满天的春风里，轻轻地摇曳着，仿佛在与春天诉说什么……

279

附录:

张朝燮、王经燕年谱

1902 年　王经燕出生于江西南康府建昌县（今永修县）九合乡淳湖王村，字翼心，乳名玉如，自幼男孩性格，不裹脚，上树下河。其父王世宽，字济兼，为地方豪绅。母亲段氏。

1902 年　张朝燮出生于建昌县艾城街南门官宦之家，字淡林，自幼聪慧，人称神童。其父张名福，字家鼎，号文渊，前清举人，任甘肃省成县知事。母亲袁氏。

1913 年　张朝燮就读永修县立高等小学。王经燕跟读王家私塾。

1918 年秋　张朝燮入江西省立第二中学读书。

张朝燮和王经燕铜像

1919 年春节　张朝燮和王经燕在艾城结婚。婚后，他们入住南昌翠花街。张朝燮继续求学，王经燕成为家庭主妇，接触《新青年》《觉悟》等进步书刊。

5 月 7 日　五四运动爆发后，张朝燮作为省立二中学生代表，参加了在南昌百花洲沈公祠召开的全市学代会。张朝燮组织发动学生参加游行示威，声援北京学生的爱国运动。

7 月　张朝燮与同在南昌读书的永修籍学生王秋心、王环心、王弼、曾去非等人利用暑假返乡机会，组织成立"反帝爱国演讲团"，奔走城镇乡村，宣传"热心救国""抵制日货"，并成立仇货检查组，烧毁洋货。

1920 年　张朝燮经常在家里举办永修籍在昌学子聚会，探讨救国救民之路。王经燕深受丈夫和堂兄王环心进步思想的影响。

是年　长子张廷璐出生。

1921 年　张朝燮和王秋心、王坏心、王弼、曾去非等二十余人在南昌系马桩江南会馆成立"永修教育改造团"，并执笔《永修改造团宣言》，印制传单散发各地。

7 月　张朝燮于省立二中毕业返回永修，并将"永修教育改造团"迁到家乡。

9 月　张朝燮与改造团成员一道，在涂家埠利用岳父家的闲置房子作校舍，创办了含英小学，进行新文化、新思想的传播，并与以其父为首的旧学派做坚决斗争，迫使张文渊辞去县教育会长和县高小校长职务。与此同时，王环心创办云秀女校，王经燕与淦克群、张廷菊、袁赋秋、吴远芬、江月白等人带头就读，接受新文化、新思想教育。

10 月　张朝燮考入国立武昌高等师范学校国文史地系，后转入历史社会学系。

是年　女儿张廷纯出生。

1922 年　张朝燮师从中国共产党创始人之一李汉俊教授，在他的指导下，系统地研读了马克思列宁主义著作，并参加武汉地区的学运活动。

1923 年　张朝燮在武昌师大由李汉俊介绍加入中国社会主义青年团，后转入中国共产党，成为武昌师范大学最早一批学生党员之一。

7 月秋　王经燕考入省立第一女子中学高中师范部。积极参加各种革命活动，组织进步团体"女青年社"，加入江西青年学会。

1924 年　王经燕在南昌加入中国社会主义青年团。

1925年初　幼子张廷锡出生。

是年　王经燕由赵醒侬、肖国华介绍加入中国共产党。

5月　张朝燮从武昌师大提前毕业，受组织指派回到南昌。与赵醒侬、邓鹤鸣、方志敏、袁玉冰、曾天宇等人一起，成为江西早期共产党骨干。张朝燮担任中共南昌特支组织干事。对外的公开身份是省立二中、匡庐高级中学教员，并在黎明中学义务兼课。

5月26日　永修县各界四千余人在涂家埠举行追悼孙中山逝世大会。王经燕、王弼等人发表了演讲。

6月　"五·卅"运动发生不久，张朝燮协助赵醒侬组织声援上海工人的正义斗争，成立援助"五·卅"惨案后援会组织，举行示威游行，开展募捐活动，同时在各地建立了一批工会组织。

7月　国民党江西省第一次代表大会在南昌黎明中学秘密召开，选举产生省党部执行委员会，赵醒侬、邓鹤鸣、张朝燮、方志敏、朱大贞、陈灼华等人当选为执行委员，分别担任组织、宣传、工人、农民、青年、妇女等部的部长。

同月　张朝燮和赵醒侬介绍曾去非、王弼、淦克鹤等人加入中国共产党，并成立中共永修党小组，张朝燮兼任组长。两个月后，由曾去非担任党小组长。

8月初　张朝燮协助赵醒侬选派优秀分子赴各地深造，分别选送了曾文甫、淦克鹤参加第五期广州农民讲习所和十余名永修籍青年参加黄埔军校学习。

10月中旬　上级组织选送王经燕、王弼、袁赋秋、夏建中赴莫斯科中山大学学习。张朝燮填词《念奴娇·送别》为妻子送行。

10月24日　王经燕等人自上海乘苏联货轮出发，与张闻天、王稼祥、向警予、李立三夫妇等百余人同船，并结下了深厚的同学友情。

11月2日　王经燕到达海参崴，因途中劳累与水土不服而病倒。

11月下旬　王经燕一行人到达莫斯科中山大学，开始了紧张的学习生活。

12月31日　张朝燮组织召开营救赵醒侬的重要会议，因消息泄漏，遭到追捕。张朝燮机智周旋得以脱险，不得不离开南昌潜回永修。

1926年1月，张朝燮在永修组织召开"永修改造团"大会。不久，赵醒侬、刘承休、陈灼华等人被营救出狱。

1月26日　张朝燮返回南昌，恢复开展省党部执委工作。

3月19日　在黎明中学秘密召开国民党江西省第二次代表大会，赵醒侬、张朝燮、方志敏等人继续当选省执委，分别任组织部部长、工人部部长和农民部部长。

7月　军阀邓如琢下令逮捕中共江西地方负责人赵醒侬。

8月10日　赵醒侬被捕。当时，张朝燮与赵醒侬同在一处，侥幸脱险。张朝燮再次被迫离开南昌返回永修。随后三个月，张朝燮深入永修农村，昼伏夜出，步行两千余里，走遍永修各地，考察全境农村情况，与农民同吃同住，发展后备力量，协助王环心支援北伐。

9月　成立中共永修支部干事会，王环心任书记兼宣传干事，曾去非任组织干事，张朝燮任农民干事，李德耀任青年干事，淦克群任妇女干事。

16日　赵醒侬被害。

11月8日　北伐军攻克南昌，张朝燮随即返回南昌，公开发动工人群众，建立工会组织，与担任农民部长的方志敏一道，成为江西工农运动的主要领导、推动者。

是年　王经燕在莫斯科中山大学发奋苦读，完成俄语、社会发展史等十几门课程，成绩优异，被誉为"高材生"。

1927年1月1日　国民党江西省第三次代表大会召开。在蒋介石的干预下，张朝燮和方志敏等共产党人的省执委"落选"，并被解除部长职务。

1月　经中共江西区委批准，张朝燮返回永修，担任中共赣北特委委员兼永修县支部宣传委员，同王环心一起领导全县的工农运动。

2月　中共永修县地方执委会成立，王环心任书记，张朝燮任组织部部长。

2月20日　江西省第一次农民代表大会召开，张朝燮、沈云霞、淦克鹤等五人代表永修县出席会议。郭沫若做政治报告。选举出方志敏、王枕心、淦克鹤等十三人为执行委员，其中方志敏和淦克鹤等五人当选为常务委员。

4月15日凌晨　右派县长卢翰勾结大劣绅吴廷桂纠结数十匪徒，劫走被县自卫军关押的彭立生、江芹香、徐官南等人，并包围袭击永修县农民协会所在地艾城城隍庙。为了突围求援，张朝燮奋不顾身冲出，不幸被敌人发现中弹牺牲，年仅二十五岁。

当日　虬津区委书记司朝吉也被诱杀。

4月17日　中共永修县地方执行委员会在艾城隆重举行了张朝燮和司朝吉烈士的追悼大会，有两万余人参加。

4月24日　《红灯》杂志发文悼念赵醒侬、陈赞贤、曹炳元、胡遂章、张朝燮烈士。

4月下旬　淦克鹤带领一百余人的省自卫军大队，从南昌乘专列来永修，直捣吴廷桂的柘林老窝，为张朝燮报仇。

7月　即将毕业的王经燕在莫斯科中山大学惊悉丈夫张朝燮牺牲的噩耗，谢绝了共产国际组织留她在苏联工作的安排，毅然回国。

8月初　王经燕等三十余人启程回国，为安全起见，绕道蒙古国，穿越戈壁沙漠，历尽艰辛，跋涉三个多月，回到江西。

10月上旬　江西省委机关首次遭到破坏，并被迫转移到九江。不久，陈潭秋担任省委书记，省委机关重新迁回南昌。

11月上旬　王经燕、袁赋秋和夏建中回到九江，遇见淦克鹤。根据省委指示，王经燕回永修工作，担任中共赣北特委委员、永修县委组织部部长。

11月中旬　县委书记王环心返回永修，王经燕协助王环心积极恢复县委组织，开展农民武装暴动的准备工作。

11月下旬　王环心、淦克群夫妇因被王经燕的胞兄王琴心告密而被捕。

12月中旬　王经燕在城山李家祠堂主持召开了县委扩大会议，与会者四十多人，历时四天。王经燕临危受命，担任县委书记，会上做出了开展武装斗争的决定。随后，成立永修县游击大队，下设两个中队，淦克鹤为总指挥，曾文甫为大队长，并发动了"甘棠暴动"，建立了以李家祠堂为中心的南乡革命根据地，颁布了"六大纪律"，清洗了二百余名不合格的党员，吸收优秀分子加入共产党，提高了整个队伍的战斗力。在云山、滩溪一带坚持游击斗争，粉碎敌人多次围剿，取得了一系列胜利，以致江西省委在向中央报告工作时指出：省委机关"在必要的时候，可以暂退至永修我们有组织的地方"。

1928年2月　王经燕调中共江西省委机关，化名贺若霞，以家庭教师身份为掩护，从事党的地下工作。先后担任秘书、省委组织部代理部长。

6月初　中共江西省委机关二次遭到破坏，王经燕不幸被捕。敌人弄清她的身份之后，企图从她身上打开缺口，以获取中共江西地下党组织情报。但敌人用尽各种引诱和毒刑拷打，王经燕视死如归，始终没有吐露半点秘密。敌人又派其胞兄王琴心到狱中劝降，遭到她唾面痛斥。

同年深秋　王经燕在南昌被国民党反动派残忍杀害，年仅二十六岁。

后　记

　　2019 年 8 月，中央党史和文献研究院、国家广播电视总局等三家联合摄制组来江西拍摄纪录片，其中把红色伉俪张朝燮和王经燕的事迹作为一集。事先他们做好了文案，可是，当听了我根据烈士生前创作的歌词而谱曲的《我和你》，便推翻原定的拍摄计划，修改了剧本，并将这首歌作为十一集纪录片《十一书》的主题曲。纪录片播出后，反响强烈，又推出英、法、俄、西、德、日、阿等七个语种的外文版。

　　于是，我萌生了写一部长篇小说的念头。

　　创作红色历史体裁的作品，最具挑战的是故事的真实性和作品的可读性。初稿完成后，我送给不同年龄和学识的人审读，听取了他们真诚的意见，并反复修改，才使我有所释然；后来，书稿经过层层严格筛选，顺利地通过了2020 年江西省文化艺术基金的专家评审，终于让我踏实下来。

　　其实，这并不代表我个人多有才华，而是这些故事太感人了。我曾经沿着英雄的足迹寻觅，实地考证，拜访烈士后人，查阅泛黄的陈旧资料，使一个个历史人物鲜活地站立眼前，特别是张朝燮和王经燕那些鲜为人知的故事，让我感动不已。

　　我一度是流着泪水写下某些章节的，常常一个人坐在星光璀璨的夜空下，穿越时空与书里的人物对话，仿佛触摸着他们滚烫的热血和有力的心跳，真切地感受到一种信仰的力量与爱情的美好，不由反复拷问自己：什么样的人生，才有意义……

　　人们常说，艺术高于生活。但我认为，有的生活是艺术无法超越的。至少这部书里的不少地方是这样，其中一些真实情节比我们绞尽脑汁想象出来的，要精彩得多、感人得多。

不过我相信，如果读者看了故事，再用手机扫描下面的二维码，倾听烈士创作的那两首歌，则能体会到艺术的力量；而烈士身上所拥有的艺术才华，同样令人肃然起敬。她让我们更加感动！

2021 年 4 月 17 日

【扫描二维码，倾听烈士心声】

图书在版编目（ＣＩＰ）数据

碧血朝霞 / 陈光来著. -- 北京 ： 中国文史出版社，
2021.4

ISBN 978-7-5205-2908-2

Ⅰ．①碧… Ⅱ．①陈… Ⅲ．①长篇小说－中国－当代
Ⅳ．①I247.5

中国版本图书馆CIP数据核字(2021)第065986号

江西文化艺术基金资助项目

责任编辑：全秋生

出版发行：中国文史出版社
地　　址：北京市海淀区西八里庄路69号　　　邮编：100142
电　　话：010－81136602　　81136603　　81136606　（发行部）
传　　真：010－81136655
印　　装：北京温林源印刷有限公司
经　　销：全国新华书店
开　　本：787×1092　　1/16
印　　张：18.25　　字数：280千字
版　　次：2021年5月北京第1版
印　　次：2021年5月第1次印刷
定　　价：56.00元